**MIT VOLLER WUCHT** trifft ein Sturm von Orkanstärke das Sauerland. In einer abgelegenen SGV-Hütte am Kahlen Asten fürchtet eine Gruppe von Teilnehmern an einem Krimispiel um ihr Leben. Nicht allein wegen des tobenden Orkans, sondern weil aus dem Krimispiel plötzlich tödlicher Ernst wird: Die Hütte war Schauplatz eines grausamen Verbrechens. Und der Täter scheint sich vom Sturm nicht schrecken zu lassen. Die Hoffnungen der Krimispieler ruhen auf Paul Masters, Privatdetektiv und Spielteilnehmer wider Willen. Doch auch der abgebrühte Sauerländer Ermittler stößt an seine Grenzen. In den verwüsteten Wäldern schlägt der Mörder erneut zu. Ist es jemand aus der Gruppe? Jeder der auf den ersten Blick harmlosen Teilnehmer scheint offenbar ein Geheimnis verbergen zu wollen. Argwohn und Angst zerren mehr und mehr an den Nerven. Undurchdringlicher Nebel, ein Labyrinth aus geborstenen Bäumen und ein gesichtsloser, zum Äußersten bereiter Mörder: Für Paul Masters und die Flüchtenden beginnt ein verzweifelter Kampf ums Überleben.

**DIRK ZANDECKI**
lebt mit seiner Familie in Olpe und arbeitet als freiberuflicher Werbetexter. Vor seiner Selbstständigkeit war er für internationale Werbeagenturen als Creative Director tätig.

DIRK ZANDECKI

# AUSGELÖSCHT

## TATORT KAHLER ASTEN

Kriminalroman

WOLLVerlag

Impressum


Kückelheim 11, 57392 Schmallenberg

Autor: Dirk Zandecki
Titelbild: Klaus-Peter Kappest
Lektorat: Jens Feldmann
Satz und Gestaltung: Lisa Masur
Druck: CPI Print, Deutschland
1. Auflage September 2017

www.woll-verlag.de

ISBN 978-3-943681-78-9

# AMSTERDAMER MEETING

»Und Sie sind wirklich sicher, dass mir bei dem Geschäft nichts passieren kann?«, vergewisserte sich Paul Masters nochmals und zupfte den Ärmel seines Sakkos zurecht. Er trug einen verknitterten hellen Anzug, der ursprünglich mal ein Vermögen gekostet haben musste, doch nun seine besseren Tage hinter sich hatte. Paul Masters Gesicht machte den gleichen Eindruck. Er strich immer wieder die fettigen Strähnen seiner schwarzen Haare aus seinem bleichen, verschwitzten Gesicht und rieb sein unrasiertes Kinn.

»Ich kann Ihnen versichern, dass ich die Armaturen bereits seit Jahren zum regulären Preis verkaufe. Es sind keine Fälschungen. Es sind Originale. Aus der gleichen Fabrik. Es ist eben eine kleine Überproduktion, die wir direkt vom Fabrikbetreiber erwerben können«, erklärte der dicke, glatzköpfige Mann namens Rolf Belunsky. Im Gegensatz zu Masters trug er einen geschmackvollen Maßanzug aus einem weich fließenden, anthrazitfarbenen Stoff. Belunsky ließ sich zufrieden in die weichen Polster der Couch zurückfallen und nahm einen Schluck aus einer kleinen Cola-Flasche, die aus der Minibar des luxuriösen Amsterdamer Hotelzimmers stammte.

Masters blickte den dritten Mann im Raum fragend an, der bisher kein Wort gesagt hatte und ihm nur als Mister Huang vorgestellt worden war. Masters kannte Huang von zahlreichen Abbildungen im Internet. Demnach war Mister Tian Huang 28 Jahre alt und der Chef des deutschen EGRO-Werkes in China. EGRO zählte zu den weltgrößten Herstellern von Design-Badezimmer-Armaturen. Mister Huang herrschte über 6.000 Mitarbeiter, die nichts anderes produzierten als sündhaft teure Wasserhähne und Duschköpfe in allen erdenklichen Formen und immer aus bestem Edelstahl. Eigentlich hätte Mister Huang mit seinem Job zufrieden sein können, zu dem sicherlich ein außerordentlich hohes Salär gehörte. Doch Masters hatte in seiner Funktion als Privatdetektiv mit dem Spezialgebiet Produktpiraterie herausgefunden, dass Huang gierig war. Sehr gierig. Und aus diesem Grund hatte sich der geschäftstüchtige Chinese einen einträglichen Nebenerwerb aufgebaut. Bislang war es nur ein Verdacht gewesen, der sich jedoch nun in der Suite des Amsterdamer Hilton bestätigt hatte. Endlich konnte Paul Masters seinen Auftraggebern, dem deutschen Vorstand von EGRO, die nötigen Beweise liefern.

Er durfte jetzt nur nichts überstürzen, sondern musste die Ruhe bewahren und Mister Huang noch weiter in die Falle locken, die er vorbereitet hatte. Paul blickte unauffällig zu der Verbindungstür auf der linken Seite der Suite. Das riesige Hotelzimmer ließ sich auf beiden Seiten mit den nebenliegenden Luxusräumen verbinden. Im Zimmer nebenan verbarg sich eine international besetzte, professionell organisierte Eingreiftruppe, die das Meeting abhörte und Tian Huang im entscheidenden Augenblick hochnehmen würde.

»Okay, dann zeigen Sie mir mal Ihre Ware«, forderte er den Chinesen auf, ohne zu wissen, ob dieser überhaupt Deutsch sprach. »Ich habe hier eine Originalarmatur und eine in Teile zerlegte weitere. Jetzt bin ich mal gespannt. Mein Auftraggeber würde keine Fälschung dulden. Das wäre nicht nur mein Ruin, sondern auch mein irdisches Ende«, log Paul Masters, der die Rolle des schmierigen Geschäftsmanns von langer Hand für diesen Termin vorbereitet hatte. Er gab vor, dass er für eine arabische Familie, die 4.500 Bäder in ihren Hotelketten renovieren wollte, den Einkauf übernahm. Die Vorstände von EGRO hatten ihn dabei mit ihren internationalen Beziehungen so unterstützt, dass seine Vita glaubhaft war. Masters trat als ein gescheiterter, windiger Geschäftsmann auf, dessen letzte Chance dieser Auftrag war, an dem er sich als zwielichtige Gestalt zusätzlich bereichern wollte. Alles stimmte: Die gefälschten Berichte im Internet über ihn, die Auskünfte angeblicher ehemaliger Geschäftspartner und natürlich sein schmieriges Aussehen und Auftreten. Paul Masters war sich sicher, dass Mister Huang ihn vor dem großen Deal genauestens unter die Lupe genommen hatte.

Jetzt war Masters kurz vor dem Ziel. Über den Großhändler für Badezimmerausstattungen Belunsky war er durch Hartnäckigkeit, zahlreiche Bordellbesuche und Saufgelage endlich an den Drahtzieher gelangt: Mister Tian Huang, der bisher immer geschickt im Hintergrund agiert hatte. Doch dieses Mal war der Köder zu groß: 4.500 komplette Design-Armaturen hatten ungefähr den Wert von 2,5 Millionen Euro. Da verhandelte der Chef höchstpersönlich.

Huang legte einen Koffer auf den Glastisch der Suite und ließ die Verschlüsse aufschnappen. In Schaumstoff eingebettet lag eine komplette Armatur und daneben eine in Einzelteile zerlegte Armatur.

Das Gleiche befand sich in Masters zerkratztem Alukoffer, den er neben Huangs makelloses Luxusmodell legte und öffnete.

Auf den ersten Blick glichen sich beide Produkte wie eineiige Zwillinge. Paul Masters nahm eine Lupe aus seinem Koffer und untersuchte die Einzelteile. Natürlich kannte er das Ergebnis bereits. Dennoch tat er erstaunt:
»Wahrlich, kein Unterschied zu sehen. Perfekte Arbeit!«

»Sag ich doch«, bestätigte Belunsky jovial. »Sie können auch gar keinen Unterschied feststellen, weil es auf den Original-Maschinen mit den Original-Werkstoffen hergestellt ist. Das sind keine Fälschungen, sondern Überproduktionen, die wir Ihnen zu einem Vorzugspreis anbieten können. Bitte beachten Sie das Echtheitszeichen im Inneren des Wasserhahns, das mit einem speziellen Laser eingebrannt wird. Nur ganz wenige Menschen und der Zoll kennen dieses verdeckte Echtheitszeichen. Man braucht einen Spezialspiegel mit Beleuchtung, um es zu entdecken«, erklärte Belunsky und schob einen winzigen Spiegel auf einer kleinen Teleskopstange in den Wasserhahn.

Paul Masters hatte nichts anderes erwartet. In der Tat waren dort das Firmenlogo mit einer Welle sowie in winzigen Buchstaben der Schriftzug von EGRO eingelasert worden.

»Ich glaube, ich möchte ab jetzt direkt mit Mister Huang verhandeln«, bügelte der Privatdetektiv den Großhändler ab und wandte sich dem jungen chinesischen Geschäftsmann zu, der mit seinen Adidas-Sneakern, der engen Jeans und dem Kanye-West-Sweater wie ein reicher MIT-Student aussah.

»Und? Wie lautet Ihr Angebot?«, fragte Masters und blickte dem schweigsamen Mann direkt in dessen dunkle Augen.

Über Huangs Gesicht huschte kurz ein Lächeln. Er beugte sich zu Belunsky hinüber und flüsterte ihm etwas ins Ohr.

»2,1 Millionen Euro. Auf ein Schweizer Konto«, erklärte der dicke Großhändler für seinen chinesischen Auftraggeber.

»Das heißt, es springen rund 400.000 Euro für Sie heraus. Bedenken Sie, dass der wahre Warenwert mindestens 2,5 Millionen beträgt! Eine Summe, die Sie in jedem Fall einnehmen werden, da Sie die Ware damit immer noch weit unter Listenpreis anbieten. Mister Huang und ich sorgen dafür, dass Sie offizielle Kaufpapiere erhalten. Niemand wird unseren kleinen Deal bemerken. Es wird so sein, als ob Sie original EGRO-Armaturen an Ihre Auftraggeber verkaufen.«

»1,5 Millionen. Keinen Cent mehr!«, erwiderte Paul Masters knapp.

Belunsky verschluckte sich und lachte dann laut auf. »Sie wissen wohl nicht, mit wem Sie es zu tun haben? Die Preise von Mister Huang sind nicht verhandelbar.«

»Dann gibt es kein Geschäft«, bemerkte Masters und machte Anstalten, sich zu erheben.

»Moment, Moment!«, beeilte sich Belunsky zu sagen und beugte sich vor, um Masters in den Sessel zurückzudrücken. Dann wandte er sich Huang zu und flüsterte ihm etwas zu.

»Okay. Zwei Millionen«, sagte der Chinese im akzentfreien Deutsch.

»4.500 Design-Armaturen, Originale von EGRO für 2 Millionen Euro, die ich auf Ihr Schweizer Konto überweise … das ist der Deal, der gilt Mister Huang?«, vergewisserte sich Masters und hielt dem Asiaten die Hand hin.

»Das ist der Deal«, bestätigte der chinesische Manager und schlug ein.

»Ja dann …«, freute sich Belunsky, der ganz offensichtlich soeben eine ordentliche Provision verdient hatte, »…

dann bestell‘ ich mal Champagner beim Zimmerservice. Dann ist das Geschäft besiegelt. Die Lieferbedingungen handeln wir gesondert aus. Es kann alles problemlos über meine Logistik ablaufen. Mit der Ausfuhr schenkt uns der Staat sogar noch die Mehrwertsteuer … Hahaha!«

Belunsky schlug sich vor Lachen auf die Schenkel.

»Einen Moment bitte noch«, bat der Privatdetektiv. Er nahm die Schaumstofffüllung aus seinem Metallkoffer heraus und brachte ein flaches Gerät mit Digitalanzeige zum Vorschein, das er auf dem Glastisch platzierte.

»Also, dann wollen wir mal!« Paul Masters lächelte Belunsky und Mister Huang vielsagend an.

»Hier meine Original-Armatur.« Er hielt den geschwungenen Wasserspender mit den beiden kunstvoll designten Drehgriffen für Warm- und Kaltwasser in die Höhe und legte ihn dann auf das Gerät ab. Es war eine digitale Waage, die 2,53 Kilogramm anzeigte. Masters nahm die edle Armatur herunter. »Jetzt die günstige EGRO Original-Armatur aus der Überproduktion von Herrn Huang.« Masters griff nach dem Wasserhahn und legte ihn auf die Waage ab. »Nanu, nur 2,27 Kilogramm? Wie kann das denn sein?« Masters machte ein gespielt erstauntes Gesicht. »Ich dachte, es wäre ein Original? Aus einer Überproduktion? Oder hat Mister Huang vielleicht eine eigene Fabrik, in der er seine eigenen EGRO Armaturen herstellt? Nach den Original-Plänen, die er kopiert hat, aber aus billigeren Materialien?«

Belunskys Kinnlade fiel herunter, während Mister Huangs Gesicht rot anlief.

»Oh, ich war noch nicht fertig. Wenn die Herren bitte noch einen kleinen Augenblick Geduld haben. Hier haben wir einige Fotos … von einer Drohne aufgenommen. Da sieht man nicht nur die kleine Fabrik von Mister Huang, man erkennt ihn selbst im Hof und auch die EGRO Armaturen, die in einer Lieferkiste aus der Produktionshalle kommen. Ja, Mister Huang. Wir haben Sie am Arsch! Ihre Fälscher-Fabrik. Die deutsche Firma, die den Laser für das Echtheitszertifikat geliefert hat. Die Druckerei, die die falschen Verpackungen herstellt. Ihr geschmierter Mitarbeiter bei EGRO, der die Ausfuhrpapiere fälscht. Und natürlich Ihren besten Großhändler, Rolf Belunsky! An Ihre Leute und Ihre Familie, die da mit drinsteckt, kommen wir in China nicht heran. Da sind Ihre Seilschaften zugegebenermaßen zu mächtig. Aber wir haben Sie hier am Wickel, Mister Huang! Im Zimmer nebenan sitzen niederländische und deutsche Zollbeamte, Kriminalbeamte, der Vorstand von EGRO und Interpol. „Sie haben durch diese Kameras unseren Verhandlungen beigewohnt.“ Er deutete auf den Kronleuchter und eine Skulptur auf der Anrichte. „Wir können zwar in China nicht viel gegen Sie ausrichten, aber hier werden wir Ihre Lieferungen beschlagnahmen und jetzt wandern Sie erst einmal hinter Gitter!«

Mister Huang sprang auf. Sein hochroter Kopf drohte zu explodieren. Er kreischte ununterbrochen etwas auf Chinesisch und hüpfte dabei durch das Zimmer.

Paul Masters schaute dem Wutausbruch amüsiert zu. Gleich würde sich die Verbindungstür öffnen und die niederländische Polizei unterstützt von Interpol den Markenfälscher Huang festnehmen. Auftrag erfüllt! Und eine dicke Erfolgsprämie würde ihm sicher sein. Dachte Paul Masters.

Doch dann geschah alles gleichzeitig. Die linke Verbindungstür öffnete sich tatsächlich und die Beamten stürmten mit gezückten Ausweisen herein.

Auf die Sekunde genau zur gleichen Zeit flog auch die rechte Verbindungstür zur nebenan liegenden Suite auf und eine Handvoll Asiaten, sicherlich Landsleute von Huang, stürmte herein. Allerdings ohne Ausweise, sondern mit gezückten Handfeuerwaffen. Sie eröffneten sofort das Feuer. Spiegel, Gläser, Fernseher … alles zersplitterte im Kugelhagel.

Masters warf sich auf den Boden und begrub seinen Kopf unter den Armen. Er blickte sich panisch nach einer Deckung um. Doch da gab es keine Möglichkeit. Er sah, dass die Beamten sich ebenfalls auf den Boden geworfen hatten und ihre Waffen aus den Holstern zückten, um das Feuer zu erwidern.

So plötzlich der Feuerwechsel begonnen hatte, so schnell war er auch beendet. Die Chinesen verschwanden samt Tian Huang wieder durch die Verbindungstür. Es waren schallisolierte Doppeltüren, die sich nach innen zu den jeweiligen Hotelzimmern öffneten. Mit einem grimmigen Gesichtsausdruck zog der chinesische Mafioso die zweite Tür hinter sich ins Schloss. Sofort stürmte ein niederländischer Beamter mit Waffe in der Hand hinterher. Die Tür war verschlossen. Der Beamte fluchte und rüttelte am Griff.

Nicht nur die Verbindungstür ließ sich nicht öffnen, auch die Zimmertür gab nicht nach, obwohl ein kräftiger Polizist den Türknauf heftig bearbeitete.

Paul Masters konnte es kaum glauben. Sie waren schachmatt gesetzt! Eingesperrt in der Suite. Ganz offensichtlich hatten nicht nur er und die Beamten sich auf das Treffen vorbereitet – auch Mister Huang hatte von langer Hand seine Sicherheitsvorkehrungen für den Deal geplant. Masters ärgerte sich, dass der chinesische Markenfälscher ihm einen Schritt voraus war. Soweit Masters es in dem Chaos erkennen konnte, war niemand bei der Schießerei verletzt worden. Die fünf Beamten waren auf den Beinen und zwei von ihnen warfen sich gegen die Verbindungstür, die anscheinend aus sehr massivem Holz gefertigt war, da sie keinen Millimeter nachgab.

Immerhin konnten sie noch Mister Huangs deutschen Komplizen Belunsky festnehmen und überführen, dachte Masters und schaute zu dem dicken Mann, der eingesunken auf der Couch saß. Die Blutspritzer hinter Belunsky an der Wand ließen nichts Gutes erahnen. Einer der Beamten hob den Kopf des Großhändlers an. In der Stirn hatte er ein kleines rundes Loch. Seine Augen waren noch von dem Überraschungsmoment weit aufgerissen.

»Scheiße, der ist hinüber«, fluchte einer der Männer, von dem Masters wusste, dass er zu Interpol gehörte. »Wir müssen uns schleunigst etwas einfallen lassen. Die Geschichte mit dem Chinesen darf so nicht an die Öffentlichkeit gelangen.«

Bevor jemand antworten konnte, gab die Verbindungstür nach, als sich die beiden Polizisten erneut dagegen warfen. Das Holz rund um das Schloss splitterte und die beiden flogen in das Nebenzimmer. Paul Masters stürzte sofort hinterher.

Nichts!

Das Zimmer war wie erwartet verlassen.

Die Polizisten und Zollfahnder beeilten sich, um die Verfolgung aufzunehmen, doch auch der Hotelflur war menschenleer. In der Tür zur Suite steckte eine Chipkarte im Schloss, die wahrscheinlich elektronisch die Dauerverriegelung verursachte.

»Warum habt ihr sie nicht im Flur abgefangen?«, wollte Paul Masters von den Beamten wissen, die im Nebenzimmer verblieben waren und sich nun ebenfalls auf dem Hotelflur tummelten.

»Wir gehören nicht zur operativen Einheit und konnten die Sicherheitslage nicht einschätzen. Da haben wir Verstärkung angefordert. Tut mir leid, aber so sind unsere Vorschriften. Unsere Aufgabe war lediglich die Überwachung!«, entschuldigte sich der Polizist in Zivil.

Paul Masters schnaubte verächtlich. Das konnte doch nicht wahr sein! So ein Amtsschimmel in solch einer Situation! Er war enttäuscht. Acht Monate intensiver Arbeit waren in Bruchteilen von Sekunden dahin. Kein Mister Huang, keine Verhaftung, nur ein toter Belunsky. Nicht nur seine Laune sank damit gegen Null, auch sein Honorar würde sich in diesen Dimensionen bewegen.

»Das haben Sie ja ganz toll vergurkt«, bemerkte der Leiter der Zollfahnder spitz. »Hätten Sie nicht so eine große Klappe gehabt und dem Chinesen seine bevorstehende Verhaftung angekündigt, hätten wir ihn jetzt dingfest machen können und wir hätten auch seine Komplizen geschnappt.«

So eine Frechheit! Nur weil einige der Beamten Dienst nach Vorschrift gemacht hatten, konnten die chinesischen Fälscher entkommen, dachte Paul und schluckte den Ärger hinunter.

»Vielleicht wären wir auch alle tot«, sagte er nur tonlos.

»Wir werden uns bemühen, den Ball über die Aktion in

der Öffentlichkeit flach zu halten. Der Tod von Belunsky lässt sich durch seine dunklen Geschäfte erklären. Wir waren gar nicht hier. Und für Sie sollte das Gleiche gelten«, mahnte der Zollfahnder.

»Schon verstanden«, erklärte Masters resigniert und ging mit hängenden Schultern wie ein begossener Pudel zum Aufzug.

## TAUSCHGESCHÄFT

In Lüdenscheid, wo Masters im Hinterhof eine leer stehende Fabrikhalle als Büro- und Wohnraum gemietet hatte, stellte er Türklingel, Handy und Telefon ab und verkroch sich mit zwei Flaschen Whiskey für das gesamte Wochenende. Er hatte gehofft, dass seine Pechsträhne endlich beendet war, doch die Vorkommnisse in Amsterdam hatten ihn nachdrücklich eines Besseren belehrt.

Erst am Montag, ungefähr zur Mittagszeit, traute er sich, sein Bett zu verlassen. Ungewaschen und unrasiert ging er vor die Tür. Hier im Hinterhof war er vor Blicken der Passanten sicher. In der Durchfahrt zu seinem Hof befand sich sein Briefkasten. Masters schloss die Blechtür auf und ein Schwall von Papier stürzte ihm entgegen. Er bückte sich, um seine Post aufzusammeln, die hauptsächlich aus Werbung bestand. Er hatte vor genau drei Wochen Hals über Kopf aufbrechen müssen, um seine Aktion in Amsterdam vorzubereiten. Er hatte noch nicht einmal Zeit gefunden, seiner Freundin Sandra Bescheid zu geben, die in Lüdenscheid ein kleines, aber feines Maklerbüro betrieb.

Nun ja, Sandra würde das sicher verstehen. Es kam häufiger vor, dass er in seinem Job schnell reagieren musste und sich lange im Ausland aufhielt, um die Drahtzieher von Markenfälschungen ausfindig zu machen.

Masters klemmte sich die Post unter den Arm und ging zurück in seine Fabrik. Bevor er die Post studierte, gab er zwei Löffel löslichen Kaffee in einen großen Pott und füllte den Wasserkocher.

Er sah sich die Umschläge an und schmiss den größten Teil ungeöffnet in den Papierkorb. Ein Brief aber weckte sofort seine Aufmerksamkeit. Am Poststempel erkannte er, dass das Schreiben von der Anwaltskanzlei Hesse aus Olpe kam. Dr. Gernot Hesse – spezialisiert auf internationales Markenrecht – war einer seiner wenigen Freunde. Und sein einziger Auftraggeber.

Der Privatdetektiv goss kochendes Wasser in seinen Becher und nippte vorsichtig an der braunen Brühe. Dann sammelte er all seinen Mut und riss den Brief von Hesse auf. Ein Anschreiben, ein Scheck und zwei längliche Karten fielen heraus. Masters interessierte sich hauptsächlich für den Scheck. Er war über eine Summe von 10.000 Euro ausgestellt. Mehr nicht? Masters hatte bei erfolgreichem Auftragsabschluss mit dem Zehn- bis Zwanzigfachen gerechnet. Und nun? Läppische 10.000? Mit seiner Anzahlung kam er damit zusammen auf 15.000 Euro. Immerhin hatte er etwas verdient. Das Geld würde soeben reichen, um die gestundeten Zinsen für seine Kredite zu zahlen. Vielleicht blieben ein paar Tausender für die nächsten Monate über. Er würde sehen.

Paul Masters trank den mittlerweile abgekühlten Kaffee und las das Schreiben von Gernot Hesse. Der bedauerte darin, dass er nicht mehr Geld für ihn bei seinen Auftraggebern, der EGRO AG, hatte herausholen können. Er war froh, dass er nach dem Desaster in Amsterdam überhaupt Honorare einstreichen konnte. Huang sei untergetaucht und man kam an die weiteren Hintermänner in China nicht heran. Regierungsmitglieder deckten die Fälschungsfabrik und es kamen nach wie vor Plagiate auf den Markt. Durch den Tod des Großhändlers Belunsky gab es in Deutschland zwar Ruhe, aber es war nur eine Frage der Zeit, bis die chinesische Produktmafia einen neuen Vertriebskanal finden würde. Gernot Hesse schrieb, dass dies natürlich alles schlechte Nachrichten seien und er wüsste, dass Paul sein Leben riskiert habe. Damit er mal auf andere Gedanken komme, habe er ihm daher zwei Karten für ein Krimispiel beilegt.

Das könnte doch bestimmt ganz lustig werden!? Hesse gab ihm in dem Brief auch den irritierenden Rat, dass er sich mehr um seine Freundin Sandra kümmern müsse. Was ging Gernot das an!? Doch genau darüber stand nichts in dem Brief.

Masters schaute sich die gedruckten Karten an. Es waren Teilnahmekarten für ein Krimispiel, das ab Freitag stattfinden sollte. In der Nähe des Kahlen Astens. Na toll! Seine Freundin würde begeistert sein. Ein Krimispiel am Arsch der Welt. Masters beschloss, die Karten an den ersten Besten zu verschenken, den er auf der Straße antreffen würde.

Er sah noch die weitere Post durch, doch außer Rechnungen war nichts Brauchbares dabei. Die Rechnungen heftete er in seinem großen Buchhaltungsordner ab. Gernot Hesse würde ihm in naher Zukunft helfen müssen, um aus diesem Schuldenschlamassel herauszukommen. Doch das hatte noch etwas Zeit. Jetzt wollte er sich eine Dusche gönnen, dann anziehen und anschließend Sandra überraschen, indem er sie zu einem Mittagessen einladen würde.

Frisch geduscht, rasiert und in verwaschenen Jeans und Polohemd sah er wieder recht ansprechend aus, fand Paul Masters, als er sich im Spiegel betrachtete und seine schwarzen Haare aus dem Gesicht schob.

Voller Vorfreude auf Sandra schwang er sich in seinen alten Volvo Kombi und fuhr in die Lüdenscheider Innenstadt. Er parkte in der Tiefgarage der City-Galerie, um von dort zu Sandras Maklerbüro zu gehen. Als er auf der Einkaufsstraße stand, fiel sein Blick auf einen neu eröffneten Blumenladen. Rosen wären eine gute Idee, um sich bei Sandra für sein plötzliches Verschwinden zu entschuldigen.

Masters kramte in den Taschen seiner Jeans nach seinem letzten Geld. Glücklicherweise waren noch einige große Scheine von seinem Amsterdam-Abenteuer übrig geblieben. Auch der Scheck steckte zerknüllt zwischen den Euro-Noten. Er musste ihn nach dem Essen mit Sandra unbedingt bei der Bank einreichen, nahm sich Masters vor und betrat das Blumengeschäft.

»Was darf es sein?«, fragte ihn die zierliche Verkäuferin, die ein modisches Kopftuch und eine dicke Brille auf ihrer spitzen Nase trug. Sie sah wie ein Maulwurf mit Brille aus, fand Masters und sah sich um.

»Rosen!«, sagte er. »Ich hätte gerne viele Rosen.«

»Diese Langstieligen?« Der bebrillte Maulwurf deutete auf einen Eimer voller prächtiger Rosen.

»Genau die!«, bestätigte er.

»Wie viele sollen es denn sein? Fünf oder sieben?«

»Ich nehme den ganzen Eimer«, meinte Masters großspurig.

Die braunen Augen der Verkäuferin hinter der dicken Brille leuchteten auf. »Gerne!«, sagte sie freudig. »Ich würde an Ihrer Stelle keine weitere Dekoration dazu nehmen, sondern nur den riesigen Strauß. Am besten in Papier gewickelt. Ist wohl ein sehr besonderer Anlass, oder?« Sie zwinkerte Masters verschwörerisch zu.

»Ich glaube kaum, dass Sie das etwas angeht. Bekomme ich denn einen Mengenrabatt?«, fragte er.

»Hm, mal sehen.« Die Floristin zählte die Rosen. »Sagen wir 200 statt 250?«

»Was!?« Damit hatte Masters nicht gerechnet, doch er wollte jetzt vor der grauen Maus keinen Rückzieher machen. »Äh … ja. Geht in Ordnung.«

Er blätterte die Scheine auf den Tresen und musste feststellen, dass ihm nur noch 20 Euro an Barmitteln blieben. Zu wenig, um Sandra einzuladen. Also doch vorher den Scheck einreichen und dann etwas Geld abheben. Oder vielleicht mit seiner Kreditkarte zahlen? Es wäre gut möglich, dass sein Kreditrahmen auch hier ausgereizt war. Egal, darum würde er sich gleich kümmern.

Mit dem dicken Blumenstrauß auf dem Arm stolzierte er in Richtung Rosengarten, wo Sandra Billmann neben dem Sparkassengebäude ihr Büro hatte.

Kaum bog er von der Wilhelmstraße in die Schillerstraße ein, da sah er sie aus der gläsernen Eingangstür ihres Büros treten. Pauls Herz machte einen Sprung! Sandra sah so gut aus. Sie trug ein elegantes beigefarbenes Kostüm. Ihr hübsches Gesicht kam durch die Hochsteckfrisur ihrer blonden Haare besonders zur Geltung. Paul Masters konnte sein Glück kaum fassen. Er fand seine Freundin unendlich schöner als all die Models auf den Titelseiten der Hochglanzmagazine. Masters hob seinen Arm und wollte voller Freude ihren Namen rufen, als nach Sandra noch jemand aus dem Bürohaus kam. Masters erkannte den Mann mit seiner sportlichen Statur und dem gegelten Haar sofort. Dieser versnobte Anzugträger hieß Jens Groteschlüter und er besaß eine der größten Werbeagenturen in Südwestfalen. Was zum Teufel hatte dieser Schleimer mit Sandra zu tun? Die Antwort gefiel Paul Masters überhaupt nicht: Er musste mitansehen, wie sich seine Sandra eng an den Werbefritzen schmiegte und die beiden sich auf offener Straße leidenschaftlich küssten!

Masters hatte genug gesehen! Er machte auf den Absatz kehrt und ging mit strammen Schritten zurück in Richtung City-Galerie. Auf dem Weg schmiss er wutentbrannt den Rosenstrauß in einen Papierkorb.

Doch dann überlegte er es sich anders, ging zurück und fischte die Rosen aus dem Papierkorb. Das Papier, in dem die prachtvollen Blumen eingeschlagen waren, hatte einige Kleckse von geschmolzenem Eis aus einem alten Eisbecher abbekommen, aber ansonsten waren sie unbeschädigt. Masters marschierte zurück zu dem Blumenladen.

Die Türglocke bimmelte und die graue Maus erschien hinter dem Tresen.

»Ich will die wieder umtauschen«, sagte Masters gepresst und hielt ihr den Strauß entgegen.

»Sie wollen was?«

»Umtauschen. Die Rosen. Ich brauche sie nicht. War ein Fehlkauf. Ich möchte mein Geld zurück.«

»Äh … das geht aber nicht«, sagte die Floristin und schüttelte den Kopf. »Sie können doch nicht einfach Blumen umtauschen.«

»Wieso? Es ist gerade mal fünf Minuten her, als ich sie

gekauft habe. Sie sind immer noch frisch und unbenutzt.«

Die Verkäuferin schob ihre dicke Brille auf der spitzen Nase hoch und überlegte. »Also gut …«, willigte sie ein, »ich nehme sie für 100 Euro zurück.«

»Was!? Nur 100 Euro? Ich habe vor fünf Minuten noch 200 dafür bezahlt und dabei haben Sie mich schon über den Tisch gezogen! Ich will meine 200 zurückhaben, aber sofort!«

»Sie haben mir gar nichts zu befehlen! Wenn ich die Rosen zurücknehme, dann nur aus Kulanz. Ich muss das nicht tun. Sie können sie ja verschenken oder selbst behalten. Ich kann Ihnen jedenfalls nur 100 Euro anbieten.«

Masters knallte den Rosenstrauß auf den Tresen und fuhr sich durch die Haare. Seine Pechsträhne schien ohne Unterbrechung weiterzugehen. Aufgebracht ging er auf und ab, steckte seine Hände in die Gesäßtaschen seiner Jeans und fand darin die beiden Karten für das Krimispiel, die er eigentlich verschenken oder wegwerfen wollte.

»Ich gebe Ihnen noch diese beiden exklusiven Karten für ein ganz besonderes Event am Kahlen Asten dazu. Es ist komplett ausverkauft und auf dem Schwarzmarkt können Sie richtig Geld dafür verlangen. Ich würde sie Ihnen zusammen mit den Rosen für … sagen wir 150 Euro … überlassen!?«

Masters hielt ihr die Gutscheine für das Krimispiel unter die Nase. Die Floristin kniff die Augen zusammen, nahm ihm die Karten ab und schob ihre Brille auf die Stirn.

»Ein Krimispiel? Das ist doch nicht Ihr Ernst!?«

»Wieso? Krimispiele sind angesagt. Die am Kahlen Asten sind immer ausverkauft. Das ist quasi eine Kultveranstaltung.«

»Okay. Abgemacht!«, sagte die Verkäuferin.

Paul Masters freute sich und schüttelte die dargebotene Hand, um das Geschäft abzuschließen.

Sie öffnete die Kasse, nahm die Geldscheine heraus und hielt inne. »Aber unter einer Bedingung: Sie kommen mit! Und erst dann gebe ich Ihnen das Geld.«

# PROVINZKOLLER

»Bah, ist das ekelhaft!«, beschwerte sich Isabelle Lohmann. Angewidert wandte sie sich vom Fernseher ab und sah ihren Mann Frederik Lohmann an, der fasziniert die Mordszene verfolgte und dabei genüsslich an seinem Whiskeyglas nippte.

»Ich weiß gar nicht, was du hast? Ist doch spannend«, erwiderte er und verfolgte das weitere Geschehen auf dem Bildschirm.

»Müssen wir uns jeden Abend einen Krimi anschauen? Kannst du ohne Leichen und Seziertische nicht einschlafen?«, fragte sie vorwurfsvoll.

»Ach, komm schon, jetzt quatsch doch nicht die ganze Zeit herum. Ich will den Film sehen.«

»Du willst immer den Film sehen. Wir reden gar nicht mehr miteinander.«

»Jetzt hör doch auf. Möchtest du ausgerechnet jetzt wieder eine Grundsatzdiskussion über unsere Ehe führen?«

»Nein, ich möchte einfach, dass wir wieder mehr miteinander unternehmen. Wir hängen seit unserem Umzug nur noch vor der Glotze. Das ist doch erbärmlich, findest du nicht?« Isabelle schmiegte sich auf der Couch an Frederik. Doch statt den Arm um sie zu legen, rückte er etwas von ihr ab.

»Möchtest du nicht reden?«, bohrte Isabelle nach.

»Nein, ich will den Krimi sehen, wenn du nichts dagegen hast. Danach sprechen wir, in Ordnung?«

Isabelle entging nicht der genervte Unterton in seiner Stimme. Sie schwieg und schaute gelangweilt auf den flimmernden Großbildschirm, ohne die hektische Handlung wahrzunehmen. Sie sorgte sich um ihre Beziehung und hakte vorsichtig bei Frederik nach: »Sag mal, gefällt es dir nicht im Sauerland? Ist auf der Arbeit alles in Ordnung? Ich meine, deine ganzen Überstunden und die durchgearbeiteten Wochenenden … das ist doch nicht normal. Wir sind gerade mal dreißig und leben wie Rentner.«

Frederik rollte mit den Augen. »Mir geht es wunderbar. Es ist im Augenblick viel zu tun, wir haben einen großen Auftrag gewonnen. Und nein – um es direkt vorwegzunehmen – es steckt keine andere Frau dahinter. Ich muss einfach viel arbeiten und will mich danach entspannen. Das ist doch verständlich.«

Isabelle hatte ein schlechtes Gewissen. Auf ihre Initiative hin waren sie ins Sauerland gezogen. In die Provinz. Isabelle hatte Architektur studiert, doch ihre Begabung für den Beruf blieb weit hinter ihrer Begeisterung zurück, wie sie sich eingestehen musste. Sie hatte mit großem Glück eine Stelle bei einem kleinen Architekturbüro bekommen, das sich auf den Bau von Lagerhallen spezialisiert hatte. Frederik, der sein Maschinenbaustudium mit Bestnoten absolviert hatte, wurde von einem großen Unternehmen in der Region mit Kusshand engagiert. Das war der Anfang vom Ende ihrer Ehe, fand Isabelle. »Wir können wieder nach Düsseldorf ziehen, wenn du das möchtest. Ich könnte mir einen neuen Job suchen. Wir hätten wieder alle unsere Freunde um uns ... Was hältst du davon?«

»Isabelle, wir können hinziehen, wo auch immer wir hin wollen. Du könntest dein eigenes Architekturbüro eröffnen. Es ist alles möglich. Aber du willst ja nicht das Erbe deines Vaters anrühren. Du willst es ja unbedingt allein schaffen.« Jetzt tischte Frederik schon wieder diese Geschichte auf! Manchmal fragte sie sich ernsthaft, ob er sie nicht doch wegen ihrer reichen Familie geheiratet hatte. Als sie sich ineinander verliebten, war davon nichts zu spüren. Isabelle fand sich zwar nicht hässlich, aber auch nicht allzu attraktiv. Etwas zu viel Speck an den Hüften, ein zu kleiner Busen, eine etwas zu große Nase, zu eng stehende Augen, zu dünne braune Haare ... Sie fand so viele »zu's« an sich. Und dann Frederik: Groß, sportlich, dichte schwarze Locken, die ihm immer wieder widerspenstig ins Gesicht fielen, ein ansteckendes Lachen und verdammt gut im Bett. Optisch passten sie nicht zueinander. Doch all das hinterfragte Isabelle nicht, als sie sich kennen und lieben lernten. Sie schwebte damals im siebten Himmel der Gefühle. Und heute? Immer mehr nagten die Zweifel an ihr. Sie bemerkte selbstkritisch, wie sehr sie sich gewandelt hatte. Frederik genoss eigentlich immer ihr volles Vertrauen. Doch das hatte nun Brüche bekommen. Obwohl sie es nicht zulassen wollte, hatte sie mit einer hinterhältigen Eifersucht zu kämpfen, die ihr wie ein böser Geist diese Gedanken einflüsterte, dass Frederik eine andere Frau hatte. Eine Geliebte. Zudem brachte er in letzter Zeit auffälligerweise immer häufiger ihr Erbe ins Spiel, das ihr Vater ihr als wohlhabender Inhaber einer Farbenfabrik im Münsterland hinterlassen hatte. Und auch jetzt musste sie sich wieder rechtfertigen: »Du wusstest von Anfang an, wie ich zu meiner Familie stehe. Und wir waren uns immer einig, dass wir es aus eigener Kraft schaffen wollen.«

Verärgert wandte sich Frederik vom Bildschirm ihr zu und schaute sie durchdringend an. »Es will mir einfach nicht in den Kopf, dass du deinen beiden unfähigen Cousins die Geschäftsführung überlässt. Wir hätten den Laden richtig auf Vordermann bringen können. Du mit deiner künstlerischen Erfahrung und ich … ich mit den technischen Kenntnissen und der Produktionserfahrung … aber nein! Ich verstehe dich einfach nicht, dass wir solch eine Chance nicht nutzen. Dein Vater liegt unter der Erde und deine Mutter hat sowieso keine Ahnung vom Geschäft, obwohl sie so tut, als sei sie unentbehrlich. Der hätten wir eine repräsentative Beschäftigungsaufgabe gegeben und wir könnten gemeinsam die Zukunft gestalten. Wo ist also dein Problem?«

»Mein Problem mit dem Unternehmen ist, dass es mein ganzes Leben bestimmt und mir die Eltern genommen hat. Immer nur die Farbenfabrik! Jeden Tag. Jedes Gespräch am Tisch. Und immer der Hinweis, dass ich eines Tages alles bekomme. Tja, aber ich wollte das alles gar nicht. Ich wollte mein Leben führen. Hier und jetzt. Und nicht warten, bis Vater mir alles vererbt.«

»Ach … dein falscher Stolz macht doch alles kaputt. Aber das willst du ja nicht einsehen.« Frederik winkte ab und widmete sich wieder dem Fernsehkrimi.

»Ich biete dir doch an, dass wir wieder nach Düsseldorf …«

»Komm, lass mich in Ruhe. Du nervst, Isabelle! Lass mich einfach in Ruhe fernsehen, ja?«

Dass ein Gespräch zwischen ihnen so verlaufen würde, war noch vor einem Jahr undenkbar, überlegte Isabelle.Frustriert schaute sie sich ebenfalls den Krimi an, ohne sich auf den Inhalt konzentrieren zu können. Die hektischen Bilder schossen einfach an ihr vorbei. Was war bloß mit Frederik los? Sie hatte ihm ein wenig nachspioniert. Nicht viel, aber immerhin … Und sie war da auf einige Dinge gestoßen, die waren mehr als bedenklich. Doch Isabelle traute sich nicht, Frederik darauf anzusprechen. Sie hatte Angst, dass er sie dann verlassen würde. Und diese Angst war größer als die Aussicht, endlich Gewissheit zu bekommen. Dieser Gedanke wanderte ihr unablässig im Kopf herum. Wie ein Karussell, das nicht aufhören wollte, sich zu drehen. Warum reagierte er immer aggressiver, während sie verzweifelt versuchte, ihrer Ehe wieder Leben einzuhauchen? Eigentlich wollte sie Frederik ja an diesem Abend überraschen. Eigentlich hatte sie vorgehabt, ihm eine Freude zu bereiten. Stattdessen war ihr das Gespräch mit ihm vollständig entglitten. Mal wieder!

Frederik schenkte sich einen weiteren Whisky ein und kippte den Inhalt des Glases in einem Schluck hinunter.
Isabelle kam es so vor, als ob er ihr durch seinen demonstrativen Alkoholkonsum zu verstehen geben wollte, dass er sie nur noch angetrunken ertragen konnte. Geduldig wartete sie, bis auf dem Großbildfernseher der Abspann lief, dann versuchte sie einen neuen, versöhnlichen Anlauf: »Hast du nicht auch Lust, dass wir mal wieder etwas gemeinsam unternehmen? Zusammen für ein bisschen Abwechslung mal hier rauskommen?«

»Meinetwegen können wir am Wochenende ins Kino und anschließend etwas Essen gehen«, schlug er lustlos vor.

»Ich habe eine viel bessere Idee«, sagte Isabelle.

»Und die wäre?«

»Glaub mir, es wird dir richtig gut gefallen. Ich habe

uns nächste Woche von Freitag bis Sonntag für ein Krimispiel angemeldet. Da kannst du selbst mal erleben, wie es als Kommissar oder Mörder ist. Na, was sagst du?« Isabelles Augen leuchteten erwartungsvoll.

»Super Idee«, lautete die müde Antwort.

## MORDPLANUNG

Jan Teusch drehte das Bierfass auf die Seite, sodass er es an den überstehenden Enden packen und aus seinem VW-Bus hinaus zum großen Tisch schleppen konnte, auf dem sein Gehilfe Yusuf Monti bereits mit Frischhaltefolie verpackte Brotkörbe, Würste und Käseplatten aufgebaut hatte. »Wir müssen uns etwas beeilen, die Gäste kommen bald und wir müssen uns noch umziehen und das Spiel vorbereiten«, trieb er den schlaksigen Monti an, der bereits vor Anstrengung schnaufte. »Stich schon mal das Bierfass an und bau' die Gläser auf, während ich mir den Stall ansehe«, ordnete Jan Teusch an und ging in Richtung Stall. Er machte sich Sorgen, dass sie mit den Vorbereitungen nicht rechtzeitig fertig würden. Teusch hatte zwar mittlerweile einige Erfahrung mit der Veranstaltung von Krimispielen und Krimidinnern, doch die Idee, das Spiel in einer abgelegenen Waldhütte des Sauerländischen Gebirgsvereins stattfinden zu lassen, war neu. Er ärgerte sich, dass er nur Monti als Gehilfen angestellt hatte. Immerhin hatten sich acht Leute für das Spiel angemeldet, das von Freitag bis Sonntag dauern sollte und er hatte den Aufwand des notwendigen Caterings für so viele Leute einfach unterschätzt. Sein VW-Bus war bis unter das Dach vollgepackt. Glücklicherweise konnte er den langen Waldweg bis vor die Hütte fahren. Aber das Auspacken und Herrichten der Speisen dauerte mit dem nicht eben schnell arbeitenden Monti einfach zu lange. Jan hatte sich vorgestellt, dass es rustikal aussehen sollte, im Stil einer zünftigen Landbrotzeit für reiche Adelige aus dem 19. Jahrhundert. Er hatte extra karierte Tischdecken, Kerzenleuchter und

Picknickkörbe aus Weidengeflecht günstig organisiert. Die Papierservietten sahen aus wie teure Stoffservietten und die Plastikteller wie Porzellangeschirr. Es musste bei Jan Teusch immer alles bis ins Detail stimmen. Denn nur so konnte er die perfekte Illusion für seine Krimispiele schaffen, fand er. Die Spieler sollten völlig die Realität vergessen und in das Spiel abtauchen.

Teusch öffnete den Stall, der in längst vergangenen Zeiten als Pferdewechselstation gedient hatte. Er war ideal für seine neue Spielidee, gerade so, als ob die Zeit in dem alten Holzgebäude seit Jahrhunderten stillgestanden hätte. Die dunklen Pfähle, die die Deckenkonstruktion trugen, das blanke abgewetzte Holz, das die Pferdeboxen voneinander trennte – genauso musste es hier schon immer ausgesehen haben. Es hatte sich auch nichts verändert, seit er das letzte Mal hier gewesen war. Teusch hatte die Hütte des Sauerländischen Gebirgsvereins – oder SGV, wie er abgekürzt hieß – zufällig auf einer Wanderung entdeckt. Als er sich das Gebäude aus der Nähe angesehen hatte, war er alsbald auf den versteckten Schlüssel gestoßen, der auf einem Balken oberhalb der Eingangstür lag. Teusch war begeistert über die Entdeckung der Hütte gewesen! Genau das, was er für seine Zwecke immer gesucht hatte! Er konnte sich noch genau an das erste Erkunden der Blockhütte erinnern. Er kam sich zunächst wie ein Einbrecher vor, doch dann legte er seine Scheu ab und begutachtete den großen Gastraum und die Küche im Untergeschoss sowie die kleinen Gästezimmer unter den Dachschrägen des Obergeschosses. Das Haus war spartanisch eingerichtet und es gab nur einen kleinen Gemeinschaftswaschraum mit einer Dusche. Die WCs befanden sich hinter dem Haupthaus. Es waren kleine Häuschen mit Herzen in der Tür. Statt komfortabler Toilettenschüssel aus Keramik mit Wasserspülung gab es hier nur Plumpsklos: in Holzplatten gesägte Löcher über einer stinkenden Grube. Schon damals hatte Teusch direkt einen Einfall gehabt, wie er diese beiden Örtchen in sein Spiel einbauen würde. Das Nebengebäude war bei seiner Entdeckung mit einem Riegel und einem modernen Vorhängeschloss gesichert. Teusch suchte in einer kleinen Kammer neben der Küche, die wohl als provisorisches Büro diente, alle Schubladen nach dem Schlüssel ab. Seine Mühe wurde belohnt. Schnell hatte er den passenden Schlüssel gefunden und als der das große hölzerne Tor geöffnet und den Stall gesehen hatte, war es wie eine Offenbarung für ihn. Hier würde er sein nächstes Krimispiel veranstalten! Er hatte bei seinem ersten ungeplanten Besuch sofort die Story im Kopf und er war sich sicher, dass dies sein Durchbruch sein würde. So viele Enttäuschungen hatte er schon erlebt, obwohl er gut aussehend und intelligent war. Zu Schulzeiten war er in der Theater AG und bekam aufgrund seines Aussehens alle Hauptrollen – inklusive der betreuenden Lehrerin. Im Bett war er ein gelehriger Schüler. Mit großartigen Fortschritten. Allerdings auch nur im Bett. Dass er dennoch sein Abi geschafft hatte, war seiner intimen Verbindung zum Lehrkörper zu verdanken.

Allerdings brachten ihm diese Eigenschaften nach der Schule nicht den gewünschten künstlerischen Erfolg. Es mochte auch daran gelegen haben, dass er zu sehr von seinen Erfolgen verwöhnt war und nie zu arbeiten gelernt hatte. Es kam, wie es kommen musste: Jan Teusch erlitt mit seiner Schauspielausbildung eine Bruchlandung. Sein gutes Aussehen allein half ihm hier nicht weiter. Und: Es mangelte an Mentorinnen.

Teusch lebte in der Überzeugung, alles müsse ihm weiterhin so zufliegen wie bisher. Und so machte er einfach sein Umfeld für sein Scheitern verantwortlich und startete einen Versuch als Model. Doch auch dieser Schritt in eine Karriere, die er sich in seinen Träumen bereits ausführlich ausgemalt hatte, führte in eine Sackgasse. Teusch war für die Fotografen und Modeschöpfer nicht wandlungsfähig genug und er sah immer noch keine Veranlassung, an sich selbst zu arbeiten. Er war sich sicher, dass sein Durchbruch allein davon abhing, die richtigen Leute kennenzulernen. Oder besser gesagt: die richtigen Frauen. Doch er traf sie nicht und konzentrierte sich daher auf eines seiner weiteren unentdeckten Talente. Wenn es schon nicht auf der Bühne oder beim Film klappte, dann hinter den Kulissen. Teusch fand, dass er außergewöhnlich gute Ideen für Drehbücher und harte Krimis hatte. Er war in der Folgezeit fleißig und hatte zwei komplette Manuskripte geschrieben, führte interessante Gespräche mit Agenten und Verlagslektoren. Und obwohl ihm alle zusicherten, wie spannend seine Geschichten waren, kam es zu keinem Vertragsabschluss. Eine der Lektorinnen, mit der Teusch eine kurze Affäre hatte, schlug ihm vor, Lesungen für ausländische Krimiautoren zu halten. Und wie sich herausstellte, war das tatsächlich ein guter Vorschlag. Er bekam eine ganze Reihe von Engagements und sprach einige Hörbücher ein. Die Honorare waren allerdings alles andere als üppig. Doch Teusch bekam Kontakt zu einer Gruppe, die professionelle Kriminalspiele in Köln, Hamburg, Berlin und München veranstaltete. Eine Branche, die boomte. Schnell erkannte er, dass er hier seine gesamten Begabungen einbringen konnte. Allerdings nicht als Angestellter, sondern als selbstständiger Veranstalter. Mit seinem Charme, seinem Aussehen, seinen schauspielerischen Veranlagungen und seinem kreativen Gespür für ungewöhnliche Krimistories würde er es weit bringen. Dachte er zumindest … Letztlich schaffte es Jan Teusch bis in seine Heimat – ins Sauerland, wo er wieder bei seinen Eltern wohnte. Diese für ihn schmachvolle Bauchlandung brachte ihn jedoch auf den Boden der Tatsachen zurück. Endlich erkannte er viele seiner Fehler, wurde bescheidener und hartnäckiger und lernte, dass sich harte Arbeit auszahlte. Bald schon hatte er eine kleine Fangemeinde, die regelmäßig zu seinen Krimiveranstaltungen kam und immer neue Kunden mitbrachte. Er konnte sich einen VW-Bus leisten und beschäftigte drei freie Mitarbeiter, darunter auch Yusuf Monti, der nach Teuschs Ansicht die besten Mordopfer darstellen konnte. Mit der Entdeckung der SGV-Hütte und des Stalls, da war er sich sicher, stand er vor seinem Durchbruch als Veranstalter von Krimispielen. Endlich würde er den Erfolg haben, der ihm zustand!

Noch war er auf einen kleinen Nebenverdienst angewiesen. Er war gefragt als diskreter Gesellschafter einsamer Damen, bei denen er gegen entsprechendes Honorar auch die Nacht verbrachte. Sie mochten die Art, wie Teusch sie liebte. Es war eine besondere Art, die sie niemals gegenüber ihren Ehemännern eingestehen würden. Doch das waren private Angelegenheiten von Jan Teusch. So privat, dass er mit dem Gedanken spielte, daraus vielleicht eines Tages mehr Profit zu schlagen. Er hatte über alle seine »gesellschaftlichen« Verpflichtungen und die Vorlieben der Damen genau Buch geführt. Ein Wissen, das bestimmt einiges wert war. Mit dem Ausspielen dieser Karte wollte Teusch allerdings noch warten. Es war quasi seine Rückversicherung, wenn es mit den Krimispielen nicht klappen sollte. Außerdem lief er Gefahr, dass damit auch seine sexuellen Vorlieben bekannt werden könnten. Das wäre nicht sehr schmeichelhaft, da seine Kundinnen nur die harmlose Variante kannten. Er aber mochte es gern auch härter. Mit jüngeren Mädchen, die er wiederum bezahlen musste. Oder auch nicht, wenn sich zufällig die Gelegenheit ergab …

In der SGV-Hütte jedenfalls sah Jan Teusch eine Chance, sein Leben geordneter in den Griff zu bekommen. Als erfolgreicher Krimispielveranstalter konnte er sich unabhängiger von seinen Arrangements mit reiferen Damen machen. Schnell hatte er das alte Ehepaar in Winterberg ausfindig gemacht, das die Hütte nur noch selten bewirtschaftete, sie aber gerne für Gruppenveranstaltungen gegen ein kleines Entgelt vermietete. Teusch rechnete sich aus, dass er auf eine ordentliche Gewinnspanne kommen würde, auch wenn er die Ausgaben für Essen und Getränke abzog. Das bevorstehende Krimispiel war der Auftakt zu einer ganzen Serie, die er hier veranstalten würde!

In Gedanken über die rosigen Aussichten in seine erfolgreiche Zukunft versunken, spazierte Teusch über die große Wiese zum VW-Bus, um seine jüngsten Errungenschaften zum Stall zu transportieren. Er lud sich im VW-Bus beide

Arme voll mit Leuchten, die wie alte Petroleumlampen aussahen. Auf seinem Rückweg zum Stall kontrollierte er, wie Monti mit dem ländlichen Buffet vorankam. Der Junge war bereits weiter mit der Arbeit vorangekommen, als er vermutet hatte. »Wenn du den Grill aufgebaut hast, füll' ihn nicht ganz mit Kohle. Ich glaube, ein wenig reicht für den Anfang. Danach trägst du noch die Getränkekästen ins Haus und dann kommst du zu mir in den Stall. Wir wollen dann das Spiel durchsprechen. Für dich wird es einfach sein«, rief Jan Teusch seinem Gehilfen zu, während er den Weg zum Stall fortsetzte. Nachdem er die Lampen platziert hatte, testete er die Fernbedienung. Alles funktionierte so, wie er es sich vorgestellt hatte. Wunderbar! Teusch geriet in Hochstimmung. Er schleppte noch zwei Koffer mit der Kleidung und allen Unterlagen, die er für das Krimispiel vorbereitet hatte, in den Stall.

»Wie siehst du denn aus?«, schmunzelte Yusuf Monti, als endlich auch er in den Stall kam.

»Was soll das denn heißen?«, knurrte Jan Teusch humorlos zurück.

»Du ziehst diese Sachen an!« Er deutete auf einen geöffneten Koffer.

»Ist das dein Ernst?«

»Und wie!«

Als Yusuf in voller Montur vor ihm stand, zupfte Jan die Kleidung zurecht, bis er zufrieden war.

Dann erklärte er seinem Gehilfen, was er zu tun hatte. Es waren einfache Anweisungen, weil Yusuf nur eine kleine Rolle zu spielen hatte: die des Mordopfers. Jan Teusch hingegen hatte das große Ganze im Blick. Er drückte Yusuf einen Siegelring mit verschnörkelten Buchstaben in die Hand, den er zum gegeben Zeitpunkt über seinen Finger streifen sollte. »Haben die Buchstaben eine Bedeutung?«, erkundigte sich der schlaksige Monti.

»Und ob!« Stolz erklärte Jan Teusch seinem Assistenten den groben Spielplan. Montis Augen wurden zunehmend größer. »Jetzt verstehe ich die Verkleidung«, gab er anerkennend zu, als Teusch seinen kurzen Vortrag beendet hatte. »Ich habe jetzt schon eine Gänsehaut. Ein geniales Spiel, Jan! Wirklich gruselig!«

Geschmeichelt lächelte der Spielführer: »Ja, lass dich überraschen. Ich kann dir noch nicht alles verraten, damit du dich nicht womöglich verplapperst. Aber ich kann dir versichern, das wird das beste Krimispiel, das je veranstaltet wurde. Schlimmer als jede Realität!«

## VORAHNUNG

Der Lüdenscheider Privatdetektiv Paul Masters hatte ein ungutes Gefühl, was das Wochenende anbetraf. Auf dem Beifahrersitz seines alten schwarzen Volvos plapperte die Blumenverkäuferin, die sich ihm als Hanna Bertrams vorgestellt hatte, ununterbrochen auf ihn ein. Sie hatten sich schnell darauf geeinigt, sich zu duzen. Hanna erzählte ihm, dass sie eines Tages ein Buchgeschäft eröffnen würde und dass die Einladung zum Krimispiel ja irgendwie dazu passen würde. Und als sie erfuhr, dass er als Privatdetektiv arbeitete, fühlte sie sich direkt dazu inspiriert, auch für ihn große Zukunftspläne als Krimiautor auszumalen.

Masters hörte die meiste Zeit nicht zu. Er ärgerte sich, dass sie ihm seine 150 Euro erst am Ende des Krimispiels aushändigen wollte, da sie befürchtete, er würde sie sonst stehenlassen. Er musste sich eingestehen, dass dieser blinde Maulwurf auf dem Beifahrersitz damit nicht ganz unrecht hatte. Er erwartete für das Wochenende also das Schlimmste. Und als der Nachrichtensprecher aus dem Autoradio für den Abend dann auch noch eine massive Schlechtwetterfront ankündigte, verstärkte sich sein Unbehagen. Doch Hanna schaffte es tatsächlich, während der Autofahrt mit ihrem aufgekratzten Gequatsche seine Bedenken zu zerstreuen. Eigentlich verließ sich Paul immer auf seine Intuition – hätte er auch dieses Mal auf seine warnende innere Stimme gehört!

»Und du bist dir ganz sicher, dass wir nicht bis zum Hauptparkplatz fahren müssen?«, fragte Paul, während er den Wagen wendete.

»Hier auf der Wegbeschreibung steht, dass es ein Wanderparkplatz am Schwarzen Siepen sein sollte. Klingt ganz schön gruselig, was?«, antwortete die Floristin und studierte nochmals die kopierten Zettel, die auf ihrem Schoß lagen. »Das muss ein Fluss oder Bach neben der Landstraße sein«, erklärte sie.

Paul steuerte seinen Volvo die steile und kurvenreiche Landstraße hinunter, die durch das waldreiche Gebiet rund um den Kahlen Asten führte.
Wie sich herausstellte, kannten beide das hoch gelegene und wegen seiner wunderbaren Fernsicht beliebte Ausflugsziel im Sauerland und waren bereits häufiger in der Gaststätte auf der Hochheide eingekehrt. Doch das Ziel, das auf der Wegbeschreibung stand, war weder Paul noch Hanna bekannt. Sie mussten eine Hütte des Sauerländischen Gebirgsvereins erreichen, die weitab von befestigten Straßen mitten im Wald lag.
Paul war noch immer skeptisch, ob er nicht doch lieber auf die 150 Euro verzichten und die Nervensäge am Wanderparkplatz absetzen sollte. Das Geld müsste locker für ein Taxi reichen. Bis Sonntag sollte der ganze Spaß dauern – unvorstellbar! Ein Krimispiel für einen Privatdetektiv, der 37 Jahre alt war und eigentlich sämtliche Tiefpunkte des Lebens kannte. Eigentlich … Andererseits war er froh, dass er sich auf diese Art und Weise davon ablenken konnte, dass Sandra Billmann zu seiner Ex-Freundin geworden war. Wenn er nur daran zurückdachte, wie sie diesen schmierigen Werbetypen geküsst hatte, fing sein Blut in den Adern zu brodeln an. Dann doch lieber ein kindisches Krimispiel mit dieser Brillenschlange namens Hanna.

»Und du kommst wirklich aus Lüdenscheid?«, fragte Hanna und riss Paul damit aus seinen Gedanken.

»Ja«, lautete seine knappe Antwort.

»Ich frag ja nur so …, weil … der Name Masters ist schon

ungewöhnlich, oder? Klingt irgendwie nach Agententhriller. So heißen doch sonst nur Helden und keine richtigen Menschen!«, meinte Hanna augenzwinkernd.

Paul ging nicht auf ihre witzig gemeinte Anspielung ein. »Mein Vater war Engländer. Er war in Paderborn stationiert.«

»Wieso war?«

»Er war im Falkland-Krieg und ist dort gefallen. Ich war noch sehr klein. Danach ist meine Mutter, die aus Lüdenscheid stammt, in ihre Heimatstadt zurückgezogen. Tja … und den Namen habe ich behalten.«

»Das tut mir leid … das mit deinem Vater«, meinte Hanna mitfühlend.

»Kein Problem. Ich habe kaum noch Erinnerungen an ihn. Ich war ungefähr drei, als er starb.«

»Du bist doch Detektiv. Hast du mal nachgeforscht, was ihm zugestoßen ist?«, wollte Hanna wissen.

»Ja«, lautete Pauls erneut knappe Antwort.

»Ja, was?«

»Ja, ich habe nachgeforscht und bin nicht weit gekommen. Das englische Militär ist sehr zugeknöpft. Und außerdem … außerdem geht dich das nichts an.«

»Ist ja schon gut! Ich wollte dir wirklich nicht zu nahetreten. Jedenfalls ist Paul Masters der perfekte Name für einen Privatdetektiv. Also nach meinem Empfinden«, erklärte Hanna.

»Ja, der Name ist gut«, gab Paul zu und hoffte, dass die kleine hässliche Floristin endlich ihre Klappe halten würde.

Der Schotter knirschte unter den Reifen, als der Detektiv seinen Wagen auf einen kleinen Wanderparkplatz lenkte. Paul parkte ordentlich neben zwei Autos, die bereits auf dem Platz standen, der von hohen Eichen und Buchen umsäumt war. Die Blätter der Laubbäume färbten sich bereits herbstlich gelb. Frische, erdige Waldluft schlug Paul und Hanna entgegen, als sie aus den Wagen stiegen. »Tut das gut!«, freute sich Hanna und sog die würzige Luft tief durch die Nase ein.

»Wirklich schön«, stimmte ihr Paul zu und blickte sich um. »Ich kann es gar nicht glauben, dass die im Radio eine

Schlechtwetterfront angekündigt haben. Bestimmt zieht sie an uns vorüber, so wie immer.« Er blinzelte in den Himmel, der einem Bilderbuchherbst alle Ehre machte: Vor einem strahlenden Blau segelten hoch oben gemächlich weiße Wolken entlang und schoben sich gelegentlich vor die Sonne, um sie dann wieder mit ihren noch wärmenden Strahlen freizugeben und die bunte Natur aufleuchten zu lassen. Das ideale Wetter für eine Wanderung. Und die war nun nötig. Rund acht bis zehn Kilometer lagen vor ihnen. Bei strammem Tempo würden sie die Hütte in etwas mehr als zwei Stunden erreichen, rechnete Paul im Kopf aus, als sie aus dem Kofferraum ihre Rücksäcke nahmen und sich auf den Rücken schnallten.

Paul trug eine seiner geliebten schwarzen Jeans und dazu eine leichte, regendichte Funktionsjacke in einem knallig leuchtenden Orange. Hanna war mit ihrer Jeans und einer tiefblauen Outdoor-Jacke dezenter gekleidet.

»Dann los!«, forderte Hanna den Privatdetektiv auf und schritt auf den gut ausgebauten Wanderweg zu. »Guck mal, das Wassertretbecken«, machte sie ihn gut gelaunt auf ein kleines Bassin am Wegrand aufmerksam. »Sollen wir es mal ausprobieren?«

»Danke, auf dem Rückweg vielleicht«, antwortete Paul und er fragte sich, ob er noch ganz bei Trost war, dem bebrillten Maulwurf zu folgen. Wie konnte man aus Geldnot nur so tief sinken! Und vor allem: Wie musste sich diese Hanna Bertrams dabei fühlen!? Wenn man mal die Umstände mit dem Rosenstrauß beiseiteließ, hatte sie ihn ja eigentlich für das Wochenende gekauft. Wie einen Callboy. Na ja, vielleicht war es nicht ganz so, sinnierte Paul, während er der Floristin in den Wald folgte. Irgendwie war es ja auch witzig von ihr.

»Du wirkst so nachdenklich«, sprach Hanna ihn an, als sie bereits eine kleine Strecke im Wald zurückgelegt hatten und nebeneinanderher gingen.

»Ich habe noch nie bei so einem Krimispiel mitgemacht. Weißt du eigentlich, was uns da erwartet?«, wollte Paul wissen.

»Ich habe nicht die geringste Ahnung. Aber eine Kundin hat mir erzählt, dass sie bereits bei einem Spiel dieses Veranstalters mitgemacht hat und begeistert war. Ich weiß nur, dass es ein historisches Rollenspiel ist und in der Zeit Ende des 19. Jahrhunderts spielt. Lass dich überraschen, vielleicht bist du sogar der Mörder.«

»Ich weiß nicht, mir nimmt dieser ganze Krimiquatsch überhand. Jeden Abend, wenn man den Fernseher einschaltet, wird einem eine Leiche auf dem Seziertisch serviert. Ich glaube, es gibt mittlerweile mehr Fernsehermittler als echte Bullen.«

»Die Leute sind eben fasziniert vom Bösen und von unheimlichen Rätseln. Deshalb boomen auch die Krimispiele.«

»Die Leute sind verrückt. Wenn die wüssten, wie banal die meisten Verbrechen sind! Rache, Triebhaftigkeit, Habgier, Eifersucht, Kränkungen und oftmals kleine Streitereien, die sich in Verbindung mit Alkohol zu einer rasenden Wut und Mord im Affekt steigern – das sind die häufigsten Motive. Da gibt es nichts Rätselhaftes und das ist auch kein Spiel!«

»Willst du mir jetzt eine Moralpredigt halten?«

»Nein, ich freue mich auf das Wochenende.«

»Klingt aber nicht so.«

»Vielleicht erhöhst du einfach mein Salär etwas, das könnte auch meine Stimmung heben«, gab Paul trocken zurück und grinste.

Hanna blieb stehen und studierte sein Gesicht. Als sie sein Grinsen sah, lachte sie und stupste Paul an.

Scheiße, Scheiße …, dachte er, hoffentlich wird sie jetzt nicht auch noch zutraulich. Er konnte sich beim besten Willen keinen näheren körperlichen Kontakt mit diesem flachbrüstigen und vorlauten Wesen vorstellen. Verglichen mit den Kurven seiner verflossenen Sandra erschien ihm Hanna Bertrams wie ein unterentwickelter Teenager.

Immer tiefer führte sie der Weg, der sich an einem Hang entlang schlängelte, in den Wald hinein und Paul konnte sich kaum vorstellen, dass in dieser Abgeschiedenheit jemand eine Hütte errichtet haben sollte. Links und rechts standen Fichten und zusammen mit den Farnen und Sträuchern, die bereits herbstlich welkten, war die Natur zu einer undurchdringlichen braun-grünen Wand zusammengewachsen.

»Ich komme mir vor wie bei Hänsel und Gretel«, meinte Paul, um das Schweigen, das bereits seit zwanzig Minuten anhielt, zu unterbrechen.

»Ich finde es ebenfalls märchenhaft schön«, pflichte ihm Hanna bei, als sich nach einer Wegbiegung der dichte Baumbestand lichtete und den Blick auf ein Tal freigab, das von einem schmalen Bach durchzogen war. Hanna schaute auf ihre Uhr. »Ich glaube, es ist nicht mehr weit und jetzt geht es ja bergab.«

Nach ungefähr fünfzehn Minuten konnten sie ihr Ziel sehen: In einer Lichtung standen nahe an einem Fischteich zwei große, verwitterte Holzgebäude auf einer Rasenfläche.

»Ich glaube es nicht!«, staunte Paul. »Mitten im Nirgendwo eine menschliche Ansiedlung.«

Als sie sich der SGV-Hütte näherten, erkannte Paul, dass es sich um ein Hauptgebäude mit Fenstern und eine Art Scheune handelte. Außerdem standen etwas abseits hinter den Holzhäusern zwei winzige Hütten, deren Türen jeweils ein ausgesägtes Herz zierte und damit unmissverständlich den Zweck verdeutlichte. Paul hoffte inständig, dass es in dem Haupthaus fließendes Wasser und entsprechende sanitäre Einrichtungen gab. Was ihn jedoch am meisten überraschte, war der VW-Bus, der auf der Wiese parkte.

»Wir hätten hier mit dem Auto hinfahren können?«, fragte er Hanna erstaunt. »Ich hatte mich schon gewundert, dass der Wanderweg so gut ausgebaut ist.«

»Also davon stand nichts in der Einladung«, entschuldigte sich die Floristin, die ihm zum Wanderparkplatz geführt hatte. »Wahrscheinlich haben die Veranstalter und die Leute vom SGV, die die Hütte bewirtschaften, eine Sondergenehmigung. Irgendwie müssen die ja das Essen und die Getränke hierher rankarren.«

»Äh, Hanna, eine wichtige Sache gibt es da noch. Es wäre

mir sehr lieb, wenn du nichts von meinem Beruf sagen würdest. Ich meine, es muss ja nicht gleich jeder wissen. Bei so einem Krimispiel könnte das die anderen in ihrer Entfaltung hemmen, wenn die wissen, dass ein Profi dabei ist.«

Hanna kicherte: »Ja, ist klar, nee!? Ein Profi, der die anderen hemmt! Ich glaube eher, du willst dich nicht blamieren. Aber keine Sorge, es bleibt unter uns.«

Ein kräftiger junger Mann, der ein weißes Hemd mit weiten Rüschenärmeln, eine eng anliegende Naturlederhose und Stulpenstiefel trug, kam in großen Schritten auf Hanna und Paul zu und schüttelte ihnen die Hände. »Ich bin Jan Teusch, der Spielleiter. Es wäre schön, wenn wir uns an dem Wochenende alle duzen können, ihr bekommt sowieso gleich noch eure Spielnamen.«

»Angenehm, Hanna Bertrams … also Hanna«, stellte sich die zierliche Floristin vor.

»Äh ja, und ich bin Paul, Paul Masters. Haben wir da etwas übersehen? Ist das ein Faschingsball und sollten wir verkleidet kommen?«

Der Spielleiter lachte: »Nein, die Verkleidung ist Teil des Krimispiels. Aber dazu später mehr. Ich finde es toll, dass ihr da seid. Wir haben ein kleines Buffet hergerichtet und wollen uns zunächst ein wenig kennenlernen, bevor wir dann mit dem Spiel starten. Greift einfach zu.« Der Spielleiter machte eine übertriebene Verbeugung, wobei er mit seinen weiten Hemdsärmeln wedelte, sodass sich Paul an alte Historienfilme erinnert fühlte. Jan deutete mit einer einladenden Bewegung zu einem Holztisch, auf dessen karierter Tischdecke eine zünftige Brotzeit mit Schinken, Würsten, Käsesorten, dunklen Brotlaiben, einem Fass Bier und einigen Flaschen alkoholfreier Getränke aufgebaut war. »Lasst es euch wohl schmecken!«

Paul rollte bei Jans Bemerkung mit den Augen und folgte Hanna zu dem Buffet, wo bereits weitere Teilnehmer mit Papptellern und Gläsern in der Hand herumstanden und Smalltalk betrieben.

Hanna und Paul stellten sich per Handschlag reihum

vor. Zu der Gruppe gehörten zwei ältere Damen namens Dörthe Kleiber und Ruth Ellingwart sowie ein Ehepaar, das Paul auf Mitte dreißig schätze, und das sich freundlich als Isabelle und Frederik Lohmann vorstellte. Und dann gab es noch Yusuf Monti, ein schlaksiger junger Mann, der sich als Assistent des Spielleiters zu erkennen gab, was schon allein an seiner ungewöhnlichen Kleidung deutlich wurde: Er steckte in einem viel zu weiten lilafarbenen Gehrock eines Adeligen und trug auf dem Kopf einen Dreispitz.

Bei der ungewöhnlichen Namenskombination von Monti konnte Paul einfach nicht widerstehen. »Interessanter Name, darf man fragen, woher ihre Eltern stammen?«, erkundigte sich der Lüdenscheider Privatdetektiv jovial.

»Aus Wenden und Altenhundem. Ich bin Sauerländer in dritter Generation«, kam die Antwort wie aus der Pistole geschossen.

»Äh … ja. Ach so«, versuchte sich Paul herauszuwinden, der mit seiner Frage voll ins Fettnäpfchen getreten war. Die anderen Teilnehmer konnten nur mit Mühe ihr Grinsen unterdrücken. Unbehaglich wich Paul den Blicken aus. »Ja … das kann ja heute doch noch eine Dusche geben«, meinte er, um vom Thema abzulenken, und deutete auf die schiefergraue Wolkendecke, die sich mittlerweile beinahe wie aus dem Nichts am Himmel zusammengezogen hatte.

Paul und Hanna bedienten sich an dem rustikalen Buffet und unterhielten sich mit den anderen Gästen hauptsächlich über das Wetter, die fantastische Umgebung der Hütte mitten im Wald und über die gespannten Erwartungen an das Krimispiel. Paul merkte schnell, dass die anderen ihn und Hanna für ein Paar hielten. Sie sprachen sie hauptsächlich gemeinsam an und Hanna machte nicht die geringsten Anstalten, den Status ihrer Beziehung – oder besser gesagt: ihrer Nichtbeziehung – klarzustellen. Normalerweise kümmerte es Paul nicht die Bohne, was andere über ihn dachten. Doch in diesem Fall hätte er nur allzu gern klargestellt, dass zwischen ihm und dieser Miniausgabe einer Eule nichts, aber auch gar nichts lief. Ja, am liebsten hätte er laut verkündet, dass Hanna weit unter seiner Würde lag. Doch dieses Mal hörte er eine warnende innere Stimme und er schob das Vorhaben schnell wieder beiseite: Die Peinlichkeit mit diesem Yusuf Monti reichte bereits.

Paul sah sich um und musterte die Mitspieler. Ihm fiel auf, dass Frederik Lohmann einen nervösen Eindruck machte. Immer wieder zückte er sein Smartphone, tippte darauf herum, hielt es in die Höhe und beschwerte sich dann murmelnd, dass er keinen Empfang habe. »Mein Mann ist Ingenieur und arbeitet derzeit an einem großen Projekt. Er kann einfach nicht abschalten – im wahrsten Sinne des Wortes«, erklärte seine Frau Isabelle Lohmann. »Oder erwartest du eine andere SMS?«, fügte sie schnippisch in Richtung ihres Mannes hinzu.

»Also ich finde es ganz erholsam, dass die Handys hier mal nicht funktionieren«, meinte Hanna, »Die Dinger nerven doch nur.«

Auch das noch!, dachte Paul. Diese Hanna ist auch noch eine von dem Typus Friedensstifterin. Sie hat die Spannung zwischen den Ehepartnern bemerkt und wollte nun vermitteln.

Paul staunte über sich selbst, als er Hanna unterstützte und sich plötzlich sagen hörte: »Vielleicht sind es ja auch atmosphärische Störungen, die den Empfang stören. Schauen Sie sich mal den Himmel an, da braut sich einiges zusammen.«

Hanna warf ihm einen dankbaren Blick zu, den er bemüht regungslos ignorierte.

Schweigend standen alle Teilnehmer im Kreis zusammen und konzentrierten sich auf ihre Getränke und das deftige Essen. Nach einer Weile bemühte sich eine der älteren Damen, wieder ein unverfängliches Gespräch in Gang zu bringen: »Wir haben ja schon zwei Krimispiele mit dem Herrn Teusch, also mit dem Jan, mitgemacht. Wir waren sehr zufrieden. Es waren wirklich außergewöhnlich knifflige Fälle.«

»Ja, und du, Dörthe, du hast beide gelöst«, warf die andere Dame ein, die offensichtlich mit ihr befreundet war.

Sichtlich geschmeichelt über das Lob, wiegelte sie ab:

»Nun ja, sie müssen wissen … wir beide sind richtige Crime-Ladys, wie man heutzutage sagt. Da kennt man sich aus. Und Sie? Auch Krimi-Fans?«

»Ja, in jedem Fall!«, antwortete Hanna spontan.

Paul sah sie mit gerunzelter Stirn an.

»Nun, Ihr Mann wohl nicht so sehr, was?«, lächelte die Krimiexpertin.

»Wir sind nicht verheiratet«, beeilte sich Paul zu sagen. »Und mit Krimis habe ich eigentlich nichts zu tun. Sind nicht so mein Fall«, fügte er noch hinzu.

»Masters heißen Sie?«, mischte sich jetzt wieder die andere ältere Dame ins Gespräch ein. »Kommt mir bekannt vor. Darf man fragen, wo sie arbeiten?«

»In der Verwaltung.«

»Was sie nicht sagen! Ich war über vierzig Jahre im Schuldienst. Am Städtischen Gymnasium in Olpe.«

»Dann können wir uns nicht kennen. Ich bin in Lüdenscheid aufgewachsen und wohne auch dort.«

»Gab es nicht mal einen Anwalt, der in einen Skandal verwickelt war?«, hakte die ältere Dame namens Ruth Ellingwart nochmals nach.

Paul spürte, wie ihm das Blut ins Gesicht schoss. Verdammt! War die Geschichte bis nach Olpe gedrungen? »Nein, da müssen Sie sich täuschen oder es ist eine Namensähnlichkeit«, log er.

»Das ist aber eine Überraschung, der Herr Privatdetektiv Masters! Ich freue mich, dich zu sehen, mein Lieber.«

Die beiden älteren Damen Dörthe Kleiber und Ruth Ellingwart, das Ehepaar Lohmann und Yusuf Monti starrten Paul mit offenen Mündern und fragendem Gesichtsausdruck an.

Paul drehte sich um. Hinter ihm standen Annette von Dahl, Erbin des Bier-Imperiums der Briloner Brauerei, und ihr Mann Dr. Gernot Hesse, Anwalt für Markenrecht in Olpe und Pauls Jugendfreund und derzeit größter – und einziger – Auftraggeber.

Hesse strahlte über das ganze Gesicht. »Ich habe ehrlich

gesagt nicht damit gerechnet, dass du an dem Krimispiel teilnimmst. Ich hatte geglaubt, dass du dich nach Amsterdam wochenlang in deiner Fabrik verkriechst. Wo ist Sandra?«

»Ja, wo ist Sandra eigentlich?«, erkundigte sich Annette von Dahl, die ihren adeligen Namen bei der Eheschließung mit Gernot Hesse beibehalten hatte. Auch ihre adelige Attitüde hatte sie nicht abgelegt, obwohl sie eine der größten Brauereien Deutschlands leitete und keine Champagner-Produktion. Paul Masters hatte sie noch nie leiden können und er wunderte sich, warum die stets perfekt aussehende Annette von Dahl ausgerechnet die halbe Portion Gernot Hesse geheiratet hatte, der zu Schulzeiten auf dem Zeppelin Gymnasium nur gehänselt wurde und der niemals ein Date bekam. Paul konnte sich noch gut an den Streber Gernot erinnern. Zu Schulzeiten hatten sie nur wenig miteinander zu tun, doch als sie beide zeitgleich in Münster Jura studierten, war Paul dankbar für die Hilfe des Strebers Gernot. Ohne ihn hätte er sein Anwaltsstudium niemals geschafft. Vielleicht wäre es besser so gewesen, weil ihm dann einiges im Leben erspart geblieben wäre.

»Willst du uns nicht deine bezaubernde Begleitung vorstellen?«

»Was? Wer?« Paul wurde jäh aus seinen Gedanken gerissen.

»Ach, das … das ist, ja, äh …«, stammelte er.

»Ich bin Hanna Bertrams, eine Bekannte von Paul«, stellte sich die Floristin selbst vor und schüttelte Annette von Dahl und Gernot Hesse freundlich die Hand. Die beiden stellten sich ebenfalls vor.

»Eine Bekannte von Paul, die wir noch gar nicht kennen? Da müssen Sie uns aber bitte aufklären, wo und wie Sie sich kennengelernt haben«, bat Annette.

»Zufällig! Wir haben uns zufällig in einem Buchgeschäft bei den Krimis kennengelernt und da Hanna eine Krimiliebhaberin ist … und, äh, Sandra keine Zeit hatte, habe ich Hanna eingeladen«, mischte sich Paul schnell ein, bevor Annette und Gernot die Wahrheit erfahren würden.

»Ja! Ja, so war es. Eine sehr überraschende Einladung.

Aber eine tolle Idee«, nickte Hanna zustimmend und strahlte Paul an.

Obwohl sie teilnahmslos taten, hatten die anderen Teilnehmer die kurze Unterhaltung mitverfolgt, wie Paul feststellte, als er in die Runde blickte.

Die auf Paul resolut wirkende ältere Dame namens Dörthe Kleiber, die mal Lehrerin gewesen war, lächelte ihn verschmitzt an. »So, so … ein Verwaltungsangestellter, der eigentlich ein Privatdetektiv ist. Das kann ja lustig werden! Da haben wir ja richtig starke Konkurrenz. Und sind Sie die Frau von Dahl, die man aus der Presse kennt? Die Erbin der Briloner Brauerei?«, fragte sie neugierig und prostete mit ihrem Bierglas der Runde zu.

»Die bin ich! Und ich hoffe, es ist unser Bier hier im Ausschank und es mundet Ihnen!?«

»Hervorragend! Aber ich muss mit Ihnen noch über Sonderpreise verhandeln«, lachte Spielleiter Jan Teusch, der sich mittlerweile zu der Gruppe gesellt hatte. »Und dann haben wir – wie ich höre – einen echten Privatdetektiv in unserer Runde. Da sind die Ansprüche ja ganz besonders hoch. Und darf ich fragen, was Sie beruflich machen?«, erkundigte sich Teusch beim auch in seiner Wanderkleidung auffallend eleganten Dr. Gernot Hesse.

»Ich bin Anwalt in Olpe«, erklärte der schmächtige, aber selbstsicher auftretende Hesse.

»Privatdetektiv und Anwalt … Leute vom Fach also«, schmunzelte Spielleiter Teusch. »Ich freue mich darauf. Wenn ich Sie nun alle bitten darf, Ihre Rucksäcke im Aufenthaltsraum unserer bescheidenen SGV-Hütte abzustellen. Die Zimmer beziehen Sie dann später. Wir sind nämlich vollzählig und wollen mit dem Spiel starten. Wir treffen uns in zehn Minuten in dem alten Stall. Das ist das Gebäude dort vorn.«

# SPURWECHSEL

Hanna blickte sich erstaunt um, als sie mit Paul den Stall betrat. In dem großen Raum schien seit hundert Jahren die Zeit stillzustehen. Mächtige dunkle Balken trugen die ebenso beeindruckende hölzerne Dachkonstruktion. Im vorderen Teil gab es einen großen Freiraum, an dessen Wänden Holzscheite bis zur Decke gestapelt waren. Ringsum waren große Strohballen wie Sitzgelegenheiten verteilt. Hanna stieg eine Mischung aus frisch gesägtem Holz und dem typisch feuchten Muff alter Gebäude in die Nase, den sie nur zu gut vom Fachwerkhaus ihrer Eltern kannte. »Oh Paul, schau mal dort hinten! Die Pferdeboxen. Sieht aus, als wären die noch in Betrieb«, rief sie begeistert aus.

»Ich mache mir mehr Sorgen über die Brandgefahr«, meinte Paul und deutete auf die zahlreichen Petroleumlampen, die auf den Strohballen standen und an den Balken hingen.

»Die werden schon wissen, was sie tun. Schau dir doch nur mal das alte Zaumzeug und dieses wundervolle Kummetgeschirr an, was da hängt. Das sind ja richtige Antiquitäten!«

»Richtig, das sind wirklich alte Stücke und sie passen hervorragend zu unserer Krimigeschichte«, sagte Jan Teusch, der mit seinem Assistenten soeben die Stallung betreten hatte.

»Ganz schön unverantwortlich von Ihnen, die Lampen hier ohne Aufsicht brennen zu lassen«, beschwerte sich Paul. »Das brennt doch hier wie Zunder.«

»Keine Sorge!«, beschwichtigte ihn Teusch lächelnd, »Hier kann sich nichts entzünden. Da können Sie ganz sicher sein.« Hanna fiel auf, wie der Spielleiter bei diesen Worten seinen jungen Mitarbeiter Monti vielsagend ansah und dieser unmerklich nickte und grinste.

Fast zeitgleich traten die anderen Mitspieler ein, wobei ein plötzlicher heftiger Windstoß das hölzerne Tor erfasste und es krachend gegen die Wand schlug. Ein Haufen Herbstblätter flog in den Vorraum.

»Huch, da draußen braut sich aber ganz schön was zusammen«, sagte Dörthe Kleiber und rieb sich die Hände. Yusuf Monti schritt schnell zum Tor und schloss es, indem er einen großen Riegel vorschob. Gerade rechtzeitig, denn erneut rüttelte eine Böe an der alten Pforte.

»Besser hätte es nicht sein können. Eine Kulisse ganz so, wie wir sie brauchen«, freute sich Teusch. »Bilden Sie bitte einen Halbkreis, sodass mich alle sehen und mir gut zuhören können«, forderte er die Krimispieler auf, die sich ebenso staunend wie Hanna in dem großen alten Raum umsahen. »Ist ja wie in einem Museum hier«, bemerkte Dr. Gernot Hesse an seine Frau gewandt.

Teusch verbeugte sich wie bei Hannas und Pauls Empfang erneut tief und wirbelte dabei mit einem Arm durch die Luft, um augenscheinlich die Rüschenärmel seines Hemdes zu betonen. »Seid gegrüßt, verehrte Gäste! Hochherrschaftliche Damen und edle Herren, wir befinden uns im königlichen Forst von England und schreiben das Jahr 1886. Dem Zufalle haben wir es zu verdanken, dass er uns an dieser kargen, aber gastlichen Raststation im Walde zusammengeführt hat und wir ein sicheres Dach über dem Kopfe finden. Verzeihen Sie bitte die Entbehrungen, die Sie ertragen müssen … und die Einfachheit dieses ländlichen Ortes, verehrte Herrschaften, doch die Knechte und Mägde werden bemüht sein, euch den Aufenthalt so angenehm wie möglich zu gestalten.«

Hanna ließ sich vergnügt auf die spielerische Zeitreise ein und schaute Paul an, um zu sehen, wie er es fand. Der schaute nur frustriert zur Decke und schüttelte verächtlich den Kopf. Komischer Typ, dachte sie. Mal fühlte sie sich sehr zu ihm hingezogen, dann wieder kam er ihr vor wie ein einfacher Lüdenscheider Kleinstadt-Macho.

Bevor Hanna weiter über den seltsamen Privatdetektiv nachdenken konnte, wurde sie bereits von Spielleiter Teusch abgelenkt, der unbeirrt mit seinem Krimispiel fortfuhr und sich dabei im Duktus vergangener Zeiten übte.

»Nun … Wohlan, möge unser gemeinsamer Abend und das grausige Spiel hiermit beginnen! Ich werde euch, verehrte Edelleute, nun Umschläge überreichen. Leset sie gut durch, verdeckt sie vor euren Mitspielern, denn sie enthalten nur Anweisungen für euch höchstselbst! In diesem Spiele treten an Ermittler, Verdächtige und … ja … so ist es Sitte bei dieser Art von schwarzem Vergnügen: ein Mörder oder eine Mörderin. Doch noch wisset ihr nicht, wer welche Rolle innehat. Lasset euch von mir führen. Setzet eure ganze geistige Kraft ein, dann möget ihr dieses Spiel gewinnen. Denn wer seine gestellte Aufgabe mit Bravour und bester Leistung löset, erhält von mir – dem Leiter und Unparteiischen eures Spieles – die wohlverdienten Punkte. Denket immer daran: Sie sind mehr wert als des Königs Dukaten!«

Yusuf Monti, der sich während der Ansprache im Hintergrund gehalten hatte, trat nun nach vorne und hielt Jan Teusch feierlich eine silberne Schatulle entgegen. Monti öffnete den Deckel und Teusch entnahm eine Handvoll Umschläge und hielt sie in die Luft. »Ihre Aufträge und Namen für die erste Runde des ehrwürdigen Kriminalspiels«, verkündigte er feierlich und überreichte jedem einzelnen Mitspieler einen verschlossenen Briefumschlag.

Hanna hatte bereits die Verschlusslasche aufgerissen, da erlosch plötzlich das Licht im Stall. Sämtliche Petroleumlampen fielen gleichzeitig aus! Die beiden älteren Damen schrien vor Schreck kurz auf. Ein krachender Donnerknall erschütterte die Holzwände und fuhr Hanna bis ins Mark. Dann blitzte es gespenstisch, und weitere Donnerschläge ließen Hanna jedes Mal zusammenzucken. So plötzlich, wie er gekommen war, so schnell war der Spuk auch wieder vorbei. Die Petroleumlampen verbreiteten wieder ihr warmes Licht im vorderen Teil des ehemaligen Pferdestalls und Hanna sah, dass allen noch der Schreck ins Gesicht geschrieben stand. Nur der Anwalt Hesse lächelte. »Diese alten Öllampen hier …«, flüsterte er seiner Frau Annette von Dahl zu, »… das sind Attrappen. Da ist gar kein Brennstoff drin, die werden mit LED-Technik beleuchtet. Daher auch die Blitze soeben … und die Donnergeräusche kamen von Band.«

Jan Teusch sah Hesse finster an. »Ach, wo er doch alles

so gut erklären kann, so möge er mir sagen, was das denn zu bedeuten habe …«

Im hinteren Teil des alten Stallgebäudes flammten wie von Geisterhand die Petroleumleuchten auf, die an den Pfeilern zu den Pferdeboxen hingen. Sofort fiel Hannas Blick auf die leblose Gestalt am Boden. Hanna erkannte an der Kleidung, dass es Yusuf Monti war.

»Tretet nur näher heran und betrachtet dieses verabscheuungswürdige Verbrechen!«, rief Jan Teusch und ging auf den leblosen Monti zu. »Leset eure Aufgabe und beginnet mit der Aufklärung dieser schändlichen Tat!«

Als Hanna zusammen mit den anderen näher herantrat, sah sie, dass Monti keinen Dreizack mehr auf dem Kopf trug. Stattdessen steckte eine Axt in seinem Schädel. Blut war über sein Gesicht gelaufen und unter seinem Kopf hatte sich eine Lache gebildet. Hanna fand, dass es unheimlich echt aussah. Doch auch hier musste Gernot Hesse wieder mit seiner Bemerkung die Illusion zerstören: »Gut gemacht, aber man sieht schon, dass es eine Axt aus Kunststoff ist … und … nun ja, kein Ketchup, aber sicher Theaterblut. Kompliment, das ist wirklich beeindruckend.«

»Junger Mann, können Sie Ihre Bemerkungen vielleicht unterlassen«, bat ihn Dörthe Kleiber mit der resoluten Stimme einer Lehrerin, die keinen Widerspruch duldete. »Wir alle wissen, dass es ein Spiel ist und dass es nur funktioniert, wenn man sich darauf einlässt und die Rolle mitspielt.«

»Danke, Dörthe!«, sagte Teusch, »Das hast du genau richtig gesagt. Vielleicht öffnen Sie jetzt alle Ihre Umschläge und befolgen dann Ihre Anweisung auf dem Zettel.«

Hanna nahm das Blatt Papier heraus und las ihre Aufgabe. Demzufolge war ihr Name im Spiel Sally Harper. Ihre Aufgabe bestand darin, die anderen Mitspieler vom Siegelring des Opfers abzulenken, der die Initialen »SH« trug. Sie müsse aber ehrlich ihren Spielnamen nennen und sie kannte laut Anweisung das Opfer. In welcher Beziehung sie zu ihm stand, würde sie später erfahren. Wenn zwanzig Minuten lang niemand den Verdacht äußern würde, dass sie in Verbindung zum Opfer stehe, dann würde sie einen Punkt gewinnen.

Machbar, dachte Hanna und blickte sich unauffällig um. Kurze Zeit waren alle in ihre Lektüre vertieft, um dann fast gleichzeitig aktiv zu werden. Hanna sah aufgrund ihrer Aufgabe zunächst keine Veranlassung, in das Geschehen einzugreifen. Amüsiert betrachtete sie die Brauereibesitzerin Annette von Dahl, die ganz aus dem Häuschen war, was gar nicht zu ihrer damenhaften Erscheinung passte. »Oh mein Gott, ich bin Shirley Holmes!«, rief sie und freute sich wie ein Kind, was aber offensichtlich die Crime-Lady Dörthe Kleiber ärgerte, die diese Rolle gerne für sich beansprucht hätte: »Nun … das müssen Sie ja nicht so rausposaunen. Ich hatte bereits eine ähnliche Rolle. Schön, dass Ihnen Ihr Spielcharakter so gefällt.«

»Darf ich Sie dann in meiner Funktion als Detektivin fragen, wer Sie sind und ob Sie das Opfer kannten?«, meinte Annette von Dahl alias Shirley Holmes amüsiert.

»Ich glaube, das verschieben wir und untersuchen zunächst mal den Tatort«, wich Dörthe Kleiber aus und blieb der hübschen Brauerbesitzerin die Antwort schuldig.

Hanna fand es erstaunlich, wie schnell die Mitspieler ihre Rollen und ihre Aufgaben annahmen. Paul Masters hatte sich bereits über die »Leiche« gebeugt und untersuchte sie – das war bestimmt seine Aufgabe. Annette von Dahl alias Shirley Holmes wollte sofort alle Mitspieler befragen, während die Aufgabe ihres Mannes wohl darin bestand, sie davon abzuhalten. Andauernd versuchte der Anwalt, seine Frau von der Leiche wegzulocken und auf unwichtige Kleinigkeiten aufmerksam zu machen.

Isabelle Lohmann, die Frau des mürrischen Ingenieurs, begab sich in die Pferdeboxen und stöberte im Stroh herum. Ihr Mann lehnte unbeteiligt an einem Holzpfosten und verzog säuerlich das Gesicht. Die ehemalige Lehrerin Dörthe Kleiber ging suchend um die Leiche herum, während sich die andere ältere Dame, Ruth Ellingwart, als »Johanna Watson« vorstellte und »Shirley Holmes« um eine wichtige Unterredung unter vier Augen bat.

Hanna gesellte sich zu Frederik Lohmann, einerseits um keine Aufmerksamkeit zu erregen, denn die Zeit arbeitete ja für sie, andererseits wollte sie wissen, warum Lohmann sich nicht in das Spielgeschehen einmischte. »Na, keine Lust mitzumachen? Oder schreibt Ihnen Ihre Rolle vor, dass Sie sich unauffällig im Abseits halten sollen? Wie lautet Ihr Name im Spiel?«, erkundigte sich Hanna höflich.

»Ich heiße nach wie vor Frederik Lohmann. Das Spiel macht mir ganz großen Spaß. Sie entschuldigen mich jetzt bitte, ich muss mich um meine Frau kümmern. Es war ihre Idee, hier teilzunehmen.«

»Ich wollte doch nur Ihren Namen im Spiel wissen …«, sagte Hanna, aber Lohmann ließ sie einfach stehen. Seltsamer Typ, überlegte sie. Hat ja eine ähnlich positive Einstellung wie Paul Masters. Vielleicht war dieses Spielwochenende auch ein Treffpunkt der Arschlöcher.

Als ob er ihre Gedanken gelesen hätte, meldete sich Paul, der nun unmittelbar neben der Leiche stand, mit kräftiger Stimme zu Wort: »Sehr verehrte … äh … Edelfrauen und Edelmänner! Wenn Sie mir bitte kurz Ihre Aufmerksamkeit schenken würden. Ich habe das bemitleidenswerte Opfer untersucht. Kennt jemand seinen Namen? Weiß jemand, warum und wie er hier in dieser einsamen Raststation gelandet ist? In seinen Taschen war nichts zu finden. Der einzige persönliche Gegenstand, den ich an der Leiche entdecken konnte …«

Hanna musste sofort verhindern, dass Paul die unvermeidlich folgenden Worte aussprach, denn bestimmt würde er auf den Ring zu sprechen kommen und dann würde es sehr schnell auffliegen, dass sie den Toten gekannt haben musste … und das hieß dann: Keine Punkte für Hanna.

»Was ist das denn hier?«, unterbrach Hanna Pauls Ausführungen.

Sofort schauten alle Hanna erwartungsvoll an. »Das ist aber seltsam, oder?«, setzte Hanna ihre Geschichte fort, ohne auch nur einen einzigen Anhaltspunkt dafür zu haben, was denn nun seltsam sei. Ihr musste schnell etwas einfallen, denn die Mitspieler würden ihr Vorhaben bestimmt gleich durchschauen. Und unser Meisterdetektiv schaut mich schon so wissend an, dachte sie, freute sich dennoch gleichzeitig darüber, dass der Privatdetektiv nun doch so voll und ganz in die Krimigeschichte eingestiegen war und nicht missmutig herumstand wie dieser Frederik Lohmann. Wie aktiv Paul Masters war, zeigte sich sogleich an seiner spitzen Äußerung: »So denn, kluge Frau, möge Sie uns Außenstehende und Nichtwissende in Ihr Geheimnis einweihen und sich erklären, was Euch in diesem Stalle seltsam dünkt?« Jetzt lächelte sie Paul Masters sogar an!

»Hört, hört … wie wohl gesprochen!«, lobte Spielleiter Teusch Pauls Ausführungen.

Hanna nahm das Spiel von Paul an und gab sich Mühe, ihre Sätze ebenfalls altertümlich klingen zu lassen, obwohl ihr bewusst war, dass Ende des 19. Jahrhunderts bestimmt niemand derart mittelalterlich gesprochen hätte. Doch das spielte keine Rolle. Die Hauptsache war doch, dass es Paul, ihr und den anderen Spielern einfach Spaß machte. »Mein Herr, mir war, als hätte ich einen dunklen Schatten gesehen und einen kalten Hauch verspürt. Es schien mir so, als würde eine Grabeskälte meine Schultern frösteln lassen. Hat es jemand der Anwesenden ebenfalls gespürt?« Hanna blickte sich suchend in dem alten Stall um, ob sich eine weitere Möglichkeit zur Ablenkung der Spielteilnehmer finden ließ. Heugabeln, Strohbesen, ein alter Pflug, ein Wagenrad, antiquiertes Zaumzeug, rostige Hufauskratzer … nichts schien ihr auf die Schnelle helfen zu können. Doch dann fiel ihr Blick auf etwas Kleines, ein winziges Detail. Hanna kniff ihre Augen zusammen, um es genauer zu fixieren. Zwischen den Ritzen der Stallwand war etwas! Sie ging näher an die groben Bretter heran und erkannte, dass in der schmalen Lücke ein Zettel steckte. Sie dachte sofort daran, dass dies zum Spiel gehörte: »Na, was haben wir denn hier? Etwa eine geheime Botschaft oder ein Hinweis?«

Das Papier ragte nur einen knappen Millimeter aus der

Lücke heraus, weshalb Hanna mehrfach mit ihren Fingernägeln daran zupfen musste. Dann endlich hielt sie das gefaltete Stück Papier in der Hand.

»Und? Was steht darauf?«, fragte Dörthe Kleiber neugierig.

Hanna traute ihren Augen nicht. In hastiger Handschrift waren nur wenige Sätze auf den Notizzettel gekritzelt:

*Hilfe. Wir haben Todesangst. Es wird etwas Schlimmes passieren. Wir sind in diesem Stall eingesperrt. Bitte benachrichtigen Sie die Polizei. Hilfe, dies ist kein Scherz. Amelie Gante und Leonie Schmitz.*

»Das ist aber seltsam …«, murmelte sie.

»Nun spannen Sie uns doch nicht so auf die Folter!«, forderte Dörthe Kleiber lauthals.

Hanna las den handschriftlichen Hilferuf mit deutlicher Stimme vor.

Verdutzt schauten sich die Spielteilnehmer an. Eine Weile sagte niemand etwas, sodass man nun deutlich die pfeifenden Windgeräusche von außen vernahm und das Ächzen der Dachbalken sowie das heftiger werdende Rütteln am Tor hörte.

Hanna räusperte sich. »Ähm … ja … gehört das jetzt zu dem Spiel dazu?«

Alle schauten den Spielleiter Jan Teusch fragend an. Auch Monti hatte seine Rolle als Leiche aufgegeben und scharrte sich mit den anderen Spielteilnehmern um Hanna.

»Darf ich mal sehen?«, fragte Teusch.

Hanna reichte ihm den zerknitterten Zettel. Der Spielleiter las ihn mit gerunzelter Stirn. »Nein … der hat nichts mit dem Spiel zu tun. Ich fürchte, das ist ein ernstzunehmender Hilferuf. Wie lange mag die Botschaft schon in der Wand stecken?«

»Vielleicht ist sie von einem anderen Krimispiel übrig geblieben?«, mutmaßte Dörthe Kleiber vorlaut.

»Glaube ich nicht«, gab Teusch zu bedenken. »Wir sind die Ersten, die hier so etwas veranstalten. Der Vermieter hat sich über die Idee richtig gefreut, weil hier im Gegensatz zum Gipfel und der Hochheide des Kahlen Astens sehr wenig los ist.«

»Wir haben doch einen Privatermittler und einen Juristen in unseren Reihen. Sollen die doch mal sagen, was sie davon halten!«, warf Dörthe Kleiber ein.

Teusch gab den Zettel an Paul Masters weiter. Sogleich stand Gernot Hesse neben ihm und schaute ihm über die Schulter. »Sieht aus, wie von Kindern oder Jugendlichen geschrieben«, stellte der Anwalt fest. »Vielleicht nur ein Scherz einer Jugendgruppe, die hier mal übernachtet hat?«

»Können wir vielleicht mal bei der nächsten Polizeidienststelle anrufen und uns erkundigen?«, fragte Hanna sorgenvoll.

»Wie denn, ohne Verbindung?«, meinte Frederik Lohmann zerknirscht.

»Also, hier sind schon hin und wieder Jugendgruppen«, erklärte Yusuf Monti, »ich kann mir vorstellen, dass die hier Spiele veranstalten und dass so etwas dazugehört.«

Hanna musste trotz der obskuren Situation lächeln, weil Monti mit der Axt im Kopf wie ein wandelnder Zombie aussah.

»Also, was machen wir jetzt?«, fragte sie in die Runde.

Als Antwort erhielt sie nur Schulterzucken.

»Wenn zwei Mädchen oder zwei Frauen aus der Gegend vermisst wären, hätten wir das doch in der Zeitung oder im Internet gelesen«, überlegte Paul laut. »Oder hat jemand von Ihnen etwas gehört oder gelesen?«

Alle schüttelten Kopf.

»Also das Überbleibsel eines Kinderspiels …«, fasste Paul zusammen.

»Dennoch«, zweifelte Hanna. »Das wäre schon sehr makaber für ein Spiel formuliert, oder?«

»Also, ich glaube ja …« Dörthe Kleiber blinzelte Jan Teusch verschwörerisch an, »… ich glaube, das gehört doch zum Spiel! Geben Sie es ruhig zu, Jan. Mit dieser genialen Wendung hatte doch niemand gerechnet. Es ist Teil des Spiels und Sie tun jetzt nur so, als ob …«

»Nein, Dörthe. Es hat wirklich nichts mit unserem Krimi zu tun. Und ich glaube, wir sollten jetzt die erste Runde abbrechen. Die ganze Stimmung ist dahin. Ich schlage vor, dass wir ins Haupthaus gehen und gemeinsam zu Abend essen … und weiter beraten.«

Die ehemalige Lehrerin Dörthe Kleiber war sichtlich enttäuscht. »Und die Punkte? Wer bekommt jetzt die Punkte?«

»Sie können meinen Punkt haben«, warf Frederik Lohmann missmutig ein. »Vielleicht schlafen Sie dann besser!«

»Pah!«, Dörthe Kleiber drehte ihm demonstrativ den Rücken zu.

»Paul, kannst du denn als Detektiv nicht irgendwie herausbekommen, was es mit dem Hilferuf der Mädchen auf sich hat?«, wollte Hanna wissen.

»Ohne Verbindung nach draußen? Keine Chance …«

»Vielleicht gibt es im Haupthaus ja Internet?«, wandte sich Hanna an Jan Teusch.

»Ich bin schon dankbar, dass wir Strom und warmes Wasser haben«, lächelte der entschuldigend. »Wollen wir jetzt bitte alle hinübergehen? Yusuf, trägst du die Laternen ins Haupthaus … und nimm die Axt vom Kopf.«

Hanna versuchte, die Spieler aufzuhalten. »Sollten wir nicht nach Spuren suchen? Wir können doch jetzt nicht einfach so zum Abendessen gehen, als sei nichts geschehen!? Irgendeinen Anhaltspunkt müssen wir doch finden!«

»Frau Bertrams«, schaltete sich Gernot Hesse ein und versuchte, Hanna zu beruhigen. »Frau Lohmann hatte offensichtlich die Aufgabe, den Raum nach Auffälligkeiten abzusuchen. Aber sie hat nichts Verdächtiges gefunden, oder?« Seine Frage richtete sich an Isabelle Lohmann, die sich an ihren Mann schmiegte. »Nein, in den Boxen war nichts. Nur altes Stroh. Auch darunter … alles leer!«

»Sie sehen, Frau Bertrams, der Zettel ist der einzig mysteriöse Gegenstand in diesem Stall. Und wahrscheinlich gibt es selbst dafür noch eine ganz banale Erklärung. Wir können also beruhigt unser Abendessen einnehmen.« Hesse legte bei seinen letzten Worten seinen Arm um die Schulter seiner Frau Annette von Dahl, der man ansah, dass sie ihren kurzen Auftritt als Shirley Holmes gerne fortgesetzt hätte.

Hanna musste sich eingestehen, dass sie im Augenblick nichts mehr ausrichten konnte. »Gib mir den Zettel, ich will ihn mir noch mal anschauen«, sagte sie energisch zu Paul, der mit einem tröstenden Blick auf sie zukam.

»Wie du meinst.« Er drückte ihr das Stück Papier in die Hand, das für so viel Aufregung gesorgt hatte.

»Verdammte Scheiße!«, brüllte in diesem Augenblick eine Stimme, begleitet von einem dumpfen Schlag. Hanna schaute in Richtung des Aufruhrs. Frederik Lohmann hatte augenscheinlich das große Stalltor geöffnet, das dann von einer Windböe aufgeschlagen wurde und ihn dabei zu Boden schleuderte. Geschieht diesem griesgrämigen Schönling recht, dachte Hanna bei sich und sah zu, wie seine Frau ihm aufhelfen wollte. Doch er schlug ihre Hilfe aus und rappelte sich allein auf. Warum wundert mich das jetzt nicht!?, ging es Hanna durch den Kopf. Es ist schon ein seltsamer Haufen hier versammelt, fand sie und folgte den anderen aus dem Stall.

Kaum hatte sie das immer heftiger ächzende, aber halbwegs schützende Gebäude verlassen, war es so, als ob man ihr den Atem raubte. Tosender Wind ließ die umliegenden Bäume wie eine aufgewühlte Meeresbrandung rauschen. Dicke, kalte Regentropfen prasselten ihr fast waagerecht ins Gesicht. Ohne die LED-Lampen, die Monti mit beiden Händen an ihren Henkeln trug, hätte man die Hand vor Augen nicht gesehen.

»Schnell rüber ins Haupthaus!«, rief Teusch mühsam gegen den jaulenden Sturm an und zog mit aller Kraft am Stalltor, um es zu schließen.

## DAMASZENER

Leo Konstantin nahm von Vincent Ehrlich die Überführungspapiere an sich und blätterte sie durch. »Meine Güte, Vincent, richtig schwere Jungs haben wir da«, bemerkte er zu dem Justizvollzugsbeamten der Attendorner JVA. Die beiden Beamten standen zusammen im Innenhof des Gefängnisses vor dem Kleinbus für Gefangenentransporte.

»Ja, seid bloß vorsichtig. Menschenhandel, Zwangsprostitution, schwere Körperverletzung in mehreren Fällen, Geschäfte mit synthetischen Drogen und organisierte Kriminalität. Das ist schon schwerwiegend. Die waren nur zwei Tage bei uns zu Gast. Und stell dir vor, die Attendorner Polizei hat sie bei einer Verkehrskontrolle geschnappt. Gab eine richtige Verfolgungsjagd, so wie im Fernsehen. Tja, für solche Kaliber sind wir hier nicht eingerichtet. Deshalb werden die beiden zu euch in den Hochsicherheitstrakt der JVA Werl verlegt«, erklärte der Attendorner Beamte Ehrlich seinem Werler Kollegen. Der schlug mit der Hand gegen die verschlossene Seitentür des Kleintransporters. »Keine Sorge, die tragen Handschellen und sind bei uns sicher verstaut. Ist unsere letzte Verschubung für heute. Meine Güte, war das ein langer Tag. Wir müssen zusehen, dass wir losfahren. Es ist starker Regen angekündigt, und Mark fährt nicht gerne bei Dunkelheit und nasser Fahrbahn. Das blendet ihn zu sehr«, plapperte Leo Konstantin aufgekratzt. »Sag mal, hast du es dabei?«, flüsterte er dann verschwörerisch dem Attendorner JVA-Beamten zu.

Der nickte und öffnete seine Dienstjacke und zog ein längliches Päckchen hervor, das in braunes Packpapier gewickelt war, und steckte es seinem Gegenüber zu.

»Und das ist wirklich hundert Euro günstiger?«, vergewisserte sich Konstantin.

»Wie gesagt, mein Schwager kennt einen Jäger, der bekommt die zum Einkaufspreis«, versicherte ihm Ehrlich im Flüsterton. »Kannst ja im Internet nachsehen. Deine zweihundert Euro, die du mir gegeben hast, sind wirklich bestens angelegt … ist ein richtiges Sammlerstück. Kriegst bestimmt sogar mehr als dreihundert dafür.«

»Super! Danke.« Konstantin ließ das Päckchen unter seiner Jacke verschwinden. Er machte sich keine Sorgen, dass die Überwachungskameras die Übergabe aufgezeichnet haben könnten. Er wusste von Vincent Ehrlich, dass sie im Schutz des Gefangenentransportes in einem toten Winkel standen. Und überhaupt! Es war ja auch nicht ungesetzlich. Sie hatten sich lediglich den Weg vor die JVA gespart, um ihren privaten Handel abzuschließen.

Leo Konstantin stieg auf der Beifahrerseite des silbernen Mercedes-Busses mit den blauen Streifen auf den Seiten ein. Sie hatten heute nicht den großen Transporter mit den abschließbaren Einzelzellen zur Verfügung, da sie hauptsächlich nur Einzelpersonen zu befördern hatten. Konstantin warf einen prüfenden Blick durch die kleine Scheibe in der Trennwand, die den vergitterten Transportraum von der Fahrerkabine trennte, und vergewisserte sich, dass die beiden Gefangenen angeschnallt auf ihren Bänken saßen. Sie hatten keine Anstaltskleidung an, sondern trugen ihre privaten Sachen. Leo öffnete nochmals seine Beifahrertür. »Hey, Vincent! Sind euch die Uniformen ausgegangen oder warum haben die ihre eigenen Klamotten an?«

Der Attendorner Beamte drehte sich um. »Tut mir leid, aber für die kurze Zeit … da haben wir auf die Anprobe verzichtet. Ihr habt doch in Werl bestimmt zwei passende Anzüge.«

Leo lachte und schloss die Beifahrertür. »Dann gib mal Gas, Mark! Wir können es in einer Stunde schaffen!«, forderte er seinen Kollegen Mark Töpfer auf, der am Steuer des Gefangenentransporters saß.

»In einer Stunde? Von wegen!«, meckerte Mark verärgert. »Die A45 ist in Richtung Hagen gesperrt. Bis jetzt sind es 22 Kilometer Stau. Wenn wir die Autobahn nehmen, sind wir morgen noch nicht in Werl. Wir müssen uns über die Serpentinen des Hochsauerlands quälen.«

»Scheiße!«, fluchte Leo Konstantin.

»Ja, Scheiße«, pflichtete der Fahrer ihm bei, als er den Motor startete und dann den Kleinbus durch die Stahltore der JVA Attendorn lenkte, die sich vor ihnen langsam geöffnet hatten. Kaum waren sie auf der Straße, gab Mark Töpfer Gas. Leo Konstantin bemerkte, dass Mark es eilig hatte.

Kein Wunder, denn schließlich zog sich der Himmel immer mehr zu und es war kein Vergnügen, bei starken Regenfällen über die sauerländischen Landstraßen mit ihren engen Kurven zu fahren.

Als sie ungefähr eine Stunde Fahrt hinter sich gebracht hatten und bereits nahe Winterberg waren, hielt Konstantin es nicht mehr aus. Und zwar aus doppeltem Grund: Er musste dringend pinkeln und wollte Mark unbedingt seine jüngste Errungenschaft zeigen. »Fahr mal rechts ran. Ich muss mal und dann möchte ich dir was zeigen«, bat er seinen Kollegen kurz vor einem Parkplatz am Randstreifen der Landstraße.

»Bitte nicht!«, lachte Mark und bog auf den Parkplatz ein.

Leo brauchte einige Sekunden, bis er den Scherz seines Kollegen verstanden hatte. »Blödmann«, frotzelte er und sprang zur Beifahrertür hinaus, um dann zum Waldrand zu laufen. Ein auffällig kräftiger Wind war aufgezogen und der Himmel war fast schwarz. Leo beeilte sich und rannte zum sicheren Wagen zurück.

»Und? Was gibt es denn so Besonderes?«, fragte Mark leicht genervt und beugte sich vor, um aus der Windschutzscheibe einen Blick auf den Himmel zu werfen. »Hör zu, ich habe nicht unbedingt Lust auf eine längere Pause. Da draußen braut sich mächtig etwas zusammen.«

»Schon gut, schon gut«, beschwichtigte ihn Leo. »Es geht auch ganz schnell. Da wirst du Augen machen!« Der Justizangestellte schaltete die Innenbeleuchtung des Mercedesbusses ein, da die schwarzen Gewitterwolken kaum noch Licht durchließen. Immer wieder leuchteten bedrohlich Blitze im Inneren der Wolkentürme auf.

Leo öffnete seine Jacke und zog das Päckchen heraus, das er von dem Attendorner Schließer erhalten hatte. »Na, was haben wir da wohl?«, frohlockte er und riss das Papier ab. Zum Vorschein kam ein Jagdmesser, dessen Klinge in einer schwarzen Lederscheide steckte. Der Griff war aus dunklem Holz mit zwei winzigen Intarsien.

Mark pfiff anerkennend durch die Zähne. »Also der Griff

sieht schon hammermäßig aus!«

»Wart's ab!«, sagte Leo und zog das Messer aus der Scheide. »Tadaaa! Ein Jagdmesser mit Damaszener Klinge! Für nur zweihundert Schleifen statt dreihundert! Und ich wette, in ein paar Jahren ist es das Zehnfache wert!«

»Wow«, lobte Mark seinen Kollegen. »Darf ich mal?«

Leo reichte ihm sein Sammlerstück. Er selbst konnte kaum seinen Blick von dem typisch feinstrukturierten Oberflächenmuster abwenden, das durch das Falten der unterschiedlichen Stahlschichten entstanden war.

»Und was ist jetzt das Geile daran, außer diesem irren Muster?«, wollte Mark wissen.

»Das ist die Kombination der harten und weichen Stahlschichten. Durch den harten Stahl ist das Messer scharf wie eine Rasierklinge und durch den weichen Stahl bricht die Klinge nicht. Damit bekommst du das Beste aus zwei Welten«, begeisterte sich Leo für sein neues Messer.

»Du hast schon ein verrücktes Hobby«, lachte Mark und reichte Leo das Messer zurück. Dieser fuhr sich mit der Klinge über seinen behaarten Arm und stellte mit Genugtuung fest, dass ihm Vincent aus Attendorn nicht zu viel versprochen hatte: Das Jagdmesser war so scharf, dass man sich problemlos damit hätte rasieren können.

»Andere sammeln Briefmarken, Filme oder gehen Angeln … ich mag halt Messer. Du bist eigentlich der einzige Mensch, den ich kenne, der kein Hobby hat«, zog Leo seinen Kollegen auf.

»Frauen! Frauen sind mein Hobby. Und zwar solche scharfen Modelle, da kommt deine Besteckammlung nicht mit!«

Ein greller Blitz und plötzliches Krachen ließ Leo erschrocken zusammenfahren. Auch Mark blickte verängstigt durch die Windschutzscheibe. »Verdammt, der muss direkt in der Nähe eingeschlagen sein«, meinte er und griff nach dem Zündschlüssel. »Sehen wir zu, dass wir weiterkommen.«

Als er auf die Landstraße zurückfuhr, setzte ein dichter Regen mit dicken Tropfen ein, die so laut auf das Dach des

Busses trommelten, dass sie den Dieselmotor übertönten. Gleichzeitig fegten heftige Böen über die Landstraße und ließen den Gefangenentransporter wie eine Jolle auf dem offenen Meer wanken. Mit jedem Windstoß klatschte ein Schwall Regenwasser gegen die Windschutzscheibe, sodass die Wischer auch auf höchster Stufe die Wassermassen kaum gebändigt bekamen.

»Scheiße«, fluchte Mark, der den Bus nur noch im Schritttempo über die Landstraße bewegen konnte. »Also ich glaube nicht, dass wir in einer Stunde in Werl sind«, rief Leo gegen das tosende Unwetter an. Er war froh, dass er in dem gesicherten Bus saß. An dessen extra verstärkter Karosserie würde sich jeder Sturm die Zähne ausbeißen! Doch bereits nach einigen Minuten war er sich gar nicht mehr so sicher. Die ansteigende Landstraße hatte sich einen Bach verwandelt, so hoch flossen die Wassermassen über den Asphalt. Doch richtige Angst machte Leo der Sturm. Für die kurzen Augenblicke, in denen die Scheibenwischer ein kleines Sichtfeld freigeschaufelt hatten, konnte er in dem Scheinwerferlicht vage die Bäume am Rande der Landstraße erkennen. Sie bogen sich in den Sturmböen, als könnten diese sie bis in die Waagerechte zwingen, und schnellten dann wieder zurück in die Höhe, ehe die nächste Böe sie erfasste. Obwohl er nicht am Steuer saß, bekam er mit, dass Mark den schweren Bus nur mit allergrößter Mühe auf der Straße halten konnte. Immer wieder packte der Wind das Gefährt, als wolle er es umstürzen. Mark lenkte energisch dagegen, bis er den Wagen wieder in der Spur hatte.

Leo betete innerlich, dass dieses Unwetter schnell vorüberziehen würde, so wie die gelegentlichen Turbulenzen auf einem Urlaubsflug. Einige Minuten rappelte die ganze Maschine, dann war der Spuk vorbei. So würde es doch hier auch sein, hoffte er.

Doch die Natur wollte ihm diesen Gefallen nicht tun. Im Gegenteil. Leo sah mit Entsetzen, dass Bäume wie Streichhölzer umfielen. Das Krachen der berstenden Stämme mischte sich mit dem pausenlosen Donnergrollen, das die Blitze begleitete.

»Meine Fresse«, brüllte Mark gegen den Lärm an. »So stelle ich mir den jüngsten Tag vor!« Er riss jäh das Lenkrad herum, sodass Leo mit der Schläfe heftig gegen die Seitenscheibe stieß. »Mann, pass doch auf!«, fluchte er.

»Soll ich in einen der Bäume fahren?«, schrie Mark zurück, der hoch konzentriert auf die Landstraße blickte.

»Sorry. Ist schon in Ordnung. Machst das prima!«, lobte Leo seinen Kollegen, als er sah, dass die Scheinwerfer in der fast undurchdringlichen Regenwand nur wenige Meter weit leuchteten. Dann hing er plötzlich in den Sicherheitsgurten, weil Mark eine Vollbremsung hingelegt hatte.

»Kacke! Endstation!«, ärgerte sich Mark lautstark und schlug mit der Faust auf das Lenkrad.

Leo wusste zunächst nicht, was sein Partner meinte, doch dann konnte auch er die riesigen Baumstämme erkennen, die quer auf der Fahrbahn lagen und ein Weiterkommen unmöglich machten.

»Was jetzt? Umkehren?«, fragte Mark.

Leo schaltete die Innenbeleuchtung an und kramte nach einer Karte, die im Handschuhfach lag. »Wo sind wir?«, wollte er wissen.

»Was weiß ich? Kurz vor Winterberg … vielleicht!«

»Dann müsste hier irgendwo die Höhenstraße sein, auf die können wir ausweichen.«

»Irgendwo ist gut. Geht das etwas genauer?«

Leo rollte mit den Augen und studierte erneut die Karte. »Die Bundesstraße 480 kommen wir nicht weiter. Wir biegen einfach hier ab, dann am Kahlen Asten vorbei … das wird schon.«

Mark wendete vor dem umgestürzten Baum missmutig den Bus und bog in eine schmale Landstraße ein, die steil bergauf führte. »Wenn das mal gut geht.«

Es wurde nicht besser. Es wurde nur noch schlimmer. Die Straße schlängelte sich den Berg hinauf, die Sicht wurde im schlechter – und der Sturm immer stärker.

Leo sah, wie Mark mit dem Lenkrad kämpfte. Mit schweißnasser Stirn fuhr er Slalom zwischen umgestürzten

Bäumen oder wich einem der wenigen, ihnen noch entgegenkommenden Autos aus. Zwischen seinen waghalsigen Manövern brüllte er Leo an: »Kacke, Kacke! Warum sind wir nicht einfach in den Stau auf der A45 gefahren. Jetzt sitzen wir richtig in der Scheiße! Ruf die Kollegen an! Wir brauchen einen Streifenwagen als Unterstützung! Oder sonst was!«

Leo griff nach dem Digitalfunkgerät. Es war tot. Kein atmosphärisches Rauschen oder Knacken. Einfach Stille. Digitale Stille.

»Geht nicht!«, ärgerte er sich lauthals und schlug die Sprechmuschel krachend in die Halterung. »Und nun?«, wollte er von Mark wissen. Noch ehe er eine Antwort bekam, wurde er in die Richtung seines Kollegen geschleudert, bis der Sicherheitsgurt schlagartig einrastete. Der Mercedes drehte auf der nassen Fahrbahn eine Pirouette.

»So! Jetzt haben wir den Salat! Hier kommen wir auch nicht durch. Und ich schätze mal, dass uns der Rückweg ebenfalls abgeschnitten ist. Und nun? Du Oberpfadfinder mit deinem geilen Pfadfindermesser!«

»Ich habe gerade ein Hinweisschild zu einem Parkplatz gesehen. Da war auch ein Zeichen für Gastronomie drauf. Ich glaube, es ist das Hotel am Kahlen Asten. Vielleicht können wir von dort Kontakt mit einer Dienststelle aufnehmen!«

Mark fuhr langsam zurück. Leo entdeckte als erster das Schild für eine Gaststätte und ein Ausflugsziel. »Da! Dort vorn rechts rein«, dirigierte er seinen entnervten Fahrer. Durch die dichten Regenschwaden war nichts zu erkennen.

»Fahr einfach den Weg weiter!«, forderte er Mark auf.

Der aber blaffte zurück: »Bist du bekloppt? Wenn hier ein Baum umstürzt, sind wir endgültig im Arsch!«

»Wir sind jetzt schon im Arsch! Das ist unsere einzige Chance! Los komm, fahr schon los!«

Mark gab Gas und der schwere Bus flog rumpelnd über den Weg.

Dann erkannte Leo, dass sich die Bäume lichteten und er sah in der Ferne einige Gebäude und einen Turm. »Ja! Was sage ich Alter?«, jubilierte er.

»Wurde auch langsam Zeit«, beruhigte sich nun auch Mark und nahm etwas Gas weg.

Rums! Von einer Sekunde auf die andere blieb der Mercedes abrupt stehen und die Airbags knallten den beiden Justizbeamten ins Gesicht. »Was war das denn?«, fragte Leo, als er sich von dem Schrecken erholt hatte. Besorgt blickte er zur Seite.

Mit Mark schien alles in Ordnung zu sein, denn der zog an dem erschlafften Airbag und fluchte wild. »So ein verdammter Mist. Was glotzt du mich so an? Uns hat bestimmt ein Baum getroffen!«

»Wo denn? Ich sehe gar keinen!«

»Auf dem Dach! Hoffentlich ist den Gefangenen nichts passiert.« Mark drücke auf das Gurtschloss und der Riemen wickelte sich auf. Auch Leo legte den Gurt ab und stieg aus. Sofort war er bis auf die Haut durchnässt. Der Wind hatte Orkanstärke und es pfiff und jaulte ringsum. Leo musste sich am Türholm festhalten, sonst wäre er einfach umgeblasen worden. Und tatsächlich! Trotz der Finsternis sah er, dass Mark recht hatte: Eine riesige Fichte war gegen die Seite des Transporters gestürzt und hatte ihn beinahe wie ein C verbogen. Die komplette Seitentür war nach innen eingedrückt, hatte sich aber nicht geöffnet.

Mark kam um den Bus herum. »Sieht schlimm aus«, brüllte er gegen den Sturm an. »Die Seitentür werden wir kaum aufkriegen!«

»Dann schauen wir hinten nach!«, schrie Leo aus Leibeskräften und umrundete gemeinsam mit Mark den Gefangenentransporter bis zur Heckklappe.

Mark kramte die Schlüssel hervor und schloss die Heckklappe auf. Kräftig zerrte er an dem Griff, der sich nicht rühren wollte. »Mensch, hilf mir doch mal!«, forderte er Mark auf.

»Lass‘ die Typen doch da drin!«, schlug Mark mit lauter Stimme durch das ohrenbetäubende Brausen des Windes vor.

»Du hast sie wohl nicht mehr alle!?« Er zog, drückte und zog erneut an dem Griff, der nun endlich nachgab. Leo drückte eine der beiden Hintertüren auf und steckte seinen Kopf in den Innenraum.

»Alles in Ordnung bei euch?«, rief er in das dunkle Innere.

## STURMZEIT

Hannas nasse Jeans klebte ihr unangenehm an den Beinen und sie fröstelte, weil der Gastraum des SGV-Heims unbeheizt war. Sie konnte kaum etwas durch die Tropfen auf ihren Brillengläsern erkennen. Glücklicherweise hatte sie ihre blaue Outdoor-Jacke anbehalten, sonst wäre sie völlig durchnässt gewesen. Den anderen Mitspielern ging es nicht besser: Alle fluchten und beschwerten sich über den Sturm und den heftigen Regen, der nun lautstark gegen die Fensterscheiben klatschte. »Keine Sorge, gleich wird es warm«, beruhigte Spielleiter Teusch die Gemüter. »Wir zünden sofort den Kamin an. Und Yusuf, sieh mal nach, ob wir Strom haben.«

Monti betätigte einen Lichtschalter, worauf unter der Decke ein mächtiges Hirschgeweih mit Glühbirnen aufleuchtete und den rustikalen Raum in ein warmes Licht hüllte. Augenblicklich sah Hanna durch ihre dicken Brillengläser alles kaleidoskopartig verzerrt. Sie nahm die lästige Sehhilfe ab und trocknete mit ihrem Sweatshirt die Gläser. Es blieb zwar ein milchiger Schleier zurück, doch immerhin konnte sie nun wieder etwas erkennen. Hanna fühlte sich sofort wohler. Es sah wie in einer typisch sauerländischen Kneipe aus. An der Stirnseite des Raumes befand sich ein Tresen, vergilbte Landschaftsfotos sowie Messingbilder mit Jagd- und Blumenmotiven hingen rundum an den Wänden und in der Mitte waren die Tische zu einer großen Tafel zusammengeschoben. An einer Seite hatten die Teilnehmer ihre Rucksäcke abgestellt, woraus nun jeder ein Handtuch hervorkramte, um sich die nassen Haare abzutrocknen.

»Ich schlage vor, dass wir zunächst zu Abend essen und ihr dann eure Zimmer bezieht«, erklärte Jan, der Holzscheite und Papier im Kamin gestapelt hatte und sie nun anzündete.

Yusuf Monti beeilte sich und trug vom Tresen Geschirr und Gläser zu dem großen Tisch. »Wir haben vor dem Spielbeginn das Buffet hineingetragen. Es ist noch genug für alle da. Ich werde gleich noch Rühreier mit Speck zubereiten. Auch Getränke sind noch reichlich da. Bedienen Sie sich bitte selbst.«

Als Hanna sich am Buffet den Teller gefüllt und ein Glas Rotwein eingeschenkt hatte, ließ sie sich auf einen Stuhl zwischen Paul Masters und Dr. Gernot Hesse nieder.

Jan Teusch ging um den Tisch herum, um die Kerzen anzuzünden, die auf kleinen roten Stoffdeckchen standen. Obwohl das Holz im Kamin noch keine Wärme in den Raum ausstrahlte, fand Hanna es anheimelnd. Draußen tobte das Unwetter und drinnen machte sich eine warme Gemütlichkeit breit. Den anderen Teilnehmern schien es ebenso zu ergehen, denn Hanna spürte, dass sich die Atmosphäre zu entspannen begann.

»Eigentlich sollte jetzt das Spiel beim Essen fortgesetzt werden«, erklärte Jan Teusch, der sich zu der Runde gesellte. »Doch ich denke, angesichts des Wetters und des ominösen Zettels belassen wir es bei einem gemeinsamen Essen. Vielleicht finden wir ein Radio, um die Wettermeldungen zu hören … Yusuf, kannst du mal im Büro nachschauen?«

»Zuerst ist das leibliche Wohl dran, dann die Nachrichten«, feixte Monti, der zwei Pfannen mit Rührei auf den Tisch stellte. »Eine mit Speck, eine ohne … falls noch jemand außer mir vegetarisch lebt.«

Hanna und die anderen Teilnehmer griffen beherzt zu. Auch bei den alkoholischen Getränken. Alle redeten durcheinander über ihre Erlebnisse mit Unwettern und die allgemeine Stimmung lockerte sich weiter auf. Das Feuer im Kamin gab jetzt eine ordentliche Hitze ab, wie Hanna fand. Sie hatte den Eindruck, dass ihre Wangen rot glühten. Sie prostete mit ihrem Weinglas Gernot Hesse zu, der neben ihr mit seiner Frau tuschelte.

»Sie haben uns noch gar nicht gesagt, woher Sie und Paul

sich wirklich kennen. Das mit den Krimis und dem Buchgeschäft nehme ich ihm nämlich nicht ab«, erkundigte sich Hesse in betont belanglosem Ton.

»Also … äh … nun ja … Wir kennen uns aus meinem Blumengeschäft«, antwortete Hanna nach einigem Zögern wahrheitsgemäß. »Paul hatte einen großen Strauß Rosen gekauft, den er fünf Minuten später bei mir umtauschen wollte. So haben wir uns dann kennengelernt.«

Hesse drehte sich kurz seiner Frau zu, der Brauereibesitzerin, und flüsterte ihr etwas ins Ohr, die daraufhin laut auflachte und sich die Hand vor den Mund hielt.

Hanna vermutete sofort, dass er einen blöden Witz über sie gerissen hatte und wollte sich soeben abwenden, als der Anwalt sich wieder ihr zuwandte.

»Bitte entschuldigen Sie, das muss ausgesehen haben, als ob wir über sie gelacht haben. Aber wir haben über Paul geschmunzelt. Das ist typisch für ihn. Ich wette, dass er die Blumen für seine Freundin gekauft hat, sie überraschen wollte und dann nicht angetroffen hat. Statt sich vorher anzukündigen und dann die Blumen zu kaufen, was ja Sinn machen würde. Und? Haben Sie den Strauß umgetauscht?«

»Ja, habe ich. Aber er hat nicht das ganze Geld zurückbekommen. Er hat mir übrigens gar nicht erzählt, dass er eine Freundin hat.«

»Nun, ich will mich nicht in Pauls Privatangelegenheiten einmischen, aber ja, er hat eine feste Beziehung. Mit Sandra Billmann, einer Maklerin in Lüdenscheid. Sie ist gut mit meiner Frau befreundet. Daher kennen sich Paul und Sandra auch.«

»Redet ihr über mich?«, fragte Paul und beugte sich dicht zu Hanna hinüber, der die Nähe unangenehm war, nachdem sie hatte erfahren müssen, dass Paul Masters in festen Händen war. Mit der Nähe, die er seit der letzten Stunde zu ihr suchte, war er ganz offensichtlich nur auf ein Abenteuer mit ihr aus!

»Ich habe Frau Bertrams nur erzählt, dass wir gelegentlich bei manchen Fällen zusammenarbeiten und uns daher kennen«, beeilte sich Hesse zu erklären.

»Ach so. Und ich dachte, er plaudert aus meinem Privatleben«, lachte Paul Masters und seine Hand streifte Hannas Oberschenkel, der daraufhin das Blut in den Kopf schoss. Ihr erster Impuls war es, Paul eine zu knallen. Doch dann tat sie so, als hätte sie es nicht bemerkt. Noch so ein plumper Annäherungsversuch und sie würde ihm die Weinflasche über den Schädel ziehen.

Hanna war innerlich so aufgebracht und so sehr in Gedanken versunken, dass sie prompt die Frage überhörte, die ihr eine der beiden, ihr gegenüber sitzenden Crime-Ladys stellte.

»Wie bitte?«, fragte Hanna höflich nach.

»Dürfen wir auch mal den Zettel sehen?«, wiederholte Ruth Ellingwart, die Zurückhaltendere der beiden älteren Damen, ihre Frage.

»Gerne!« Hanna zog das gefaltete Papier aus ihrer Gesäßtasche und überreichte es der rüstigen Dame, die es eingehend betrachtete.

»Was ist denn, wenn einer von uns Mitspielern den Zettel geschrieben und in die Ritze geschoben hat?«, fragte sie schüchtern.

»Was!?«, fragte ihre Freundin laut, worauf die anderen Gespräche verstummten.

»Was ist denn, wenn der Zettel von einem Mitspieler stammt. Vielleicht, um sich einen Spaß zu erlauben … oder um das Krimispiel zu boykottieren?«, wiederholte Ruth.

Dörthe machte eine abfällige Handbewegung und fuhr ihrer Freundin besserwisserisch über den Mund: »Das glaubst du doch wohl selbst nicht. Der- oder diejenige hätte dann ja den Zettel bereits vor dem Spiel vorbereiten müssen. Was hätte das für einen Sinn?«

Sie sah lächelnd in die Runde, um offensichtlich Zustimmung für ihre scharfsinnige Bemerkung zu erhalten.

Doch Hanna kam Ruth zu Hilfe, die bei der Antwort ihrer Freundin in sich zusammengesunken war. »Ganz so kann man das nicht von der Hand weisen, was Ruth sagt. Mein Begleiter Paul hatte nämlich beispielsweise keine große Lust auf das Spiel. Und so wie es aussieht, ist Herr Lohmann wohl ebenfalls nicht begeistert …«

»Hanna, wir wollten uns alle an diesem Spielwochenende duzen«, erinnerte sie Jan.

»Ja, dann also … der … der …« Hanna suchte vergeblich nach dem Namen.

»Frederik«, sagte Lohmann. »Und ja, ich hatte ebenfalls keine große Lust. Aber ich habe mitgemacht. Meine Aufgabe war es nämlich, zwanzig Minuten von mir und dem Ring des Toten abzulenken, der meine Initialen trug. Ich habe nämlich den Spielnamen Steve Hansen.«

»So ein Ding! Ich hatte die gleiche Aufgabe, mein Name lautete Sally Harper«, staunte Hanna.

»Aha!«, spielte sich jetzt wieder Dörthe Kleiber in den Vordergrund. »Das hast du dir aber sehr geschickt ausgedacht, Jan. Fällt es euch auf: Steve Hansen, Sally Harper und …« Sie machte eine bedeutsame Pause. »… Shirley Holmes! Dreimal SH! Das ist doch kein Zufall, mein lieber Jan! Da steckt doch was dahinter?«

Jan grinste: »Dörthe, es ist unfassbar. Dein Spürsinn … unglaublich! Ja, es steckt mehr dahinter, aber ich verrate es nicht, weil wir morgen weiterspielen.«

Hanna war sich nicht sicher, ob er sein Lob ironisch oder ehrlich meinte. Dörthe fasste es jedenfalls als ehrlich gemeint auf, weil sie über das ganze Gesicht strahlte und freudig ihre Freundin anstupste. »Hab ich's doch mal wieder gewusst«, raunte sie ihr zu.

»Darf ich den Zettel auch mal sehen? Vielleicht sollten wir ihn einfach mal rumgehen lassen«, schlug Isabelle Lohmann vor, die bisher sehr schweigsam gewesen war. »Also, für mich sieht es auch wie ein Kinderspiel aus«, erklärte sie und gab den Zettel in die Runde weiter.

Alle stimmten darin überein, dass es sicherlich keinen ernsthaften Hintergrund gab.

Nur Hanna beharrte auf ihrem Standpunkt: »Und warum schreiben die beiden Frauen, dass es kein Scherz sei, dass man die Polizei verständigen solle und warum geben sie ihre

Namen an?«

»Na, die Polizei haben wir zwar nicht hier, aber immerhin einen Privatdetektiv und einen Anwalt«, meinte Dörthe und kicherte, doch außer ihr fand niemand die Bemerkung witzig.

»Es ist Kinderkram!«, spie Frederik Lohmann verächtlich aus, der den Zettel als Letzter in die Hände bekam. »Völliger Blödsinn. Wir vertrödeln nur unsere Zeit damit, statt das Radio zu holen und die Wetternachrichten zu hören.« Er zerknüllte den Zettel und warf ihn in das Kaminfeuer.

Hanna sprang erbost auf. »Was tun Sie da? Vielleicht war das ein wichtiger Beweis!«

»Beweis … pah!«

»Sie wissen gar nicht, ob vielleicht nicht doch etwas an der Geschichte dran ist!«

»Ihnen allen ist wohl der Ernst der Lage nicht klar, in der wir stecken. Das da draußen ist nicht einfach ein kleiner Sturm mit Regen. Das hört sich an, als ob ein Orkan aufzieht. Und ich brauche Ihnen ja wohl nicht zu erklären, was es bedeutet, wenn wir mitten im Wald stecken. Wir können beten, dass uns kein Baum aufs Dach kracht … und wir können uns darauf einstellen, dass wir hier in den nächsten Tagen nicht mehr herauskommen!«

»Oh, das Radio … das hatte ich völlig vergessen«, entschuldigte sich Monti, der sofort vom Tisch aufsprang und in einen angrenzenden Raum lief. Er kam mit einem alten Gerät wieder heraus, stellte es auf der Theke ab und stöpselte den Netzstecker ein. Sogleich plärrte Schlagermusik aus dem Lautsprecher. Hanna war ebenso wie alle Mitspieler enttäuscht. Sie hatte angesichts des Wetters eine Sondersendung erwartet, doch stattdessen lief belanglose Musik.

»Es ist natürlich höchst ungünstig, dass der Zettel nun weg ist, aber ich habe ein Handyfoto gemacht«, versuchte der Anwalt Hesse Hanna zu trösten. »Und falls Sie kriminalistisch denken: Da der Zettel durch alle Hände gegangen war, wären vermutlich auch keine verwertbaren Spuren mehr feststellbar«, belehrte er die Floristin.

»Das ist typisch Gernot«, bemerkte Paul. »Er speichert alles in seinem iPhone und wenn er die Information braucht, findet er sie nicht.«

Bevor Hesse etwas erwidern konnte, mahnten ihn die Teilnehmer zur Ruhe. Monti stand auf und drehte das Radio lauter, aus dem nun die sonore Stimme einer Nachrichtensprecherin zu hören war: »… für weite Teile des Bergischen Landes, des Sauerlandes sowie für Siegen-Wittgenstein hat der Deutsche Wetterdienst eine Unwetterwarnung herausgegeben. Hier muss die ganze Nacht mit orkanartigen Sturmböen und Starkregen gerechnet werden, insbesondere können sich lokale Schlechtwetterzellen bilden. Bäche können über die Ufer treten und es besteht die Gefahr umstürzender Bäume …«

Das Radio verstummte abrupt. Gleichzeitig fiel die Deckenbeleuchtung des Hirschgeweihs aus. »Huch!«, Hanna schrie vor Schreck ebenso wie andere Spielteilnehmer kurz auf. Nur noch das Feuer des Kamins und einige Kerzen erhellten den Raum und sorgten mit ihrem unsteten Licht für zuckende Schatten an den Wänden.

»Na super!« Es war Frederik Lohmann, der als Erster die Sprache wiederfand. »Ganz großes Kino hier! Jetzt ist auch noch der Strom weg!«

»Vielleicht nur eine Sicherung?«, warf Monti ein. »Und wir haben noch die LED-Lampen, die brennen ewig auf Batterie.«

»Sicherung raus … das glauben Sie doch wohl selbst nicht. Jetzt hängen wir nicht nur vermutlich in dieser Einöde fest, sondern sind auch noch ohne Nachrichten … und vermutlich ohne Warmwasser?«

»Stimmt«, gab Jan Teusch resigniert zu. »Aber wir haben genug Vorräte eingekauft und notfalls können wir auf dem Holzfeuer im Kamin kochen und etwas Warmes zubereiten oder auf dem Holzkohlegrill, wenn der Sturm nachlässt. Wir haben Kohle und Grillfleisch gekauft und ich denke, dass der Kühlschrank noch eine ganze Weile die Kälte hält.«

Monti brachte derweil die LED-Leuchten in den

Gemeinschaftsraum und stellte sie auf dem Tisch auf. »Ich schlage vor, dass jedes Paar später eine Lampe mit aufs Zimmer nimmt und dass wir bis dahin die Batterien schonen.«

»Ich dachte, die halten ewig? Sagten Sie nicht so was?«

»Frederik ...« versuchte Isabelle Lohmann ihren aufgebrachten Mann zu beruhigen.

In diesem Augenblick hämmerte es von draußen an der Eingangstür. Es war nicht nur das stetige Rappeln, das der Sturm verursachte, sondern jemand schlug fest mit der Faust gegen das Holz.

## BOTSCHAFT

Hanna starrte gebannt wie alle Teilnehmer und die beiden Spielleiter zu der Tür. Wer mochte zu dieser Zeit und vor allem bei diesem Wetter mitten im Wald anklopfen? Die Holztür öffnete sich, eine regennasse Windböe fegte in den Raum, der Durchzug löschte die Kerzen, ließ den Kamin heulen und blies auch das Feuer fast aus. Herein kam ein Mann in einer Uniform-artigen Allwetterjacke, gefolgt von zwei jungen Frauen mit Rucksäcken. Die drei waren bis auf die Knochen nass, das konnte Hanna trotz der spärlichen Beleuchtung erkennen. An der Stelle, wo sie standen, bildeten sich sofort große Pfützen. Der unbekannte Mann drehte sich um, schloss hastig die Tür und legte den Riegel davor. Er hatte ein kantiges, wettergegerbtes Gesicht und eine markante Knollennase. Sein blonder Kurzhaarschnitt war nass und die Haare standen igelförmig ab. Der Mann blickte aus wasserblauen Augen in die Runde. »Guten Abend, die Herrschaften«, stellte er sich vor. »Ich bin Johannes Hartwich, Ranger für das Wandergebiet des Rothaarsteiges und des Kahlen Astens. Die beiden jungen Damen habe ich gerade noch rechtzeitig auf einem Wanderweg aufgelesen. Da draußen ist es jetzt nämlich sehr ungemütlich. Wir haben schon die ersten umgestürzten Bäume und ich schätze, dass es noch weit schlimmer wird.«

Hannas Herz klopfte, als sie die beiden Mädchen sah. Vielleicht waren es ja die beiden, die den Hilferuf verfasst hatten? Doch sie kam noch nicht dazu, die Mädchen nach ihren Namen zu befragen, weil Johannes Hartwich offenkundig ein Mann der Tat war und sich trotz seiner nassen Kleidung nicht aufhalten ließ. »Wir müssen sofort alle Läden im Haus schließen«, befahl er. »Jemand muss ständig das Feuer im Auge behalten, falls der Wind den Rauch und damit das Kohlenmonoxid reinblasen sollte. Die gute Nachricht für Sie alle ist, dass das Grundstück nicht unmittelbar durch umstürzende Bäume gefährdet ist. Es könnten aber dicke Äste umherfliegen, deswegen bitte unbedingt die Läden schließen und möglichst nicht die Hütte verlassen. Ihre Notdurft verrichten sie vielleicht behelfsmäßig in eine der Duschen und spülen sie danach aus. Die Toilettenhäuschen außen würde ich jetzt nicht aufsuchen. Ach ja … ich bevorzuge es, wenn Sie mich bitte John nennen und nicht Johannes.« Der Ranger grinste breit in die sprachlose Runde und machte sich daran, die Fenster zu öffnen, um die außen liegenden Läden zu schließen. Sofort sprangen Hanna und die anderen Spielteilnehmer auf, um dem Ranger zu helfen.

Als sämtliche Arbeiten erledigt waren und das Haus sturmsicher verrammelt war, wurde der große Tischkreis erweitert, an dem die neuen, notdürftig abgetrockneten Gäste Platz nahmen. Die Einladung zum Essen wurde mit großem Appetit gerne angenommen.

Hanna konnte ihre Neugier dann auch nicht mehr länger im Zaum halten. »Sie heißen nicht zufällig Amelie und Leonie?«

Die beiden angesprochenen Mädchen blickten Hanna für einen kurzen Augenblick erschrocken an, schüttelten dann aber den Kopf. »Nein, wir sind Lucy Berger und Pia Ohl. Wir wollten wandern und Herbstfotos im Wald schießen, als uns der Sturm überraschte. Das ging ja alles blitzschnell. Ich glaube, wir wären nicht mehr heil aus dem Wald herausgekommen, wenn uns John nicht mit seinem Jeep aufgelesen hätte. Quasi in letzter Minute. Aber was ist denn mit den

Mädchen?«

Hanna fand die Reaktion der beiden komisch und hakte nach: »Kennen Sie die Mädchen?«

»Ja!«, antworte Pia.

Doch ihre Freundin Lucy fiel ihr direkt ins Wort: »Nein! Kennen wir nicht. Nur eine Leonie! Wir kennen nur ein Mädchen namens Leonie.«

»Ach so, ja … nur eine Leonie«, bestätigte Pia kleinlaut. »Was ist denn mit den beiden? Und wie heißt Leonie mit Nachnamen?«

Hanna klärte die beiden jungen Wanderinnen und den Ranger über das Krimispiel und den mysteriösen Zettel auf, während die anderen Spielteilnehmer schweigend zuhörten. Dörthe Kleiber ließ es sich beinahe erwartungsgemäß nicht nehmen, noch hinzuzufügen, dass man einen Privatdetektiv unter den Spielteilnehmern habe.

»Sind Sie öfters hier in der SGV-Hütte? Kennen Sie vielleicht eine Amelie oder Leonie? Oder wissen Sie von einer Jugendgruppe, die in letzter Zeit hier übernachtet hat?«, fragte Hanna den Ranger.

»Nein, tut mir leid. Nie gehört. Was ist denn mit den beiden Mädchen? Glauben Sie etwa, dass hier ein reales Verbrechen stattgefunden hat?«, fragte Ranger John Hartwich nach, als Hanna ihre Ausführungen beendet hatte.

»Es ist doch ganz offensichtlich!«, rief sie aus.

»Also … ich komme hier sehr oft vorbei. Mir ist nichts aufgefallen. Außerdem hätten wir auf der Rangerstation etwas von vermissten Personen gehört. Die Polizei bittet uns in solchen Fällen eigentlich immer um Hilfe und wir halten die Augen auf. Aber zwei Mädchen? Nein … dazu gab es in letzter Zeit keine Hinweise.«

»Siehste … alles Hokuspokus!«, brummte Frederik Lohmann missmutig.

»Ich weiß nicht. Vielleicht sollten wir nach weiteren Spuren suchen«, gab Hanna zu bedenken.

»Wie und wo denn? Bei diesem Wetter? Wenn du so lebensmüde bist, geh doch raus«, gab Frederik bissig zurück.

»Frederik, bitte«, ermahnte ihn seine Frau Isabelle.

»Ach, ist doch wahr. Ihr habt alle gut reden. Ich muss mein Projekt fertigstellen. Wir haben einen extrem engen Terminplan. Und was mache ich? Ich vergeude ein ganzes Wochenende wegen deiner Scheißidee. Wir müssen mal wieder was zusammen unternehmen! Siehst ja, was dabei rauskommt.« Verärgert schnappte sich Frederik eine Weinflasche und setzte sich auf einen Stuhl vor dem Kamin, wo er augenscheinlich wütend ins Feuer starrte. Isabelle zuckte entschuldigend mit den Schultern.

Hanna hörte ein dumpfes Krachen und Knallen. Erschrocken griff sie nach Pauls Hand und drückte sie fest.

»Oh, oh … jetzt kippen die Bäume direkt in unserer Nähe um«, bemerkte Paul und hielt Hannas Hand fest, die dankbar für diese kleine Geste der Nähe und Geborgenheit war.

»Ja, sieht nicht gut aus«, pflichtete ihm der Ranger bei und als er Hannas ängstlichen Gesichtsausdruck sah, versuchte er sie zu beruhigen: »Aber keine Sorge, hier sind wir in Sicherheit. Wir können nichts anderes tun, außer abzuwarten.«

»Genau«, meldete sich Spielleiter Jan Teusch zu Wort. »Und aus diesem Grund können wir ein paar Krimirätsel lösen. Yusuf und ich haben einige vorbereitet … also, wenn Ihr Lust habt?«

Doch nicht nur Hanna war der Spaß vergangen. Das Geräusch der splitternden Bäume, das Pfeifen und Jaulen des Orkans untermalt von den klatschenden Regenbächen hatte wohl allen die Laune für Krimis verdorben. Wahrscheinlich haben die alle so viel Schiss wie ich, dachte Hanna, als sie in die Runde sah.

Die bisher so selbstsicher auftretende Annette von Dahl kuschelte sich eng an ihren Mann Dr. Gernot Hesse. Paul sah gedankenverloren seine Bierflasche an. Die schüchterne Ruth Ellingwart schaute bei jedem lauten Krachen ihre Freundin Dörthe Kleiber an, die ein missmutiges Gesicht aufgesetzt hatte. Isabelle Lohmann wirkte irgendwie hilflos und sah aus, als ob sie mit den Tränen kämpfte. Die beiden Spielveranstalter Jan Teusch und Yusuf Monti gaben sich die größte Mühe, die Stimmung aufzuhellen. Der Ranger trank entspannt eine Flasche Bier und die beiden Wanderinnen hingen müde Schulter an Schulter und konnten kaum noch ihre Augen offenhalten. Einzig Frederik Lohmann saß mit dem Rücken zur Gruppe vor dem Kamin.

»Vielleicht sollten wir uns nochmals im Stall umsehen?«, schlug Hanna vor. »Es könnten ja möglicherweise noch mehr Hinweise in den Ritzen stecken, oder? Oder gibt es hier ein Gästebuch? Dann können wir feststellen, ob eine Jugendgruppe hier war.«

»Also, ich habe kein Gästebuch gesehen«, murmelte Jan Teusch.

»Soweit ich weiß, gibt es so etwas hier nicht«, erklärte der Ranger. »Und glauben Sie mir, ich bin recht oft hier. Ich liebe diesen Ort. Und was Ihre erste Frage anbetrifft: Ich würde an Ihrer Stelle keinen Fuß vor die Tür setzen.«

»Mir erscheint es auch sehr unwahrscheinlich, Hanna«, versuchte nun auch Paul Masters die Floristin zu beruhigen. »Wir können von Glück sagen, wenn wir hier unbeschadet rauskommen. Ich kann mich noch gut an den Sturm Kyrill erinnern. Ich war mit dem Auto unterwegs und bei Kierspe auf einer Landstraße von umstürzenden Bäumen eingeschlossen. Wenn dieser Sturm wieder diese Stärke hat – und danach hört es sich an – dann steht da draußen bald kein Baum mehr!«

»Ganz toll. Werden wir dann per Hubschrauber rausgeholt?«, fragte Frederik Lohmann sarkastisch, der sich wieder der Gruppe zugewandt hatte und dann einen tiefen Schluck aus der Weinflasche nahm.

»Wir haben noch nicht einmal eine Verbindung zur Außenwelt«, bemerkte Gernot Hesse resigniert, doch dann leuchtete sein Gesicht auf. »Aber Sie haben doch bestimmt ein Funkgerät?«, fragte er den Ranger.

»Ja …«, antwortete Hartwich und hielt dann kurz inne, »das heißt, eigentlich habe ich ein Funkgerät, doch ich habe es bei der eiligen Rettung der beiden jungen Damen verloren.«

»Und haben Sie so etwas wie eine Zentrale?«, hakte Hesse weiter nach.

»Auf dem Kahlen Asten. Da sitzt mein Bruder. Der weiß, dass ich unterwegs bin. Er wird alles daransetzen, uns hier herauszuholen. Aber das kann dauern. Tut mir leid.«

Wieder ließen alle die Köpfe hängen und lauschten der infernalischen Geräuschkulisse.

»Die Hütte ist doch sicher?«, wandte sich Ruth Ellingwart besorgt an den Ranger, als ein heftiger Windstoß die Fensterläden rappeln ließ und das alte Gebälk heftig knackte.

»Keine Sorge, die ist solide gebaut.«

»Das Dach kann nicht wegfliegen?«

Der Ranger lächelte die alte Dame an. »Nein. Wir haben ja eben über Kyrill gesprochen. Die Hütte hat den Sturm damals unbeschadet überstanden. Das einzige Problem, das wir bekommen können, sind nasse Füße, wenn es zu lange und zu viel regnet. Das Wasser vom Berg fließt über diese Talschneise ab, damit wird draußen auch der Fischteich gespeist. Aber wenn der Boden beziehungsweise die Bäche die Wassermassen nicht mehr aufnehmen können, steigt hier der Wasserspiegel. Ich glaube aber nicht, dass es so weit kommen wird.«

»Danke für den Hinweis. Das muntert uns jetzt aber wirklich auf!«, stieß Dörthe Kleiber giftig aus.

»Ich erzähle Ihnen nur die Wahrheit. Wie gesagt, ich halte es für unwahrscheinlich. Wir schauen uns direkt morgen früh die Lage draußen an. Ich gehe davon aus, dass man das Gebiet mit Hubschraubern überfliegen wird. Wir sollten dann ein Signalfeuer draußen anzünden.«

»Werden wir dann mit einem Hubschrauber rausgeholt?«, wollte Annette von Dahl wissen.

»Von Ihrem eigenen Hubschrauber womöglich? Sie haben doch einen, oder!?«, frotzelte Dörthe Kleiber.

»Gut möglich«, brummte der Ranger, ohne auf Dörthes witzig gemeinten Einwurf einzugehen. Der kräftige Mann stand auf, um sich eine weitere Flasche Bier vom Buffet zu holen.

»Vielleicht sollten Sie nicht so viel trinken«, kam erneut

eine von Dörthes spitzen Bemerkungen.

»Vielleicht sollten wir alle viel trinken, damit wir schlafen können. Wenn niemand etwas dagegen hat, würde ich gerne hier unten im Gästeraum übernachten. Ist für die beiden jungen Wanderinnen oben noch ein Zimmer frei?«

»Ja, eines müsste in jedem Fall noch frei sein«, gab Jan Teusch zurück.

Der Ranger weckte die beiden erschöpften Mädchen. Verschlafen griffen sie nach ihren Rucksäcken und ließen sich von Yusuf Monti zu den Schlafräumen im oberen Stockwerk führen.

»Und was machen wir jetzt?«, wollte Hanna wissen. »Sind denn alle schon müde? Also ich werde bei diesem Sturm ganz bestimmt nicht schlafen können.«

Die Reaktion der anderen fiel nicht so aus, wie es Hanna erwartet hatte. Einige stimmten ihr zu, aber andere, deren Augen bereits glasig waren, wollten ebenfalls die Schlafräume aufsuchen. Hanna fragte sich verwundert, wie man sich bei diesem Unwetter nur hinlegen konnte.

Paul gehörte auch zu der Fraktion, die zur Nachtruhe gehen wollte. »Wir sind alle erschöpft … der Wanderung hierher … die Aufregung mit dem Zettel, der Sturm … das macht müde. Und wenn ich mich nicht irre, haben wir ein Zimmer zusammen. Ist doch okay!?«, gähnte er.

Na, der muss mich ja umwerfend attraktiv finden, dachte Hanna resigniert, die das zärtliche Händchenhalten als ein erstes Zeichen der Zuneigung empfunden hatte. Mittlerweile gefiel ihr der Privatdetektiv wieder. Sie war hin- und hergerissen. Und sie konnte auch nicht so recht glauben, dass er noch in einer festen Beziehung steckte. Die Sache mit den Rosen sah ganz so aus, als ob er vermutlich keine Freundin mehr hatte.

»Na gut, dann Nachtruhe«, willigte sie ein und trank ihr Weinglas leer.

Alle Mitspieler nahmen ihre Rucksäcke auf und folgten Jan Teusch eine steile, schmale Treppe hinauf ins obere Stockwerk. Teusch teilte allen Paaren ein Zimmer zu. Der

Haken bei der Sache war: Es gab nur einen Waschraum mit einer Dusche und die Toiletten befanden sich tatsächlich draußen.

»Ich schlage angesichts der außergewöhnlichen Umstände vor, dass wir den Rat des Rangers befolgen und unser kleines Geschäft in der Dusche verrichten und dann nachspülen«, schlug Teusch vor.

Hanna hätte erwartet, dass jemand darüber scherzte, doch es erschien ihr, als wollten nun wirklich alle nur noch ins Bett, um sich im warmen Schlafsack zu verkriechen.

Als Hanna die Tür ihres gemeinsamen Zimmers hinter sich schloss, dachte sie, sie wäre in einer Kammer. Der Raum war fensterlos! Die Einrichtung bestand aus einem kleinen Doppelbett, zwei Nachtschränkchen, einem Tisch und Stuhl sowie einem schmalen Schrank – alles komplett aus hellem Fichtenholz. Die LED-Leuchte, die jedes Paar erhalten hatte, gab nur spärliches Licht.

Paul lag auf der unbezogenen Matratze. Bettzeug gab es keines, das wusste Hanna aber bereits aus der Einladung. Sie wühlte daher aus ihrem Rucksack ihren Schlafsack heraus, den sie natürlich ganz unten eingepackt hatte.

Auch der Privatdetektiv hatte sich wieder erhoben und kramte nun seinerseits seinen Schlafsack heraus. »Gib mir mal deinen«, forderte er Hanna auf, die ihm erstaunt ihren Schlafsack reichte.

Paul Masters fügte die Reißverschlüsse der beiden Schlafsäcke so aneinander, dass sie einen großen Doppelschlafsack ergaben. »Na, was sagst du dazu?«, fragte er stolz und begann sich ausziehen.

»Äh, du willst doch jetzt nicht etwa mit mir ficken?«, fragte Hanna auf ihre unverblümt direkte Art.

»Also … äh …«, Paul hüstelte, »also, ich dachte, das wäre Sinn und Zweck dieser Wochenendveranstaltung. Du hast mich doch nur mitgenommen, um mit mir hier Sex zu haben!? Oder täusche ich mich da?« Es stimmte in der Tat: Der Gedanke an Sex mit diesem seltsamen Typen war ihr immer öfter durch den Kopf gegangen. Aber nicht um jeden

Preis! Es hörte sich ja so an, als ob er ihr eine Gnade damit erweisen würde. Außerdem war die Situation alles andere als romantisch. Und bis auf das kurze Händchenhalten war auch Privatdetektiv Masters alles andere als ein romantischer Herzensbrecher. Nein, er war ein eingebildetes Arschloch … aber auch süß, auf eine besondere Art. Doch am allermeisten störte sie, dass sie nicht wusste, ob er nicht doch eine feste Freundin hatte und so mir nichts, dir nichts bereit schien, diese einfach so zu betrügen.

»Was ist jetzt?«, fragte Paul ungeduldig mit dem Doppelschlafsack in den Händen.

»Kein Sex! Kannst du gerne mit deiner Freundin machen. Von mir aus teilen wir uns den Schlafsack – aber nicht mehr!«

»Freundin? Ich?«, fragte Paul ungläubig nach.

»Ja, hat mir dein Anwaltsfreund erzählt. Gehört das zu eurer Beziehung dazu, dass ihr euch am Wochenende etwas zur Abwechslung sucht?«

Paul schmunzelte. »Es gibt keine Freundin mehr. Du erinnerst dich an die Rosen, die ich nicht mehr benötigt habe?«

Also doch! Sie lag mit ihrer Vermutung also richtig und bereute bereits, dass sie ihn so angeblafft hatte. »Oh … das … ja, äh … das ist dann wohl ein Missverständnis …«, Hanna lief rot an.

»Dann begrapsch' mich aber nicht, wenn du es dir jetzt doch noch plötzlich anders überlegt hast«, erwiderte Paul müde.

Bah, was für ein dummdreister Macho! Hanna wollte ihm ebenfalls einen Spruch reinwürgen, doch ihr fiel spontan nichts ein. Wütend funkelte sie Paul Masters an.

Der lächelte nur breit. »Hey, war nur ein Scherz. Gernot war nicht auf dem letzten Stand, was meine Beziehung angeht und ich war so baff über deine Antwort mit dem ‚ficken', da konnte ich einfach nicht widerstehen, es mit gleicher Münze zurückzuzahlen. War also nur Spaß!«

Ach so! Hanna war innerlich erleichtert. Doch kein großes Arschloch. Sie lächelte zurück. »Hab ich doch verstanden, den Witz.«

Sie öffnete den Schrank, um ihren Rucksack darin zu verstauen und etwas mehr Platz in dem winzigen Raum zu schaffen. Das Auspacken konnte warten. Wenn es überhaupt nötig war. Sie wollte morgen so schnell wie möglich weg von hier. Wieder nach Hause. Hoffentlich hatte der Sturm keinen Schaden an ihrem Blumenladen angerichtet, überlegte sie. Die gesamte Front war aus Glas, wenn das zu Bruch ginge … Sie hatte erst kürzlich die teure Versicherung gekündigt!

Plötzlich stutzte sie.

Das konnte doch nicht möglich sein!?

»Paul, Paul … komm! Das musst du dir anschauen!« Hanna nahm die Lampe vom Nachttisch, um die Schranktür anzuleuchten.

»Was ist denn?« Der Lüdenscheider Detektiv tapste in Boxershorts zu Hanna und folgt ihrem Blick, der starr auf das Innere der Schranktür gerichtet war. Jemand hatte offenbar mit einem Kugelschreiber dort eine Nachricht hinterlassen. Mehr eingeritzt, als geschrieben:

*Hilfe! Wir wurden vergewaltigt*
*Gequält*
*Ich habe Angst, dass wir getötet werden*
*Ich bin eingesperrt*
*Ich höre Amelies Schreie*
*Jemand ist draußen*
*Ich höre jemanden graben*
*HILFE! HILFE! Warum hilft mir keiner?*

## NASSES GRAB

»Glaubst du es jetzt?«, flüsterte Hanna, nachdem auch Paul schweigend den verzweifelten Hilferuf gelesen hatte.

Sie ging zur Zimmertür und öffnete sie. »Der Schlüssel steckt von außen. Ungewöhnlich, oder?«

»Klingt wirklich nicht mehr nach Kinderstreich oder Spiel«, antwortete Paul mit rauer Stimme.

»Sie schreibt, dass sie ihn graben hört. Also muss es doch direkt unter diesem Zimmer gewesen sein, oder?« Hanna schaute Paul bestürzt und sorgenvoll an.

»Gut möglich. Ich will es aber nicht hoffen.«

»Wir müssen nachsehen. Sofort!«

»Hanna, der Sturm hat sich offenbar zumindest etwas abgeschwächt, aber es gießt immer noch in Strömen. Und wir haben nur diese Funzeln hier. Das hat wenig Sinn. Wir brauchen Tageslicht, dann können wir systematisch suchen.«

»Paul! Da unten können zwei tote Mädchen liegen! Und du willst dich jetzt schlafen legen? Das kann nicht dein Ernst sein! Was bist du denn für einer?«

Energisch zog sich Hanna wieder ihre Wanderkluft an. Sie stürmte aus dem Zimmer und hämmerte mit der Faust an die anderen Zimmertüren. »Alle mal herkommen! Ich brauche eure Hilfe!«

Die Krimispieler, Jan und Yusuf, die Wanderinnen und auch der Ranger drängten sich kurz darauf in Pauls und Hannas Zimmer. Hanna blickte in die betroffenen Gesichter, als jeder die Zeilen auf der Schranktür gelesen hatte. »Ich schlage vor, dass wir jetzt alle da rausgehen und trotz des Wetters an der Stelle unterhalb des Zimmers graben.«

»Keine gute Idee, falls es zu einer Überschwemmung kommt«, warf der Ranger ein.

»Mir scheißegal«, fuhr ihn Hanna an. »Sie können ja hier im Warmen bleiben, wenn Ihnen das lieber ist. Gibt's hier irgendwo Schaufeln … oder so was?«

Jan Teusch überlegte. »Wenn, dann im Stall.«

»Also los, wer kommt mit?«

Niemand wollte im Haus zurückbleiben. Innerhalb kurzer Zeit hatte jeder regenfeste Kleidung angezogen. Die Gruppe traf sich im Aufenthaltsraum. »Wenn wir jetzt da rausgehen, bleiben wir zusammen«, ermahnte John Hartwich die versammelte Mannschaft. »Ich möchte nicht, dass sich jemand entfernt. Es können jederzeit dicke Äste umherfliegen.«

Als sie ins Freie traten, hatte Hanna nicht damit gerechnet, dass es immer noch so heftig sein würde. Der Wind raubte ihr den Atem und das Regenwasser klatschte an ihren Körper, als würde jemand einen Gartenschlauch auf sie richten. Sie konnte binnen Sekunden nichts mehr durch ihre dicke Brille erkennen. Die Baumkronen rauschten wie ein tosendes Meer. Doch am Schlimmsten empfand Hanna die undurchdringliche Finsternis; das Licht der LED-Leuchten brach sich durch die Tropfen auf der Brille und wirkte wie das schwache Glimmen von Glühwürmchen. Der Lichtschein verlor sich bereits nach wenigen Metern in tiefer Schwärze. Ranger Hartwich brüllte gegen die Naturgewalten an: »Nehmen Sie sich bei den Händen, bleiben Sie dicht zusammen und folgen mir.«

Hanna griff die Hand von Annette von Dahl, die trotz der widrigen Umstände immer noch wie eine Dame wirkte. Bereits nach wenigen Schritten begriff Hanna auch, was der Ranger mit Überschwemmungsgefahr meinte. Unter ihren Füßen war keine Wiese mehr, sondern sie versank bis zu den Knöcheln im Morast, so sehr war der Boden von den Wassermassen aufgeweicht. Trotz des pfeifenden Windes und des prasselnden Regens hörte Hanna die schmatzenden Geräusche des Bodens, als sich der Trupp Hand in Hand auf den Weg zum Stall machte.

Kaum unter dem schützenden Dach angekommen, versuchten alle sich mit wischenden Handbewegungen das Wasser von der Kleidung zu abzustreifen.

»Gott, ist das ein Mistwetter«, beschwerte sich Dörthe Kleiber.

»Also, wenn ihr auf mich verzichten könnt, würde ich lieber wieder ins Haus gehen. Der Gesundheit wegen …«, sagte ihre Freundin Ruth Ellingwart schüchtern.

»Willst du etwa kneifen? Jetzt, wo es wirklich mal richtig spannend wird?«, herrschte Dörthe sie an.

»Ich kann es gut verstehen, wenn sie nicht dabei sein will«, nahm Hanna sofort die alte Dame in Schutz. »Das hier ist auch kein Spiel mehr. Vielleicht bleiben Sie besser bei Ihrer Freundin?«

»Pah! Ich habe schon ganz andere Sachen erlebt, Kindchen! Die tut doch noch nur so wehleidig und unbeholfen. Das ist ihre Masche. Aber ich falle schon lange nicht mehr darauf herein. Hat jetzt endlich einer der Männer mal Schaufeln oder etwas anderes zum Graben gefunden?«

Paul Masters, Jan Teusch und der Ranger kamen aus dem hinteren Teil des Stalls, wo sie nach den Geräten gesucht hatten, zu der Gruppe zurück. »Zwei Schaufeln und eine Mistgabel«, erklärte Teusch stolz.

»Wenn niemand etwas dagegen hat, bleiben wir mit der alten Dame im Haus«, schlugen die beiden jungen Wanderinnen Lucy Berger und Pia Ohl vor.

»Also, ich würde auch lieber drinnen bleiben …«, schloss sich Annette von Dahl an.

»Na gut, dann gehen die Frauen ins Haus und wir Männer graben«, erteilte Paul Masters entschlossen den Befehl, um offensichtlich das Kommando an sich zu reißen.

»Geht's noch? Wir sind doch hier nicht bei der Bundeswehr. Ich wäre gerne bei der Grabung dabei«, bemerkte Hanna spitz.

»Ich ebenfalls«, unterstützte sie Isabelle Lohmann.

»Meine Frau wird mich ehrenvoll vertreten. Ich muss mir das nicht antun«, sagte Frederik Lohmann.

Hanna fiel auf, wie seine Frau ihn verärgert und entrüstet anfunkelte. Je häufiger sie die beiden beobachtete, umso deutlicher trat hervor, dass sie überhaupt nicht zusammenpassten und es in ihrer Ehe vorne und hinten nicht stimmte. Das war offensichtlich. Doch nun war keine Zeit, sich über die Beziehungsprobleme anderer Leute Gedanken zu machen. Sie wollte jetzt dieser mysteriösen Sache mit den beiden Mädchen auf den Grund gehen. Hoffentlich bewahrheiteten sich nicht ihre Vermutungen, dachte Hanna und schickte in Gedanken ein kurzes Gebet gen Himmel.

»Dann mal los!«, forderte Teusch die Anwesenden auf und öffnete mit viel Mühe das Stalltor. Die beiden Crime-Ladys, die Wanderinnen und Frederik Lohmann rannten durch den dichten Regen hinüber zur Eingangstür des SGV-Heimes und verschwanden im Haus.

Hanna folgte mit Isabelle Lohmann den Männern, die die Schaufeln und die Mistgabel über den Schultern trugen. Unterhalb von Hannas und Pauls Zimmer bildeten sie einen Halbkreis.

Hanna, Monti und Hesse hielten die LED-Leuchten in die Höhe. Die Floristin fröstelte. Nicht wegen der Kälte, sondern wegen der gespenstischen Stimmung.

»Also hier graben wir?«, vergewisserte sich John Hartwich.

»Genau hier«, bestätigte Paul und zog mit der Schaufel ein großes Rechteck. Paul deutete auf die Hausfront. »Die Erde schütten wir dort auf, falls wir den Suchradius erweitern müssen. Dann ist sie nicht im Weg.«

Es fiel Hanna schwer, tatenlos zusehen zu müssen, wie Paul, Jan Teusch und der Ranger die aufgeweichte Erde abtrugen. Ranger Hartwich hatte mit der Mistgabel die größten Probleme. Die Grasnarbe konnte er noch in großen Stücken wegschaufeln, doch der Boden darunter schien wie aus Pudding zu sein und tropfte zwischen den Zinken hindurch. Paul und Jan Teusch kamen schneller voran. Hanna sah, dass der Boden nach ungefähr einem halben Meter wieder fester zu werden schien. Glücklicherweise ließ der kräftige Regen etwas nach, der die Grube so schnell mit Wasser füllte, dass die Männer bis zu den Knien darin standen. Nun schien es wenigstens so, als würde der Wasserspiegel mit jeder Schaufel Erde sinken, welche die Grube verließ.

Hatte sie ihnen trotzdem zu viel zugemutet? Hätte sie doch bis zum Morgen warten sollen, wie Paul es vorgeschlagen hatte? Hanna zweifelte und machte sich selbst Vorwürfe, dass sie immer so hartnäckig war.

»Ich komme mir vor, als ob wir auf einem Friedhof ein Familiengrab ausheben«, sagte Isabelle Lohmann, die neben Hanna stand und von einem Bein aufs andere trat.

»Es ist wirklich gruselig«, gab Hanna zu.

»Hier werden wir nichts finden«, maulte der Ranger, der sich mit der Mistgabel abmühte.

»Noch ein wenig tiefer bitte«, bettelte Hanna.

»Ihre Frau gibt wohl nie auf«, wandte sich der Ranger an Paul.

»Wir sind nicht verheiratet. Nur gute Freunde«, klärte Paul ihn auf.

»Aha … Sie würden jedenfalls ein hübsches Paar abgeben«, sagte der Ranger und Hanna hätte ihn dafür knutschen können. Mochte sie diesen Paul Masters vielleicht doch mehr, als sie es vor sich selbst zugeben wollte? Insgeheim hatte sie wirklich angenommen, sie könnte mit ihm eine kleine und kurze Affäre haben. Doch je mehr Zeit sie in Pauls Nähe verbrachte, desto mehr …

»Hier! Hier ist was!«, rief Spielleiter Teusch erregt. »Kommt mal rüber und leuchtet hier hinein!«

Sofort versammelten sich alle um Teusch. Hanna, Monti und Hesse beugten sich zur Grube herab und hielten die LED-Leuchten in den Graben. Außer feuchter, dunkler Erde konnte Hanna nichts erkennen.

Teusch kniete in der Grube nieder und wühlte mit seinen Händen in der Erde. Paul und der Ranger halfen ihm tatkräftig und schaufelten ebenfalls Erde heraus.

Hanna hielt den Atem an. Jetzt sah auch sie einen Zipfel von einem Stoffteil. Immer mehr legten die drei Männer frei. Paul zog an dem Stoff … und hielt einen verdreckten Rucksack in die Höhe.

»Hier ist noch mehr!«, rief Teusch und grub weiter.

Paul stellte den Rucksack am Rand der Grube ab und Hanna wollte ihn sofort öffnen. Der Anwalt Dr. Gernot Hesse hielt sie zurück. »Sie sollten jetzt nichts berühren. Der muss von der Spurensicherung untersucht werden. Je weniger wir die Sachen anfassen, desto besser.«

»Gernot!«, maulte Paul aus der Grube hinauf. »Halt‘ die Klappe und mach den verdammten Rucksack auf. Such‘ nach Hinweisen!«

»Aber … das kann uns später in Teufels Küche bringen …«

»Gernot, hier kommt in Tagen keine Spurensicherung raus! Aber wir können und sollten jetzt mehr Licht in diese mysteriöse Sache bringen.«

Trotz der Ernsthaftigkeit der Lage musste Hanna schmunzeln, als Pauls schmächtiger Freund mit den Schultern zuckte und sich an dem Rucksack zu schaffen machte.

»Hier haben wir noch einen.« Der Ranger stellte einen zweiten Rucksack auf den Rand der Grube.

»Und was ist das hier …?«, Teusch wischte wie besessen die Erde beiseite.

Hanna erwartete das Schlimmste.

Plötzlich zuckten Blitze auf. Unmittelbar an der Grube. Hanna sprang entsetzt zurück. Sie konnte kaum etwas erkennen. Stroboskopartige Lichtreflexe ließen alle Gestalten wie dunkle Schatten aussehen, die sich wie in Zeitlupe bewegten. »Was ist hier los!?«, schrie Isabelle Lohmann.

Dann war der Spuk plötzlich vorbei. »Sorry«, entschuldigte sich Yusuf Monti. »Ich habe die Fernbedienung für die Lampen in der Tasche und bin zufällig an den Knopf für das Blitzlichtgewitter gekommen. Tut mir echt leid.«

»Blödmann«, zischte Isabelle.

Doch die Verärgerung über Monti war sofort vergessen, weil sich Teusch aus der Grube meldete. »Das ist Kleidung … nur Kleidung … Gott sei Dank«, stöhnte er und hielt eine völlig verdreckte Jeans und eine Jacke in der Hand.

Teusch, Paul und der Ranger fanden noch eine weitere Jeans, eine Jacke sowie T-Shirts, Unterwäsche, Socken und Schuhe.

»Und die Leichen?«, fragte Hanna.»Liegen die vielleicht tiefer?«

»Es sind jedenfalls die Sachen von Amelie Gante und Leonie Schmitz«, verkündete Hesse mit belegter Stimme hinter ihr.

Hanna drehte sich zu ihm um. Der Olper Anwalt hatte offensichtlich die Rucksäcke im fahlen Licht einer Lampe durchsucht und zwei Ausweise gefunden, die er nun eingehend betrachtete.

»Sind das die Mädchen, die den Zettel geschrieben haben?«, wollte Isabelle Lohmann wissen.

»Genau die. Ich hatte den Zettel mit den Namen ja fotografiert, bevor Ihr Mann ihn ins Feuer geworfen hat.«

»Dafür kann ich doch nichts …«, beteuerte die Frau sogleich.

»Das ist jetzt auch nicht wichtig«, beruhigte Paul sie und stieg aus der Grube. »Zeig' sie mal her, Gernot.«

Paul Masters studierte die Ausweise. »Hmm … beide wohnen in Köln. Habt ihr in letzter Zeit etwas über vermisste junge Frauen aus Köln in den Nachrichten gesehen oder in der Zeitung gelesen?«, fragte er.

Alle schüttelten bedauernd die Köpfe.

»Es sind Studentinnen. Hier sind ihre Studentenausweise und Semestertickets.« Hesse wedelte mit den Plastikkarten in der Luft.

»Wollt ihr nicht weiter graben? Das können wir uns doch alles gleich in Ruhe anschauen«, forderte Hanna die Männer auf.

»Ich glaube nicht, dass wir hier Leichen finden«, antwortete Paul.

»Und wieso nicht? Die Rucksäcke, die Kleidung … da müssen doch auch die Körper hier verscharrt sein.« Der Privatdetektiv schüttelte den Kopf. »Die Sachen waren nicht besonders tief vergraben. Wenn in dieser Tiefe auch Leichen vergraben wären, hätten Wildtiere sie gewittert und ausgegraben. Ich glaube, hier sind nur die Habseligkeiten der Mädchen verscharrt gewesen. Und ja … ich vermute, dass sie Opfer eines Verbrechens geworden sind.«

»Dann hören wir also auf?«, fragte der Ranger nach.

»Vielleicht noch einen halben Meter«, sagte Paul und stieg wieder in die Grube.

Hanna war ihm dankbar.

Doch die erneuten Bemühungen blieben fruchtlos. Je tiefer sie gruben, desto steiniger und härter wurde die Erde.

»Hier finden wir nichts«, sagte Paul schließlich resigniert.

»Lasst uns ins Haus gehen und die Sachen untersuchen.«

»Ohne Gummihandschuhe?«, wollte Hesse wissen.

»Gernot, kann es sein, dass du zu viele Krimis liest!? Ja klar ohne Gummihandschuhe. Wie denn sonst? Oder hast du welche dabei?«

## FAULE HAUT

Angesichts der dramatischen Entwicklung fand Paul, dass er nun das Heft des Handels in die Hand nehmen und das weitere Vorgehen bestimmen musste. Er konnte es nicht mehr dieser durchaus klugen und sympathischen, aber viel zu ungeduldigen Hanna überlassen. Ihr Instinkt hatte sie zwar auf die Spur eines Verbrechens geführt, doch jetzt war es an der Zeit, dass er mit seiner Erfahrung als Privatdetektiv die Führung übernahm.

Paul ließ seinen Blick durch den Raum wandern. Mittlerweile waren alle Spielteilnehmer im Gastraum des SGV-Heims versammelt und hatten ihre nassen Jacken an der Garderobe aufgehängt. Auf den alten abgewetzten Holzdielen darunter hatte sich eine große Pfütze gebildet. Obwohl jeder seine verschmierten Schuhe ausgezogen hatte, sah der Boden aus, als hätte eine Schlammschlacht stattgefunden. Die Bedingungen waren alles andere als ideal, um die Fundstücke zu sichten. Auf Pauls Anweisung hin wurden die Tische und Stühle an die Wände geschoben, um in der Mitte des Raumes Platz für die verdreckten Sachen aus der Grube zu schaffen.

»Das ist jetzt aber kein Krimispiel mehr?«, fragte Ruth Ellingwart besorgt.

»Das ist es nicht mehr«, bestätigte Paul ernst. »Doktor Gernot Hesse als Anwalt und ich als Privatdetektiv werden jetzt die Sachen untersuchen und eine Liste anfertigen. Ich darf Sie bitten, nichts zu berühren.«

Paul nickte seinem Freund zu, der sein Smartphone zückte und die Diktierfunktion einschaltete. Der Privatdetektiv hatte an eine schriftliche Liste gedacht und musste bewundernd feststellen, wie viel praktischer der Anwalt veranlagt war. Vermutlich war Gernot es gar nicht mehr gewohnt, etwas selbst zu schreiben, dazu hatte er ja Sekretärinnen. Paul hingegen war Lichtjahre davon entfernt, sich diesen Luxus für sein Geschäft leisten zu können. Vor allem nach dem finanziellen Desaster seines letzten Falles.

Doch das zählte nun nicht. Er hatte es hier womöglich mit einem Kapitalverbrechen zu tun, das seine ganze Aufmerksamkeit in Anspruch nahm.

Paul breitete die gefundenen Kleidungsstücke auf dem Boden aus. Was er sah, ließ nichts Gutes erahnen. »Diese Löcher hier … und diese rostbraunen Flecken … ich vermute, dass es sich dabei um die Spuren von Messerstichen handelt. Es sind sehr viele Stiche. Man muss davon ausgehen, dass …« Paul schluckte, »… dass sie tödlich waren.«

»Oh mein Gott!«, stieß Dörthe Kleiber leise aus.

»Nehmen wir uns die Rucksäcke vor«, sagte Paul. Gernot Hesse reichte sie ihm und Paul begann, den Inhalt sorgfältig auszupacken und ebenfalls auf dem Boden auszubreiten. Er fand Wäsche zum Wechseln, Kosmetikutensilien, einen Teddy, Notizblöcke und botanische Bücher. »Sieht so aus, als seien die beiden Studentinnen auf einer Exkursion gewesen. Hatten Sie nicht vielleicht doch Kontakt zu Ihnen? Oder sind Ihnen zwei Mädchen aufgefallen?«, fragte Paul den Ranger.

Der schüttelte den Kopf. »Nein, wie gesagt, ich kenne niemanden mit den Namen. Sie haben sich auch nicht bei uns in der Rangerstation gemeldet. Wir haben oft Führungen, aber daran würde ich mich erinnern.«

Der Privatdetektiv durchsuchte auch die Innentaschen der Rucksäcke und stieß dabei auf ein kleines, durchsichtiges Plastiktütchen, das mit einem weißen Pulver gefüllt war. »Ist das Kokain?«, wollte Gernot Hesse wissen.

Paul öffnete das Tütchen, befeuchtete seinen kleinen Finger und steckte ihn hinein. Der bittere Geschmack und das typische Kribbeln und Taubheitsgefühl auf der Zunge waren eindeutig. »Ja, Kokain«, bestätigte Paul.

»Hmm, waren dann wohl doch nicht einfach harmlose Wanderinnen oder Studentinnen«, bemerkte der Ranger.

»Wer weiß, was hier vorgefallen ist.«

»Ja, wer weiß, was hier geschehen ist«, mutmaßte auch Dr. Gernot Hesse und sah dabei Paul Masters fragend an.

Der zuckte mit den Schultern. »Keine Ahnung, Leute.

Ich kann auch nicht hellsehen. Aber diese kleine Menge reicht gerade mal für zwei Personen. Vielleicht ist es auch nur ein Rest … jedenfalls sieht es nicht nach einem großen Drogendeal aus, sondern vielmehr nach einem kleinen Trip, den sich die Studentinnen hier in der Natur durchziehen wollten. Vermute ich jedenfalls.«

Hesse wollte etwas erwidern, doch Hanna kam ihm mit ihrer Frage zuvor: »Wo sind eigentlich die beiden Wanderinnen?« Die Floristin schaute sich im Gastraum um.

»Wie? Wer jetzt? Die Toten?«, hakte Dörthe Kleiber irritiert nach.

»Nein, nicht die, sondern die beiden, die mit dem Ranger angekommen sind!«

Paul sah in die Runde. Alle blickten sich verdutzt an. Warum war es ihm nicht aufgefallen, dass die beiden jungen Mädchen fehlten? Warum wieder dieser Hanna? Er war der Privatdetektiv. Sie eine Blumenverkäuferin. Hier lief etwas gewaltig verkehrt.

»Ja, wo sind die?«, staunte auch Paul. »Ich gehe jetzt nach oben und sehe auf den Zimmern nach. Ihr bleibt hier unten. Ich möchte, dass alle zusammenbleiben.«

»Aber ich …?«, protestierte Hanna, der Paul ansah, dass sie natürlich mitkommen wollte.

»Du bleibst auch bitte hier.« Er hatte die vage Vermutung, dass auch den beiden Mädchen etwas passiert sein konnte. Vielleicht das Gleiche wie den beiden Studentinnen. Und wenn er recht hatte, dann war der Mörder unter ihnen! Er wollte ihm keine Gelegenheit geben, dass sich die Gruppe aufteilte. Dadurch könnten einige der Anwesenden in Gefahr geraten. Die große Gruppe hingegen gab Sicherheit. Und die brauchte er jetzt, um den Verbleib der beiden Wanderinnen festzustellen. »Wie waren noch die Namen der beiden?«, fragte Paul den Ranger.

»Äh … Lucy und Pia … glaube ich.«

Paul schnappte sich eine der LED-Leuchten und stieg die Treppen in das Obergeschoss hinauf. Er konnte sich nicht an die Zimmerverteilung erinnern, also öffnete er jede Zimmertür.

Alle waren leer. Paul schaute auch in dem Waschraum nach. Keine Pia, keine Lucy.

Er wollte schon wieder nach unten gehen, als ihm etwas im Schatten am Ende des Flurs auffiel. Paul ging näher darauf zu. Er leuchtete mit seiner Lampe in die dunkle Ecke. Er sah eine steile, schmale Treppe, die aus einer Deckenluke herabgelassen war und die offensichtlich auf den Dachboden führte.

Paul stieg vorsichtig die Stufen hinauf, die unter seinem Gewicht knarzten. War etwa noch jemand hier in der SGV-Hütte? Jemand, der sich bisher dort oben verborgen gehalten hatte?

Er vernahm ein unterdrücktes Schluchzen. Die Mädchen!, fuhr es ihm durch den Kopf und er beschleunigte seine Schritte.

Als er seinen Oberkörper durch die Luke steckte, hielt er die Lampe am ausgestreckten Arm von sich, um sich zu orientieren.

Lucy und Pia saßen zusammengekauert nahe der Luke unter der Dachschräge. Die beiden Mädchen umklammerten sich ängstlich. Der Rest des Raumes versank in Dunkelheit.

»Ist hier noch wer? Geht es euch gut?«, raunte er ihnen zu.

Pia schüttelte den Kopf. Sie wollte etwas sagen, brachte jedoch nur ein Krächzen heraus.

Paul kletterte nun ganz auf den Dachboden hinauf und musste den Kopf einziehen, um sich nicht am Dachbalken zu stoßen. Verschiedene Gerüche stiegen ihm in die Nase. Unangenehme Gerüche. Böse Gerüche.

Es war eine Mischung aus frisch Erbrochenem, verfaulten Birnen, ranzigem Fett und einer Spur beißenden Ammoniaks.

Paul ging langsam auf die beiden Wanderinnen zu, die sich schreckhaft noch tiefer unter die Dachschräge zurückzogen. Sie saßen in einer Lache aus Erbrochenem, ihre Kleidung war ebenfalls besudelt.

»Keine Angst«, sprach Paul beruhigend auf die beiden ein. »Ich bin Privatdetektiv. Ihr seid bei mir in Sicherheit. Was ist hier passiert?«

Pia sah ihn mit großen, verheulten Augen an. »Da … da vorne …«, stammelte sie, streckte den Arm aus und deutete mit ihrem Finger in den hinteren Teil des Dachbodens, der in tiefer Dunkelheit lag.

»Okay«, sagte Paul. »Ich gehe jetzt dahin und schaue es mir an. Ich bin gleich wieder bei euch, in Ordnung?«
Das offensichtlich völlig verängstigte Mädchen nickte unsicher.

Am Ende des Dachbodens fand Paul den Grund dafür, der den beiden einen solchen Schock versetzt hatte.

Er hatte es bereits wegen des Geruchs geahnt. Nun war es gewiss …

Blaue Müllsäcke. Mehrfach mit rotem Klebeband umwickelt. Zwei Konturen von Körpern. Sie sahen wie zwei blaue Mumien aus.

Paul ging neben dem Fund in die Hocke und hielt seine Laterne darüber, um in deren spärlichem Licht mehr zu erkennen.

Kein schöner Anblick. Einer der Säcke war am oberen Ende aufgerissen. Paul sah verfilzte, stumpfe Haare. Graues, aufgedunsenes Fleisch. Dunkle trübe Augen. Und einen wie zu einem Grinsen geöffneten Mund. Viel war von dem Gesicht nicht mehr zu erkennen. Es war durch Bakterien und Fäulnisprozesse entstellt. Dennoch war sich Paul sicher, dass es sich um eine der beiden vermissten Studentinnen handeln musste. Vielleicht könnte er anhand der Ausweise die Identität feststellen, wenn er in den verwesten Gesichtern Ähnlichkeiten mit den Ausweisbildern fand. Doch zunächst mussten die Leichen warten, Pia und Lucy waren wichtiger. Sie hatten ganz offensichtlich die Müllsäcke entdeckt und einen aufgerissen. Jetzt standen sie unter Schock. Kein Wunder bei dem Anblick und dem ekelhaften Geruch, der sich immer weiter ausbreitete und penetranter wurde.

Paul musste dafür sorgen, dass die beiden Wanderinnen vom Dachboden herunter und in die Obhut der Gruppe kamen. Er wandte sich von dem Leichenfund ab und ging gebückt zu Pia und Lucy.

Die beiden wichen wieder ängstlich vor ihm zurück. »Tun Sie uns nichts. Wir … wir wollen bloß hier weg. Wir sagen nichts …«

Was ging bloß in deren Köpfen vor, fragte sich Paul. »Keine Sorge, ich bin wirklich Privatdetektiv. Ihr habt nichts zu befürchten. Ihr seid in Sicherheit, aber erzählt mir doch einfach, was vorgefallen ist.«

»Wir, wir … wir waren so aufgeregt …«, stotterte Lucy.

»Konnten nicht schlafen. Da haben wir das Haus erkundet … und die Luke zum Dachboden entdeckt.«

»Und als wir hier oben ankamen, sahen wir die beiden Säcke da vorne. Wir hätten sie nie aufmachen sollen«, erklärte Pia und musste sofort würgen.

Ihre Freundin nahm sie fürsorglich in den Arm. Als sich Pias Brechreiz gelegt hatte, fuhr Lucy mit stockender Stimme fort: »Die Leiche da … das war zu viel für uns. Der Anblick … Horror.« Das Mädchen weinte.

Paul wartete geduldig ab, bis sie ihre Emotionen wieder soweit im Griff hatte, dass sie weiter berichten konnte.

»Wir haben dann direkt kehrtgemacht. Wollten zurück zur Treppe. Da ging diese Scheißlampe hier aus.« Sie hielt ihre Petroleumlampennachbildung in die Höhe. »Es war stockfinster. Wir konnten die Hand nicht vor Augen sehen und hatten Angst, dass wir die steile Treppe herunterfallen. Na ja … und wenn man dann hier oben so sitzt … die beiden Toten da vorne … da kommen dann diese Gedanken.«

»Welche Gedanken?«

»Wir dachten, dass es vielleicht gar kein Spiel ist, zu dem Sie sich hier treffen. Alle Leute sind so komisch, so seltsam. Vielleicht machen Sie hier etwas anderes … also … es sind ja zwei tote Studentinnen … und wir sind fast im selben Alter … Was ist, wenn Sie …?«

Scheiß Krimispiel, dachte Paul spontan. Lucy und Pia hatten recht: Nur ein Haufen Irrer würde sich freiwillig treffen, um Verbrechen nachzuspielen. Da waren ihre Gedanken gar nicht so abwegig! Trotzdem musste Paul innerlich schmunzeln.

»Ich kann euch beruhigen. Niemand von uns ist ein Mörder. Da unten ist sogar ein Anwalt dabei, mein Freund. Ihr habt zwar nicht den Schutz der Polizei, zumindest aber etwas ähnliches. Und der Rest der Leute ist ebenfalls harmlos. Wir müssen jetzt runtergehen, ihr könnt nicht hier oben bleiben.«

Die beiden jungen Wanderinnen sahen sich an und nickten. Paul stieg vor den beiden die steile Treppe hinab und sah zu, wie sie ihm mit wackeligen Beinen langsam folgten. Als sie sich im Flur gegenüberstanden, blickte Pia an sich herab: »Und die Kotze? Können wir uns im Bad die Kotze abwischen?«

»Ja klar. Kein Problem. Hanna wird sich bestimmt um euch kümmern. Und ich werde mit dem Anwalt den Fundort oben untersuchen.«

Paul wollte sich soeben zur Treppe ins Erdgeschoss aufmachen, als ihn Lucy am Arm zurückhielt. »Sie wollen uns doch nicht hier oben ohne Licht im Bad allein lassen?«

Er hätte sich ohrfeigen können. »Tut mir leid. Tut mir wirklich leid«, entschuldigte er sich mehrmals.

»Gernot!«, brüllte Paul über den Flur in Richtung Treppe.

»Ich brauche hier oben deine Hilfe! Sofort!«

»Und Hanna, kannst du auch bitte kommen?«, fügte er sanfter hinzu.

Sofort polterte es auf der Treppe. Doch nicht nur Gernot Hesse und Hanna Bertrams erschienen. In ihrem Schlepptau kam das gesamte Spielteam samt Ranger hinauf und drängte sich mit Lampen und neugierigen Gesichtern auf den Flur. Als Paul die Situation erklärt hatte, verstummte das vielstimmige und aufgeregte Wispern. Niemand mochte nun mehr einen klugen Kommentar oder Vorschlag abgeben. Die Mädchen wurden tröstend in den Arm genommen, als sie aus dem Bad kamen.

»Gernot, wir gehen jetzt da hoch und sichten den Fundort der Leichen. Hast du dein iPhone dabei, um Fotos zu machen?«

»Ja, sicher. Und vielleicht finden wir in der Küche noch

Kühlbeutel oder Papiertüten, um Beweismittel zu sichern.«

»Wird angesichts der Situation nicht nötig sein. Ich möchte, dass du den Fundort fotografierst und dann sollten wir die Leichen schnellstmöglich in den Stall schaffen. Der Leichengeruch wird sich sonst weiter ausbreiten und wir müssen die Nacht noch hier verbringen. Das können wir den Leuten nicht zumuten.«

»Aber das wäre höchst unprofessionell. Wir könnten wichtige Spuren vernichten oder verfälschen.«

»Gernot, das ist mir klar! Aber wir sind nicht die Polizei. Es geht mir hier um die Leute. Und wir können nicht allesamt in die Scheune ausweichen …«

»Du hast recht, lass es uns so machen«, willigte der Anwalt ein.

Bevor Paul und Gernot die steilen Stufen zum Dachboden erklommen, richtete sich der Privatdetektiv an die Mitspieler: »Ich möchte euch jetzt alle bitten, auf eure Zimmer oder in den Gastraum zu gehen! Es ist kein schöner Anblick dort oben. Erspart es euch, auch wenn Krimis euer Hobby sind!«

Die Spieler folgten Pauls Anweisung ohne Widerspruch und zogen sich in den Gastraum zurück.

Nachdem Hesse wortkarg den Fundort und die Umgebung aus verschiedenen Blickwinkeln fotografiert hatte, bat Paul den Ranger und Spielleiter Teusch um Hilfe beim Abtransport der Leichen.

Als sie die beiden Mädchen in den Plastiksäcken vom Dachboden durch den Flur und Gastraum schleppten, herrschte respektvolles Schweigen der Spielteilnehmer, die mit betroffenen Gesichtern zusahen.

Paul ließ nur eine der acht LED-Laternen zurück in der Gaststube. Das Feuer im Kamin und die Kerzen gaben genügend Licht für die Spielteilnehmer, sodass sie sich sicher fühlen würden.

Er und Gernot Hesse brauchten viel Helligkeit, um die Leichen in Augenschein zu nehmen. Paul hatte beschlossen, dass John Hartwich und Jan Teusch bei der Untersuchung der ermordeten Mädchen zur Unterstützung dabei bleiben sollten.

Im Stall angekommen, legten sie die Leichensäcke auf dem Boden ab und positionierten die Lampen so, dass sie für ihre unangenehme Arbeit möglichst viel Licht hatten. Paul schnitt mit einer Schere die dünne Plastikhaut auf und legt die Mädchenleichen frei. Die Körperflüssigkeiten, die sich in der geschlossenen Folie gesammelt hatten, flossen als zähe, breiige Masse dahin und breiteten sich langsam wie ein Lavastrom über den Boden aus.

Der Gestank war unerträglich. Ebenso der Anblick. Selbst Paul musste schwer schlucken.

Jan Teusch und der Ranger hielten es nur wenige Sekunden aus und rannten dann gemeinsam aus dem Stall.

Gernot Hesse hielt sich die Nase zu und atmete durch den Mund. Paul wusste zwar, dass diese Methode ganz gut gegen den Gestank half, doch er mochte sie nie anwenden, weil er die Vorstellung nicht loswurde, dass er damit die ekligen Verwesungsausdünstungen tief in seine Lunge einatmen würde. Ein Gedanke, der ihm noch mehr Übelkeit bereitete, als dieses Geruchspotpourri.

»Du hast nicht zufällig eine Wäscheklammer dabei?«, fragte er seinen Anwaltsfreund.

Der schüttelte den Kopf und entgegnete süffisant: »Nein, sonst habe ich immer welche in der Tasche. Nur heute nicht. Ich habe leider auch keine Gummihandschuhe für die Untersuchung. Das wird bestimmt Ärger geben, wenn die Spurensicherung die Leichen professionell untersucht.«

Anhand der gefundenen Pässe konnte Paul die Identitäten trotz der aufgedunsenen und durch zahlreiche Wunden entstellten Gesichter zuordnen. Er drehte beide Leichen mit einem Stück Plastikfolie, um Berührungen mit seinen Händen zu vermeiden, auf den Rücken und wieder zurück. Der Privatdetektiv zählte bei Leonie neun und bei Amelie zwölf Messerstiche, die jeweils über den ganzen Oberkörper verteilt waren. Auch Hämatome meinte Paul zu erkennen, wobei er sich nicht sicher war, da die einsetzende Verwesung die

Körper verfärbte. Hesse diktierte Pauls sachliche Angaben direkt in sein Handy und fotografierte Details der nackten Mädchenleichen.

»Was glaubst du, waren die Mädchen schnell tot oder mussten sie lange leiden?«, wollte er von Paul wissen.

»Ich habe schon so einiges gesehen, jedoch keinerlei Erfahrungen im Obduzieren. Aber allein die Anzahl der Messerstiche …«, Paul schluckte und schüttelte bekümmert den Kopf. Er hatte bei einem ähnlichen Fall als Detektiv Einblick in eine Polizeiakte mit einem Obduktionsbericht und Fotos erhalten. Er wollte solche Bilder nie wieder sehen. »Ich glaube, der Mörder muss wie von Sinnen gewütet haben. Es muss ein Martyrium für die beiden Mädchen gewesen sein … Und bestimmt sind sie missbraucht worden.«

»Das werden die Polizei und die Gerichtsmedizin feststellen. Hoffentlich findet die Kripo noch DNA-Spuren … bei dem Zustand und den Verunreinigungen, die wir verursacht haben«, sinnierte der Anwalt.

»Mir passt das auch nicht, Gernot. Aber unter diesen besonderen Umständen konnten wir die Leichen unmöglich auf dem Dachboden belassen. Was ist das denn hier? Mach' mal ein Foto davon.« Paul deutete auf die Hand der toten Leonie. Sie war geschlossen und von einem kaum sichtbaren Nylonfaden umwickelt. Vorsichtig wickelte der Detektiv die Fäden von der Hand, die sie verschlossen hielten. Als er die Hand öffnete, staunte Paul nicht schlecht. Er fand einen runden hölzernen Anhänger. »Reich' mir mal ein Stück Papier, Gernot!«

Der Anwalt zog seine Geldbörse aus der Hosentasche und brachte eine blütenweiße Visitenkarte zutage. Er reichte sie Paul, der sie schmunzelnd annahm. »Immer offen für neue Klienten?«

»Ich würde es geschäftstüchtig nennen. Im Gegensatz zu dir.«

Paul faltete die Karte und packte dann damit vorsichtig den Anhänger an, um keine Spuren zu verwischen. Er betrachtete das kleine Schmuckstück von beiden Seiten. Auf einer Seite war ein Hirschgeweih in das feinmaserige Holz eingebrannt und auf der anderen Seite zwei kunstvoll verschnörkelte Buchstaben. »Ich lese daraus ein S und ein H. Was meinst du, Gernot?«

Der schmächtige Anwalt inspizierte das kleine Holzteil in Pauls Hand aus der Nähe und begann dann hektisch auf seinem iPhone zu tippen. »SH wie Sally Harper, Steve Hansen und Shirley Holmes … die gleichen Initialen wie auf dem Siegelring der gespielten Leiche. Zufall? Wohl eher nicht, oder?«

»Vielleicht ein ganz perfides Krimispiel!«, stellte Paul fest.

»Wir müssen diesen Jan Teusch im Auge behalten. Ich habe ein verdammt ungutes Gefühl …«

»Dieses Gefühl kenne ich nur zu gut«, pflichtete Hesse seinem Freund bei.

Paul und Gernot sahen sich ernst an, als plötzlich die Stalltür aufflog. John Hartwich stapfte mit matschverschmierten Schuhen hinein. Er trug die Rucksäcke und die zu einem Bündel zusammengewickelte Kleidung der beiden toten Mädchen. »Ich dachte mir, es sei besser, wenn wir alle Sachen der Opfer an einem Ort deponieren.«

»Na klasse, jetzt haben wir bestimmt noch mehr DNA an den Beweisstücken!«, beschwerte sich der Anwalt.

»Oh … sorry, daran habe ich nicht gedacht.«

»Ist schon in Ordnung«, fuhr Paul dazwischen.

»Habt ihr etwas herausbekommen? Was ist das denn?«, erkundigte sich der Ranger und deutete auf den Holzanhänger, den Paul in der flachen Hand auf der Visitenkarte hielt.

»Ein Anhänger. Den hatte eine der Toten in der Hand. Möglicherweise gehörte er dem Mörder«, erklärte der Detektiv. Er faltete die Karte zusammen und steckte sie samt Anhänger in seine Hosentasche.

»Himmel … ist das eine Scheiße«, fluchte der Ranger.

»Was fangen wir jetzt damit an?«

»Nichts. Wir übergeben den Anhänger der Polizei«, sagte Paul.

»Das kann aber dauern. Und genau das macht die Situation jetzt so schwierig.« Der Ranger kratzte sich am Kinn.

»Weshalb ich eigentlich komme: … Wir haben drüben ein massives Problem. Die Leute wollen nicht mehr hierbleiben. Die stehen mit gepackten Rucksäcken im Gastraum und wollen nach Hause. Ich kann es ihnen ja nicht verübeln, aber es ist lebensgefährlich da draußen. Ich glaube, dieses Unwetter hat mindestens genauso viel Schaden wie Kyrill angerichtet. Wenn wir Glück haben, können wir bei Tag aufbrechen. Obwohl ich auch das für zu gefährlich halte. Meine Meinung lautet: Wir sollten abwarten, bis die Feuerwehr oder das THW uns hier rausschneiden. Wir haben Wasser und Lebensmittel. Alles andere wäre Wahnsinn. Ich verstehe die Leute ja … mir gefällt es auch nicht … mit zwei Leichen in einer abgeschiedenen Hütte … Aber es geht nicht anders!« Er blickte die beiden Männer eindringlich an: »Sie müssen mich bitte unterstützen. Können Sie die Leute beruhigen? Als Anwalt und Privatdetektiv haben Sie ja auch Einfluss. Ich habe schon klipp und klar meine Meinung gesagt. Können Sie hinübergehen und denen ebenfalls klarmachen, dass eine Wanderung lebensgefährlich ist? Ich schaue mir in der Zwischenzeit mal den Zustand der Autos an. Hoffentlich sind die noch intakt.«

Als Paul und Gernot den Gastraum betraten, waren alle Spielteilnehmer, Jan Teusch und sein Gehilfe sowie auch die beiden Wanderinnen in voller Montur versammelt und zum Aufbruch bereit. Paul fühlte sich wie in einer Sauna. Der Kamin strahlte Hitze wie ein Hochofen ab und die Luft war so voll Feuchtigkeit, dass das Kondenswasser an den Scheiben hinunterlief. Der Boden war eine Mischung aus Matsch und kleinen Pfützen. Und offensichtlich waren auch die Gemüter erhitzt, wie Paul an den roten Köpfen erkannte.

Spielleiter Jan Teusch übernahm die Rolle des Wortführers: »Wir wollen hier raus und Hilfe holen. Niemand möchte länger an diesem Ort des Grauens bleiben. Sie können gerne mit uns kommen. Wir sind sicher, dass wir die Landstraße erreichen. So schlimm können die Schäden nicht sein. Alle wollen mitkommen. Und ja: Wir gehen auf eigene Gefahr!«

Paul hob beschwichtigend die Hände. Er versuchte die

Leute zu beruhigen und wiederholte die Einschätzung des Rangers. Außerdem berichtete er von den Erkenntnissen der Untersuchung, wobei er die schockierenden Details nicht erwähnte. »Ich glaube, es ist besser, wenn wir die Nacht abwarten und am Morgen aufbrechen, falls bis dahin nicht ohnehin schon Hilfe von außen eingetroffen ist«, schloss er.

Mittlerweile war auch der Ranger in das SGV-Heim zurückgekehrt. »Ich hoffe, Herr Masters hat Ihnen nochmals die Gefahren bewusst gemacht. Ich war gerade bei den Autos. Sie sind intakt, soweit ich das feststellen konnte. Aber wir haben noch ein anderes Problem. Die Hütte hier wurde auf einem trockengelegten Moor errichtet. Es kann gut sein, dass sich durch die starken Regenfälle sumpfige Stellen gebildet haben. Wir haben es also nicht nur mit der Gefahr umstürzender Bäume oder herabfallender Äste zu tun, wir könnten auf dem Gelände auch in ein Sumpfloch geraten. Das ist ebenfalls lebensgefährlich. Bei Tag können wir das Gelände besser erkunden.«

Paul sah mit Genugtuung, dass seine und die Ausführungen des Rangers Wirkung zeigten. Die versammelten Spielteilnehmer schnallten resigniert ihre Rucksäcke ab, öffneten die Reißverschlüsse ihrer Funktionsjacken und ließen sich enttäuscht auf die Stühle nieder.

»Und jetzt?«, fragte Hanna.

»Vielleicht kommen wir ja im Fall der beiden Toten etwas weiter«, sagte Paul. »Wir haben bei einem der ermordeten Mädchen einen hölzernen Anhänger gefunden. Möglicherweise ein Hinweis auf den oder die Täter. Kennt vielleicht jemand von Ihnen dieses Stück?« Paul entfaltete die Visitenkarte, in die er das kleine Amulett mit den Initialen gepackt hatte, und legte den Fund in die Mitte des Tisches. Alle drängten sich um das Holzstück herum, um es aus der Nähe zu betrachten. Paul hielt Jan Teusch im Auge, doch er konnte keine besondere Reaktion bei dem Spielleiter feststellen. Auch alle anderen schüttelten die Köpfe.

»SH … wie der Siegelring«, bemerkte Dörthe Kleiber.

»Hast du etwa damit etwas zu tun, Jan?«

»Ich? Du bist wohl verrückt, was? Nein, natürlich nicht!«

Die alte Dame lächelte vielsagend. »Na ja … hätte ich dir auch nicht zugetraut. Wäre ja zu schön, um wahr zu sein.«

Jan Teusch fuhr auf: »Dörthe, bei allem Respekt, das ist kein Spiel mehr und deine Verdächtigungen sind nicht witzig und hier auch nicht angebracht!« Er schaute Paul Masters hilfesuchend an. »Sie glauben doch auch nicht, dass ich etwas damit zu tun habe? Wir haben den Siegelring erst letzte Woche bei eBay gekauft und dann die Namen für das Spiel festgelegt.«

»Schon gut, schon gut«, beschwichtigte Paul. »Ich schlage vor, dass wir jetzt noch etwas zu schlafen versuchen. Wir brauchen morgen unsere Kräfte.«

»Da oben schlafen? Ich? Nur zu zweit in einem Zimmer … Und womöglich ist hier ein Mörder unter dem Dach. Niemals!« Dörthe Ellingwart stapfte entschlossen mit einem Bein auf den Boden. »Sag doch auch mal was, Ruth! Stehst immer stumm dabei wie ein Fisch. Bist du nun meine Freundin oder nicht? Kannst mich auch mal unterstützen!«

»Ich … äh … ja, ich sehe das genauso.«

»Also gut, wir können hier nicht weg. Dann schlage ich vor, dass wir die Zimmertüren geöffnet lassen. Ich sammele alle Schlüssel ein. Fühlen Sie sich dann sicherer? Wären alle damit einverstanden?«, fragte Paul.

»So ein Blödsinn«, brummte Frederik Lohmann. »Sollen wir auch noch Nachtwache halten?«

»Keine schlechte Idee, junger Mann«, erwiderte Dörthe Kleiber.

Paul kam sich vor, als ob er eine Schulklasse renitenter Jugendlicher bändigen musste. »Wir gehen jetzt nach oben, lassen im Flur eine Leuchte brennen und versuchen verdammt noch mal etwas Schlaf zu finden. Morgen sehen wir weiter.«

»Ich und Ruth schlafen mit der Matratze auf dem Flur. Du machst doch mit Ruth, oder?«, wollte Dörthe Kleiber wissen. Ihre Freundin nickte stumm und versuchte sich ein Lächeln abzuringen. »Außerdem … habe ich ja noch das hier, um uns zu schützen!« Triumphierend zog Dörthe eine kleine schwarze Dose aus ihrer Jacke, die über der Stuhllehne hing.

»Ist das Pfefferspray?«, fragte Gernot Hesse.

»Es ist bestimmt kein Deodorant, junger Mann!«, gab Dörthe als Antwort.

»Sie wissen, dass Sie Pfefferspray nur gegen Tiere anwenden dürfen!?«, belehrte Hesse die alte Dame.

»Ich denke, derjenige, der das getan hat, ist ein Tier!«, erwiderte Dörthe und erhielt für ihre Bemerkung ein zustimmendes Gemurmel.

Paul rollte mit den Augen und fuhr dazwischen: »Nehmen Sie Ihr Spray meinetwegen mit, aber gehen Sie nicht leichtfertig damit um.«

»Also, wir würden uns gerne den beiden Damen anschließen und ebenfalls auf dem Flur übernachten«, sagte Pia Ohl, eine der beiden Wanderinnen.

»Campiert, wo ihr wollt. Hauptsache wir können uns jetzt ausruhen!« Pauls Nerven waren überstrapaziert. Er wollte nur noch in die Waagerechte.

»Ihr könnt alle raufgehen. Ich habe hier noch etwas mit Gernot zu besprechen.«

Murrend bewegten sich die Leute in das obere Stockwerk zu den Schlafräumen.

Als sie außer Hörweite waren, wandte sich Paul an seinen Anwaltsfreund: »Mir ist eingefallen, dass wir die Küche nach der Tatwaffe durchsuchen sollten. Und vorsichtshalber sollten wir auch alle Messer sicherstellen … man kann ja nie wissen.«

Gernot Hesse nickte ernst. Ausgerüstet mit zwei LED-Lampen machten sie sich an die Arbeit. Der Detektiv und der Anwalt gingen systematisch vor. In den Küchenschubladen fanden sie nur Essbesteck und kleinere Schälmesser. Die Unterschränke enthielten Töpfe, Pfannen und Servierschalen. In den Oberschränken wurde Paul endlich fündig: »Schau mal, Gernot.« Er hielt die LED-Leuchte hoch, sodass das Licht ins Schrankinnere fiel. »Ein Messerklotz. Ausgerechnet der Schlitz für das größte Messer ist frei. Und warum steht dieser Messerklotz überhaupt in einem Oberschrank? Normalerweise würde er doch auf einer Anrichte oder Küchenplatte stehen, oder? Möglicherweise ist das fehlende Messer die Tatwaffe. Und wenn wir ganz großes Glück haben, findet die Kripo noch Fingerabdrücke auf dem Holzklotz. Es kann aber auch sein, dass das Messer einfach verlegt wurde und sich noch irgendwo hier in der Küche befindet. Wir müssen weitersuchen.«

Gernot stimmte Paul zu und gemeinsam nahmen sie sich die weiteren Schränke vor. Sie überprüften nochmals sämtliche Küchenmöbel. Ein großes Messer aber war unauffindbar.

»Also gut … wir hören auf«, befand Paul. »Es hat keinen Zweck. Hast du hier irgendwo eine Plastiktüte gesehen? Ich möchte den Messerblock gerne für die Spurensicherung sicherstellen. Außerdem schlafe ich besser, wenn diese scharfen Klingen in meiner Obhut sind. Ich werde sie in meinen Rucksack packen.«

»Tüten waren … ach ja, hier im Besenschrank.« Der Anwalt öffnete die Tür und zupfte aus einer Einkaufstasche voller Plastiktüten eine heraus, die er dem Detektiv überreichte. Paul stülpte die Tüte vorsichtig über den Messerklotz und nahm ihn dann aus dem Schrank.

»Meinst du auch, dass vielleicht einer der Anwesenden …«, flüsterte sein Freund.

»Ich will es nicht hoffen, aber wir sollten dennoch vorsichtig und aufmerksam sein.«

»Warum vorsichtig? Was habt ihr gefunden? Was ist da in der Tüte? Warum diese Geheimniskrämerei?«

Erschrocken blickt Paul in Richtung Küchentür. Eigentlich hätte er es sich denken können: Hanna stand dort und hatte resolut ihre Arme in die Hüften gestemmt. Sie hatte sich umgezogen und war nur mit einem T-Shirt und einer bequemen Jogginghose für die Nacht bekleidet. In den sportlichen Sachen sah sie richtig gut aus, fand Paul. Gar nicht mehr wie ein Maulwurf oder eine Eule. Sie trug eine andere Brille, ein dezenteres Modell, vielleicht machte auch das den Unterschied aus.

»Dienstgeheimnis! Nichts für die Ohren von Blumenverkäuferinnen«, sagte Paul.

»Du hast sie doch wohl nicht mehr alle! Was bist du denn für ein Arsch?«, schimpfte Hanna erbost. Sie stellte sich demonstrativ zwischen Paul und Gernot.

»Und? Kannst du mir nun sagen, was ihr hier für ein geheimnisvolles Detektivspiel treibt?«

Gernot versuchte sich aus der Situation herauszuwinden.

»Tut mir leid, das musst du mit Paul ausmachen.«

»Will ich aber nicht, ich frage dich!«

»Also gut, also gut …«, willigte Gernot ein und berichtete ihr von dem Messerfund und dem Verdacht.

»So eine Riesenkacke«, stellte Hanna nach den Ausführungen des Anwalts fest.

»Ja, ‚Riesenkacke' trifft es irgendwie«, seufzte Paul und blickte in besorgte Gesichter.

## ERSTE ZWEIFEL

Isabelle Lohmann kuschelte sich im Schlafsack eng an ihren Mann. Aus dem Flur fiel durch den Türspalt das spärliche Licht einer der LED-Leuchten. Die Gruppe hatte beschlossen, eine Lampe als Nachtlicht brennen zu lassen, damit sich die beiden jungen Wanderinnen sicherer fühlten, die gemeinsam mit den beiden alten Damen in der Diele auf dem Boden schlafen wollten.

Isabelle stupste Frederik an, doch der machte keinerlei Anstalten, sie schützend in seinen Arm zu nehmen. »Hey, ich brauche jetzt deine Nähe!«, beschwerte sie sich, aber ohne dabei vorwurfsvoll zu klingen. »Der Abend war der reinste Horror und ich bin froh, wenn wir wieder unbeschadet zu Hause sind.«

»War doch deine Idee«, bemerkte Frederik nur einsilbig und drehte ihr den Rücken zu.

»Nun komm schon! Sei nicht so beleidigt. Ich kann doch gar nichts dafür.« Sie streichelte seinen Rücken, doch er rührte sich nicht.

»Lass mich bitte schlafen. Der Tag war anstrengend genug. Und ja, ich bin sauer auf dich. Wenn wir hier wegen dieser Leichen oder wegen des Sturms noch länger festhängen, kann ich mein Projekt und meine Beförderung vergessen.«

»Ach was … Dafür werden die in der Firma bestimmt Verständnis haben. Du kannst doch nichts dafür, dass du in solch einen Schlamassel geraten bist.«

»Mein Gott, was bist du naiv! … Und jetzt lass mich endlich schlafen, ich habe keine Lust auf eine weitere Grundsatzdiskussion mit dir. Jetzt nicht!«

»Aber wenigstens in den Arm nehmen kannst du mich doch, oder?«, bettelte Isabelle.

»Wenn du dann ruhig bist …«

»Versprochen!«

Frederik drehte sich um und Isabelle bettete ihren Kopf in seine Armbeuge. Obwohl er so abweisend war, brauchte sie jetzt seine Nähe, um in dieser Ausnahmesituation nicht hysterisch zu werden. Frederik war ihr einziger Anker. Der konstante Punkt in einer Welt, die für sie immer mehr aus den Fugen geriet und die sie zunehmend als unwirklich wahrnahm. Als ob er ihre Gedanken und Ängste lesen konnte, küsste Frederik ihren Kopf. »Versuch jetzt zu schlafen«, tröstete er sie.

Isabelle seufzte. Wie denn, bei den tausend Gedanken, die ihr durch den Kopf schossen?

Doch irgendwann gewann die Müdigkeit die Oberhand und sie schlief fest ein. Allerdings verfolgten die Ereignisse sie bis in ihre Träume.

Geplagt von den Schreckensbildern wachte sie auf und konnte sich zunächst nicht orientieren. Dann fiel ihr schlagartig alles wieder ein und sie tastete hilfesuchend nach Frederik. Ihre Fingerspitzen berührten seine Haare. Sie waren nass. »Frederik«, flüsterte Isabelle, »ist alles in Ordnung?«

»Was soll sein«, brummte er.

»Deine Haare, sie sind kalt und nass.«

»Ich war kurz draußen.«

»Draußen?«, Isabelle war sofort hellwach und richtete

sich im Bett auf, »Was hattest du draußen zu suchen?«

»Der Sturm hat nachgelassen und ich wollte die Lage erkunden. Und jetzt lass mich schlafen«, gähnte er.

»Ja und? Wie sieht es draußen aus?«

»Man kann nichts erkennen. Es ist zu dunkel.«

»Bist du verrückt, hier in der Nacht herumzuschleichen? Dir hätte etwas passieren können.«

»Mir ist aber nichts passiert und jetzt lass mich in Ruhe. Sobald es hell wird, brechen wir auf. Egal was der Sturm angerichtet hat.«

»Aber …«, wollte Isabelle widersprechen.

»Kein Aber!«, fiel ihr Frederik ins Wort, »Morgen machen wir uns auf den Weg. Und jetzt schlaf und sammle deine Kräfte. Du wirst sie morgen bestimmt brauchen.«

## VERSCHWUNDEN

Als Paul erwachte, betrachte er zärtlich die schlafende Hanna, die mit ihm im Schlafsack lag. Ohne Brille und mit ihren dunkelbraunen, zerzausten Haaren sah der Maulwurf zuckersüß aus, wie er fand.

Durch die geöffnete Zimmertür fiel ein Lichtstreifen in das Zimmer. Alles erschien in diesem Augenblick beinahe vollkommen friedlich. Paul küsste Hanna spontan auf ihre Stirn. Sie rekelte sich und schlug die Augen auf.

Paul hatte erwartet, dass sie lebhaft losplapperte, doch Hanna schaute ihn nur mit ihren braunen Augen an. Schweigend erwiderte er ihren Blick.

»Einen Moment lang dachte ich, ich hätte alles nur geträumt«, sagte Hanna nach einer Weile.

Paul versuchte zu lächeln und strich ihr sanft über die Wange, zog aber sofort verlegen seine Hand wieder zurück.

»Entschuldigung, ich wollte dir nicht zu nahetreten.«

»Nein, nein … schon in Ordnung«, sagte Hanna und ergriff seine Hand, um sie an ihre Wange zu drücken.

»Ich bringe dich so schnell wie möglich aus diesem Albtraum heraus, versprochen«, flüsterte Paul, der mit der plötzlichen Vertrautheit nicht so recht umgehen konnte.

Hanna schien das zu spüren. »Vielleicht starten wir mit einer heißen Dusche und einem Kaffee?«, schlug sie daher vor.

Dankbar für die Ablenkung stand Paul auf und betätigte erfolglos den Lichtschalter. »Duschen wird vielleicht möglich sein, aber eiskalt. Der Strom ist immer noch weg und ich vermute, dass das Wasser hier in einem Boiler erhitzt wird. Vielleicht haben wir Glück und es hat noch etwas Restwärme.«

»Ich liebe diesen Optimismus. Ich glaube, das ist eine Gemeinsamkeit zwischen uns. Nichts kann uns unterkriegen.« Hanna lächelte ihn an und kroch aus ihrem warmen Schlafsack.

»Ich glaube, das ist dann auch alles, was wir an Gemeinsamkeiten haben«, sagte Paul und wunderte sich selbst über seine schroffen Worte.

Hanna runzelte die Stirn und sah in ungläubig an. »Äh … vielleicht täusche ich mich jetzt, aber hast du mich eben nicht wachgeküsst?«

»Das musst du wohl geträumt haben«, erwiderte Paul. Er wich ihrem Blick aus und meinte den Grund gefunden zu haben, warum er dieser Frau gegenüber plötzlich so abweisend war: Hanna spielte einfach nicht in seiner Liga. Sie sah wie ein verhuschter Spatz aus, hatte aber eine große Klappe. Und sie war … irgendwie unsexy. Paul ärgerte sich über sich selbst. Wahrscheinlich fand er Hanna nur so anziehend, da sie das einzig greifbare weibliche Wesen war. Nein, darauf durfte er sich nicht einlassen! Hanna Bertrams war unter seiner Würde. Er war cool. Sie war das Gegenteil davon.

»Komm, sehen wir nach den Duschen«, meinte Paul reserviert.

Hanna schüttelte den Kopf und folgte ihm.

In der Diele stiegen sie auf ihrem Weg zum Waschraum vorsichtig über Pia und Lucy hinweg, die in dicken alten Decken des SGV-Heims eingerollt waren. Paul hatte sehen können, dass zumindest Lucy wach war, da diese schnell die

Augen geschlossen hatte, als sie in den Flur traten. Die beiden jungen Frauen hielten einander die Hand und wirkten selbst unter den Decken noch angespannt. Ob sie überhaupt Schlaf gefunden hatten?, überlegte Paul, beschloss aber, die beiden in Ruhe zu lassen und ging leise weiter. Auf den beiden provisorischen Schlafstätten Dörthe Kleibers und Ruth Ellingwarts lagen deren Schlafsäcke bereits ordentlich zusammengerollt. Der Großteil der anderen schien bereits auf den Beinen zu sein.

Im Waschraum öffnete Hanna ein Fenster in der Gaube. »Oh mein Gott! Sieh dir das an!«

Was er sah, ließ all seine Gedanken über Hanna vergessen. Es gab im Augenblick wahrlich Wichtigeres. Wie sollten sie bloß dieser Katastrophe entkommen? Fassungslos blickte Paul hinaus. Mächtige Fichtenstämme lagen wie abgeknickte Streichhölzer auf dem Boden. Es sah aus, als ob eine gewaltige Hand aus dem Himmel breite Schneisen durch den Wald geschlagen hatte. Dazwischen lagen wie Inseln einzelne Waldstücke, die scheinbar unbeschädigt waren. Als Paul seinen Blick schweifen ließ, musste er unwillkürlich an den Orkan Kyrill zurückdenken, so umfassend und gespenstisch war die Zerstörung, die auch dieser Sturm hinterlassen hatte. Der Wind wehte immer noch kräftig, doch es war kein Vergleich zu dem nächtlichen Orkan. Schwaden von Nieselregen fegten über die umgeknickten Bäume und ließen die gesamte Szenerie nur noch trostloser aussehen. Und genauso trostlos und trübsinnig fühlte sich Paul in diesem Augenblick. »Ich glaube kaum, dass wir da allein durchkommen. Sieh mal, der ganze Weg ist verschwunden! Dann diese Bäume da vorn … Sie sehen aus, als ob sie jeden Augenblick umfallen. Ich schätze, das ist zu gefährlich. Vielleicht kann uns der Ranger hinausführen.«

Paul ließ Hanna bei der Dusche den Vortritt und wartete vor der Tür. Sie kam nach einer kurzen Katzenwäsche wieder heraus, da das Wasser mittlerweile doch zu kalt zum Duschen war. Auch Paul seifte sich nicht am ganzen Körper ein, sondern klatschte sich nur etwas Wasser in Gesicht und wich dem Duschstrahl aus.

Auf Zehenspitzen kehrten die beiden in ihre Kammer zurück und zogen frische Kleidung aus ihren Rucksäcken an. Paul drehte Hanna dabei demonstrativ den Rücken zu, damit sie nicht weiter zärtliche Gefühle für ihn hegte. Nein – jetzt musste Schluss sein mit dieser Bertrams! Sie brachte ihn völlig aus dem Konzept und er brauchte einen klaren Kopf!

Nachdem sie sich schweigend angekleidet hatten, stiegen Paul und Hanna die Treppe hinunter zum Aufenthaltsraum, wo bereits fast die gesamte Gruppe der Spielteilnehmer sowie die beiden Veranstalter und der Ranger um den großen Tisch saßen. Nur Gernot Hesse mit seiner Gattin Annette und die beiden jungen Wanderinnen fehlten. Paul stellte mit Wohlwollen fest, dass sowohl Spielleiter Teusch als auch sein Gehilfe Monti in normalen Jeans und Pullover bzw. kariertem Hemd gekleidet waren und ihre lächerliche Karnevalskostümierung abgelegt hatten.

»Guten Morgen!«, grüßten Paul und Hanna freundlich und erhielten nur eine müde Reaktion. Paul bemerkte sofort, dass die allgemeine Stimmung gedrückt war. Yusuf Monti bot beiden einen Becher Kaffee an. »Auf dem Kaminfeuer das Wasser gekocht und dann per Handaufguss zubereitet«, erklärte er stolz. Paul nahm dankend an und war erstaunt, wie aromatisch der Kaffee schmeckte. »Also, bei so einem guten Kaffee bekommt man ja richtig Hunger. Haben wir noch etwas Essbares?«

»Da sind Sie aber der Einzige, dem der Appetit noch nicht vergangen ist. Vielleicht hören Sie sich mal an, was der Ranger zu berichten hat«, bemerkte Dörthe Kleiber spitz.
Paul schaute sich um: Es hatten wirklich alle nur einen Becher Kaffee vor sich stehen. Interessiert wandte er sich dem Ranger zu, der mit ernstem Gesicht nickte.

»Also, ich war heute Morgen bereits draußen«, begann Hartwich zu berichten. »Es sieht nicht gut aus. Auf dem Gelände vor der SGV-Hütte haben sich Sumpflöcher gebildet. Wenn die tief sind, ist es lebensgefährlich. Wer da hineingerät, der wird schlicht und einfach stecken bleiben. Ich empfehle, dass wir Bretter als notdürftige Gehwege auslegen. Schlimmer sieht es allerdings außerhalb des Geländes aus. Die Wege sind durch umgestürzte Bäume komplett unpassierbar. Es stehen vereinzelt noch viele Bäume und Baumgruppen, die aber jeden Augenblick umstürzen können. Zwar sind der VW-Bus und mein Jeep wie durch ein Wunder nahezu unbeschädigt, aber wegen des sumpfigen Bodens und der versperrten Wege können wir die Autos nicht nutzen. Vielleicht können wir etwas mit den Batterien anfangen. Hier raus kommen wir aber auf keinen Fall. Und ich schätze, es wird Tage dauern, bis sich die Feuerwehr oder das THW zu uns durchgeschlagen und den Weg gesichert hat.«

»Na, jetzt immer noch hungrig?«, fragte Dörthe Kleiber.

»Und wenn Sie sich mit Ihrer Erfahrung auf den Weg machen und einer von uns Sie dabei begleitet?«, schlug Paul vor.

Ranger Hartwich schüttelte energisch den Kopf: »Gerade weil ich mich im Wald auskenne, würde ich es nie wagen, in dieser Situation ohne schweres Gerät und Motorsäge nur einen Schritt zu gehen. Sie setzen Ihr Leben aufs Spiel, glauben Sie mir. Es ist besser, wenn wir abwarten, bis Hilfe eintrifft.«

»Aber das kann doch ewig dauern!«, schimpfte Frederik Lohmann missmutig.

Seine Laune hatte sich seit gestern noch mehr verschlechtert, stellte Paul besorgt fest. Er musste unbedingt verhindern, dass es zu Spannungen in der Gruppe kam. Zwei Leichen im Pferdestall, kein Strom, sumpfartiges Gelände und von der Außenwelt völlig abgeschnitten … das waren weiß Gott genug Probleme auf einmal! Er konnte jetzt wahrlich keine Streitereien zwischen den Leuten gebrauchen. »Wir könnten versuchen, einige Baumstämme mit den Autos wegzuziehen«, schlug Paul vor, damit die Gruppe eine Aufgabe bekam.

»Keine Chance«, erwiderte John Hartwich, »der Boden ist so aufgeweicht, dass die Autos sich sofort festfahren würden.«

»Scheiße!«, fluchte Paul. »Aber irgendetwas müssen wir doch unternehmen können!?«

»Vielleicht können wir aus Bettlaken ein großes weißes Kreuz auf dem Dach anbringen?«, sagte Jan Teusch. »Also, wenn bald Hubschrauber oder Flugzeuge den Schaden dokumentieren oder nach Hilfebedürftigen suchen, können die uns früher entdecken. Und wer weiß … vielleicht holt man uns hier per Hubschrauber raus.«

»Prima Idee!«, pflichtete Hanna ihm bei.

»Keine gute Idee!«, fiel ihr Ranger Hartwich ins Wort. »Das Dach ist voller Moos und nach dem Regen extrem rutschig. Es ist wie Schmierseife. Wer sich da hinauswagt, wird unweigerlich abrutschen und zu Boden stürzen. Nein, das halte ich wirklich nicht für eine gute Idee.«

»Guten Morgen, … äh … hat jemand Annette gesehen?« Gernot Hesse tauchte plötzlich am Tisch auf. Paul staunte nicht schlecht, als er sah, dass sein Freund ganz offensichtlich komplett geduscht hatte. Im Gegensatz zu allen anderen sah er frisch und gepflegt aus.

»Nein, ich habe sie noch nicht gesehen«, antwortete Paul und blickte fragend in die Runde. Alle schüttelten den Kopf. „Du hast sie doch nicht etwa allein hinausgehen lassen!?"

»Paul! Du kennst Annette, sie ist tough. Sie hat gestern noch vor sich hin gemurmelt, dass sie wohl so einiges selbst in die Hand nehmen müsste …«, entgegnete Hesse. »Bestimmt ist sie draußen, um zu schauen, ob wir Handy-Empfang haben. Wäre ja echt hilfreich.«

»Setzen Sie sich erst mal hin und trinken Sie einen Kaffee«, forderte Teusch den Anwalt auf.

»Gibt's auch Tee?«, erkundigte sich dieser.

»Ich mache Ihnen einen«, bot sich Yusuf Monti an und schnappte sich eine alte, geschwärzte Blechkanne, die neben dem Kamin stand.

Paul starrte ungläubig in seinen Kaffee. In dieser verdreckten, historischen Kanne hatte Yusuf den Kaffee gekocht? Unauffällig schob er seine Tasse auf dem Tisch von sich fort.

»Es gibt keinen Handy-Empfang. Hätte ich ihrer Frau gleich sagen können«, wandte sich Frederik Lohmann mit scharfem Ton an den Anwalt. Dann verkündete er der Gruppe mit fester Stimme seinen Entschluss: »Wie dem auch sei … ob Kreuz auf dem Dach oder die Gefahr umstürzender Bäume: Meine Frau und ich machen uns auf den Weg!«.

»Das werden Sie gefälligst nicht tun, ich habe hier die Verantwortung!«, fuhr ihn der Ranger an.

»Ach … und weil Sie die Verantwortung haben, dürfen Sie uns hier festhalten?«

»Ja, das darf ich sehr wohl. In meiner Funktion als Ranger kann ich Ihnen verbieten, bei Gefahr den Wald zu betreten. Und ich verbiete es Ihnen hiermit ausdrücklich!«

»Sie befehlen uns gar nichts!«, erwiderte Lohmann. »Meine Frau und ich nehmen jetzt unsere Rucksäcke und schlagen uns durch.«

Paul wollte den Streit schlichten, doch der Ranger geriet immer mehr in Rage. »Und noch einmal … zum Mitschreiben: Es ist lebensgefährlich, sich jetzt auf den Weg zu machen. Wenn Sie es riskieren wollen … nur zu! Aber lassen Sie Ihre Frau hier. Sie müssen sie ja nicht unnötig in Gefahr bringen.«

»Meine Frau? Hier zurücklassen? Bei zwei Leichen im Pferdestall und einer Truppe durchgeknallter Möchtegern-Kriminologen, die die Situation nicht im Griff haben?« Lohmann schüttelte den Kopf. »Nee, wir gehen zusammen. Kommst du bitte, Isabelle?«

Isabelle Lohmann setzte ein Gesicht auf, das Paul als *Sorry, aber ich kann nicht anders* interpretierte. »Sie müssen nicht mitgehen«, mischte sich daher der Lüdenscheider Privatdetektiv ein.

Die junge Frau nickte verzweifelt. »Danke, ist schon gut. Mein Mann hat recht: Wir sind sportlich und kommen da bestimmt durch … und dann können wir Hilfe schicken.«

»Wie Sie wollen …«, gab Paul zerknirscht nach.

Die Gruppe sah wortlos zu, wie das Ehepaar die regendichte Wanderkleidung anzog und die Rucksäcke auf den Rücken schnallte.

»Alles Gute!«, riefen ihnen die Crime-Ladys und Jan Teusch hinterher, als die Lohmanns die Hütte verließen.

Paul beobachte durch das Fenster, wie Frederik und Isabelle bereits nach wenigen Metern knietief in dem aufgeweichten Boden einsanken und sich nur mühsam mit stakigen Schritten vorwärts kämpften. Dieser widerliche Kerl hilft seiner Frau überhaupt nicht weiter, dachte Paul verärgert. Er beobachte die beiden weiter und sah tatsächlich, wie sie letztlich doch die Grundstücksgrenze erreichten und über die Stämme niedergestürzter Bäume kletterten, dann hatte das Chaos des sturmgepeinigten Waldes sie verschluckt.

»Der Strom ist immer noch nicht da, oder?«, brach Anwalt Hesse nach einer Weile das dumpf im Raum hängende Schweigen. Jan Teusch schüttelte resigniert den Kopf. »Nein … Und ich finde es auch unerträglich, dass wir nichts für unsere Rettung unternehmen können.«

Alle im Raum nickten beipflichtend.

»Vielleicht liegt Ihr Funkgerät doch noch im Jeep … oder wir könnten in den Autos wenigstens die Nachrichten im Radio hören?« Der Vorschlag von Hesse an den Ranger stieß auf allgemeines Nicken.

»Gute Idee«, schaltete sich auch Paul ein.

»Das Funkgerät ist definitiv weg.« Ranger Hartwich machte alle Hoffnungen zunichte. »Ich habe heute, als es hell wurde, nochmals den ganzen Jeep abgesucht. Und zu Ihrem Vorschlag mit den Radio-Nachrichten: Ich würde es auf einmal am Tag beschränken. Wer weiß, wozu wir die Autobatterien noch brauchen. Wir müssen jetzt einfach Geduld haben. Man wird uns bestimmt bald hier herausholen.«

»Dann gehen wir jetzt zu den Autos, um zu wissen, woran wir sind«, meldete sich Hanna zu Wort.

»In Ordnung«, willigte Hartwich ein. »Aber zuvor müssen wir aus dem Stall Bretter holen und als Laufstege auslegen. Das Gelände ist wirklich extrem sumpfig.«

»Zu den Toten? Da gehe ich auf keinen Fall mehr rein!«, ereiferte sich Dörthe Kleiber.

»Sie können hierbleiben, wir machen das schon«, sagte Paul missmutig und erhob sich, um mit den anderen zum Stall zu gehen.

»Es reicht, wenn wir Männer diese Arbeit übernehmen«, sagte der Ranger und wandte sich an die Frauen, »vielleicht wecken Sie bitte die beiden Mädchen und kümmern sich um sie. Ich kann mir vorstellen, dass die beiden noch immer unter Schock stehen, und das ist ein Zustand, den man gesundheitlich nicht unterschätzen sollte.«

»Wenn es euch nichts ausmacht, würde ich mich gerne nach Annette umschauen«, sagte Gernot, »sie müsste doch so langsam mal wieder zurückkommen.«

»In Ordnung, aber seien Sie vorsichtig und bleiben Sie in der Nähe«, willigte Hartwich ein.

Der Weg zum Stall war wie in der Nacht morastig. Paul fand, dass er sogar noch tiefer in den aufgeweichten Boden einsank und er konnte sich gut vorstellen, dass dieser puddingweiche Matsch unter der Grasnarbe zu einer tückischen Falle werden konnte. Paul war dem Ranger für sein umsichtiges Verhalten dankbar. Mit schlammverschmierten Schuhen und Hosenbeinen erreichten die fünf Männer das Stalltor, wo der Boden wieder fester wurde. Hartwich öffnete das Tor und fast gleichzeitig hielten alle einen Arm schützend vor ihre Nase. Paul hatte während seiner Detektivarbeit schon einige Leichen gesehen und auch gerochen, doch dieser Gestank auf nüchternen Magen ließ selbst ihn wanken.

»Wir können diese hier nehmen«, Hartwich deutete auf einen Stapel solider Bretter. »Wir gehen so vor, dass wir ein Brett auslegen, es als Steg nutzen und dann das nächste Brett daran anlegen.«

Sofort machten sich alle an die Arbeit. Weder Paul noch sonst jemand wollte längere Zeit in dem Stall bei dem grässlichen Leichengeruch verbringen. Sie bemühten sich, schnell die Bretter herauszuschleppen, legten sie dann aneinander und konnten so die im direkten Umfeld der Hütte nötigsten Wege fertigstellen. Schon nach kurzer Zeit hatten sie ein funktionierendes Stegsystem vom Stall zur Haupthütte und von dort zu den beiden abgestellten Autos ausgelegt.

Paul schaute auf seine Armbanduhr. »In fünf Minuten beginnen die Nachrichten. Wir sollten die anderen holen und in einem der Autos das Radio einschalten.«

Mittlerweile waren auch die beiden Wanderinnen aufgestanden und zur Gruppe gestoßen. Alle, bis auf Gernot, der laut nach seiner Frau rufend zwischen den umgestürzten Bäumen verschwunden war, versammelten sich auf dem Brettersteg vor dem VW Bus. Jan Teusch saß auf dem Fahrersitz und schaltete das Radio ein. Er drehte es lauter. Die Neuigkeiten waren niederschmetternd: Im Sauerland und insbesondere im Hochsauerland war es zur Bildung einer höchst seltenen Superzelle gekommen, die für große Zerstörung gesorgt hatte. Zahlreiche Landstraßen waren unpassierbar, viele Orte von der Außenwelt abgeschnitten, es gab Überschwemmungen und einen großflächigen Stromausfall durch beschädigte Hochleitungen und Umspannwerke. Katastrophenschutz, Feuerwehren und andere staatliche Einrichtungen seien im Dauereinsatz, um die Bevölkerung zu versorgen und Aufräum- und Reparaturarbeiten durchzuführen, die aber mehrere Tage andauern konnten.

Der anschließende Wetterbericht sprach von weiteren Regenfällen und örtlichem Nebel.

Mit hängenden Schultern ging die Gruppe zurück ins SGV-Heim. John Hartwich brachte auf den Punkt, was alle dachten, aber nicht wahrhaben wollten: »Wir müssen uns darauf einstellen, dass wir mehrere Tage hier festsitzen. Ich schlage vor, dass wir uns die Essensvorräte anschauen und sie rationieren. Oder hat jemand eine bessere Idee?«

Niemand widersprach. Jan Teusch und sein Assistent Monti baten alle Teilnehmer in die kleine Küche und gaben einen Überblick über die Lebensmittelvorräte. Auch hier ergriff wieder Hartwich die Initiative und schlug vor, dass man zunächst alle verderblichen Lebensmittel verzehren und das Fleisch noch am gleichen Tag grillen sollte, damit es länger haltbar wäre.

»Ich kann es kaum glauben, wir schweben hier in Lebensgefahr, haben zwei Leichen im Stall und sollen jetzt ein Grillfest veranstalten«, bemerkte Dörthe Kleiber sarkastisch. »Vielleicht behalten Sie Ihre klugen Kommentare einfach mal für sich!«, maßregelte der Ranger sie scharf.

Paul staunte nicht schlecht. Er hatte immer vermutet, dass John Hartwich seine Gefühle unter Kontrolle hatte und sehr besonnen und umsichtig in dieser misslichen Lage reagierte, doch dieser plötzliche Ausbruch ließ vermuten, dass auch er gehörig unter Druck stand. Aber warum nur? Als Ranger kannte er sich wie kein Zweiter in dem Wald aus und konnte die Rettungsmöglichkeiten am besten abschätzen.

»Hört mal …«, unterbrach Gernot Hesse Pauls Gedankengang, »ich habe mittlerweile wirklich überall gesucht, aber Annette ist nicht zu finden. Ich mache mir jetzt echt Sorgen.«

Das Verschwinden der Brauerei-Erbin hatten sie bei allen Aktivitäten völlig vergessen und Paul konnte Gernots Unbehagen gut verstehen. »Wir sollten sie unbedingt suchen. Sie muss ja hier irgendwo im Haus oder im näheren Umkreis stecken«, forderte Paul Masters die Anwesenden auf.

»Stecken ist gut, wenn sie in eines der Sumpflöcher geraten ist …«, frotzelte Dörthe Kleiber und verdrehte gleich die Augen, als niemand über ihren Scherz lachen wollte. »Ist ja schon gut! Ich wollte nur etwas zur allgemeinen Aufmunterung beitragen.«

Paul teilte die Anwesenden in zwei Gruppen auf. Die eine sollte nochmals das Haus von oben bis unten durchsuchen und die andere Gruppe würde sich mit ihm in der Umgebung des SGV-Heims umsehen.

»Seien Sie vorsichtig, bleiben Sie immer auf dem Steg«, mahnte der Ranger, als Paul, Hanna, Gernot und die beiden Wanderinnen Lucy und Pia ins Freie traten.

Kaum war er vor der Tür, rief Paul laut Annettes Namen. Auch aus dem Inneren des SGV-Heimes konnte man laute Rufe nach Annette von Dahl hören.

Pauls Gruppe ging alle Stege vom SGV-Heim zu den parkenden Autos und zum Stall ab und nahm die Gegend in Augenschein. Er suchte mit seinem Anwaltsfreund trotz des Gestanks sogar den Stall ab. Paul bemerkte irritiert, dass Gernot selbst in den Pferdeboxen nachsah, sogar das Stroh anhob und auch die alten zusammengewürfelten Gerätschaften durchsuchte, die sich vor den Wänden türmten. Seine Sorge um Annette schien in Aktionismus umzuschlagen. Alles brachte keinen Erfolg. Wieder an der frischen Luft atmete Paul tief durch. Auch Gernot japste nach Sauerstoff, als ob er die ganze Zeit die Luft angehalten hätte.

Hanna kam Paul auf dem Steg entgegen und zog ihn am Arm. »Schau dir das mal an, Paul.«

Paul folgte ihr durch das sumpfige Gras bis zur Ecke des Stalls. Hanna deutete auf einige Pfützen an der Hinterwand, die man vom Haupthaus nicht sehen konnte. »Was meinst du, können das Fußspuren sein?«

Paul betrachtete die Vertiefungen, in denen das Wasser stand und verglich sie mit den Spuren, die er und Hanna auf dem kurzen Wegstück hinterlassen hatten. Sie sahen sich ähnlich. Man konnte unmöglich Fußspuren darin erkennen, doch die Abstände ließen auf Schritte schließen. Es ließ sich jedoch auch nicht feststellen, ob die Spur zum Waldrand hinführte oder von dort kam.

»Sollen wir der Spur folgen?«, fragte Hanna.

»Besser nicht. Es ist sicherer, wenn wir auch hier Bretter auslegen.«

»Meinst Du, auch Frau von Dahl hat das Weite gesucht?«

»Ich kann es mir absolut nicht vorstellen. Sie würde hier unmöglich ohne Gernot das Gelände verlassen. Aber wir können es auch nicht ausschließen …«

Als sie ins Haus zurückkehrten, saß die restliche Mannschaft schon versammelt im Gemeinschaftsraum. »Auch nichts gefunden?«, erkundigte sich Paul. Alle schüttelten den Kopf.

»Aber sie kann doch nicht einfach verschwinden!«, begehrte der Anwalt auf, »Selbst, wenn sie in einem Sumpfloch stecken geblieben wäre, sie hätte doch um Hilfe gerufen!«

»Seit wann ist sie denn verschwunden?«, wollte Paul von seinem Freund wissen.

»Keine Ahnung. Als ich wach wurde, war ihr Schlafsack neben mir im Bett leer.«

»Und ihr Rucksack?«

»Das ist ja das Mysteriöse: Ihr Rucksack ist noch da. Es fehlen aber ihre Schuhe und ihre Wanderjacke, sonst scheint alles da zu sein … auch ihre nasse Wanderhose.«

»Vielleicht ist sie ja unbemerkt mit dem Ehepaar Lohmann aufgebrochen«, mutmaßte John Hartwich.

Gernot schüttelte energisch den Kopf. »Warum sollte sie das tun?«

»Nun ja … vielleicht wusste sie, dass Sie dagegen waren, die Hütte zu verlassen, da ist sie eben heimlich dem Ehepaar gefolgt.«

»Glaube ich nicht«, beharrte Gernot auf seinem Standpunkt.

»Wir haben draußen hinter dem Stall möglicherweise Spuren gefunden, wir sollten Bretter auslegen und prüfen, wohin sie führen«, mischte sich Paul in das Gespräch ein.

Nur wenige Minuten später waren Paul, Ranger Hartwich, Jan Teusch und Gernot Hesse, der voller Tatendrang steckte, damit beschäftigt, parallel zu den ominösen Pfützen einen weiteren Steg aus Brettern auszulegen. Als sie mit ihrem behelfsmäßigen Konstrukt den Waldrand erreichten, wurde der morastige Boden fester, wie Paul bei einem Versuch feststellte. Das Gelände stieg steil an und war übersät mit umgefallenen Fichten. So sehr Paul auch den Boden zwischen den Stämmen der Nadelbäume absuchte, er konnte keine weiteren Spuren entdecken. Ebenso erging es den anderen drei Männern, die vorsichtig über die Hindernisse kletterten und zum Ausgangspunkt ihrer Suche zurückkehrten.

»Das kann doch nicht sein!«, stieß Hesse verzweifelt aus, »Wir … Wir müssen in einem größeren Umkreis suchen! Irgendwo müssen wir auf ihre Spur stoßen. Vielleicht ist sie verletzt … und liegt hier unter einem Baumstamm!« Gernot wandte sich verzweifelt um und formte seine Hände zu einem Trichter. »Aaaannette! Aaaannette! …« Immer wieder rief er ihren Namen, bis er husten musste.

Paul legte ihm tröstend eine Hand auf die Schulter. »Es hat keinen Sinn, dass wir hier noch weitersuchen, Gernot. Du siehst doch selbst: Wir bringen uns hier alle in Gefahr. Selbst ein umgefallener Baumstamm kann sich hier noch lösen. Es könnten sogar Stämme den Berg hinunterrollen …«

Ehe Paul noch weitere Gefahren aufzählen konnte, wurde er von einem jähen Schrei unterbrochen. Erschrocken wendete er den Kopf. Der Schrei kam eindeutig aus Richtung der SGV-Hütte.

## OHNE MASKE

Isabelle Lohmann hatte trotz der teuren Multifunktions-Wanderhose aufgeschürfte Schienbeine, weil sie auf den glitschigen Baumstämmen immer wieder abrutschte.

Ihr Gesicht war durch widerspenstige Äste zerkratzt und sie fühlte sich über ihre Grenzen hinaus erschöpft. »Können wir denn nicht mal anhalten?«, bettelte sie ihren Mann Frederik an, der ihr immer einige Meter voraus war und sie zur Eile antrieb. »Es kann doch nicht mehr weit sein …«, stöhnte sie.

»Wir haben noch nicht einmal die Hälfte des Weges geschafft … und du jammerst die ganze Zeit«, schimpfte er.

»Weg ist gut«, spottete Isabelle, während sie nach Atem schöpfte. »Als ob du hier noch einen Weg ausmachen kannst.« Sie ließ ihren Blick schweifen. Es sah wie nach einem Bombenangriff aus: Unzählige Fichtenstämme waren wie dünne Halme in eine Richtung abgeknickt. Ein Weg war weder darunter, geschweige denn durch das Wirrwarr aus Stämmen hindurch zu erkennen. Sie mussten sich mühsam voran kämpfen, indem sie unter den meist harzig-klebrigen Stämmen her krochen oder darüber hinweg kletterten. Inzwischen waren sie von oben bis unten mit einer Schlammschicht bedeckt. Isabelle hielt Frederiks Idee, auf eigene Faust aus dem Katastrophengebiet herauszukommen, mittlerweile für einen lebensgefährlichen Wahnsinn. Sie waren mehrfach an Bäumen vorbeigekommen, deren Stamm bedrohlich brüchig aussah. Spitze Holzzacken standen an der Bruchstelle hervor und ein kleiner Windhauch schien zu genügen, um sie vollends umzuwerfen. Doch bis jetzt hatten sie Glück gehabt. Bis jetzt … Wer weiß, ob es so bleibt, überlegte Isabelle. »Wir müssen bitte eine Rast einlegen, Frederik. Ich bin so erschöpft, dass ich mich beim nächsten Fehltritt verletzen könnte.«

Isabelle sah, wie Frederik erneut auf das Display seines Handys schaute. Er hatte eine Kompass-App darauf und ließ sich von ihr stur in eine Himmelsrichtung leiten. Sie würden in dieser Richtung schon auf eine Landstraße stoßen und kämen dann sicherlich schneller voran, hatte er ihr versprochen. Das war allerdings nun gefühlte drei Stunden her. Ohne Unterlass trieb er sie voran. Doch jetzt war Schluss damit! Isabelle konnte einfach nicht mehr und weigerte sich, weiterzugehen. »Bitte, lass uns etwas trinken und die Brötchen essen, die wir gestern eingepackt haben. Sie ließ sich auf einem umgefallenen Baumstamm nieder und schnallte kraftlos ihren Rucksack ab.

Murrend kam Frederik zurück und setzte sich zu ihr. »Ich will bei Dunkelheit unbedingt aus diesem Wald heraus sein«, erklärte er ihr. »Sonst wird es zu gefährlich, weiterzugehen.«

»Ich kann aber jetzt nicht mehr!« Isabelle war zum Heulen zumute. Warum musste er wie verrückt durch diese zerstörte Landschaft hetzen? Warum konnten sie nicht in der sicheren Hütte mit den anderen auf die Rettung warten? »Sollten wir nicht besser umkehren?«, fragte Isabelle vorsichtig.

»Umkehren? Zu diesen Losern und Besserwissern? Ich glaube, du spinnst!?«, regte sich Frederik sofort auf.

»Nein … Tut mir leid«, lenkte Isabelle ein, »ich dachte nur, dass wir hier überhaupt nicht mehr herausfinden. Es sieht doch alles gleich aus. Nur umgefallene Bäume, die uns den Weg so sehr versperren, dass wir nicht mehr weiterkommen … und dann wieder intakte Waldstücke, wo die Bäume so dicht stehen, dass wir ebenfalls kaum vorwärtskommen … Ich meine … ich … ich bin völlig am Ende, Frederik.«

»Oh ja … wie konnte ich das vergessen: Du bist mal wieder am Ende … und dann? Ja, was machen wir dann? Genau: Wir machen das, was du willst. Wir machen immer das, was du willst. Wir sind in diese Provinz gezogen, weil du es so wolltest! Wir haben keine Freunde mehr, weil du es so wolltest! Wir könnten erfolgreich die Firma deines Vaters weiterführen, aber wir tun es nicht, weil du es so wolltest. Wir haben die Möbel, die du wolltest. Wir sind zu diesem bekloppten Krimi-Spiel gefahren, weil du es so wolltest! Was ist!? Soll ich dir noch mehr Beispiele für deinen Egoismus geben, den du immer so geschickt tarnst. Wir machen immer das, was du willst!« Seine Augen flackerten furchteinflößend, während er sich so in Rage redete. »Und jetzt stehen wir hier! Genau hier! Am Arsch der Welt! Verlassen und auf uns selbst gestellt! Das wolltest du doch auch immer: *Wir müssen es aus eigener Kraft schaffen, Frederik!* Das sind doch deine Worte! Jetzt kannst du es wirklich mal aus eigener Kraft schaffen. Und was tust du stattdessen? Heulst hier rum, um wieder deinen Willen durchzusetzen! Aber ich will nicht mehr! Verstehst du?« Sein Gesicht war so nah, dass Isabelle seinen feuchten Atem spüren konnte. »Ich will nicht mehr und ich gehe auch keinen Schritt zurück zu diesen Verrückten, die sich mit zwei Leichen in einer Blockhütte verbarrikadieren. Die sind doch alle genauso krank im Kopf wie du!«

Isabelle wollte gegen seinen unbegründeten Wutausbruch aufbegehren, doch sie war mit ihren Nerven am Ende. Statt ihm zu antworten, schluchzte sie nur noch heftiger. »Bitte, bitte … Frederik … das ist doch alles nicht wahr, was du mir hier an den Kopf wirfst. Es ist jetzt auch nicht der richtige Augenblick …« Isabelle kramte in ihrer schmutzverkrusteten Jacke nach einem Taschentuch und schnäuzte hinein.

»Ach ja, jetzt ist mal wieder nicht der richtige Zeitpunkt!«, schrie Frederik. »Ja, wann ist denn bitteschön der richtige Zeitpunkt? Du willst einfach nicht akzeptieren, dass du unser Leben an die Wand fährst. Unsere Träume, unsere Zukunft … unsere Ehe. Du machst alles kaputt! Du hast mich völlig vereinnahmt und mich von all meinen Freunden abgekapselt! Du hast mit deiner Familie gebrochen, obwohl sie dir nichts getan hat. Du verdächtigst mich seit Monaten, dass ich eine andere Beziehung habe und glaubst mir nicht, dass es die Arbeit ist, die mich auffrisst. Statt mich zu entlasten und für einen Ausgleich zu sorgen, kommen immer wieder deine unterschwelligen Vorwürfe und diese spitzen Bemerkungen. Du sagst es nie direkt, verklausuliert es, wenn wir Streit haben … oder es sind diese seltsam scherzhaften Doppeldeutigkeiten. Aber glaub mir, ich bemerke diesen Unterton! Du hörst einfach nicht damit auf und wirst nur immer verbohrter!«

Isabelle traute ihren Ohren nicht. Wie konnte Frederik alles so verdrehen, dass sie plötzlich schuld daran war, dass ihre Beziehung nicht mehr so wie früher funktionierte!? Sie hatte sich doch nicht verändert. Es war Frederik, der immer abweisender und immer schweigsamer wurde. Der, wenn er mal zu Hause war, nur noch vor dem Fernseher hockte und dabei nicht gestört werden wollte. Ja, sie hatte tatsächlich einige Male zur Kontrolle auf seiner Arbeitsstelle angerufen, musste sie sich innerlich eingestehen. Und das Ergebnis hatte ihr recht gegeben: Frederik war zum Zeitpunkt ihrer Anrufe nicht mehr im Büro, sie hatte nur einen Kollegen oder die Zentrale erreicht. Isabelle hatte aber nie weiter nach der Wahrheit gebohrt oder Frederik mit den Kontrollanrufen konfrontiert. Denn das Seltsame daran war, dass sie sich nach den Anrufen schuldig fühlte. Es war ein Vertrauensbruch gegenüber ihrem Ehemann, der ihr Gewissen plagte. Dabei hätte es doch genau andersherum sein müssen. Es stimmte, was er sagte: Bei ihren Auseinandersetzungen, die immer häufiger wurden, konnte sie sich nicht zurückhalten und machte Andeutungen, dass er sie betrog. Aber, war das alles denn ein Wunder?

»Was ist jetzt? Kannst du endlich weiter?«, Frederiks schroffe Stimme riss sie aus ihren Gedanken.

Isabelle erhob sich und sackte direkt wieder zusammen. Jeder einzelne Knochen, jeder Muskel in ihrem Körper schmerzte. »Frederik, ich kann nicht mehr. Bitte lass uns noch ein wenig ausruhen.«

Er schüttelte den Kopf und ging vor ihr in der kleinen

Lücke zwischen den umgefallenen Baumstämmen auf und ab wie ein eingesperrter Tiger im engen Zoogehege. »Wir bleiben hier hängen, weil du völlig aus dem Training bist. Auch da achtest du nicht drauf. Du bist unglaublich fett …«, er sprach das Wort derart abschätzig aus, dass es Isabelle einen Stich versetze, »… und träge geworden. Hast du dich mal in letzter Zeit selbst im Spiegel betrachtet? Es ist wahrlich kein Vergnügen, dich nackt zu sehen.«

Das ging Isabelle zu weit. Sie hatte zwar aus Frust viel zu viel Schokolade gegessen, doch ihr solche Gemeinheiten zu sagen, das ging gar nicht! »Dann geh doch einfach weiter!«, schrie sie ihn jetzt an. »Hau ab! Lass mich hier allein zurück! Ich schaffe es auch ohne dich! Und wenn ich hier heil aus der Sache herauskomme, möchte ich, dass du deine Sachen gepackt hast und ausziehst!« Das saß! Frederik schaute sie mit großen Augen an, öffnete lautlos den Mund, schwieg aber.

»Na ja …«, begann er nach einer Weile, »… ich habe das nicht so gemeint. Also … ich nehme das zurück, okay?«

Doch dieses Mal wollte Isabelle ihm nicht alles durchgehen lassen. Dieses Mal wollte sie hart bleiben. Nicht nach diesen verletzenden Attacken. Überhaupt hatte er sie in den letzten Monaten mit seiner abweisenden Art und seiner dauerhaften Abwesenheit mehr als genug gequält. Und nun wollte er sie auch noch körperlich mit seinem Gewaltmarsch fertigmachen. Es reichte ihr. Und zwar bis oben hin! »Ich mache keinen Schritt mehr mit dir«, beharrte Isabelle auf ihrem Standpunkt. »Ich mache überhaupt nichts mehr mit dir. Es klingt verrückt, aber hier in diesem zerstörten Wald … hier ist auch unsere Beziehung am Ende. Die Umgebung passt ja irgendwie zu dem Zustand unserer Ehe.«

Frederik drehte sich von ihr ab, sodass Isabelle nur seinen Rücken sah. Was ging in ihm vor? Warum antwortete er nicht? Und vor allem: Warum zog er nicht allein weiter?

Minutenlang sah sie nur das schlammverschmierte Rückenteil seiner blauen Outdoor-Jacke. »Frederik, was ist? Hat es dir jetzt die Sprache verschlagen?«

Plötzlich und unerwartet wirbelte er herum, packte sie am

Revers ihrer Jacke und zog sie hoch. Isabelle hatte noch nie zuvor diesen Ausdruck in seinen Augen gesehen. Blanker Hass spiegelte sich darin. Er schüttelte sie wie eine Puppe hin und her. »Du machst jetzt, was ich sage! Und wir gehen jetzt weiter, sonst …«, Frederik hatte seine Hand erhoben, um zuzuschlagen.

»Sonst was?«, fragte Isabelle zitternd, die halbwegs ihre Fassung zurückgewonnen hatte. »Schlägst du mich dann?« Das Herz klopfte ihr bis zum Hals.

Mit Erleichterung stellte sie fest, dass Frederik langsam seine drohende Hand wieder senkte. Er ließ auch ihre Jacke los. »Mein Gott, dass es soweit mit uns kommen konnte. Das bist gar nicht mehr du, Frederik. Was ist nur aus dir geworden?«

»Halt die Klappe und lass uns endlich weitergehen!«

»Ich mache keinen Schritt mehr mit dir!«

Frederik griff nun mit beiden Händen nach ihrer Jacke, zog sie grob hoch und schleifte sie einige Meter hinter sich her. »Du tust jetzt, was ich dir sage«, zischte er hasserfüllt.

## VERSENKT

Paul rannte auf den Holzsteg zu, rutschte dabei auf dem glitschigen Untergrund aus und schlug mit dem Kopf gegen einen Baumstumpf. Sofort waren Gernot Hesse, Jan Teusch und Ranger Hartwich zur Stelle, um ihm aufzuhelfen. »Haben Sie sich verletzt?«, fragte Teusch.

Paul, der für einen Augenblick nur Sterne sah, nuschelte: »Nichts verletzt. Alles in Ordnung … Aber das war Hanna, die geschrien hat. Wir müssen zu ihr!« Er wollte sich aus dem stützenden Griff von Hesse und Teusch herauswinden, doch die hielten ihn zurück. »Es hilft nichts, wenn Sie nochmals stürzen. Wir bringen Sie jetzt runter«, ermahnte ihn Teusch. Der Spielleiter und der Anwalt packten Paul unter den Armen und führten ihn vorsichtig den Berg hinunter zum Brettersteg.

Kaum unten angekommen, riss Paul sich los. »Hanna! Hanna! Was ist los?«

»Paul, Gott sei Dank! Hier! Ich bin hier … hinter der SGV-Hütte!«

Der Privatdetektiv spurtete über den schmalen Brettersteg, der auf Höhe der Hinterseite der SGV-Hütte endete. Glücklicherweise war durch den Dachüberstand der Boden noch einigermaßen fest, bemerkte Paul, als er im vollen Lauf um die Ecke bog. Er sah Hanna vor einem der beiden Toilettenhäuschen stehen. Sie biss sich auf ihre Faust und hatte Tränen in den Augen. Als Paul sie erreichte, schloss er sie sofort in seine Arme. »Alles gut, alles gut«, beruhigte er die zitternde Frau und sagte mit gesenkter Stimme: »Ich nehme an, hinter dieser Tür erwartet uns etwas Schockierendes?« Paul deutete mit dem Kinn auf die roh gezimmerte Holztür, in der auf Augenhöhe ein Herz ausgesägt war. Die weiße Farbe mit der Aufschrift »Damen« war fast unleserlich verwittert.

Hanna nickte nur und schmiegte ihren Kopf noch fester an Pauls Brust.

Mittlerweile waren auch Hesse, der Ranger und Jan Teusch zur Hinterseite des Gebäudes gelangt.

»Bringen Sie bitte Hanna ins Haus?«, forderte Paul Jan Teusch auf. Der Spielleiter nahm Hanna behutsam am Arm und führte sie weg.

»Gernot, ich glaube, du gehst besser auch ins Haus«, sagte Paul mit ernster Miene.

Der blonde Anwalt wurde bleich im Gesicht und schüttelte nur den Kopf. »Ich muss es wissen«, krächzte er und öffnete die Toilettentür. Es bestätigte sich, was Paul befürchtet hatte. Auf dem hölzernen Plumpsklo saß eine zusammengesackte Gestalt. Es war Gernots Frau – die vermisste Annette von Dahl. Sie trug eine Strumpfhose, schlammverschmierte Wanderstiefel und eine ursprünglich beigefarbene Wanderjacke. Doch nun war die Jacke mit Blut besudelt, das an einigen Stellen bereits trocknete und eine rostbraune Farbe annahm. Annettes Kopf war nach vorne gebeugt, sodass man ihr Gesicht nicht sehen konnte. Paul trat einen Schritt vorwärts in das enge Klohäuschen hinein und hob den Kopf an. Annettes Augen waren geöffnet und hatten den typisch gebrochenen und leeren Blick einer Toten. Paul atmete hörbar aus, als er den Hals der Toten betrachtete. Der Anblick war schockierend. Der Hals war von links nach rechts tief aufgeschlitzt. Fast so, als ob das Opfer enthauptet werden sollte.

»Oh, nein!«, stieß Gernot Hesse hervor und wandte sich ab. Paul spürte das tiefe Mitleid mit seinem langjährigen Freund, der nun mit dem Kopf an der Rückseite der SGV-Hütte lehnte und sich würgend übergab. Auch der Ranger war vollkommen bleich im Gesicht. »Das … das ist … ist«, stammelte er, »das ist entsetzlich. Wer tut so etwas?«

»Das werden wir herausfinden«, antwortete Paul entschlossen, der auf Gernot zuging und ihm seine Hand auf die Schulter legte. »Gernot … es tut mir so unendlich leid. Ich verspreche dir, dass wir den Mörder fassen werden.« Hesse drehte sich zu dem Privatdetektiv um. Paul sah, dass ihm Tränen in den Augen standen. »Ich werde dir helfen. Wir werden den Mörder oder die Mörderin finden«, verkündete er. Es sollte entschlossen klingen, doch Gernot konnte seinen Schock und den Schmerz nicht verbergen. Seine Worte waren zittrig und er hatte offensichtlich Mühe, einen Weinkrampf zu unterdrücken.

»Gernot, geh jetzt ins Haus, lass dir einen Schnaps geben und sorge dafür, dass alle Leute im Gastraum versammelt sind. Ich schaue mir den Tatort genauer an und bringe dann mit der Hilfe von Herrn Hartwich Annette in den Stall.«

Hesse nickte stumm und folgte dem Rat seines Freundes.

»Welche Spuren wollen Sie denn in diesem aufgeweichten Matsch finden?«, fragte John Hartwich, als Hesse außer Sichtweite war.

Paul deutet auf die Balkenwand des SGV-Heims. Trotz des dunklen Holzes waren bei genauerem Hinsehen Blutspritzer zu erkennen. »Sie muss in der Nacht die Toilette aufgesucht haben, darauf deuten ihre notdürftige Kleidung und die nicht geschnürten Wanderschuhe hin. Der Mörder muss sie hier abgepasst und ihr dann die Kehle aufgeschnitten haben. Bei der Tiefe der Wunde vermute ich einen kräftigen, männlichen Täter.«

»Aber der Mörder hätte auch uns alle im Schlaf überraschen können. Ich kann mich nicht erinnern, dass ich die Tür zum SGV-Heim abgeschlossen habe. Es ist ja auch reichlich unwahrscheinlich, dass wir Besuch bekommen und an einen Mörder habe ich schon gar nicht gedacht. Ich habe im Zimmer der beiden älteren Damen geschlafen, bei offener Tür. Und glauben Sie mir, ich habe einen leichten Schlaf. Ich werde beim kleinsten Geräusch wach. Ich habe nicht bemerkt, dass Frau von Dahl das Haus verlassen hat. Und wenn ich nun daran denke, dass der Mörder ebenso einfach zu uns hinein gekonnt hätte, dann …«, überlegte Hartwich laut und führte den Satz nicht zu Ende.

»Der Mörder könnte aber auch einer von uns sein«, bemerkte Paul tonlos.

Ranger Hartwich blickte ihn erschrocken an. »Das glauben Sie doch wohl selbst nicht!?«

»Wir werden sehen. Zunächst können Sie mir helfen, die Leiche in die Scheune zu tragen.«

Nachdem Paul und Hartwich das dritte Todesopfer im Umfeld des SGV-Heims in den Stall gebracht und notdürftig mit Pferdedecken abgedeckt hatten, betraten sie den Gastraum und blickten in acht erwartungsvolle Gesichter. Gernot Hesse, Hanna Bertrams, Jan Teusch, Yusuf Monti, Ruth Ellingwart, Dörthe Kleiber, Lucy Berger und Pia Ohl saßen am großen Tisch des Gastraums.

Paul klärte die Runde mit wenigen Worten über den grausamen Fund auf. Er erwähnte auch die verdächtigen Spuren hinter dem alten Pferdestall. »Ich kann jetzt aber noch nicht sagen, ob es ein Täter von außerhalb war oder ob sich der Täter hier unter uns im Raum aufhält. Bei unserer gestrigen Untersuchung der Küche ist Gernot und mir aufgefallen, dass dort offensichtlich ein Messer fehlt. Es handelt sich um ein Messer mit langer und breiter Klinge. Es ist gut möglich, dass damit die beiden Mädchen und Frau von Dahl ermordet wurden. Oder hat jemand von Ihnen das fehlende Messer gesehen?«

Paul schaute in die Runde, doch niemand konnte ihm einen Hinweis geben. Er wartete noch eine Weile, dann fuhr er fort: »Okay, dann gibt es also keine Klarheit über den Verbleib des Messers. Ich schlage daher vor, dass wir zur Sicherheit aller immer zusammenbleiben. Falls sich der Täter oder die Täterin unter uns befindet, kann er unmöglich die gesamte Gruppe angreifen. Wir müssen auch Nachtwachen einrichten.«

»Wieso Täterin?«, fragte Dörthe Kleiber nach. »Sie glauben doch wohl nicht, dass wir in unserem Alter Menschen die Kehle aufschlitzen oder junge Mädchen abstechen. Und Ihre Freundin kommt wohl auch nicht als Täterin infrage. Bleiben noch die beiden jungen, verschreckten Hühner hier. Nach meiner Erfahrung scheiden die auch aus. Also muss es ein männlicher Täter sein, was den Kreis der Verdächtigen spürbar einschränkt.«

»Vielleicht war es dieser Schönling, wie hieß der noch mal?«, warf Ruth Ellingwart mit schüchterner Stimme ein.

Ihre Freundin Dörthe zog verächtlich die Augenbraue hoch. Wahrscheinlich, weil die Idee nicht von ihr stammte, überlegte Paul. Doch die Frage von Ruth war berechtigt.

»Der hieß Frederik Lohmann. Und es stimmt: Wir können auch ihn nicht ausschließen«, stimmte Paul ihr zu.

»Sollen wir uns jetzt hier einschließen und warten, bis Hilfe kommt, oder was?«, wollte Jan Teusch wissen.

»Du bist mal ganz schön ruhig!«, ermahnte ihn die resolute Dörthe Kleiber. »Du stehst ganz oben auf meiner Liste der Verdächtigen. Der Siegelring aus unserem Spiel hatte zufällig die gleichen Initialen wie der hölzerne Anhänger, den eines der toten Mädchen in der Hand hatte. Du kennst dich in den Räumlichkeiten und der Umgebung aus und warst schon vorher mal hier. Du hattest die Möglichkeit, das Messer zu entwenden. Und wer weiß, vielleicht spielst du hier ein perfides Spiel mit echten Morden mit uns. Vielleicht reichte dir die Fiktion nicht mehr aus!?«

»Das ist doch absoluter Blödsinn, den du da von dir gibst, Dörthe! Ich finde die Situation auch viel zu ernst, um darauf jetzt nur ansatzweise einzugehen«, gab der Spielleiter entrüstet zurück. »So einen Blödsinn muss ich mir nicht anhören!« Teusch stand auf und wollte den Raum verlassen.

»Bitte bleiben Sie!«, befahl Paul. »Ich meinte das sehr ernst mit meinem Hinweis, dass wir nun alle zusammenbleiben.«

»Machen Sie sich doch nicht lächerlich. Ich will nur an die frische Luft. Außerdem müssen wir noch weitere Bretter aus dem Stall holen und den Grill aufbauen, bevor das Fleisch schlecht wird.«

»Na super! Eine Grillparty, wo wir drei Leichen und womöglich einen Mörder unter uns haben. Da hat man ja richtig Appetit!«, rief Dörthe Kleiber.

»Du hältst mal deine vorlaute Klappe!«, giftete Teusch die alte Dame an und verließ dann den Gastraum.

»Er hat recht, wir müssen das Fleisch grillen. Also gehen wir jetzt am besten alle nach draußen«, forderte Paul den Rest der Mannschaft auf.

Draußen bildete Paul kleine Grüppchen. Ranger Hartwich und Monti konnte er zutrauen, dass sie sich in den Stall mit den Leichen wagten und von dort weitere Bretter heranschleppten, um vor dem SGV-Heim damit eine sichere und begehbare Fläche auszulegen. Teusch und die beiden Wanderinnen sollten sich um den Grill kümmern. Die beiden Mädchen zögerten zunächst. Wahrscheinlich, weil sie aufgrund der Anschuldigungen nun Angst vor Teusch hatten. Paul konnte es ihnen nicht verübeln, auch er war nun dem Spielleiter gegenüber misstrauisch und behielt ihn im Auge. Hanna und die beiden Crime-Ladys beauftragte er damit, das Fleisch, das in zwei Kühlboxen steckte, grillfertig vorzubereiten.

Er selbst wollte nochmals auf den Dachboden hinauf, um von dort aufs Dach zu gelangen. Vielleicht war es ja doch möglich, dort weiße Decken auszulegen. Außerdem musste er ein Feuer aus nassem Laub und Ästen vorbereiten und anzünden, in der Hoffnung, dass jemand die Rauchsäule sehen würde. Paul hatte schon die Klinke zum SGV-Heim in der Hand, als Ruth Ellingwart auf ihn zukam. Sie wischte sich die Hände an der braunen Wanderhose ab und kramte aus ihrer blauen Fleece-Jacke eine Packung Zigaretten hervor.

»Sie rauchen?«, fragte Paul ungläubig, der das Laster vor einiger Zeit aufgegeben hatte.

»Gelegentlich. Rauchwaren halten sich ja bekanntlich länger«, lachte die alte Dame und bot Paul eine Zigarette aus der Packung an.

»Aber nur eine. Und ausnahmsweise ...«, sagte Paul und fühlte sich dabei wie ein Schüler, der in einer abgeschiedenen Ecke des Pausenhofs heimlich eine rauchte. Nachdem ihm Ruth Feuer gegeben und er einige tiefe Züge genommen hatte, spürte Paul die beruhigende Wirkung des Nikotins. »Das entspannt wirklich«, meinte er dankbar.

»Jederzeit wieder«, sagte Ruth Ellingwart, »ich habe genug Päckchen dabei. Als ob ich im Unterbewusstsein geahnt hätte, dass dieses Krimispiel länger dauern könnte als gewöhnlich.«

»Na ja, wir wollen hoffen, dass man uns schnell hier rausholt und die Polizei fundierte Ermittlungen in den Mordfällen aufnehmen kann. Bei dem Chaos hier wird es natürlich schwierig, noch verwertbare Spuren zu sichern.«

Paul trat die Zigarette auf dem Bretterboden aus.

»Sie entschuldigen mich jetzt bitte, ich will mal auf dem Dach nachsehen, ob wir nicht doch irgendwie auf uns aufmerksam machen können.«

»Gute Idee. Soll ich mitkommen?«

»Danke, ich versuche es allein.«

Kurze Zeit später stand Paul gebückt und ausgerüstet mit einer der LED-Lampen sowie einem Bettlaken auf dem Dachboden unter einer verdreckten Dachluke, durch deren Fensterglas kaum mehr Licht ins Rauminnere fiel. Der metallene Aufstellmechanismus war derart verrostet, dass er vermutlich seit Jahrzehnten nicht mehr benutzt worden war. Trotzdem machte sich Paul die Mühe, die alte Mechanik zu bewegen. Er musste viel Kraft aufwenden, bis der Aufstellhebel schließlich quietschend nachgab. Das Dachfenster ließ sich dann überraschend leicht öffnen. Paul steckte seinen Oberkörper hindurch und sah sich um. Der Ranger hatte mit seiner Warnung recht behalten: Die alten Dachziegel waren komplett von Moos überwachsen, der nach dem extremen Regenfall wie ein glitschig grüner Schwamm glänzte. Dieses Dach zu betreten, war unmöglich. Selbst angeseilt und auf allen Vieren kriechend würde man hier wie auf einer eingeseiften Wasserrutsche keinen Halt finden. Dennoch würde ein weißes Laken auf dieser grünbraunen Fläche bestimmt die Aufmerksamkeit eines Rettungshubschraubers auf sich ziehen, überlegte Paul und setzte seine Idee sogleich in die Tat um. Er warf das Laken durch die geöffnete Fensterluke auf die Dachfläche. Ein Ende des Bettbezuges klemmte er anschließend in dem Metallrahmen der Dachluke fest. Solange kein weiterer Sturm aufkam, ließ sich dieses Zeichen aus der Luft bestimmt erkennen.

Paul war zufrieden mit seiner Konstruktion und als er aus dem Hütteninneren auf den provisorischen Bretterhof hinaustrat, stieg ihm der verführerische Duft von Grillfleisch in die Nase. Mit Freude sah Paul, dass die Gruppen große Fortschritte gemacht hatten. Der Grill war voller Fleischstücke und Würste, die durch das Garen nun länger haltbar wurden. Die ursprünglich schmalen Bretterstege waren durch zwei parallele Bretter verbreitert worden, sodass nun sämtliche Gebäudeteile sowie die Autos mit trockenen Füßen bequem erreichbar waren. Paul bat den Ranger und Gernot, ihm dabei zu helfen, nasses Holz für ein möglichst stark rauchendes Feuer zu sammeln. Im Bereich der Autos lagen massenhaft vom Wind abgerissene Äste; die drei Männer brauchten noch nicht einmal den sicheren Brettersteg verlassen, sondern mussten sich nur bücken, um sie einzusammeln. Die teilweise massiven Äste waren augenscheinlich viele Meter durch die Luft geflogen, mit solch einer Kraft hatte der Sturm gewütet.

»Haben wir eine Tonne oder Feuerschale, in der wir das

Holz anzünden können?«, erkundigte sich Paul beim Ranger.

Der kratzte sich am Kopf: »Mal überlegen … ich glaube, im Stall müsste noch eine Feuerschale stehen. Ich werde mal nachsehen.«

Paul war dem Mann dankbar, dass er trotz der Leichen zum Stall ging, um nach dem benötigten Behältnis zu suchen. Bei allen anderen hatte er den Eindruck, dass sie es sogar vermieden, das Stallgebäude auch nur anzusehen. Die größten Sorgen machte sich Paul allerdings um seinen Freund Gernot Hesse. Der blasse und schmächtige Anwalt machte einen übereifrigen und geschäftigen Eindruck. Typische Anzeichen dafür, dass er alles versuchte, um die Gedanken an die schockierenden Erlebnisse zu unterdrücken. Paul befürchtete, dass es schlagartig aus Gernot herausbrechen würde, wenn sich die Erkenntnis und die gesamte Tragweite dieses abscheulichen Verbrechens seinen Weg aus dem Unterbewusstsein an die Oberfläche des Verstandes bahnte. Dann war ein kompletter psychischer Zusammenbruch unvermeidlich. Doch in der augenblicklichen Situation war Paul auf seinen Freund angewiesen. Wenn Gernot doch nur das Ventil ein wenig öffnen und die Trauer wenigstens ein Stück weit zulassen würde … Vielleicht wäre das besser.

»Hier ein Benzinkanister vom Jeep des Rangers«, ächzte Gernot, der mit einem riesigen, grünen Reservekanister auf Paul zukam.

Paul wurde schlagartig aus seinen Gedanken gerissen: »Äh … ja danke.«

»Den brauchen wir doch, um das nasse Holz anzuzünden, oder?«, fragte Gernot.

»Ja, ja … stell ihn hier ab und dann schlage ich vor, dass du etwas isst und trinkst.«

»Nicht nötig, ich würde gerne …«

»Gernot!«

»Ja?«

»Komm zur Ruhe! Das ist ein wirklich ernstgemeinter freundschaftlicher Rat.«

»Ja, wenn das so ist, dann … dann werde ich mal …«

Mit diesen Worten ging Gernot zum Grill, wo er einen Pappteller voller Fleisch und eine Flasche Mineralwasser in Empfang nahm. Wie paralysiert blieb er stehen und starrte auf das, was er in den Händen hielt, dann schlich er wie in Zeitlupe in Richtung Hütteneingang.

»Und Sie? Gar nicht hungrig?«

Paul drehte sich um. Ranger Hartwich stand hinter ihm und hielt eine schwarz verrußte Feuerschale in den Armen.

»Erst die Arbeit«, sagte Paul und schlug dem Forstmann auf die Schulter.

Sie schichteten zusammen Späne und Scheite des trockenen Kaminholzes und darüber das feuchte Holz auf. Dazwischen stopften sie in Benzin getränkte Streifen eines weiteren Bettlakens, das Paul aus einem der Zimmer geholt hatte. Um das Feuer anzuzünden, hatte Paul einen Ast mit einem ebenfalls benzingetränkten Lappen umwickelt. Er kramte in seinen Taschen nach seinem Feuerzeug, als ihm einfiel, dass er bereits seit Monaten nicht mehr rauchte. Lächelnd musste er den Kopf schütteln. Nur eine Zigarette reichte wohl schon aus, dass er in alte Gewohnheiten verfiel.

»Darf ich vielleicht mal Ihr Feuerzeug haben?«, fragte er Ruth Ellingwart, die zusammen mit einigen anderen im gebührenden Abstand die Aktivitäten von Paul und Hartwich beobachtete, während zur Stärkung vom knusprigen Grillfleisch gegessen wurde.

Die Frau reichte ihm ihr Einwegfeuerzeug und nuschelte mit vollem Mund etwas Unverständliches.

Paul nickte nur, zündete seine Fackel an und warf sie auf die vorbereitete Feuerstelle. Erschrocken sprang er jäh zurück, denn die Verpuffung der Benzindämpfe löste für einen Augenblick einen großen Feuerball aus und er spürte die Hitze wie eine Welle aus dem Nichts auf seinem Gesicht. Dann allerdings leckten nur noch kleine blaue Flämmchen zwischen den Hölzern hervor. Paul wollte sich enttäuscht bereits eine andere Idee zum Anzünden überlegen, als das trockene Holz schließlich richtig Feuer fasste und es knisternd zwischen den feuchten Ästen hochloderte. Der Effekt war so, wie es Paul sich vorgestellt hatte: Eine weißgraue Rauchsäule stieg in den Himmel.

Wenn man das Feuer in dieser Form in Gang halten kann, müssen früher oder später irgendwelche Rettungskräfte auf uns aufmerksam werden, dachte Paul stolz. Dazu das Laken auf dem Dach … ab jetzt konnte es nur aufwärtsgehen.

»Deine Haare und deine Augenbrauen … oh je, Paul!«, stammelte Hanna, als er sich wieder der Gruppe näherte, wo sie ihn mit einem Pappteller mit gegrillten Nackensteaks und Würstchen erwartete, wie er freudig feststellte.
»Was ist denn damit?«, fragte Paul und fuhr sich über das Gesicht in die Haare. Es fühlte sich seltsam an … so anders als sonst.

»Alles versengt«, erklärte Hanna, »deine Augenbrauen sind komplett weg und deine Haare über der Stirn sind mindestens zur Hälfte verbrannt.«

Paul roch an seinen Fingern. Es stimmte: Sie hatten den üblen Gestank verbrannter Haare angenommen. Der war zwar nicht so schlimm wie der Leichengeruch im Stall, doch Paul hatte nun genug von diesen olfaktorischen Erlebnissen. Es konnte ihm doch glatt den Appetit auf die wohlriechende Mahlzeit nehmen!

»Gehen wir hinein und sehen mal, was der Rest macht«, schlug Hanna vor und öffnete die Tür zum SGV-Heim. Drinnen saßen bereits einige um den großen Tisch herum, an dem sich nun auch Paul, Hanna, Ranger Hartwich, Ruth Ellingwart und Jan Teusch niederließen. Paul, der hungrig über seinen Grillteller herfiel und dabei sein Wasser direkt aus der Flasche trank, fiel auf, dass Gernot Hesse nur wenig gegessen hatte. Sein Teller stand noch fast unberührt vor ihm. Nicht nur dem Privatdetektiv war Hesses Seelenzustand aufgefallen, auch Hanna hatte offensichtlich das innere Leid des ernst dreinblickenden Anwalts bemerkt und legte freundschaftlich eine Hand auf Gernots Arm. Überhaupt schienen alle am Tisch mit Hesse mitzufühlen, denn nur so konnte sich Paul das allgemeine Schweigen der Runde erklären.

»Und wie soll es jetzt weitergehen?«, fragte nach einiger Zeit Yusuf Monti.

Der Ranger räusperte sich. »Nun ja … wir könnten gleich nochmal die Nachrichten hören. Herr Masters hat eigentlich alles unternommen, damit man uns bemerkt. Wir können nur warten.«

»Eine recht makabre Situation, finden Sie nicht auch? Drei ermordete Frauen und wir veranstalten ein Grillfest zum Leichenschmaus«, wiederholte sich Dörthe Kleiber, die sich lange zurückgehalten hatte, sarkastisch. »Nach wie vor besteht die Möglichkeit, dass der Täter noch unter uns ist, aber die Herren machen keinerlei Anstalten, das herauszufinden!«

»Wie stellen Sie sich das vor?«, wollte Paul wissen. »Soll ich euch nacheinander verhören? Eure Alibis überprüfen? Und wer sagt Ihnen denn, dass nicht ich der Täter bin? Ich bin genauso verdächtig oder unschuldig wie alle hier im Raum.«

»Stimmt …«, gab die alte Dame kleinlaut zurück. Offensichtlich war ihr dieser Gedanke noch nicht gekommen und sie rutschte unbehaglich auf ihrem Stuhl hin und her.

»Ich schlage um des lieben Friedens willen vor, dass wir jetzt wieder hinausgehen und hören, ob es in den Nachrichten etwas Neues gibt«, sagte John Hartwich und schlug in die Hände.

Paul sah, dass Gernot zwar aus seiner Starre erwachte, sich aber dennoch nur widerwillig und mutlos erhob.

Teusch, der bei geöffneter Fahrertür auf dem Autositz saß, drehte das Radio lauter, damit alle, die sich um den VW-Bus versammelt hatten, mithören konnten. Paul sah den Gesichtern an, wie niederschmetternd sie die neuen Nachrichten aufnahmen. Mit sonorer Stimme teilte der Sprecher mit, dass die Helfer damit rechneten, in vier bis fünf Tagen die Landstraßen soweit befreit zu haben, dass der Verkehr zumindest notdürftig fließen könne. Bei abgelegenen Dörfern oder Höfen könnte es unter Umständen noch länger dauern, man sei dabei, die Versorgung der Bevölkerung aus der Luft einzurichten.

Wie lange würden die Einsatzkräfte dann für eine einsame SGV-Hütte im Wald brauchen, überlegte Paul und ganz offensichtlich schien jeder das Gleiche zu denken.

Wie ein enttäuschter Haufen schlich die Gruppe wieder zurück in die Hütte, wo nur schleppend Gespräche in Gang kamen. Jeder starrte zumeist gedankenverloren vor sich hin. Ruth Ellingwart stieß Paul an und wedelte mit einer Packung Zigaretten vor ihm. »Lust, eine zu rauchen?«

Dankbar für diese Abwechslung folgte Paul der alten Dame nach draußen.

»Ganz schön beschissene Situation, nicht wahr?«, stellte Ruth Ellingwart nonchalant und resigniert fest, als sie ihre Zigaretten angezündet hatten.

»Ja … und die Bemerkungen Ihrer Freundin Dörthe sind nicht gerade förderlich, dass die Gruppe es hier noch länger aushält.«

»Tut mir leid, sie war nicht immer so … das ist sie erst in letzter Zeit.«

»Sie müssen sich nicht für Ihre Freundin entschuldigen.«

»Oh nein, das tue ich nicht. Ich will Ihnen nur erklären, dass Dörthe erst in letzter Zeit so bissige Bemerkungen macht. Sie müssen wissen, dass wir seit Jahrzehnten die besten Freundinnen sind. Und als unsere Männer gestorben sind, da war es naheliegend, dass Dörthe zu mir in das große Haus gezogen ist. Ich hätte das allein ja nie geschafft … Und anfangs war sie auch gar nicht so … Es kam so schleichend. Manchmal denke ich, dass sie vielleicht eifersüchtig auf mich ist. Dass sie immer im Vordergrund stehen muss und ihre Bewunderer braucht, zu denen ich sicherlich auch immer gezählt habe.«

»Tja, schwierige Sache. Aber unter diesen angespannten Umständen kann es auch sein, dass Ihre Freundin einfach nur überreagiert.«

Ruth lachte kurz. »Dörthe ist nicht nur hier so! Ich muss sagen, das Zusammenleben zweier bester Freundinnen hatte ich mir anders vorgestellt. Manchmal fühle ich mich regelrecht tyrannisiert von ihr.«

»Und? Wollen Sie das vielleicht ändern, wenn wir hier raus sind?«

»Ach herrje, wir sind jetzt schon so alt, wissen Sie … da mag man keine großen Veränderungen mehr. Ich fürchte, ich werde es noch länger mit ihr aushalten und darauf hoffen, dass sie wieder so wird wie früher. Geistreich und witzig, aber nie so ironisch und unterschwellig vorwurfsvoll.«

»Dann wünsche ich Ihnen viel Glück.« Paul schnippte seine Zigarette in die noch immer qualmende Feuerschale und wollte ins Haus zurückkehren, doch Ruth machte noch eine Bemerkung, die ihn innehalten ließ.

»Da ist noch etwas, was ich Ihnen sagen muss.« Sie machte eine Pause und Paul sah ihr an, wie sie innerlich mit sich rang, ob sie es ihm erzählen sollte oder nicht.

»Nur raus damit. Ich kann schweigen«, forderte er sie freundlich auf.

»Ja, vielleicht ist auch gar nichts daran. Es geht um den Ranger, um diesen Herrn Hartwich. Also, der hat … Ach, vielleicht bilde ich mir da auch nur etwas ein.«

»Nun lassen Sie sich nicht jedes Wort aus der Nase ziehen.«

»Ich bin heute bereits sehr früh wach gewesen. Im Morgengrauen. Und es ist eine alte Angewohnheit von mir, direkt nach dem Aufstehen eine Zigarette auf meiner Terrasse zu rauchen. Darauf wollte ich auch hier nicht verzichten. Ich hatte zwar ein wenig Sorgen wegen der beiden ermordeten Mädchen, aber wer würde sich schon an so einer alten Schachtel wir mir vergreifen … Jedenfalls bin ich leise hinuntergeschlichen, um niemanden zu wecken. Was mich dann stutzig machte, war die Tür, die nicht abgeschlossen war. Ich dachte mir noch, dass das sehr unvorsichtig von uns war und bin dann hinausgeschlüpft. Draußen habe ich mir eine Zigarette angezündet und bemerkte eine schemenhafte Gestalt. Sie können sich vorstellen, wie erschrocken ich zunächst war. Glücklicherweise hatte ich meine Brille auf und konnte zu meiner Erleichterung feststellen, dass es der Ranger war, der sich da von seinem Jeep aus über die sumpfige Wiese in Richtung Forellenteich vorwärts kämpfte. Man muss wirklich sagen *kämpfte*. Denn bei jedem Schritt blieb er im Morast stecken. Ich glaube, er hatte mich nicht bemerkt, da ich im Schatten des Dachüberstandes stand und es ja sowieso noch nicht sehr hell war.«

»Sie meinen also, er könnte etwas mit dem Mord an Frau von Dahl zu tun haben? Wollen Sie etwa das andeuten?«, unterbrach Paul die Frau ungeduldig.

»Nein, das nicht. Aber etwas anderes war sehr seltsam. Als er das Ufer erreichte, nahm er etwas aus seiner Jackentasche und warf es in hohem Bogen in den Teich.«

»Aha … Und haben Sie irgendeine Vermutung? Könnte es ein großes Messer gewesen sein?«

»Nein. Es sah eher aus wie ein Funkgerät. Also so ein Handfunkgerät mit einer kleinen Stummelantenne.«

Paul sah Ruth Ellingwart mit großen Augen an.

## TÖDLICHER VERDACHT

Isabelle folgte ihrem Mann Frederik wie ein lebloser Zombie. In ihrem Kopf hämmerte nur ein Gedanke: Weitergehen, immer weitergehen … und keine Fragen stellen, einfach durchhalten.

Er stapfte vor ihr durch das dichte, umgestürzte Gehölz wie ein wütendes Tier. Unaufhaltsam und unnachgiebig. Isabelle hatte längst jedes Zeitgefühl verloren. Sie konnte auch nicht mehr einschätzen, wo sie sich befanden. Vielleicht bewegten sie sich die ganze Zeit im Kreis? Vielleicht auch nicht? Obwohl das Gelände eigentlich zum Tal hin stetig abfiel, konnte man in diesem Chaos aus Baumstämmen, Ästen, Fels und Schlamm kaum mehr verlässlich feststellen, ob man bergauf, bergab oder weiterhin seitwärts ging. Sie folgte Frederik willenlos.

Es mochten Stunden vergangen sein, als er plötzlich innehielt und auf einen Stamm zeigte. »Hier sind Markierungen auf der Rinde. Es kann nicht mehr weit bis zum Parkplatz sein!«

»Du scheinst dich aber gut hier auszukennen.« Isabelle war selbst über diesen Satz erstaunt. Wie konnte sie in ihrer geistigen Lethargie und körperlichen Erschöpfung jetzt so etwas von sich geben?

»Was meintest du da eben?« Frederiks Ton war bedrohlich.

»Ich?« Isabelle lachte nervös. »Das ist mir nur so herausgerutscht. Ich wollte sagen, dass ich froh bin, dass du dich so gut auskennst.«

»Das hörte sich aber ganz anders an.«

»Sorry, wenn das so rüberkam.«

»Und du hast keinen Hintergedanken bei deiner Frage gehabt?«

»Frederik, ich bin im Augenblick überhaupt nicht in der Lage, auch nur einen einzigen Gedanken zu fassen. Ich will nur aus dieser Scheiße heraus.«

»Aus der Scheiße mit mir … oder aus dem Wald?«

Isabelle zögerte einen Augenblick zu lange mit der Antwort.

»Okay, habe verstanden.« Er lachte kurz.

»Frederik …«, Isabelle wollte ihm widersprechen, doch er hob beide Hände und führte dann einen Finger an seinen Mund.

»Psst … du brauchst nichts mehr zu sagen, Isabelle. Es ist besser, wenn du schweigst.«

Ein dunkler Gedanke schoss Isabelle durch den Kopf. Konnte es sein, dass Frederik die Hütte bereits kannte, dass er … Das Ungeheuerliche des Gedankens schüttelte sie und sie drängte ihn beiseite. »Können wir jetzt weiter, Frederik?«

Er blickte auf die Kompass-App seines Smartphones. »Ja, sicher … Sicher doch, Isabelle. Es geht weiter … Es geht ja immer weiter.«

Er schritt energisch los und Isabelle stolperte ihm wieder hinterher. Doch im Augenblick war sie eigentlich ganz froh darüber, dass er sie nicht stützte oder ihr über die Stämme half. Sie hätte seine Berührung nicht ertragen können. Sie war sich sicher, dass sie niemals mehr von ihm berührt werden wollte.

Es ging genauso weiter wie zuvor. Der strapaziöse Kampf durch die zerstörte Natur löschte in Isabelles Kopf alles weitere Denken aus.

Nach einer gefühlten Unendlichkeit änderte sich mit einem Mal das Bild. Sie standen urplötzlich, so empfand es Isabelle, mitten auf dem Wanderparkplatz. Sie waren an dem Ort, an dem sie nur einen Tag vorher geparkt hatten und dennoch schien es Isabelle, als wären Jahre vergangen. Wie konnte sich alles in so kurzer Zeit verändern? Die ganze Welt war aus den Fugen geraten.

»Da … da sind wir ja!«, lachte sie und schöpfte nach Atem. Instinktiv nahm sie den Rucksack ab, um nach ihrer Wasserflasche zu suchen, doch dann ihr fiel ihr ein, dass sie bereits vor Stunden die Flaschen geleert und einfach weggeworfen hatten. Für sie war es bisher unvorstellbar gewesen, einfach Müll in den Wald zu werfen. Doch jedes Gramm weniger auf dem Rücken war wie eine Wohltat erschienen und außerdem war der Wald, so wie sie ihn kannte, nicht mehr vorhanden. Gleiches galt für ihr Leben.

»Scheiße! Scheiße! Scheiße!«, fluchte Frederik lautstark in die gespenstische Stille hinein.

Isabelle konnte zunächst nicht feststellen, was diesen plötzlichen Wutausbruch verursacht haben konnte. Sie hatten es doch geschafft! Die Zivilisation war wieder zum Greifen nahe. Warum regte er sich so auf? Sie ließ ihren Blick schweifen und dann entdeckte auch sie es: Ihr Auto war durch einen Baumstamm komplett zerschmettert worden. Sie wären aber ohnehin nur wenige Meter weitergekommen, da auch die gesamte Landstraße mit Baumstämmen übersät war. Hier gab es kein Durchkommen.

»Und jetzt?«, fragte sie hilflos.

»Wie? Und jetzt!?, brüllte Frederik sie an. »Mehr fällt dir nicht ein?«

»Ich dachte, du wüsstest einen Weg hinaus?«

Sofort wirbelte Frederik wutschnaubend herum und ging auf Isabelle zu, die erschrocken zurückwich.

Frederik hob drohend einen Finger: »Das hast du mir alles eingebrockt. Du hast alles kaputtgemacht. Meine ganzen Träume. Kaputt … so wie das Auto. So wie alles!«

»Warst du das, Frederik?« Isabelle stellte diese Frage ganz ruhig.

»Was? Was war ich?«

»Du warst schon mal hier. Du kennst dich in der Gegend aus. Warst du auch schon mal in der SGV-Hütte?« Isabelles Herz klopfte ihr bis zum Hals. Es war verrückt, ihm diese Frage zu stellen. Ausgerechnet jetzt. Aber sie konnte nicht anders, sie musste die Wahrheit erfahren. Jetzt und hier, wo die ganze Welt in Trümmern lag.

»Ach … du meinst, ich hätte … Hahaha!« Frederik lachte wie irre.

»Hast du?«

»Verdammt, wie kommst du nur auf diesen Gedanken?«

»Deine kranke Sucht nach Krimis … deine ständige Abwesenheit … ich hatte auch mal im Büro angerufen. Als du mal wieder Überstunden gemacht hast. Aber du warst nicht erreichbar. Warst du oft hier?«

»Hör zu, Isabelle. Das ist … das ist … ich weiß gar nicht, was ich dazu sagen soll!?«

»Wie wäre es mit der Wahrheit? Ich finde, das ist jetzt genau der richtige Zeitpunkt dafür. Ich habe die Bilder auf deinem Laptop gesehen. Die ganzen nackten jungen Mädchen. Dein Passwort stand in einem deiner alten Terminplaner.«

»Du schnüffelst hinter mir her? Steckst deine Nase in meine intimsten Angelegenheiten? Weißt du was? Du widerst mich nur noch an.« Frederik spie die letzten Worte verächtlich aus und ging auf den Waldrand zu. »Du widerst mich so an, ich kann es gar nicht beschreiben, was für eine Qual die letzten Jahre zusammen mit dir waren.«

»Und da musstest du dich abreagieren? In dieser Form?« Isabelle musste ihm die Frage zurufen, da er sich immer weiter von ihr entfernte. »War das der Grund für deine massenhaften Überstunden? Gibt es noch mehr?«

»Noch mehr von was?«, fragte er, als er mit einem dicken abgebrochenen Ast auf sie zukam.

»Noch mehr Leichen!« Jetzt war es raus. Isabelle war irgendwie erleichtert, dass sie es ausgesprochen hatte. Es war so, als ob ein Bann gebrochen war. Endlich ging es um die Wahrheit. Die nackte, die schreckliche Wahrheit.

»Knie dich hin!«, befahl Frederik.

»Wozu?«

»Jetzt knie dich schon hin!« Er riss sie grob am Arm und brachte sie zu Fall.

»Es wird wie ein Unfall aussehen«, sagte er kalt, als sie vor ihm auf den Boden lag und versuchte, sich auf allen vieren aufzurichten.

»Ich werde sagen, dass plötzlich ein Baum umgestürzt ist und dich voll erwischt hat. Ein tragischer … trauriger, schlimmer Unfall. Und weißt du, was das Beste daran ist? Man wird mich bemitleiden. Und man wird mich auch um das Erbe beneiden. Dein ganzes Geld, die ganze Firma … das wird dann alles mir gehören. Aber ich werde sagen, dass das alles wertlos ist … ohne dich.«

Frederik ging langsam um Isabelle herum, die es nicht wagte, aufzustehen. Noch vor wenigen Minuten hatte sie sich durch die ausgesprochene Wahrheit erleichtert gefühlt. Doch jetzt wünschte sie, sie hätte es nie darauf ankommen lassen. Hätte sie doch nie gefragt! Nie ihren Verdacht geäußert. Fieberhaft suchte sie in ihren Gedanken nach einem Ausweg. Was konnte sie ihm sagen, um ihn von dieser Tat abzuhalten? »Hör zu Frederik … wenn du die Firma übernehmen willst, dann … ich schenke sie dir. Versprochen! Ich … du kannst sie einfach haben. Sie bedeutet mir nichts, das weißt du doch!«

»Aber mir hätte sie etwas bedeutet! Und das wusstest du auch! Das war der unausgesprochene Deal zwischen uns beiden. Das war doch von Anfang an klar, dass ich niemals aus Liebe so ein hässliches Entlein wie dich geheiratet hätte.«

„Das war mir nie klar, Frederik“, schluchzte Isabelle. „Ehrlich, Frederik, wenn du etwas gesagt hättest … dann … ich weiß auch nicht … dann hätten wir das alles viel früher klären können. Aber jetzt ist es ja noch nicht zu spät!“

„Oh doch … Du hast es verbockt, so was von verbockt!“. Sein Blick flackerte und streifte kurz suchend die Umgebung ab, ehe er mit kalter Stimme fortfuhr: „Ein Unfall, es wird wie ein tragischer Unfall aussehen, Isabelle. Verstehst du? Dein Unfall löst alle meine Probleme!“

Das Ungeheuerliche schien nur tropfenweise in Isabelles Bewusstsein zu sickern. Ihr Unfall? Das konnte Frederik doch nicht gemeint haben! Die Worte hallten wie durch einen Nebel nach. Dieser Hass … Warum die Mädchen? Warum nun auch noch sie selbst? Es wird doch sowieso alles auffliegen, dachte sie hilflos. Man wird ihn als den Mörder der beiden Mädchen überführen und verurteilen. Was hatte es da noch für einen Sinn, wenn er auch sie noch tötete? Sie griff nach dem erstbesten Strohhalm, der sich ihr bot: „Ich kann dir ein Alibi geben …“, wisperte sie kaum hörbar mit zitternder Stimme. „Ich … ich kann bezeugen, dass du zum Todeszeitpunkt der beiden Mädchen bei mir zu Hause warst.“

Sie starrte ihn voller Verzweiflung an, doch seine Antwort schnürrte ihr die Kehle zu: „Ja, das kannst du … Bestimmt kannst du das … aber ich habe ganz andere Pläne.“

## MÖRDER

Ungläubig starrte Paul Ruth Ellingwart an. »Wenn das stimmt, was Sie da sagen, dann wäre der Ranger hoch verdächtig.«

»Ich bin mir ja nicht sicher. Deshalb habe ich so lange überlegt und gezögert, ob ich es Ihnen überhaupt erzähle«, entschuldigte sich die alte Dame und trat ihre Zigarette aus.

»Sagen Sie bitte nichts zu den anderen. Ich muss einen Augenblick nachdenken, wie wir am besten vorgehen«, sagte Paul, der sich unbehaglich am Kinn kratzte.

Zurück im Gruppenraum raunte Paul Gernot zu, er möge ihm unauffällig in die Küche folgen, die durch einen offenen Durchbruch mit dem Gastraum verbunden war.

Hanna hatte Pauls Heimlichtuerei mit Gernot Hesse bemerkt und tauchte ebenfalls in der Küche auf.

»Nun, was gibt es?«, fragte sie Paul. »Was soll diese Geheimniskrämerei? Gibt es schlechte Nachrichten?«

Hanna sprach so laut, dass man es ohne Weiteres im Nebenraum hören konnte. Paul deutete ihr an, sich stiller zu verhalten. Er dachte keine Sekunde darüber nach, ob er ihr vertrauen könnte. Hanna gehörte einfach dazu. So wie sein Freund Gernot. Im Flüsterton berichtete er der Floristin und dem Anwalt die Beobachtung von Ruth Ellingwart.

»Dieses Schwein! Den bringe ich um!« Sich um Beherrschung mühend stieß Gernot die Worte heraus, als müsse er sie hervorwürgen. Die Knöchel seiner geballten Hände zeichneten sich weiß ab.

Paul war von Gernots Gefühlsausbruch völlig überrumpelt, so hatte er seinen Freund noch nie erlebt. Gernot betonte immer wieder, dass man als Anwalt die Emotionen aus einem Fall herauslassen müsse. Paul war das in seiner Anwaltstätigkeit nicht gelungen, was ihm letztlich zum Verhängnis geworden war. Er konnte nicht zulassen, dass Gernot nun den gleichen Fehler beging.

»Schnauze, Gernot!«, befahl er und hielt seinen Freund am Arm fest, als dieser in den Gastraum stürmen wollte.

»Ich kann deine Gefühle gut verstehen, aber wir müssen jetzt einen klaren Kopf behalten. Wir müssen den Ranger irgendwie ablenken oder festsetzen, um dann im Teich nach dem Funkgerät zu suchen. Wenn es überhaupt eines war …«

»Wie soll das denn gehen?«, warf Hanna ein. »Soll ich auf dem Tisch tanzen, während ihr im eiskalten Wasser taucht?«

»Braucht ihr Hilfe?«

Erschrocken flogen die Köpfe von Paul, Hanna und Gernot zum offenen Kücheneingang herum.

Dort stand Jan Teusch und lächelte entschuldigend. »Ich dachte nur, ich sehe mal nach dem Rechten.«

»Alles bestens«, antwortete Paul, »Sie können uns jetzt wieder allein lassen.«

Der Spielleiter musste Pauls letzte Bemerkung offenbar als Beleidigung empfunden haben, da er sein Gesicht säuerlich verzog und auf dem Absatz kehrtmachte.

»Ich gehe da allein raus. Ich werde tauchen. Ihr bleibt hier und haltet mir den Ranger vom Leib«, sagte Gernot

Hesse entschlossen, der sich nun wieder einigermaßen in der Gewalt zu haben schien.

»Das lasse ich nicht zu«, fuhr Hanna sofort dazwischen. »Bei der Wassertemperatur können Sie leicht ohnmächtig werden. Es wäre das Beste, wenn Paul mitgeht und es mir gelingt, den Ranger abzulenken.«

Paul schüttelte den Kopf. »Keine gute Idee, Hanna. Wenn er wirklich der Mörder ist, wird er vor nichts zurückschrecken. So wie die Opfer aussehen, haben wir es mit einem äußerst brutalen und skrupellosen Täter zu tun. Ich möchte nicht, dass du oder sonst jemand ungeschützt in seiner Nähe ist.«

»Ja … und was schlägst du dann vor?«

Pauls Gehirn arbeitete auf Hochtouren. Er musste alle Risiken gegeneinander abwägen. Gernot, das halbe Hemd, würde es in dem kalten Teich wirklich nur wenige Minuten aushalten. Am liebsten würde er selbst hineinspringen, doch andererseits wollte Gernot unbedingt die Tat an seiner Ehefrau sühnen. Da konnte so ein heldenmütiger Einsatz in dem eiskalten Teich seiner Seele wenigstens etwas Trost spenden. »Ich schlage vor, dass du die Aktion durchführst, Gernot. Und ich würde dich bitten, Hanna, ihn zu begleiten. Falls er in Schwierigkeiten kommt, machst du dich lautstark bemerkbar. Und Gernot, frag bitte gleich unauffällig Frau Ellingwart, das ist die ruhigere der beiden alten Damen, nach dem ungefähren Ort, wo das Funkgerät im Teich versunken ist.«

»Vielleicht gibt es hier irgendwo ein Seil? Damit könnte ich Herrn Hesse sichern.«

»Guter Vorschlag, Hanna, vielleicht findet ihr eins im Stall. Ihr solltet euch schleunigst auf die Suche machen, bevor es zu dunkel wird.«

Als sie in den Gastraum zurückkehrten, setzte sich Paul neben den Ranger und befragte ihn, ob es nicht doch noch Möglichkeiten gab, den Wald zu verlassen. Der Ranger beharrte auf seiner Meinung, dass es zu gefährlich sei, doch Paul löcherte ihn weiter mit Fragen und beobachtete dabei unauffällig, wie Gernot leise mit Ruth Ellingwart sprach und dann zusammen mit Hanna zur Tür ging.

»Wir sind nur eben eine rauchen«, entschuldigte sich der Anwalt und hielt zwei Zigaretten in die Höhe, die er offensichtlich von Ruth Ellingwart erbeten hatte, um sie als Vorwand zu nutzen.

»Ich komme mit«, sagte Yusuf Monti und stand auf, um sich Gernot und Hanna anzuschließen.

Verdammt! Damit hatte Paul Masters nicht gerechnet. Hanna warf ihm einen fragenden Blick zu und der Privatdetektiv nickte unmerklich.

Als die drei zur Tür hinaus verschwanden, wandte sich Paul wieder John Hartwich zu. »Aber wir müssen doch noch irgendetwas unternehmen können? Haben Sie vielleicht eine Signalpistole oder ein Jagdgewehr im Auto?«

Hartwich schnaubte verächtlich: »Ein Gewehr? Wir sind Ranger und keine Jäger! Natürlich habe ich keine scharfe Waffe im Auto. Und eine Signalpistole auch nicht.«

»Aber man wird Sie doch sicherlich vermissen, oder? Irgendjemand muss dann doch die Suche einleiten!?«

»Wie gesagt: Mein Bruder ist in der Station auf dem Kahlen Asten, aber der wird sicherlich auch in Schwierigkeiten stecken. Obwohl es oben auf der Heide wenig Bäume gibt, wird es da vermutlich ebenso wie hier aussehen. Der Sturm hat bestimmt kleinere Bäume aus den Schonungen herausgerissen und auf dem Gipfel verstreut. Man war dabei, den Turm, die Wetterstation und das Hotel zu evakuieren, als ich zu meiner Kontrollfahrt aufgebrochen bin. Außer meinem Bruder ist da oben niemand mehr. Allerdings hat er bestimmt Funkverbindung. Unsere Station besitzt ein kleines Notstrom-Aggregat. Genau für solche Fälle, wie er jetzt eingetreten ist. Ich nehme an, dass die Rettungskräfte ihn bald freischneiden werden, und dann wird man sich auf die Suche nach uns machen. Es besteht kein Grund zur Unruhe.«

»Die Leichen machen mich aber schon nervös«, erwiderte Paul.

»Oh, entschuldigen Sie bitte. Daran hatte ich gar nicht gedacht. Ich war bei unserem Gespräch so sehr auf unsere Rettung fixiert, dass ich die völlig außer Acht gelassen habe.

Ja, es stimmt: Wir sollten größte Vorsicht walten lassen. Ich glaube aber nicht, wie einige hier im Raum, dass es jemand von uns war.«

»Wie kommen Sie darauf?«

»Na ja, im Laufe der Zeit entwickelt man halt eine gewisse Menschenkenntnis. Und ich halte hier niemanden zu solch einer Tat fähig.«

»Mein Beruf lehrt mich, dass man sich in Menschen täuschen kann. Man kann sich sogar sehr gewaltig täuschen …«, widersprach Paul.

»Haben Sie denn jemanden in Verdacht?«

»Nein, das wollte ich nicht damit andeuten. Ich wollte damit nur sagen, dass Täter meistens eine Maske tragen und es sehr, sehr schwer fällt, sie zu demaskieren. Aber wenn die Hülle etwas brüchig wird, dann tritt der wahre Charakter hervor. Bei solch brutalen Morden, wie sie hier vorgefallen sind, haben wir es mit einem besonders perfiden Täter zu tun. Wenn schon Ehebrecher und Markenfälscher Meister der Täuschung und der Tarnung sind, wie gut muss dann der Mörder sein?«

In diesem Augenblick flog die Tür zum Gastraum auf. Dr. Gernot Hesse kam herein. Er war triefend nass, seine Sachen klebten ihm am Körper. Die gedämpften Gespräche im Raum verstummten sofort und alle schauten den schmächtigen Anwalt an. Gernot ging auf den Ranger zu und blieb zitternd vor ihm stehen. Sein Körper bebte. Paul sah seinem Freund an, dass es nicht an der Kälte lag. Hesse konnte sich nur mit Mühe zurückhalten.

»Sie! Sie waren es!«, schrie Hesse den verdutzten Hartwich an.

»Was ist denn mit Ihnen los? Was ist Ihnen passiert?«, fragte der Ranger besorgt.

»Was passiert ist? Sie haben meine Frau getötet! Und dafür nehme ich Sie jetzt fest!«

»Sie sind doch nicht ganz bei Trost! Sie haben außerdem gar nicht das Recht dazu!«

»Ich habe sehr wohl das Recht dazu. Auch als Zivilperson. Denn es besteht der dringende Tatverdacht, dass Sie ein

Mörder sind!« Hesse griff nach hinten in seinen Hosenbund und knallte ein Funkgerät auf den Holztisch. »Das lag im Teich. Ich gehe davon aus, dass es Ihnen gehört. Und ich kann Ihnen auch den Grund nennen, warum Sie es im Teich versenkt haben: Sie wollen nicht zulassen, dass man uns hier frühzeitig findet und herausholt. Sie hatten vor, die Morde an den beiden Mädchen zu vertuschen, indem Sie uns alle umbringen wollten!«

»Das ist doch völlig absurd!«, rief der Ranger entrüstet.

»Dann müssen Sie aber eine verdammt gute Erklärung dafür haben«, sagte Paul und deutete auf das Funkgerät vor sich.

»Das ist alles ein Missverständnis. Ich lasse mich hier nicht von Ihnen zu einem Mörder abstempeln! Mit mir nicht!« Der Ranger sprang auf und stieß Hesse beiseite, der ins Stolpern kam und schließlich in Richtung des Feuers im offenen Kamin fiel.

Paul musste innerhalb von Sekundenbruchteilen reagieren: Den Ranger überwältigen oder Hesse vor einem Sturz in die Flammen retten. Er entschied sich für seinen Freund. Paul hechtete auf Gernot Hesse zu, bekam ihn an der Brust zu packen und segelte gemeinsam mit ihm durch die Luft, bis sie mit einer schmerzhaften Landung neben der Kaminöffnung auf den Boden krachten.

Der Ranger aber nutzte diesen Moment und stürmte zur Tür. Den spindeldürren Monti, der sich ihm in den Weg stellen wollte, fegte er dabei von den Beinen wie eine lästige Fliege. Paul rappelte sich auf und musste mit ansehen, wie der Ranger fast die Tür erreicht hatte. Nur Hanna stand noch vor ihm. Mit ihr würde er ein ebenso leichtes Spiel haben und Paul war zu weit entfernt, um ihr zu helfen.

Wie ein wütender Stier raste der gut 100 Kilo schwere und durchtrainierte Forstmann auf die zierliche Floristin zu. Paul traute seinen Augen nicht, als er sah, wie die graue Maus Hanna mit der dicken Brille auf der Nase den richtigen Zeitpunkt abpasste und dem Ranger mit aller Kraft zwischen die Beine trat.

Der schwere Mann klappte augenblicklich wie ein Taschenmesser zusammen und blieb gekrümmt und winselnd am Boden liegen.

Hanna sprang auf ihn zu. »So ein Schwein! So ein verdammtes Schwein!« Sie war außer sich vor Wut und trat immer wieder auf den Mann ein, der schützend seine Arme vor den Kopf hielt.

Paul lief auf Hanna zu, nahm sie in seine Arme und drängte sie von dem Ranger weg. »Alles gut, Hanna. Beruhige dich.«

Dann ließ er von der erstaunlich mutigen Frau ab, drehte den Ranger auf den Bauch und winkelte dessen Arm so ab, dass der Mann in seiner Stellung am Boden fixiert war. »Dr. Gernot Hesse und ich verhaften Sie wegen des dringenden Tatverdachts des Mordes an drei Menschen. Sie bleiben so lange gefangen, bis wir Sie der Polizei übergeben können.«

Paul blickte auf und sah in Gesichter, deren Münder vor Entsetzen und Schreck weit offen standen. »Es wäre jetzt mal ganz gut und hilfreich, wenn jemand einen Strick oder etwas anderes finden und bringen könnte, damit wir Hartwich fesseln können«, forderte er die Runde auf.

»Wir haben draußen das Seil, das ich aus dem VW-Bus geholt habe und das wir Herrn Hesse bei seiner Suche im Wasser umgebunden hatten.«, stieß Yusuf Monti hastig hervor.

»Na, dann holen Sie es schleunigst.« Paul war froh zu hören, dass dieser Monti sich bei Gernots Suche im Teich so gut eingebracht hatte.

Kurze Zeit später kehrte Monti mit dem feuchten Seil zurück. Es war eines jener modernen Bergsteigerseile und es hätte ausgereicht, um damit Hartwichs kompletten Körper zu einem Paket zu verschnüren. Doch Paul band nur die Handgelenke des Rangers auf dessen Rücken zusammen. Auf seine Bitte hin brachte ihm Monti eine Schere aus der Küche, mit der der Detektiv die überlange Schnur abtrennte. Dann stellte er den Ranger auf die Beine, wobei er nicht verhindern konnte, dass Hesse den wehrlosen Mann links und rechts heftig ohrfeigte.

»Sie irren sich«, spie der Ranger verächtlich aus. »Sie irren sich gewaltig.«

»Dann sagen Sie uns doch Ihre Wahrheit!«, forderte der Anwalt Hesse ihn auf und blitzte ihn wütend an.

»Das geht leider nicht. Aber es ist ein Fehler, mich in dieser Situation zu fesseln. Das kann Sie teuer zu stehen kommen.«

»Pah, uns jetzt auch noch drohen. Sie Ungeheuer!«, erregte sich Dörthe Kleiber aus der Tiefe des Raumes. »Wir sollten Sie direkt aufhängen, jawoll!«

»Nun mal Ruhe!«, donnerte Paul, dem die Emotionen zu hoch kochten. »Hesse und ich werden Herrn John … äh … Johannes Hartwich in Gewahrsam nehmen und im Stall bis auf weiteres einsperren. Also los, Gernot, hilf mir bitte mal.«

Der Detektiv und der Anwalt nahmen Hartwich in ihre Mitte und führten ihn jeweils links und rechts am Oberarm haltend aus dem Gastraum hinaus. Paul hatte das restliche Seil geschultert und die Schere in seine Gesäßtasche gesteckt. Draußen dämmerte es bereits und in der Feuerschale glimmten nur noch die Holzscheite. Widerstandslos ließ sich der Ranger zum Stall führen. Der Leichengestank in dem Raum war noch intensiver geworden.

»Sie wollen mich doch hier nicht gefangen halten!?«, protestierte Hartwich. »Ich muss gleich kotzen!«

»Geschieht Ihnen recht. Seien Sie froh, dass wir nicht dem Vorschlag der alten Dame gefolgt sind«, fauchte Gernot Hesse den Mann an.

Paul und Gernot fesselten ihn mit Seilstücken an den Füßen. Seine zusammengebundenen Hände befestigten sie mit einem weiteren Seil an einen dicken Balken, der die Deckenkonstruktion stützte. Paul prüfte nochmals den festen Sitz der Seile. Zufrieden stellte er fest, dass sich Ranger Hartwich keinesfalls mehr befreien konnte, aber er hatte genug Bewegungsfreiheit, um an dem Balken zu stehen oder sich zu setzen. Dadurch konnte er gefesselt bleiben, falls er seine Notdurft verrichten wollte. Paul stellte zu diesem Zweck einen Metalleimer bereit, den er im Stall fand.

»Wenn Sie müssen, melden Sie sich. Wir geben ihnen gleich noch etwas zu trinken und zu essen.«

»Bei diesem Geruch!? Essen!?«, beschwerte sich der Ranger.

»Wir können auch bis morgen früh warten …«, erwiderte Paul mitleidslos.

»Scheren Sie sich zum Teufel!«

»Wie Sie wollen.«

Als Paul und Gernot vor die Stalltür traten, atmeten sie tief durch. Die frische, würzige Luft tat gut. Durch die entwurzelten Bäume roch es außerdem intensiv nach Holz und Erde. Paul betrachtete die Stalltür, an dessen Riegel ein geöffnetes Bügelschloss mit Schlüssel hing. »Perfekt, so kann er uns auf keinen Fall entwischen, selbst wenn er die Fesseln doch irgendwie lösen könnte …«, freute sich der Detektiv und schloss das Tor sicher ab.

Zurück im Gastraum untersuchte Paul das Funkgerät. Vielleicht war das Gehäuse ja wasserdicht, so hoffte er. Doch er wurde enttäuscht: Die Dioden des Gerätes blieben dunkel und es gab nicht das geringste Geräusch von sich.

»So ein Mist!«, fluchte Jan Teusch, der gespannt Pauls vergebliche Versuche verfolgt hatte. »Ich glaube, jetzt müssen wir uns selbst auf den Weg machen, oder?«

»Natürlich!«, pflichtete ihm Dörthe Kleiber bei. »Ich bleibe hier keine Minute länger!«

Auch die anderen im Raum nickten, sogar Hanna war dabei.

Paul hob wieder einmal beschwichtigend die Arme. »Tut mir leid, Leute. Aber heute wird das nichts mehr. Es wird dunkel und die Gefahren da draußen sind einfach zu groß. Der Ranger ist sicher gefesselt im Stall. Ich habe das Tor mit einem Schloss gesichert. Von ihm geht also keine Gefahr mehr aus. Ich möchte aber, dass wir dennoch Wachen vor dem Stall aufstellen, um ganz sicher zu gehen. Dazu würde ich Herrn Teusch, Herrn Monti, Herrn Hesse und mich vorschlagen. Sofern Sie einverstanden sind, bewachen wir jeweils zu zweit den Stall. Ich schlage vor, dass Sie und Monti die erste Wache übernehmen und Hesse und ich dann die zweite. Wir sollten einige trockene Holzscheite mit hinaus nehmen und in der Schale ein Feuer in Gang halten, wäre das in Ordnung?«

Jan Teusch sah seinen schlaksigen Gehilfen Monti fragend an, der wiederum nickte.

»Können wir so machen, Paul. Sollen wir uns bewaffnen? Küchenmesser sind wohl nicht zu gebrauchen? Im Stall müsste noch irgendwo eine Axt herumliegen, wenn ich mich recht erinnere. Oder vielleicht schauen wir uns mal den Jeep vom Ranger an.«

Zu blöde, dass Paul nicht selbst darauf gekommen war. Sie mussten selbstverständlich den Wagen vom Ranger und auch den Stall nach weiteren Waffen absuchen! Es bereitete Paul allerdings größtes Unbehagen, Teusch und Monti mit irgendwelchen waffenähnlichen Gegenständen auszurüsten, so lange die Morde nicht eindeutig geklärt waren. Andererseits wollte er ihnen gegenüber auch nicht sein Misstrauen äußern. Er war in einer Zwickmühle und suchte fieberhaft nach einem Ausweg. »Wir müssen nach Waffen suchen, auf jeden Fall. Aber ich muss die Waffen dann beschlagnahmen und darf sie Ihnen nicht aushändigen. In einem Fall wie diesem ist die Gesetzeslage eindeutig, leider.«

»Aber …«, begehrte der Anwalt Hesse auf, der genau wusste, dass Paul gelogen hatte.

»Tut mir leid, Gernot, da können wir keine Ausnahme machen«, fuhr Paul seinem Freund über den Mund. »Gesetz ist Gesetz. Da hilft es auch nichts, wenn alle anderer Meinung sind«, erklärte Paul, um möglichen Vorschlägen, man könne das ja für sich behalten, zuvorzukommen. Gernot setzte ein ernstes Gesicht auf und nickte zustimmend.

»Sobald es hell wird, macht sich der Großteil der Gruppe auf den Weg, um Hilfe zu holen«, setzte Paul seine Ausführungen fort. »Wenn es Ihnen allen nichts ausmacht, würde ich dann morgen mit Herrn Monti hierbleiben und weiter den Ranger bewachen, bis Hilfs- und Polizeikräfte eintreffen. Hat jemand dazu noch Vorschläge zu machen?«

Als Antwort bekam er zustimmendes Gemurmel und er sah nickende Köpfe. Allen war der Gedanke, nochmals eine Nacht in dieser grauenvollen Umgebung zu verbringen, bestimmt unheimlich, dachte Paul, doch er hatte keine bessere Lösung parat.

»Wir können das Funkgerät ja neben dem Kamin abstellen«,

schlug Hanna vor. »Vielleicht trocknet die Elektronik und wir können es morgen womöglich doch noch benutzen.«

»Gute Idee«, lobte Paul die Floristin, die ihm immer besser gefiel, wie er sich eingestehen musste. Sie entsprach zwar äußerlich überhaupt nicht seinen Vorstellungen einer Traumfrau, aber sie hatte etwas an sich, das ihn sehr faszinierte und das er nicht in Worte fassen konnte. Zugleich verunsicherte ihn diese Faszination, denn noch nie hatte er für eine Frau etwas Derartiges empfunden.

»Sie glauben wohl noch an Wunder, was?«, spottete Dörthe Kleiber.

»Ich glaube, dass ich es mit Ihnen nur noch eine Nacht aushalte«, fuhr Paul die alte Frau an. »Herr Teusch und Herr Monti, Sie beziehen bitte Ihren Wachtposten vor dem Stall und ich werde mir den Jeep von Ranger Hartwich ansehen.«

Paul begann die Durchsuchung des Jeeps im vorderen Teil des Wagens. Er wollte keinen Zentimeter auslassen und sah im Handschuhfach, in den Seitenfächern, hinter den Sonnenblenden und sogar unter den Sitzen nach. So arbeitete er sich von vorne nach hinten. In dem kleinen Kofferraum, in dem zahlreiche Utensilien für die Rangerarbeit wie Karten, Seile, Verbandstasche, Schaufel und Säge ordentlich angeordnet in Nylontaschen und Fächern steckte, stieß er auf Müllsäcke. Blaue Müllsäcke! In einem weiteren Fach fand Paul zwei Rollen mit rotem Isolierband. Zufall? Für Paul verdichteten sich die Indizien. Er hob die Bodenabdeckung des Kofferraums an und entdeckte in einem Fach eine kleine Tasche. Sie enthielt neben einem frischen beigefarbenen Rangerhemd und einer kurzen Hose ein langes, schweres Jagdmesser in einer metallenen Scheide! Paul pfiff durch die Zähne, als er das Messer aus der Scheide zog und die Klinge begutachtete. Sie hatte die Form eines Bowiemessers und Paul schätzte die Länge des hochglänzenden Stahls auf ungefähr 15 Zentimeter. Die Schneide war rasiermesserscharf, wie Paul feststellte, als er vorsichtig mit seinem Daumen darüber strich. Es war das ideale Mordinstrument. Er betrachte das Messer und die Scheide nochmals ganz genau, konnte aber keinerlei Blutspuren feststellen. Selbst an den verräterischen Ecken zwischen Klinge und dem Handschutz des Griffes haftete nicht eine Winzigkeit getrockneten Blutes. Doch das sollte nichts heißen: Ranger John Hartwich hätte das Messer nach dem Mord an Annette von Dahl leicht in dem Forellenteich, in dem er das Funkgerät versenkt hatte, reinigen und es wieder im Jeep verstecken können. Nach Pauls Schätzung passte die Breite der Klinge auch zu den Einstichen in den Körpern der getöteten Amelie Gante und Leonie Schmitz. Die Spurensicherung der Kriminalpolizei würde Gewissheit schaffen, auch wenn er selbst jetzt nichts feststellen konnte, überlegte er.

Der Detektiv steckte das Messer zurück in die Scheide und verbarg es unter seinem T-Shirt. Er würde es in der Nacht zusammen mit den anderen Messern aus der Küche in seinem Rucksack verstauen und damit in seiner Obhut behalten. Sicher ist sicher. Und es war besser, wenn die anderen nicht die mögliche Tatwaffe in seinen Händen sahen. Womöglich kämen sie sonst noch auf den Gedanken, dass er etwas mit den Taten zu tun haben könnte.

Auf seinem Rückweg zur SGV-Hütte ging er noch um das Haus herum und stellte zufrieden fest, das Teusch und sein Gehilfe Monti vor dem Stalltor Posten bezogen hatten. Sie hatten die Feuerschale mitgenommen und vor sich ein wärmendes Feuer entzündet. Paul winkte ihnen zu und die beiden grüßten zurück.

In der Hütte informierte Paul Hanna und Gernot leise über seinen verdächtigen Fund im Jeep des Rangers.

»Gott sei Dank ist er gefesselt im Stall«, flüsterte Hanna leise.

»Ich werde hier unten im Gastraum mit Gernot nächtigen. Quasi als weitere Absicherung«, sagte Paul und freute sich, als er die Enttäuschung auf Hannas Gesicht sah.

»Du kannst ja auch hier unten schlafen«, schlug er vor.

Sofort hellte sich Hannas Miene auf. »Aber vorher schneiden wir dir die Haare. Die verbrannten Enden stinken furchtbar.«

Paul hatte sich bereits an den Geruch gewöhnt, dass es ihm überhaupt nicht mehr aufgefallen war.

Hanna machte sich ans Werk und schnitt große Büschel von Pauls dichtem Schopf ab.

»Wow. Jetzt hast du eine perfekte Vokuhila«, lachte die Floristin.

»Voku … was?«, fragte Paul nach.

»Schaust wohl keine 80er Shows, was?«, neckte ihn Hanna.

»In dem Jahrzehnt wurde ich geboren, habe aber ansonsten keine besondere Verbindung dazu. Was ist denn nun ein Voku-Dingsda?

»Vokuhila«, belehrte ihn Hanna. »Bist doch Privatdetektiv. Finde es heraus.«

## VERSCHLAFEN

»Hallo, brauche ich männlichen Schutz oder kann ich meine Morgenzigarette allein rauchen? Oder möchten Sie vielleicht auch eine?«

Paul blinzelte … Trübes Licht fiel durch die Fenster des SGV-Heims in den Gastraum. Wieso Licht? Wieso Morgenzigarette? Fragend sah er Ruth Ellingwart an, die mit einem erwartungsvollen Gesicht neben ihm hockte und mit einer Packung Zigaretten vor seiner Nase herumwedelte. Plötzlich war Paul hellwach und schälte sich aus seinem Schlafsack. Er hatte den Wecker seines Smartphones auf zwei Uhr nachts programmiert. Dann sollte der Wachwechsel mit Teusch und Monti stattfinden.

Paul drückte auf das Display und die seitlichen Tasten. Das Handy blieb schwarz. »Scheiße!«, fluchte er laut. »Wie konnte das nur passieren!? Der Akkustand war noch bei zwanzig Prozent! Das dürfte doch gar nicht möglich sein!«

Hanna und Gernot wachten durch sein wütendes Fluchen auf. Hanna rieb sich die Augen. »Was ist denn los?«

»Ich habe großen Bockmist gebaut«, ärgerte sich Paul.

»Wie spät ist es denn?«, erkundigte sich der verschlafene Gernot Hesse.

»Keine Ahnung!«, brüllte Paul. »Jedenfalls zu spät. Viel

zu spät. Dieses Scheißhandy ist einfach ausgegangen.« Er war nach den gestrigen Strapazen wie ohnmächtig in einen tiefen und traumlosen Schlaf gefallen und hatte nicht daran gedacht, Hanna oder Gernot aufzufordern, sicherheitshalber ebenfalls den Wecker ihrer Handys einzuschalten. Die Erschöpfung war einfach zu groß gewesen und hatte ihn letztlich übermannt …

»Ich habe es dir doch immer wieder gesagt, dass du ein neues Handy brauchst«, warf ihm Gernot vor.

»Ja, ja, ja! Und du hattest wie immer recht. Aber das hilft uns nun auch nicht weiter. Wir müssen raus und nach Teusch und Monti sehen!«

»Kann ich mitkommen und rauchen?«, wollte Ruth Ellingwart wissen.

»Nein!«, blaffte Paul sie unwirsch an. »Gernot und ich gehen zunächst raus, um die Lage zu prüfen. Sie schließen nach uns die Tür ab und öffnen nur uns, verstanden?«

Paul hatte in voller Montur, mit Jeans und Kapuzenpulli im Schlafsack gelegen, während Gernot Hesse hastig in seine kakifarbene Hose schlüpfte und schnell sein Jeanshemd überstreifte. An der Eingangstür stiegen beide in ihre Wanderschuhe und verließen die Hütte, ohne sich noch die Zeit zu nehmen, sie zuzuschnüren.

Vor der Tür empfing sie eine weiße Wand. Der Nebel war so dicht, dass Paul nur wenige Meter weit sehen konnte. Die Autos und der Waldrand mit den umgestürzten Bäumen waren nicht mehr zu erkennen. Alles ringsum war wie von einem grau-weißen Wattebausch verschluckt. Man schien noch nicht einmal mehr Geräusche hören zu können. Nur eine unheimliche Stille, die kurz von dem metallischen Klicken unterbrochen wurde, als hinter ihnen Ruth Ellingwart die Hüttentür von innen verschloss.

»Herr Teusch! Herr Monti!«, rief Paul laut. Er hatte das Gefühl, als ob seine Stimme vom dichten Nebel verschluckt wurde und nur wenige Meter weit reichte. Er versuchte es erneut und rief noch lauter. Wieder erhielt er keine Antwort.

»Seltsam«, murmelte Gernot neben ihm. »Warum haben

Teusch und Monti uns nicht in der Nacht geweckt, als es Zeit für den Wachwechsel war?«

»Das frage ich mich auch schon die ganze Zeit. An dem Nebel wird es wohl nicht gelegen haben und schlafen lassen wollten sie uns auch bestimmt nicht … Ich habe so einen Mist gebaut, Gernot!«

»Kannst du jetzt auch nicht mehr ändern«, meinte der nur pragmatisch. »Komm, wir sehen uns beim Stall um!«

Paul nickte sorgenvoll und marschierte über den Bettersteg, der in weißes Nichts zu führen schien.

Als er sich dem Stall näherte, nahm Paul neben dem feuchten, erdigen Geruch etwas anderes wahr. Eine Duftwolke von gegrilltem Fleisch schlug ihnen entgegen … Paul schnupperte … es schien auch nach verbrannten Haaren zu riechen. Er fasste an seinen Haarschopf und roch an seiner Hand. Na klar! Daher der leichte Gestank!

Schemenhaft schälte sich das Stallgebäude aus dem Nebel. Paul konnte noch keine Einzelheiten erkennen, doch da war etwas vor der Stalltür. »Herr Teusch? Herr Monti?«, rief er fragend.

Was war das da im Nebel? Ein dunkler Schatten. Mit einer Silhouette wie von einem Tier. Ein Reh? Ein verwilderter Hund? Oder ein Wildschwein …, schoss es Paul durch den Kopf. Er klatschte in die Hände. Das Tier, oder was immer es war, bewegte sich nicht.

»Was ist das?«, flüsterte Gernot dicht hinter ihm.

»Wir werden sehen«, antwortete Paul und ging entschlossen auf den Schattenriss zu.

Es war Monti. Oder vielmehr das, was von ihm übrig geblieben war. Paul erkannte ihn an den Überresten des grünblau karierten Hemdes und der schwarzen Hose. Sein Oberkörper hing in einer Art Hockstellung halb in der Feuerschüssel, in der noch leicht die Reste der abgebrannten Holzscheite glühten. Montis Kopf und sein Brustbereich waren bis zur Unkenntlichkeit verbrannt.

»Das ist ja grauenhaft …«, stöhnte Gernot hinter Paul.

Der Privatdetektiv packte den verbrannten Oberkörper,

zog ihn aus der Feuerschale und drehte ihn auf den Rücken. Durch die Hitze hatten sich die Sehnen der Arme zusammengezogen und es sah so aus, als ob Monti sich die Ohren zuhalten wollte. Sein Gesicht war verkohlt und der verbrannte Mund zu einem bizarren Lächeln erstarrt.

Daher der Grillgeruch und die verbrannten Haare, durchfuhr es Paul und er spürte ein Würgen aufsteigen. Er überwand sich, musterte die Leiche und entdeckte trotz des fast vollständig zerstörten Gewebes am Hals etwas, das sich nur als tiefe Schnittwunde deuten ließ. Genauso wie bei Gernots Frau Annette!

Er richtete sich hastig auf. »Teusch! Teusch! Sind Sie hier? Hier ist Paul Masters!«, rief der Privatdetektiv erneut. doch auch dieses Mal erhielt er keine Antwort. Paul wandte sich von den verkohlten Überresten des armen Monti ab und inspizierte die Stalltür.

Verschlossen! Gott sei Dank!

Das Vorhängeschloss war unbeschädigt!

Allerdings konnte Ranger Hartwich damit unmöglich der Täter sein! Wer aber dann? Vielleicht hatte der Ranger etwas gehört, was zur Klärung beitragen konnte? Paul kramte hektisch den Schlüssel aus seiner Jeans und schloss auf. Intensiver Leichengeruch schlug ihm entgegen.

Doch das war nicht das eigentlich Schlimme. In dem spärlichen Licht, das durch das Tor ins Stallinnere drang, machte Paul eine unerwartete Entdeckung: Hartwich war verschwunden!

Auf dem Boden vor dem Pfahl, an dem sie den Ranger am Abend zuvor gefesselt hatten, lagen nur Seilstücke. »Gernot, das musst du dir ansehen!«, rief er seinem Freund zu, der draußen die Leiche Montis in Augenschein nahm.

Sofort kam der Anwalt in den Stall gerannt und starrte mit offenem Mund auf die zerschnittenen Seile.

Paul hob einige Stücke auf und besah die Enden. »Sehr glatte Schnitte. Da muss jemand mit einem äußerst scharfen Messer gearbeitet haben.«

»Vielleicht ist er noch hier drin und bewaffnet?«, mutmaßte Gernot leise und blickte in den rückwärtigen Teil mit den Pferdeboxen, der komplett im Dunkeln versank.

»Nehmen wir uns etwas von den Gartengeräten zu unserer Verteidigung«, sagte Paul und ging auf den unordentlichen Stapel zu, aus denen sie zuvor die Schaufel für das Ausgraben der Rucksäcke geholt hatten.

Bewaffnet mit Mistgabel und Harke erkundeten Paul und Gernot vorsichtig Box für Box und sahen in allen Ecken und hinter allen Gerätschaften nach. Selbst zwischen den Leichen der beiden Mädchen in den Müllsäcken schauten sie nach, ob Hartwich sich dort versteckt hielt.

Nichts! Keine Spur von Ranger John Hartwich!

»Aber … wie ist das möglich?«, rief Gernot aus. »Nur du hattest den Schlüssel zu dem Vorhängeschloss. Und es gibt hier keinen zweiten Ausgang, keine Luke und auch kein Fenster. Wie also ist er hier herausgekommen? Wer hat das Seil zerschnitten?«

»Vielleicht Teusch? Es ist doch gut möglich, dass er als Spielleiter einen zweiten Schlüssel hatte«, mutmaßte Paul.

»Und warum hat er den Ranger dann nicht ebenfalls umgebracht? Er hätte doch ein leichtes Spiel mit ihm gehabt, gefesselt wie er war!?«

»Vielleicht konnte sich Hartwich befreien. Vielleicht gibt es hier einen Geheimgang, den wir noch nicht entdeckt haben.«

»Teusch oder Hartwich … einer von beiden muss jedenfalls der Mörder sein«, stellte Gernot fest.

»Oder beide«, ergänzte Paul, der völlig am Boden zerstört war. Es war seine Schuld. Er hätte sich nicht allein auf den Wecker seines Handys verlassen sollen. Das Ding war unzuverlässig. Hätte er nur Gernot gebeten, ebenfalls den Wecker seines iPhones zu stellen. Und nun? Der Tod von Yusuf Monti war möglicherweise vermeidbar gewesen. Das Verschwinden von Hartwich auch. Oder vielleicht doch nicht, wenn der Ranger und Teusch tatsächlich gemeinsame Sache gemacht hatten?

»Aber auf dem Zettel und auf der Schranktür … die Nachrichten von dem ermordeten Mädchen, da klang es so, als ob es nur ein Mörder war«, überlegte Gernot laut und wischte mit einem Finger auf dem Display seines Handys herum.

»Nein … ich muss mich korrigieren. Ich habe den Zettel und den Hilferuf auf der Schranktür fotografiert. Aus beiden geht nicht hervor, ob es ein Täter gewesen ist oder es mehrere waren. Komisch, mir kam es die ganze Zeit so vor, als ob es nur einer war.«

»Mir auch. Und dadurch waren wir vielleicht getäuscht«, stimmte Paul seinem Freund zu. Dennoch lastete die mögliche Schuld an Yusuf Montis Tod schwer auf seinem Gewissen.

Was sollte er nun glauben? Was, wenn Teusch der wahre Täter war? Vielleicht hatte er die Mordutensilien im Wagen des Rangers deponiert? Vielleicht hatte er auch das Funkgerät in den Teich geworfen und Ruth Ellingwart hatte sich einfach getäuscht? Teusch veranstaltete Kriminalspiele … er hätte sich auch wie der Ranger kleiden und so die alte Dame in die Irre führen können. Hatte Teusch auch John Hartwich ermordet und sie würden früher oder später seine Leiche finden? War das etwa tatsächlich ein unfassbar perfides Spiel, in dem sie steckten? Paul fand seinen letzten Gedanken ungeheuerlich. »Wenn das alles Teil eines Spiels ist, sind wir alle in akuter Lebensgefahr«, sprach er den nächsten Gedanken laut zu sich selbst aus.

»Teil eines Spiels? Mit echten Leichen? Du meinst tatsächlich, Teusch hat von Anfang an alles eingefädelt? Ist er auch für das Verschwinden von John Hartwich verantwortlich? Ist das sein grausames Krimispiel, das zur Realität geworden ist?«, spann Gernot den Faden weiter.

»Komm, wir sehen uns den VW Bus mal genauer an!«, sagte Paul.

»Mir ist nicht wohl bei dem Gedanken, dass in dem Haus fünf Frauen allein sind. Mal angenommen, es ist doch Hartwich gewesen. Und mal angenommen, es gibt Aus- und Zugänge, die wir nicht kennen, dann könnten die Frauen in Gefahr sein!«, warf Gernot ein.

Daran hatte er nicht gedacht. Doch es stimmte: Teusch konnte der Täter sein. Hartwich konnte der Täter sein. Oder beide zusammen. Ganz gleich, was zutraf, sie steckten verdammt tief in der Scheiße! »Okay, nimm du die Mistgabel und geh ins Haus. Versuch den anderen schonend beizubringen, was geschehen ist. Ich schaue mir den Bus an. Sobald ich zurück bin, überlegen wir mit allen gemeinsam, wie wir uns auf eigene Faust in die Zivilisation durchschlagen können.«

Wie bei Hartwichs Jeep ging Paul auch hier gründlich und methodisch vor. Seine Mühe wurde belohnt: Er entdeckte blaue Müllsäcke und eine Rolle mit rotem Klebeband. Exakt das gleiche Band wie in Ranger Hartwichs Jeep. Hatte Teusch es dort versteckt, um den Verdacht auf den Ranger zu lenken? Oder spielte der Ranger ein undurchschaubares Spiel mit ihnen? Oder doch beide?

Paul fand keine Antwort. Grübelnd ging er zurück ins SGV-Heim. Er klopfte an, nannte laut seinen Namen und Gernot öffnete die Tür.

Hanna, Ruth Ellingwart, Dörthe Kleiber und beiden jungen Wanderinnen Lucy Berger und Pia Ohl hatten sich bereits ebenfalls in den Gastraum versammelt und sahen Paul fragend an.

Der Detektiv schilderte die Situation. Als er geendet hatte, herrschte zunächst Stille, dann bombardierte man ihn mit Fragen zu dem möglichen Mörder und wie es nun weitergehen sollte.

»Ich kann wirklich nicht sagen, wer hinter den Taten steckt. Ich weiß nur eines: Wir müssen auf jeden Fall hier raus und uns in Sicherheit bringen.«

»Aber wie sollen wir bei diesem Nebel den Weg finden?«, fragte Hanna und deutete auf das Fenster, hinter dem sich nichts als eine milchig weiße Wand zu befinden schien.

»Wir könnten uns am Moosbewuchs der Baumstämme orientieren. Es wächst auf der Wetterseite, also hauptsächlich in Richtung Norden oder auch Westen. Da können wir dann eine Richtung einschlagen und stoßen früher oder später auf eine Straße«, schlug Gernot Hesse vor.

»Können wir nicht einfach dein Handy nehmen? Da ist doch eine Karte drauf, oder?«, wollte Paul wissen.

»Die Karten-App funktioniert ohne Internet nicht, aber aber … He! Warte … Vergiss das mit der Wetterseite der Bäume … ich habe doch eine Kompass-Funktion! So laufen wir wenigsten immer in eine Himmelsrichtung. Ich glaube, dieser Lohmann wollte die Funktion ebenfalls nutzen, als er sich mit seiner Frau auf den Weg machte«, erklärte der Anwalt.

»Gute Idee!«, pflichtete ihm Hanna bei. »Und lasst uns mal nachschauen, ob das Funkgerät am Kamin getrocknet ist, vielleicht können wir damit eine Verbindung zur Außenwelt herstellen.«

Gebannt verfolgten alle den neuerlichen Versuch, doch das Funkgerät blieb stumm.

»Wir sollten uns so schnell wie möglich auf den Weg machen«, schlug Hanna der kleinen Gruppe vor, bevor sich Enttäuschung breitmachen konnte. »In die Rucksäcke packen wir nur das Nötigste zum Essen und zu Trinken ein. Ich fürchte, wir haben einiges an Kletterei vor uns …«

Nur mit einer jeweils kleinen Ration in den Rucksäcken traten die Gruppenmitglieder vor die Tür und konnten es kaum fassen, wie dicht der Nebel war. »Man sieht ja seine Hand nicht mehr vor Augen. Wie sollen wir denn da durchkommen?«, meckerte Dörthe Kleiber.

»Wir haben keine andere Wahl. Sparen Sie sich Ihre Kräfte lieber für den Weg auf!«, wies Paul die alte Dame zurecht.

Gernot ging mit seinem Handykompass voran, dann folgten die beiden jungen Mädchen Pia und Lucy sowie die älteren Damen Dörthe Kleiber und Ruth Ellingwart. Den Abschluss bildeten Hanna und Paul.

Wie an einer Kette aufgereiht liefen sie über die Holzstege. Kaum hatten sie den hölzernen Behelfsweg verlassen, wurde es schlagartig beschwerlich. Paul konnte durch die dichten Nebelschwaden kaum die Leute vor sich erkennen. Er hörte die schmatzenden Geräusche von schwerfälligen Schritten im Schlamm und ein mehrstimmiges Ächzen. Auch seine Füße versanken knöcheltief in dem aufgeweichten Boden. Mühsam musste er sie bei jedem Schritt herausziehen. Wenn das so weiterging, würden sie Stunden für einige hundert Meter benötigen. Doch seine Befürchtung bewahrheitete sich nicht. Nachdem sie unter Mühen ungefähr 30 Meter der Talsohle durchquert hatten, stieg das Gelände an und der Boden wurde fester.

Aber damit stellte sich ihnen ein neues Problem. Paul schloss zu der Gruppe auf, die ratlos vor einer riesigen, umgefallen Fichte stand. »Warum geht's nicht weiter?«, fragte der Detektiv. »Wir müssen einfach um den Baum herumgehen und dann unseren Weg fortsetzen.«

»Geht nicht«, antwortete Gernot, der die Gruppe mit der Kompass-App angeführt hatte. »Die Bäume liegen zu beiden Seiten kreuz und quer. Wir sind in einer Sackgasse gelandet!«

»Dann eben unten drunter durch«, sage Paul entschlossen und schob das Gewirr von Ästen auseinander, dass den schweren Stamm in etwa 1,5 Meter Höhe hielt.

»Wenn wir da durchgehen, kann der Stamm absacken«, gab Hanna zu Bedenken.

»Wir haben keine andere Wahl, wenn wir schnell weiter vorankommen wollen.«, antwortete Paul und schob mit aller Kraft die Äste beiseite, sodass sich ein grüner Tunnel unterhalb des Stammes bildete.

Als er unbeschadet die andere Seite erreicht hatte, rief er die anderen zu sich. Mit besorgten und ängstlichen Gesichtern kamen sie auf der anderen Seite heraus, wo Paul sie erwartete. Gernot durchquerte den provisorischen Tunnel als Letzter.

»Ist doch alles gut gegangen«, bemerkte Paul. »Du gehst bitte wieder vor, Gernot. Und die anderen bleiben jetzt dicht beieinander. Wir dürfen in dem Nebel nicht den Sichtkontakt verlieren. Außerdem sollten wir so wenig Lärm wie möglich machen.«

»Meinen Sie, Teusch lauert uns hier draußen auf?«, wollte Dörthe Kleiber wissen.

»Gut möglich«, lautete Pauls knappe Antwort.

Der weitere Weg wurde nicht einfacher. Immer wieder mussten sie über umgefallene Stämme klettern. Paul und Gernot boten den alten Damen ihre Hilfe an, die sie jedoch kaum benötigten. Ihre körperliche Fitness war trotz ihres Alters erstaunlich, fand Paul. Nach einer Weile war jedoch die gesamte Gruppe erschöpft und überanstrengt. Da machten auch Pia Ohl und Lucy Berger keine Ausnahme.

Durch den Nebel war die Luftfeuchtigkeit enorm hoch. Hinzu kam der Schweiß. Paul sah, dass nicht nur er damit zu kämpfen hatte. Jedem klebten die Haare am Kopf und niemand sprach ein Wort, weil man jeden Atemzug brauchte, um sich weiter vorwärts kämpfen zu können.

Nach einer gefühlten Ewigkeit erreichten sie ein freies Gelände mit jungem Baumbewuchs. Wie weit es sich erstreckte, konnte Paul aufgrund des unvermindert dichten Nebels nicht feststellen. Gernot, der die Richtung vorgab, konnte ihm auch nicht sagen, wie viel Wegstrecke sie bereits geschafft hatten. »Die Kompass-Funktion zeigt zwar unsere GPS-Koordinaten an, aber nicht die zurückgelegte Wegstrecke. Man kann es bestimmt errechnen, aber damit kenne ich mich nicht aus«, erklärte der Anwalt seinem Freund.

»Mist«, brummte Paul. Dann wandte er sich an die gesamte Gruppe: »Wir legen jetzt eine kurze Pause ein. Wir essen und trinken etwas, dann geht es sofort weiter.«

Stöhnend nahmen alle ihre Rucksäcke ab und ließen sich auf den feuchtweichen Waldboden nieder, um sich kurz zu stärken. Niemand hatte das Bedürfnis nach einem Gespräch. Jeder kaute in sich gekehrt auf den gegrillten Schnitzeln und den Butterbroten herum und spülte die Bissen mit Mineralwasser herunter.

»Wir müssen weiter!«, befahl Paul nach einer kurzen Weile des schweigenden Verschnaufens und stand auf.

»Meine Füße sind wund«, stöhnte Pia Ohl. »Meine Schuhe sind völlig durchweicht und das Innenfutter reibt die ganze Haut auf.«

Paul war erstaunt, dass ausgerechnet das sportliche junge Mädchen so wehleidig klagte. Er hätte es von den alten Damen erwartet. Doch die hielten sich standhaft und überraschten den Privatdetektiv mit ihrer geradezu unglaublichen Kondition.

Und noch etwas ließ ihn staunen: Ausgerechnet die sonst so bissige Dörthe Kleiber zeigte sich sofort hilfsbereit. Sie nahm ihren Rucksack ab, kramte darin herum und beugte sich zu dem Mädchen hinunter. »Hier! Ich habe ein paar dicke trockene Socken eingepackt. Bin ja nicht das erste Mal auf einer Wanderung. Die sollten dir helfen.«

Dankbar nahm Pia die Socken an und tauschte sie gegen die blutigen und löchrigen Lumpen aus, die ihr von den Füßen hingen.

Als sie ihre modischen Sportschuhe zugebunden hatte, fragte Paul ungeduldig: »Kann es jetzt endlich weitergehen?«

»Ja, jetzt ist es besser«, strahlte das Mädchen die alte Dame an.

Das freie Gelände endete schon bald in einem neuen Abschnitt mit umgestürzten Bäumen, die sie mühsam umgehen oder überklettern mussten. Der Nebel riss an manchen Stellen auf und gab in den Lücken den Blick auf die zerstörte Landschaft frei. Resigniert musste Paul feststellen, dass die Verwüstungen weit reichten. In dem grauen, diffusen Licht sah es wie die Schwarz-Weiß-Aufnahme eines Schlachtfeldes längst vergangener Zeit aus.

Paul wusste, dass er nicht aufgeben durfte. Sie hatten immerhin Gernots Kompass-Funktion zur Verfügung und er musste die Gruppe gesund und heil hier herausführen.

Bald schon umschloss sie wieder eine undurchdringliche Nebelwand. Dafür wurden die Hindernisse merklich weniger und es ging nun steiler bergan. Aus dem weichen Waldboden ragte immer häufiger nackter Schieferfels hervor.

»Gernot, ist das noch die richtige Richtung?«, erkundigte sich Paul, als die Gruppe vor einem besonders steilen Hang, der vor ihnen aufragte, stehen blieb.

»Könnte die Bärenschlucht sein. Annette und ich waren hier schon mal wandern. Wir können versuchen, diesen Anstieg zu umgehen. Vielleicht finden wir ein flacheres Gelände. Aber die Richtung stimmt.«

Paul sah, dass Gernot bei dem Gedanken an seine ermordete Frau schluckte und mit seinen Tränen zu kämpfen hatte.

Doch für tröstenden Worte war jetzt keine Zeit. Es ging um die Überlebenden. Ihre Rettung stand im Vordergrund.

»Bei dem Nebel!? Ich denke, es ist besser, wenn wir unsere Richtung beibehalten«, sagte Paul abwägend. Dann wandte er sich an die Gruppe: »Gernot und ich geben Hilfestellung. Ein Umweg, von dem wir nicht wissen, ob er was bringt, kostet uns nur wertvolle Zeit. Außerdem zieht sich hier der Nebel etwas zurück. Was meinen Sie?«

»Wir gehen hier hinauf!«, sagte Dörthe Kleiber entschlossen. Alle nickten zustimmend.

Paul und Gernot zogen und schoben Hanna, Dörthe Kleiber, Ruth Ellingwart sowie Pia Ohl und Lucy Berger den steilen und glitschigen Hang hinauf. Gernot, der immer wenige Schritte vorging, gab genaue Anweisungen, wohin man die Füße stellen sollte und griff dann die Hand der nachfolgenden Gruppenmitglieder. So erklommen sie langsam aber stetig die aufragenden, hier und da von Farnen und kleinen Sträuchern bewachsenen Felsen des Waldstücks.

Alles schien gutzugehen, auch an einer besonders steilen Stelle, wo der nackte Schieferfels mit giftig gelb ausgewaschenem Schwefel vor ihnen lag. Hanna und Dörthe Kleiber hatten das Hindernis mit Gernots und Pauls Hilfe bereits mehr oder weniger problemlos überwunden.

Die nächste war Ruth Ellingwart. Gernot Hesse packte ihre Hand, zog sie nach oben, während Paul Masters sie, soweit es ging, von hinten bergaufwärts drückte. Fast war Ruth oben angekommen, es fehlten nur noch wenige Zentimeter, da entglitt Gernot ihre feuchte Hand. Die alte Dame verlor das Gleichgewicht und fiel hinten über. Paul warf sich ihr entgegen, um den Sturz aufzuhalten. Aber auch er fand auf dem steilen Felsstück keinen Halt und wurde von Ruth mitgerissen. Paul rutschte über den Felsen und suchte panisch mit seinen Händen nach einer hervorstehenden Kante, um sich abzubremsen. Schmerzhaft bohrte sich ein scharfes Felsstück in seine Fingerglieder. Paul griff zu und hielt sich fest. Er glaubte, seine Finger würden abreißen, doch wie durch ein Wunder hatte er seinen Sturz aufhalten können.

Er blickte hinab und musste mit ansehen, wie Ruth Ellingwart offensichtlich von ihm abgeprallt war und nun nicht mehr rutschend, sondern durch die Luft nach unten flog. Ihr Körper schlug auf das abfallende Gelände auf, hob erneut ab, um dann wieder unsanft aufzuschlagen. Die letzten Meter rollte Ruth Ellingwart, den Berg hinunter, bis sie durch ein Strauchwerk aufgehalten wurde. Regungslos blieb sie liegen.

Sofort kletterte Paul nach unten auf die reglose Gestalt hinzu. Er spürte in diesem Augenblick nicht die Schmerzen seiner zerschundenen Finger. Seine Sorge galt nur der alten Frau, die heftig in die Tiefe gestürzt war.

»Ruth, Ruth!«, rief er, als er sich ihr näherte.

Die alte Dame hob ihre Hand und winkte. »Alles in Ordnung«, antwortete sie mit schwacher Stimme. »Also, … ich glaube es wenigstens, … mir ist ganz schwindelig.«

Als Paul sie erreichte, winkte er den restlichen Gruppenmitgliedern zu und rief: »Sie lebt!«

»Mit mir ist wirklich alles in Ordnung«, sprach Ruth Ellingwart nun mit etwas kräftigerer Stimme. »Wenn Sie mir aufhelfen, können wir weitermarschieren. Es ist wirklich nichts. Nur ein paar Schrammen.«

Paul betrachtete Ruth. Ihre linke Gesichtshälfte war vollkommen aufgeschürft. Auch die Handrücken hatten einiges abbekommen und bluteten. Er konnte sich ausmalen, dass die Frau unter ihrer Wanderkleidung zahllose Hämatome und Prellungen haben musste. Und bestimmt hatte sie eine Gehirnerschütterung, mit der nicht zu spaßen war. Aber wie sollte er das feststellen? »Haben Sie Kopfschmerzen, sehen Sie doppelt?«

»Natürlich habe ich nach so einem Sturz Kopfschmerzen! Aber jetzt helfen Sie mir bitte auf, damit wir weiterkommen.«

Paul musste angesichts der Zähigkeit der alten Dame perplex den Kopf schütteln. Ruth streckte ihm zitternd ihre Hand entgegen. Doch er packte sie mit seinen blutigen Händen am Unterarm. Ihre blaue Fleece-Jacke war sowieso hinüber, da spielte das bisschen Blut keine Rolle mehr. Hauptsache er konnte sie richtig festhalten und sicher auf die Beine hochziehen.

Ruth stöhnte vor Schmerzen, als sie stand. Sie hielt sich am Fels fest und versuchte seitlich hinaufzugehen. Paul bemerkte, wie stark die Frau humpelte und dass sie es vermied, auf ihren linken Fuß aufzutreten. »Setzen!«, befahl Paul.

»Aber …«, wollte Ruth protestieren.

»Kein Aber!«, widersprach Paul.

Als Ruth saß, rollte er vorsichtig ihre braune Wanderhose nach oben. Ruth trug Wanderschuhe mit einem niedrigen Schaft. Vermutlich hätte ein hoher Wanderschuh die Verletzung verhindert, dachte Paul, als er die dicke Schwellung rund um den Knöchel sah. Er schüttelte den Kopf. »So können Sie unmöglich weitergehen. Wir müssen uns etwas überlegen.«

Paul rief die anderen Mitglieder der Gruppe hinunter. Als sie Ruths Verletzung sahen, schüttelten alle betroffen den Kopf.

»Wie soll es jetzt weitergehen?«, fragte Hanna. »Wir können vielleicht eine Trage bauen, aber es ist bestimmt unmöglich, damit durch die verwüsteten Waldstücke zu kommen.«

»Das sehe ich genauso«, gab Paul ihr recht. »Ich schlage vor, dass ich bei ihr bleibe und ihr Hilfe holt.«

»Mir wäre es lieber, wenn du die Verantwortung für die Gruppe übernimmst und wenn ich hier bei Frau Ellingwart bleibe«, warf Gernot ein.

Paul runzelte die Stirn. Ihm war nicht wohl bei dem Gedanken, den schmächtigen Anwalt zurückzulassen, während ein Mörder im Wald unterwegs war, möglicherweise sogar zwei. Andererseits war die Gruppe, die sich zwangsläufig geräuschvoll durch den Wald bewegte, wahrscheinlich in größerer Gefahr, entdeckt zu werden.

»Ich bleibe hier!«, sagte Dörthe Kleiber mit Nachdruck. »Ruth ist meine beste Freundin und ich lasse sie in dieser Situation nicht im Stich. Sie können dann mit zwei Männern Hilfe holen. Ich denke, das wäre für uns alle am besten.«

»Wie wäre es, wenn ich mit Frau Kleiber zusammen hierbleibe?«, wollte Gernot Hesse wissen.

Paul wusste, dass es zwecklos war, den beiden Damen ihr Vorhaben auszureden. Er musste schnell eine Entscheidung treffen, denn es konnte noch Stunden dauern, bis die Gruppe einen Weg aus dem Wald herausgefunden haben würde und anschließend Hilfe losschicken konnte.

»Also gut«, willigte er ein. »Wir lassen so viel Getränke wie möglich hier und ihr verhaltet euch absolut ruhig. Vielleicht solltet ihr auch versuchen, euch zu tarnen.«

»Und wie soll ein Hilfetrupp sie finden?«, wollte Hanna wissen.

»Wir müssen unauffällige Zeichen hinterlassen. Abgeknickte Äste … oder so was in der Art«, schlug Paul vor.

»Toll, die wird ein Ranger bestimmt übersehen«, mäkelte Hanna. »Damit führen wir ihn doch direkt zu unserer Gruppe und zu der verletzten Frau Ellingwart.«

»Stimmt …«, Paul kratzte sich am Kinn. Ihm fiel beim besten Willen keine Lösung ein. »Hat denn keiner von euch eine Idee?«

»Ja klar!«, Gernot Hesse schlug sich vor den Kopf. »Wir haben doch die GPS-Positionsbestimmung auf dem Kompass. Moment mal …« Er betrachtete das Display seines iPhones. »Hier … diese Zahlen müssen wir notieren, dann haben wir die genaue Position, die ein Rettungstrupp jederzeit wiederfinden kann.«

»Goldjunge!«, lobte Paul seinen Freund. Er suchte in den Seitentaschen seines Rucksacks nach einem Notizblock. Eigentlich hatte er immer einen dieser Blöcke und einen Kuli griffbereit in seiner Nähe. Es gehörte zur Grundausstattung eines Detektivs, wie er meinte. Er fand die gesuchten Utensilien und notierte die Koordinaten, die er von Gernots Handydisplay ablas. »Dann wünsche ich euch, dass ihr schnell und sicher durchkommt«, verabschiedete sich Gernot.

Die Gruppenmitglieder drückten sich zum Abschied und wünschten einander aufmunternd alles Gute.

»Pass gut auf dich und die Damen auf! Ich werde euch persönlich hier herausholen!«, versprach Paul.

Dann zogen er, Hanna, Lucy und Pia weiter.

## UNERWARTETE BEKANNTSCHAFT

Paul hatte den Eindruck, dass die kleinere Gruppe schneller vorwärtskam. Er konnte die Entfernung zwar nicht abschätzen, hatte aber das Gefühl, in den letzten zwei Stunden trotz dichten Nebels und haufenweise umgestürzter Bäume einiges an Kilometern zurückgelegt zu haben. »Weit kann es nicht mehr sein«, flüsterte Paul Hanna und den beiden Studentinnen zu, die ihm stetig mit hohem Tempo dicht folgten. Er hatte sogar den Eindruck, dass die Frauen ohne ihn noch schneller sein könnten. Sie japsten deutlich weniger nach Luft als er.

»Was hattet ihr eigentlich im Wald zu suchen?«, erkundigte sich Hanna bei Pia und Lucy, als sie ein ebenes Wegstück vor sich hatten, das durch einen weitestgehend unbeschadet gebliebenen Teil des Waldes führte.

»Och, einfach so … wandern«, erklärte Pia Ohl.

»Und kommt ihr aus der Gegend?«

»Bonn.«

»Köln.«

Beide hatten fast gleichzeitig geantwortet.

»Also aus Bonn und aus Köln?«, fragte Hanna nach.

»Na ja, beide aus Köln«, korrigierte sich Lucy Berger.

»Und was macht ihr da? Studiert ihr?«

»Bio.«

»Englisch.«

»Äh … ja, wir studieren Englisch … Beide«, korrigierte sich Lucy Berger erneut.

Paul beobachtete, wie sie ihrer Freundin einen entschuldigenden Blick zuwarf.

»Wie kann man denn Bio mit Englisch verwechseln?«, mischte er sich in das Gespräch ein.

»Wir haben mal Bio studiert, … also vor zwei Semestern, aber jetzt haben wir gewechselt. Zu Englisch, weil Bio doch nichts war …«, stammelte Pia wenig glaubhaft.

»Nun ja, ist auch egal, was ihr studiert … Hauptsache wir kommen hier heil heraus«, sagte Hanna.

Paul bemerkte ihren warnenden Blick, der zu sagen schien, dass er die Mädchen nicht weiter aushorchen sollte. Wahrscheinlich war sie der Meinung, dass es kaum der richtige Zeitpunkt sei. Jedenfalls glaubte Paul, ihren eindringlichen Blick so deuten zu können und schwieg.

Er hätte sich ohnehin nicht auf ein längeres Gespräch einlassen können, denn das Gelände wurde wieder unwegsamer und umgefallene Bäume sowie dichter Strauchbewuchs stellten sich ihnen in den Weg. Hinzu kam, dass der Nebel wieder so dicht wurde, dass Paul nur noch eine Armeslänge weit blicken konnte. Plötzlich verlangsamte er den Schritt und zog irritiert die Luft durch die Nase ein: Er roch etwas, das nicht hierher gehörte. Es war nur ein flüchtiger Hauch, aber es lag etwas Beißendes darin. Eine Ahnung kroch kalt und unangenehm seinen Rücken hoch …

Paul stoppte und hob seine Hand. Er drehte sich zu den Frauen und legte einen Finger an seine Lippen. »Psst! Riecht ihr das auch?«, erkundigte er sich leise.

»Ja, irgendwie komisch … Ich könnte aber nicht sagen, was es ist …«, flüsterte Pia.

Paul nickte. Das konnte nichts Gutes bedeuten und wenn es das war, was er befürchtete, dann … »Wir müssen hier schleunigst weg! Nehmt euch an die Hände, damit wir uns nicht im Nebel verlieren, und dann schnell vorwärts!« Paul packte Hannas Hand und sie ergriff die Hand Pias, die wiederum Lucys nahm. Im leichten Laufschritt kämpften sie sich durch die dichten Büsche und halfen sich über die umgestürzten Bäume.

Der Geruch wurde schwächer. Vielleicht habe ich mich doch geirrt, dachte Paul, hoffentlich!

Plötzlich stolperte Pia, nachdem sie einen Baumstamm überklettert hatten, und fiel der Länge nach hin. Ihr Rucksack löste sich vom Rücken und der Inhalt purzelte auf den Waldboden.

Paul machte sofort kehrt, um ihr aufzuhelfen, aber die junge Frau rappelte sich gerade wieder auf. Als er sich nach den am Boden verstreuten Sachen aus dem Rucksack bückte, stutzte er.

Ein Taser? Ein großes Messer in einer ledernen Scheide? Was in aller Welt wollte die Studentin mit einem Elektroschocker und einem solchen Messer auf einer Wanderung?

Er blickte Pia in die Augen. »Das musst du mir erklären«, sagte er und hielt ihr die Waffen vor ihre Nase. »Und deinen Rucksack möchte ich auch sofort sehen!«, befahl der Lucy, deren Gesicht aschfahl wurde, was trotz des Nebels deutlich zu erkennen war.

»Wir … wir … also ich kann das erklären«, sagte Lucy, als sie ihren Rucksack vom Rücken nahm.

Mit zwei Fingern fischte sie einen weiteren Taser aus ihrem Rucksack und überreichte ihn Hanna. Auch ein Messer brachte Lucy zum Vorschein, das Hanna ebenfalls an sich nahm.

Paul sah sich gehetzt um. Alles schien ruhig. In ihm selbst aber überschlugen sich die Gedanken. Die ganze Zeit über waren sie gemeinsam auf der Flucht gewesen und mit einem Male schien sich das Bild von den verängstigten Studentinnen als völlig falsch zu erweisen. Er musste Licht in die Sache bringen! »Los jetzt, erklärt es uns! Was habt ihr mit den Waffen vor … oder vorgehabt!?«, der Detektiv sah die beiden mit ernstem Blick an.

»Also …«, begann Lucy stockend und sah dabei ihre Freundin an. »Also, wir … wir kannten die beiden ermordeten Mädchen ganz gut. Wir haben nämlich zusammen Bio in Köln studiert. Es war zwar nicht so, dass wir allerengste Freundinnen waren – also so wie Pia und ich – aber wir haben uns sehr gut verstanden und viel zusammen unternommen … und im Grundstudium häufig zusammen gelernt. Die beiden haben dann andere Schwerpunkte gewählt, aber wir haben uns immer noch oft zum Ausgehen getroffen. Es kam aber auch vor, dass die beiden wochenlang nichts von sich hören ließen. Tja, und eines Tages stand die Polizei vor unserer Tür und teilte uns mit, dass Amelie und Leonie als vermisst gelten. Da haben wir uns natürlich Sorgen gemacht. Die Polizei sagte uns, dass die beiden nicht mehr von einer Exkursion in die Eifel zurückgekehrt seien. Wir wussten von früher noch, dass längere Exkursionen nicht ungewöhnlich für die beiden war. Sie waren in der Eifel unterwegs, aber auch in Waldgebieten in Hessen, Rheinland-Pfalz, im Münsterland … und im Sauerland.«

»Warum habt ihr uns nicht gesagt, dass ihr die beiden kanntet?«, empörte sich Paul.

»Weil … weil wir dachten, sie würden alle unter einer Decke stecken«, gab Pia beschämt zu. »Wir dachten wirklich, sie wollten uns auch umbringen. Aber als dann der Mord an der Frau des Anwalts geschah und auch noch der junge Mann getötet wurde, war uns klar, dass wir mit unserer Theorie falsch lagen.«

»Und wie seid ihr auf das Sauerland gekommen, wo doch die Kölner Polizei in der Eifel ermittelt?«

»Also das mit der Exkursion in der Eifel stand wohl im Amelies Kalender … und außerdem kam die letzte Handyortung aus der Eifel nahe Zülpich. Danach war keines der beiden Handys mehr eingeloggt. Das haben uns die Beamten erzählt«, erklärte Pia.

Lucy ergänzte: »Aber wir kannten Leonie und Amelie. Bei denen war es häufig so, dass sie sich spontan entschlossen, ihre Untersuchungen in einem anderen Gebiet fortzusetzen. Sie machten Studien über die Auswirkungen des Wandertourismus auf die Artenvielfalt und die biologische Invasion, also die Verbreitung nichtheimischer Arten. Wenn die etwas überprüfen wollten, sind die spontan getrampt oder haben eine Bahn genommen. Die Polizei hat das zwar von uns aufgenommen, wollte aber nicht so recht daran glauben. Und da haben wir dann angefangen, alle Wandergebiete, die Leonie und Amelie besucht haben können, auf eigene Faust abzuklappern. Das ist jetzt sechs Wochen her.«

Paul blickte wieder über seine Schulter und lauschte angestrengt in die Stille, dann wandte er sich wieder an die beiden Mädchen: »Nur damit ich es richtig verstehe: Ihr seid also in der Hoffnung losgezogen, dass ihr eine Spur der beiden findet … oder habt ihr etwa tatsächlich geglaubt, auf einen möglichen Täter treffen zu können, der die beiden auf dem Gewissen hat?«, fragte er und schüttelte ungläubig den Kopf.

»Genau … «, bestätigte Pia mit leiser Stimme.

»Und ihr dachtet ernsthaft, ihr wärt wirklich in der Lage, einen eiskalten Killer zu überwältigen? Hiermit?«, Paul wog Pias Waffen in den Händen und schüttelte fassungslos den Kopf. »Und das sollen wir euch glauben!?«

»Was hätten wir denn sonst tun sollen? Die Polizei wollte ja nicht auf uns hören!«, entgegnete Lucy entrüstet.

»Es könnte aber auch rein theoretisch so sein, dass ihr etwas mit den Morden zu tun habt«, mischte sich Hanna ein. »Ich meine, ich würde euch das nicht zutrauen … aber möglich wäre es schon, oder?«

Für einen Augenblick schwiegen alle erstaunt.

»Was glotzt ihr mich so an?«, entschuldigte sich Hanna, »Ich sagte ja, es war nur so ein Gedanke. Vergesst ihn einfach, okay?«

»So ein Quatsch!«, schimpfte Lucy, als sie schließlich die Sprache wiederfand.

Paul sah Hanna an und dachte über ihre Äußerung nach. Verdammt, konnte das sein? Nein, es erschien ihm zu abwegig. »Also wirklich, Hanna. Das ist schon verdammt weit hergeholt!«

»Sorry, dass ich ausgesprochen habe, was mir durch den Kopf ging.«

Paul sah sie an, rieb sich dann seufzend die Schläfen. Sie konnten jetzt nicht ihre wertvolle Zeit mit Theorien und Erklärungen verplempern. Nicht jetzt!

»Wir haben jetzt Wichtigeres zu tun, als wie im Krimispiel alle möglichen Optionen durchzugehen.« Er sah die Frauen eine nach der anderen eindringlich an. »Wir klären das später … Aber die Waffen nehme ich an mich! Ich laufe bestimmt keinen Meter weiter, wenn ich zwei Möchtegern-Racheengel in meinem Rücken weiß … oder was immer ihr beide auch seid!«

Pia wollte etwas entgegnen, entschied sich beim Blick in Pauls Augen aber anders. Der verstaute die beiden Taser und Messer in seinem Rucksack und machte sich aufbruchbereit. Lucy aber wollte das Gesagte nicht so stehen lassen. »Ehrlich

… es ist so, wie wir es gesagt haben. Wir wollten nur rausbekommen, was Leonie und Amelie passiert ist … Ehrlich!«, versuchte sie nochmals ihre Geschichte glaubhaft zu machen.

»Schon in Ordnung«, raunte Paul ihr ungeduldig zu, »Geht vor und haltet euch an die Anzeige des Kompasses nach Westen! Um die weiteren Fragen kümmern wir uns, wenn wir in Sicherheit sind. Wir haben jetzt schon viel zu viel Zeit verloren.« Erneut ließ er aufmerksam seinen Blick wandern. Nichts … Noch nichts …

Paul verschwieg den anderen, dass der Geruch ihn zutiefst beunruhigte und eine dunkle Ahnung trieb seine Gedanken um. Er drückte Lucy das Smartphone in die Hand und hielt alle nochmals zur Eile an.

Verdrossen und wie automatisch stapfte die Gruppe eilig durch die Nebelschwaden vorwärts und das Misstrauen galt nun nicht mehr nur den Schatten und Geräuschen des Waldes. Paul sah den Frauen an, wie sehr jede von ihnen den eigenen Gedankengängen nachhing. Und auch er spürte, dass ihn Hannas Verdacht mehr beschäftigte, als er gedacht hatte. Was ging nur in den Köpfen Pias und Lucys vor? Da war ein Zweifel und der nagte an ihm. War der Gedanke wirklich so abwegig, dass zwei Mädchen sich so verstellen könnten und in Wahrheit zu einer Gewalttat fähig wären? Hatte er sich von einem unschuldigen Äußeren täuschen lassen? Er hatte doch in seiner Laufbahn als Detektiv schon viele ähnliche Fälle erlebt und müsste es besser wissen. Er musste misstrauisch bleiben! Auf der Hut bleiben. Die beiden im Auge behalten. Konnten sie eiskalte Mörderinnen sein, obwohl sie wie zwei kleine harmlose Engel aussahen? Paul fand keine Antwort auf diese beunruhigende Frage, versuchte sie beiseite zu drängen. Er spürte das Adrenalin in sich pulsieren und es rückte ihr einziges Ziel in sein Bewusstsein: Entkommen! Es gab keine Zeit zum Grübeln, sie mussten so schnell weiter, wie es ihnen in ihrem Zustand nur irgendwie möglich war. Ganz gleich, ob Pia und Lucy tiefer in der Sache verstrickt waren, als sie jetzt zugaben. Sie mussten aus diesem nebeligen Wald herauskommen … das allein zählte jetzt. Denn dieser Geruch ließ Böses ahnen.

# GRAUER SCHATTEN

Die Zeiger auf Dr. Gernot Hesses Armbanduhr schienen die Zeit irgendwie langsamer vergehen zu lassen. Minuten dehnten sich zu Stunden. Glücklicherweise hielten sich Ruth Ellingwart und Dörthe Kleiber an Pauls Weisung und blieben ruhig. Sie saßen zu dritt auf dem felsigen Untergrund und Ruth wechselte ab und zu vor Schmerz stöhnend die Position. Gernot und Dörthe boten immer wieder Hilfe an, die Ruth tapfer auf die Zähne beißend ausschlug.

Der Nebel hatte sich wieder verdichtet und Gernot konnte nicht sagen, ob das ein gutes oder schlechtes Zeichen war. Gut war, dass sie für den Täter in der weißen Suppe unsichtbar waren. Schlecht hingegen war es, dass auch sie den Täter nicht sehen konnten, falls er sich näherte.

Der Anwalt schaute erneut auf seine Uhr. Die Zeiger krochen weiterhin träge über das Ziffernblatt.

»Meinetwegen hättest du nicht hierbleiben müssen«, sagte Ruth Ellingwart nach einer Weile leise zu Dörthe Kleiber, die neben ihr saß.

»Du bist meine beste Freundin und da lasse ich dich in der Gefahr nicht allein. Das ist doch selbstverständlich.«

Ruth Ellingwart schwieg.

»Was ist? Hast du nichts dazu zu sagen«, wisperte Dörthe.

»Was erwartest du? Soll ich dir danken?«

»Zum Beispiel.«

»Ach, Dörthe, hör doch auf! Du machst dir nur selbst etwas vor. Du bist nicht meinetwegen hiergeblieben, sondern weil du dafür Dankbarkeit und Hochachtung von anderen erwartest.«

»Also, das ist ja mal eine ganz dumme Unterstellung von dir!«

»Bitte meine Damen … leiser!«, ermahnte Gernot die alten Frauen, die reichlich zerschunden aussahen.

»Schon gut«, murmelte Ruth. »Ich weiß nicht, ob das jetzt der richtige Zeitpunkt dafür ist, Dörthe, aber es kann sein, dass wir hier womöglich sterben. Und da wollte ich dir ehrlich sagen, dass du anfangs eine sehr gute Freundin für mich warst. Ich habe mich wirklich sehr gefreut, als du nach dem Tod unserer Männer zu mir in das große Haus gezogen bist. Eine schöne Alten-WG waren wir. Aber ich muss dir auch sagen, dass du dich in letzter Zeit sehr verändert hast.«

»Inwiefern?«, wollte die erstaunte Dörthe wissen.

»Ich finde, du spielst dich immer in den Vordergrund. So, jetzt ist es raus. Und ich finde auch, du bist dabei sehr unangenehm geworden, provozierst beinahe mit Lust die Menschen.«

»Dann darf ich dir auch mal etwas sagen. Ich bin damals zu dir gezogen, damit wir Kosten sparen, du das große Haus behalten kannst und wir gleichberechtigt dort wohnen würden. Auch ich kann sagen: Anfangs war das alles gut so. Doch nach einiger Zeit fühlte ich mich wie ein Gast oder Mieter bei dir. Immer sprachst du von deinem Haus. Und dann dieses ewige *Das haben wir hier immer schon so gemacht.* Egal was es war, Ruth, du hast von mir verlangt, dass ich mich anpasse. Du hast bestimmt, wie der Garten aussieht, wie die Möbel auf der Terrasse stehen, was gekocht wird … wie das Geschirr eingeräumt wird … und so weiter. Ich fühlte mich erstickt!«

Gernot wurde unwohl bei dem Gedanken, dass die alten Damen in ihrer augenblicklichen Situation einen Disput austrugen, der schon lange schwelte. Unruhig rutschte er hin und her und versuchte zu schlichten: »Können Sie bitte Ihre Aussprache bis nach unserer Rettung verschieben?«

»Junger Mann! Ihnen ist wohl nicht bewusst, dass wir hier sterben können. Und auch Ihnen sollte daran gelegen sein, dass Sie ein reines Gewissen haben!«, belehrte ihn Dörthe Kleiber.

»Siehst du! Da war es schon wieder. Warum musst du Herrn Hesse so von oben herab behandeln und zurechtweisen? Und wer sollte bitteschön uns alten Schachteln schon etwas antun wollen?«

»Habe ich das, Herr Dr. Hesse? Habe ich Sie zurechtgewiesen?«

»Hören Sie beide bitte jetzt auf damit!«, gab Gernot anstatt einer Antwort genervt zurück.

»Siehst du, er fühlte sich nicht von mir herablassend behandelt. Du musst dich nicht immer für mich fremdschämen. Du bist nicht verantwortlich für mich! Das ist auch so eine Masche von dir: Allen sagen zu müssen, wie man sich richtig verhält, als ob du die letzte moralische Instanz wärst.«

»Das mache ich doch gar nicht. Du bist nur so verbohrt in letzter Zeit. Bleibst auf deinem Zimmer, wenn meine Kinder oder Enkel mich besuchen. Und wenn du dann mal dabei bist, kommen nur solche spitzen Bemerkungen von dir.«

»Vielleicht mache ich das, weil mich die Dummheit in der Welt einfach ankotzt!«, stieß Dörthe Kleiber unverhohlen heftig aus.

»Bitte Ruhe!«, fuhr Gernot dazwischen und schien Erfolg zu haben. Die beiden Damen schwiegen eine ganze Zeit lang.

Schließlich brach Ruth Ellingwart das Schweigen: »Oder bist du so, weil du dich einsam fühlst?«

Dörthe Kleiber antwortete nicht sofort. Gernot Hesse hatte eine bissige Antwort von ihr erwartet, stattdessen sah er, dass die alte Dame mit den Tränen kämpfte.

»Einsam? Ich?« Dörthe schluckte. »Wenn du die Wahrheit wissen möchtest: Ja, ich fühle mich nicht nur einsam, sondern auch unbeachtet und unbedeutend. Als alte Frau hat man das Gefühl, man ist nur noch ein grauer Schatten, der sich durch die Welt bewegt. Jemand, der nichts mehr zu sagen hat, der von gestern ist und in die heutige Welt nicht mehr hineinpasst. Jemand, der sowieso bald stirbt und der samstags an den Supermarktkassen nur im Weg steht, wenn junge Familien einkaufen. Ja, ich habe das Gefühl, dass mich niemand mehr anhören will oder ernst nimmt, nur weil ich alt bin. Weil ich diese Welt schon fast verlassen habe. Dieses Gefühl habe ich, Ruth! Während du von deiner Familie geliebt und geachtet wirst, verblasse ich wie ein altes Foto. Deshalb … und nur deshalb verschaffe ich mir immer wieder Gehör. Aber das kannst du nicht verstehen. Wie denn auch?«

Gernot schluckte. Wenn er ehrlich zu sich selbst war, hatte er Dörthe Kleiber auch nur als keifenden Kotzbrocken empfunden. Aber nach diesem Einblick in ihre Seele korrigierte er seine Meinung. Aus dieser Perspektive hatte er alte Menschen noch nie gesehen. Allerdings war der Zeitpunkt von Dörthe Kleiber denkbar schlecht gewählt.

»Warum hast du denn das nicht mal früher gesagt?«, fragte Ruth Ellingwart ihre alte Freundin.

»Äh, können Sie Ihre Aussprache bitte auf später verschieben?«, mischte sich Gernot erneut ein. »Sie bringen uns wirklich in Gefahr.«

Eine Weile hielten sich die alten Damen an Gernots Bitte, doch dann begann Ruth Ellingwart die Diskussion erneut: »Wenn du mir mal etwas gesagt hättest, Dörthe. Dann hätte ich auch mit meiner Familie sprechen können. Mir ist das wirklich nie aufgefallen, dass du dich vernachlässigt gefühlt hast. Im Gegenteil, ich dachte immer, du wärst Teil unserer Familie. So reden jedenfalls meine Kinder über dich: Als ob du zur Familie gehörst.«

»Pah! Da lügen sie dir doch etwas vor! Nach einer kurzen Begrüßung und ein paar Höflichkeitsfloskeln fühle ich mich wie eines deiner Sofakissen. Man ist zwar da, aber man verschmilzt unsichtbar mit der Couch. Nur, wenn ich eine böse Bemerkung mache, dann hören sie zu! Aber auch nur dann! Glaubst du, mir macht das Spaß, so zu sein? Aber ich will nicht als grauer Schatten weiterleben, der dann eines Tages einfach verschwindet.«

»Und keine Spuren, keine Trauer hinterlässt?«, fragte Ruth nach. »Was denkst du denn? Glaubst du wirklich, ich würde dich nicht sehr vermissen? Oder meine Familie? Jeder mag dich!«

»Ich glaube, deine Familie wird erleichtert sein …«, bemerkte Dörthe Kleiber bitter.

Ganz in der Nähe knackte ein Ast. Gernot spitzte die Ohren und versuchte die Richtung und Entfernung zu lokalisieren. Auch die beiden Damen hatten offensichtlich das Geräusch gehört und lauschten in den Nebel hinein. Hoffentlich war es noch nicht zu spät, dachte Gernot. Das laute Gespräch konnte sie verraten haben. Vielleicht wäre es klug, jetzt den Standort zu wechseln, überlegte der Anwalt und verwarf den Gedanken gleich wieder, da Ruth sicher vor Schmerzen stöhnen würde, wenn sie ihren verletzten Fuß belastete. Was also tun? Gernots Gedanken rasten.

Erneut knackte es! Laut und deutlich! Nun schien das Geräusch aus einer anderen Richtung zu kommen. Spielte der Mörder mit ihnen? Waren es doch zwei? Dieser verdammte Nebel! Gernot schaute die beiden Damen an, die ihren Atem anhielten und ebenfalls versuchten, die Geräusche zu lokalisieren. Die Angst stand ihnen ins Gesicht geschrieben. Von wegen *Wer wird uns alten Schachteln schon etwas antun*, dachte Hesse. Wenn es einem dann an den Kragen geht, gewinnen letztlich immer die nackte Angst und der Überlebenswille die Oberhand. Doch beides schaltet auch den klaren Verstand aus, den man in solchen Situationen braucht. Als Anwalt wusste Hesse, wie wichtig eine möglichst nicht von Emotionen beeinflusste mentale Verfassung war, um die richtigen Entscheidungen zu treffen. Tatsächlich aber musste er sich ehrlicherweise eingestehen, dass er alles andere als cool war. Es war eine Mischung aus großer Angst gepaart mit einem unbändigen Hass auf den Mörder seiner Frau. Doch das wollte und durfte er nicht vor den beiden Damen zeigen. Er musste doch ihr Rettungsanker sein …

## FEUERTEUFEL

Paul glaubte schon, das Schicksal sei ihnen gut gesonnen, als sie ein flaches, nahezu unverwüstetes Waldgelände erreichten, wo Boden und Unterholz nicht vor Nässe aufgelöst waren. Doch das gute Gefühl hielt nur kurz an: Ein beißender Verbrennungsgeruch stieg ihm in die Nase und bestätigte seine schlimmen Vorahnungen. »Verdammt, verdammt! Riecht ihr das auch!?«

»Als ob uns jemand ausräuchern will«, antwortete Hanna. »Allerdings kann man den Rauch nicht vom Nebel unterscheiden. Aber ich habe das Gefühl, dass dieser Qualm zunimmt.«

»Stimmt!«, pflichtete Lucy ihr bei, »wenn das wirklich ein größeres Feuer ist, sollten wir uns vielleicht mit der Windrichtung davon wegbewegen.«

»Kommt gar nicht infrage, wir behalten unsere Richtung bei. Wenn wir in Panik verfallen und undurchdacht ausweichen, verlaufen wir uns vollkommen. Ich nehme an, dass der Täter dies genau mit seinem Feuer bezweckt«, widersprach Paul.

»Dann weiter Richtung Westen?«, wollte Pia wissen, die das Handy mit der Kompass-Funktion in der Hand hielt.

Paul nickte und die Gruppe setzte sich wieder in Bewegung. Doch bereits nach wenigen Metern mussten sie anhalten.

Pia bekam einen Hustenanfall. »Das ist kein Nebel mehr!«, keuchte sie mühsam.

Auch Paul hatte immer mehr Schwierigkeit beim Atmen. Durch die wabernde graue Masse aus dichtem Qualm und Nebel drang nun immer deutlicher ein gelblicher Lichtschein.

»Scheiße!«, fluchte er. »Da vorne brennt es!«

Paul machte kehrt. »Folgt mir!« Er kämpfte sich durch das junge Buschwerk und hinterließ eine Schneise, durch die ihm Hanna und die beiden Mädchen folgten. Angesichts dieser Bedrohung wurde ihm klar, wie abwegig sein Verdacht den beiden Studentinnen gegenüber gewesen war. Falsche Schlussfolgerungen aber waren nun mehr als nebensächlich, es galt Entscheidungen zu treffen, die über Leben und Tod entscheiden konnten.

Paul hatte sich vielleicht zwanzig Meter weit durch die eng stehenden jungen Bäume und Sträucher geschlagen, als er erneut einen rötlich flackernden Widerschein im Nebel sah. Gleichzeitig vernahm er ein Prasseln, Zischen und gelegentliches Knallen. Genauso hörte sich brennendes feuchtes Holz an!

Der Qualm wurde immer beißender. Paul deckte mit seinem Arm Nase und Mund ab, um dadurch möglichst wenig Rauch einzuatmen.

Hanna, Pia und Lucy wagten ebenfalls nicht zu sprechen und schauten Paul mit panischem Gesichtsausdruck an.

Der Lüdenscheider Privatdetektiv deutet mit seinem anderen Arm an, dass er sich bergab bewegen wollte und die Gruppe ihm folgen sollte.

Erneut nahm er den Kampf mit dichtem und widerspenstigem Grünzeug auf, das ihnen den Weg versperrte.

Doch auch in dieser Richtung gab es kein Entkommen. Das Feuer schien überall zu sein. Mittlerweile konnte Paul auch die Flammen sehen. Trotz der Feuchtigkeit und der Frische des Holzes walzte eine Feuerwand auf sie zu. Paul war nur allzu klar, warum er den Geruch im Nebel als so unangenehm beißend wahrgenommen hatte: Da war ein Brandbeschleuniger – Benzin oder etwas Ähnliches – im Spiel gewesen, um das Feuer zu legen und anzufachen!

»Wir sind eingeschlossen!«, brüllte er.

Hanna, Pia und Lucy ließen sich nach Atem ringend auf den Boden nieder. Sie husteten ununterbrochen.

»Und jetzt?«, krächzte Hanna.

Paul schaute auf das Feuer. Es waren nicht nur die Büsche, die brannten, an mehreren Stellen sah es so aus, als sei Reisig aufgeschüttet worden. Als habe jemand auf den Verlauf ihrer Flucht spekuliert. Paul spürte, wie ihm diese Erkenntnis ein Angstschauer den Rücken hoch jagte.

Gehetzt suchte er nach einer Stelle, an der die Flammen nicht ganz so hoch schlugen. Und tatsächlich: Da war eine schmale Passage, die das Risiko wert schien …

»Eure Jacken! Ich brauche eure Jacken!«, rief Paul keuchend.

Die Frauen warfen ihm die Kleidungsstücke zu und auch er selbst zog seine Wanderjacke aus und knotete hastig alle vier an den Armen eng zusammen.

Dann warf er sie wie eine Decke über die brennende Barriere vor ihnen.

»Los jetzt! Darüber!«, forderte er Pia, Lucy und Hanna auf.

»Niemals, das brennt ja noch«, weigerte sich Pia.

Statt auf ihren Einwand einzugehen, packte Paul das Mädchen am Arm und schubste sie in Richtung der Jacken. Pia verschwand stolpernd und halb stürzend in der weißen Rauchwand.

Genauso verfuhr er mit Lucy und mit Hanna. Dann folgte er ihnen. Sofort tränten Pauls Augen, der Qualm stach schmerzhaft in seinen Lungen. Paul bekam einen Hustenanfall und stolperte über die Jacken vorwärts. Pia hatte recht gehabt, die Jacken reichten nicht aus. Eine Feuerwand erwartete ihn am Ende. Paul verschränkte seine Arme vor seinem Gesicht, um seinen Kopf zu schützen, hielt die Luft an und stürzte sich hindurch. Er hatte das Gefühl, als ob jemand an den ungeschützten Stellen seine Haut vom Körper riss.

Dann war er durch.

Auch Hanna, Pia und Lucy waren offensichtlich durch die Flammenhölle gekommen. Sie hockten und lagen auf dem Waldboden, der mit verkohlten Ästen übersät war. Alle husteten und spuckten.

Hauptsache, alle leben, dachte Paul. Allerdings hatten sie den Durchbruch nicht unbeschadet überstanden, wie er feststellen musste, als er Hanna, Pia und Lucy aus der Nähe betrachtete.

Hannas Gesicht war krebsrot und es bildeten sich erste Blasen auf ihrer Haut. Ihre Wimpern fehlten und das glänzende braune Haar war an mehreren Stellen zu dunklen Klumpen verkohlt. Große Sorge bereiteten Paul aber Hannas Hände. Sie waren schwarz verfärbt. Entweder war es nur oberflächlicher Ruß oder aber … Paul wollte den Gedanken nicht zu Ende führen. »Kannst du deine Hände bewegen?«, fragte er die Floristin.

Hanna wurde erst jetzt auf ihre Hände aufmerksam und das Entsetzen stand ihr ins Gesicht geschrieben, als sie die beiden verbrannten Körperteile anblickte. Sie schloss beide Hände zu Fäusten und öffnete sie erneut. Das machte sie dreimal hintereinander, wobei sie vor Schmerzen Luft zwischen ihren fest geschlossenen Lippen herauspresste. »Es geht … es geht«, keuchte sie. »Sieht schlimmer aus, als es ist.«

Paul widmete sich gemeinsam mit Hanna den Mädchen. Lucy Berger hatte nur leichte Brandwunden an den Händen davongetragen, doch Pia Ohl hatte es richtig böse erwischt. Sie musste bei seiner spontanen Rettungsaktion gestolpert sein oder vielleicht war auch sein grober Stoß schuld, überlegte Paul. Jedenfalls schien das junge Mädchen mit dem Kinn voran in die Flammen gestürzt zu sein. Vom Mund an abwärts hingen Hautfetzen herunter. Das rohe Fleisch war zu sehen, durchzogen von dunklen Streifen aus schwarzem Ruß. Auch auf ihren Handinnenflächen löste sich die Haut ab. Hanna schaute Paul besorgt an: »Sie kam nicht von selbst wieder auf die Beine … Ich habe sie einfach nur noch packen und mitschleifen können …«

Bestürzt über die schweren Verletzungen suchte Paul in seinem Rucksack nach seiner Wasserflasche. Er hatte nur noch eine kleine Kunststoffflasche, den Rest seiner Vorräte hatte er bei Gernot und den alten Damen zurückgelassen.

Er zog sein Hemd aus, das er in Streifen riss, die er dann mit dem wenigen Wasser aus der kleinen Flasche übergoss.

»Hier, das binden wir um deine Hände. Das lindert hoffentlich ein wenig den Brandschmerz«, sagte er zu Pia und wollte ihr helfen.

Das Mädchen zog sich erschrocken von Paul zurück. »Nicht! Fassen Sie mich nicht an!«

»Aber ich will doch nur …«

»Pssst … schon gut«, sprach Hanna so ruhig wie möglich auf Pia ein und legte beschwichtigend einen Arm um ihren zitternden Körper. »Darf ich deine Hände verbinden?«

Das Mädchen schluchzte. »Es tut so weh. Ich will hier weg. Es ist doch alles absurd hier. Uns zu verdächtigen … als ob wir Amelie und Leonie umgebracht hätten. Und diese Schmerzen … es wird immer schlimmer …« Die körperlichen Qualen schienen sie an Paul zu erinnern, den sie aus den Augenwinkeln anfunkelte: »Ich will, dass der da weggeht. Ich will Hilfe!«

Lucy hockte sich nun auch neben ihre Freundin und streichelte ihr sanft über den Kopf. »Komm, Pia. Lass dir die Hände verbinden. Das kühlt etwas und hilft vielleicht gegen den Schmerz.«

Pia stieß einen spitzen Schrei aus. »Ahh … was ist das in meinem Gesicht? Mein Kinn … es tut so weh!« Sie wollte sich mit ihren Händen ans Kinn fassen, doch Hanna und Lucy hielten ihre Arme zurück.

»Besser nicht anfassen, Pia!«, riet ihr Lucy. »Du hast dich am Kinn ziemlich verbrannt. Es ist besser, die Wunden nicht zu berühren, damit sich nichts infiziert.«

Paul war klar, dass die Warnung mit der Infizierung eine Notlüge war, aber sie half offensichtlich. Hanna und Lucy ließen Pias Arme wieder los, die nun keine Anstalten mehr machte, sich ins Gesicht zu greifen. »Ist es schlimm?«, wimmerte sie.

Lucy schüttelte den Kopf: »Nein, nicht so schlimm. Aber du hast einige Brandblasen und die könnten platzen. Also besser nicht anfassen, bis ein Arzt das untersucht hat.«

»Ich habe das Gefühl, als ob mein Kinn in einem Topf mit kochendem Wasser steckt. Oh Gott … tut das weh! Haben wir keine Schmerzmittel dabei?«

»Tut mir leid, daran habe ich nicht gedacht«, entschuldigte sich Hanna. »Aber es kann nicht mehr weit bis zur Landstraße und zum Parkplatz sein. In unserem Auto haben wir sauberes Verbandszeug und bestimmt auch etwas gegen die Schmerzen.«

»Hanna hat recht, wir müssen weitergehen, bevor uns das Feuer erneut einholt«, mahnte Paul zur Eile. Er wollte Pia auf die Beine helfen.

Doch das Mädchen schrie erneut auf und schob sich mit ihren Füßen über den Boden von Paul weg. »Der soll weg! Der soll sofort weg!«

»Aber das ist doch Paul. Er ist ungefährlich. Er ist Detektiv«, versuchte Hanna das verängstigte Mädchen zu trösten.

»Er ist schuld … Er ist an allem schuld! Er hat nicht aufgepasst … Er hat uns die Waffen abgenommen, damit wir schutzlos sind. Er hat uns ins Feuer geschickt … Vielleicht war er es auch, der …«

»Das ist doch absurd!«, protestierte Paul laut. »Wir haben jetzt wirklich keine Zeit dafür. Mir tut es leid, dass ich Sie verdächtigt habe. Mir tut es auch aufrichtig leid, dass Sie sich in dem Feuer so verletzt haben. Doch wir müssen jetzt wirklich weiter. Das Feuer war kein Zufall. Der Mörder ist in der Nähe!«

»Und wenn er mit dem Mörder unter einer Decke steckt?«, mutmaßte nun auch Lucy Berger und giftete Paul an: »Haben Sie schon einen Plan, wie Sie uns umbringen wollen?« Der Schock suchte sich auch bei ihr ein Ventil …

Paul schaute die völlig verdreckten Mädchen mitleidig an. »Hört zu, es ist vielleicht vieles schiefgegangen … und vielleicht trage ich auch dafür die Verantwortung, aber ihr müsst mir vertrauen. Ich bringe euch hier raus. Ich gehöre zu den Guten!«

»Tut er wirklich«, bekräftigte Hanna seine Aussagen und für einen Moment meinte er so etwas wie eine tiefere Verbindung zwischen ihm und ihr zu spüren. Das Gefühl aber wich dem Bewusstsein der noch immer gegenwärtigen Bedrohung. Sie mussten weiter!

»Gib mir den Kompass, und wenn du Hilfe brauchst, stützen wir dich«, forderte Paul Pia auf.

»Der Kompass?«, ächzte das Mädchen, dem es sichtlich schwerfiel, mit ihrer Brandverletzung zu sprechen.

»Ja, das Handy mit der Kompass-Funktion«, antwortete Paul ungeduldig.

»Hab ich nicht mehr.«

»Wie, was soll das denn heißen?«

»Hab's verloren. Muss im Feuer passiert sein.«

Paul fasste sich an den Kopf. Auch er spürte jetzt seine Brandverletzungen an den Händen. Und wie es sich anfühlte, hatte er auch im Gesicht etwas abbekommen. Seine Haare waren ja bereits am Vortag durch seine Unachtsamkeit beim Feuermachen angesengt worden. Doch die Verletzungen waren für alle das kleinste Problem. Wie sollten sie aus dem Wald entkommen, wenn sie nun nicht mehr wussten, welche Richtung sie einschlagen mussten?

Er musterte den Geländeverlauf. Es war bei diesem Rauch und Nebel gar nicht so einfach abzuschätzen, wo das Gelände abfiel und anstieg. Wenn sie sich quer zum Berg bewegten, müssten sie auf der Landstraße rauskommen. Doch an ihrer jetzigen Stelle war es flach.

»Also gut, gehen wir dort lang«, bestimmte er und zeigte einfach mit seinem Arm in eine willkürliche Richtung. Irgendwann würden sie wieder eine Hanglage erreichen, wo sich dann der richtige Weg einschlagen ließ. Hoffte er …

Hanna und Lucy erhoben sich. Paul wollte Pia aufhelfen, die jedoch vehement seinen Arm wegschlug. Sie ließ sich von Hanna und Lucy auf die Beine helfen.
Die beiden Mädchen schluchzten, als sie mit unsicheren, taumelnden Schritten Paul folgten, der entschlossen auf das dichte Buschwerk zuschritt, das sich vor ihnen aus dem Nebel schälte.

»Hey, ihr macht das gut. Es ist wirklich nicht mehr weit. Wir werden das ganz bestimmt schaffen und dann hat der Albtraum ein Ende. Das verspreche ich euch!«, tröstete Hanna die jungen Frauen.

Kaum hatte Paul einige Schritte gemacht, stieß er mit dem Fuß gegen etwas Hartes. Verdammt felsig hier, dachte er und schaute auf den Boden. Doch es war kein Felsbrocken. Vor ihm lag ein großer grün lackierter Benzinkanister mit einem Aufkleber: »Forst-Ranger Rothaarsteig«.

## GESTÄNDNIS

Trotz aller Anspannung war Dr. Gernot Hesse zugleich erleichtert. Seit einer Weile schwiegen Ruth und Dörthe. Sie hatten ihren Disput offensichtlich beigelegt und sich nach den beängstigenden Geräuschen still verhalten. Nachdem Ruth im angespannten Flüsterton einen letzten Appell an Dörthe gerichtet und ihr versichert hatte, wie sehr sie ihre Freundin schätze und wie gut ihre Familie immer über sie und die lange Freundschaft sprach, traten Dörthe vor Rührung Tränen in die Augen. Die beiden alten Damen fassten sich an den Händen und so verharrten sie. Die verdächtigen Geräusche, die Gernot wahrgenommen hatte, waren ebenfalls verstummt. Scheinbar war der Mörder – vielleicht aber auch ein wildes Tier – im Nebel an ihnen vorbei weitergezogen.

»Wir sollten etwas trinken, sonst dehydrieren wir. Außerdem müssen wir etwas essen, um bei Kräften zu bleiben«, flüsterte er. »Es kann bestimmt noch Stunden dauern, bis eine Rettungsmannschaft hier eintrifft. Und ich vermute, dass die Nacht unangenehm kalt wird. Da sind Kalorien wichtig.«

»Ich habe keinen Hunger«, sagte Dörthe. »Ihr könnt meine Ration ruhig aufessen. Ich brauche wenig.«

»Aber etwas trinken musst du«, ermahnte Ruth ihre Freundin.

»Fängst du schon wieder mit deinen mütterlichen Ratschlägen an?«

»Nein, nein … war nur … Ach, vergiss es … Kann ich rauchen, Herr Dr. Hesse?«

Gernot war in Gedanken versunken und spürte die Trauer um Annette aufsteigen. Da sich die Ereignisse so sehr überschlagen hatten, konnte er den plötzlichen Verlust und den Schmerz noch gar nicht richtig realisieren. Er hatte vielmehr das Gefühl, dass er nach diesem Albtraum einfach aufwachen könnte und Annette neben ihm im Bett liegen würde.

»Also ja?«, hakte Ruth nach.

»Was?«, fragte Gernot erschrocken, als er aus seinen Gedanken gerissen wurde.

»Rauchen!? Möchten Sie auch eine?«

»Nein, danke. Und ich möchte Sie ebenfalls bitten, nicht zu rauchen. Der Geruch könnte uns verraten« sprach Gernot leise.

»Ich bitte Sie«, sagte Dörthe laut. »Hier ist doch weit und breit niemand. Die Geräusche vorhin, das waren doch nur Tiere. Oder vom Sturm abgebrochenes Astwerk, das zu Boden gefallen ist. Wer soll uns in dieser Nebelsuppe denn schon finden?«

Mit der schlechten Sicht hatte Dörthe Kleiber sicherlich recht, das musste Gernot zugeben. Der Nebel hielt sich hartnäckig. Manchmal zog er sich leicht zurück, dann wehten wie von Geisterhand neue Schleier heran und hüllten den zerstörten Wald wieder in ein schmutziges Grauweiß. Dennoch konnte er es nicht dulden, dass die beiden Damen zu laut sprachen oder Ruth ihren Standort womöglich durch Zigarettenrauch verriet.

»Das ist jetzt eine anwaltliche Anweisung: Verhalten Sie sich ruhig. Und geraucht wird auch nicht. Trinken und essen Sie jetzt!«, zischte er.

»Meine Güte, jetzt lassen Sie aber den Amtsträger in sich heraushängen«, mäkelte Dörthe. »Aber ganz wie Sie wünschen …« Sie nestelte an ihrem Rucksack herum und brachte in Servietten gewickelte kalte Schnitzel und Grillwürste zutage. »Möchtet ihr?«

Gernot und Ruth griffen zu. Obwohl er großen Hunger hatte, schmeckte dem Anwalt die kalte Bratwurst nicht. Das Schnitzel hingegen war besser. Er spülte die Bissen mit einem kräftigen Schluck aus einer Mineralwasserflasche herunter. Zu Essen und zu Trinken hatten sie reichlich, wie Gernot mit Genugtuung feststellte. Gut, dass sein Freund Paul, Hanna und die beiden Wanderinnen so großzügig waren und ihnen genug Vorräte zurückgelassen hatten. Damit würden sie bestimmt zwei Tage durchhalten. So lange könnte es dauern, bis Hilfe eintraf, dachte Gernot pessimistisch. Als sie ihr Mahl beendet hatten, schwieg die kleine Gruppe. »Wie geht es eigentlich ihrem Knöchel«, erkundigte Hesse sich flüsternd bei Ruth Ellingwart.

»Es geht schon, es geht schon …«, antwortete sie, doch man konnte ihr die Schmerzen im Gesicht ablesen.

»Soll ich dir vielleicht einen kühlen Wickel machen?«, bot Dörthe Kleiber ihre Hilfe an. »Ich habe Verbandszeug im Rucksack. Wenn wir das befeuchten, lindert das vielleicht die Schmerzen. Und wenn wir den Knöchel straff bandagieren … wer weiß, vielleicht kannst du dann ja doch gehen?«

Ruth Ellingwart blickt ihre Freundin dankbar an. »Ich bin mir fast sicher, dass da etwas gebrochen ist. Außerdem sollten wir hierbleiben, da der Herr Dr. Hesse die Koordinaten unserer Position für die Rettung angegeben hat. Aber dein Angebot mit dem Wickel nehme ich gerne an.«

Geht doch, dachte Gernot Hesse, als er das versöhnliche Gespräch mit angehört hatte.

»Was meint ihr? Wer ist wohl der Mörder? Der Ranger oder Jan, der Spielleiter?«, fragte Dörthe, während sie vorsichtig das geschwollene Gelenk ihrer Freundin bandagierte.

»Wie kannst du jetzt solche Fragen stellen?«, erwiderte Ruth erstaunt. »Das hört sich ja so an, als ob es noch immer ein Spiel für dich wäre.«

»In gewisser Weise ist es das auch, meine Liebe.«

Ruth verschränkte die Arme vor der Brust und schwieg.

»Und Sie, Herr Anwalt? Was denken Sie, wer uns verfolgt und die ganzen Morde begangen hat?«

»Ich möchte darüber jetzt wirklich nicht spekulieren. Das ist nicht der passende Zeitpunkt. Sobald alle in Sicherheit sind, wird die Kriminalpolizei mit der Spurensicherung und auch die Rechtsmedizin aktiv werden. Ich denke, dass die dann klare Beweise finden und sichern werden, die zum Täter führen«, erklärte Gernot.

»Also, ich glaube, dass es Jan Teusch war«, mutmaßte Dörthe Kleiber.

»Den kennen wir doch«, widersprach Ruth. »Dem traue ich das überhaupt nicht zu. Krimispiele … ja, in Ordnung. Das macht er gut, aber der würde die doch niemals in die Tat umsetzen. Nicht der Jan Teusch. Das ist so ein lieber, hübscher Kerl.«

»Dann ist es für dich also der Ranger?«, bohrte Dörthe nach.

»Ja, das kann ich mir schon eher vorstellen. Diese tiefen Schnitte am Hals … also, das erinnert mich alles an einen Jäger. Und Jäger und Ranger … das ist doch irgendwie nah beieinander.«

»Die Ranger schneiden doch keinem Tier die Kehle durch! Das ist doch nicht deren Aufgabe. Und wie soll der Ranger ohne fremde Hilfe aus dem Stall gekommen sein? Er war gefesselt. Das Tor war verschlossen. Und dieser Detektiv hatte den Schlüssel«, belehrte Dörthe ihre Freundin.

»Aber der Jan? Niemals! Der hätte doch nie seinen Gehilfen, den Yusuf, so ins Feuer geschmissen!«

»Was weißt du denn über Jan Teusch? Du kennst ihn doch nur von den Krimispielen.«

Schon wieder fingen die beiden Damen zu streiten an. Genervt ging Gernot dazwischen: »Jetzt halten Sie bitte beide Ihren Mund! Wie oft muss ich Ihnen noch sagen, dass wir in Lebensgefahr sind!? Wenn Ihnen Ihr Leben nichts wert ist, dann schweigen Sie bitte mir zuliebe.«

»Sie glauben doch nicht ernsthaft, dass ich hier wie ein Kaninchen in Schockstarre hocken bleibe, um mich dann wehrlos abschlachten zu lassen!«, fuhr Dörthe den Anwalt mit dem schütteren blonden Haaren an.

»Jan! Jaaaan!«, brüllte sie plötzlich los. »Ich weiß, dass du es warst! Mutti ist sehr böse mit dir. Geh nach Hause, du böser Junge, und lass uns zufrieden, sonst wird Mutti dir wehtun!«

»Sind Sie denn völlig verrückt geworden?«, zischte Gernot Hesse die alte Dame an.

»Sie sagten doch, dass Sie lebendig hier raus wollen. Also sollten wir das nicht dem Schicksal überlassen, sondern es selbst in die Hand nehmen. Vertrauen Sie mir!«

»Vertrauen? Sie haben doch den Verstand verloren!«

»Jan, Jaaaan! Ich befehle dir, dass du nun nach Hause gehst! Jetzt reicht es! Das Spiel ist aus!«

»Hören Sie auf damit!« Gernot sprang auf und wollte Dörthe Kleiber den Mund zuhalten. Doch ihr gelang es, ihn abzuwehren und nochmals in den Wald zu rufen: »Ich werde dich bestrafen, wenn du jetzt nicht hörst, Jan!«

Dann endlich hatte Gernot die alte Dame überwältigt und presste seine Hand auf ihren Mund.

Dörthe ließ ihn gewähren und wehrte sich nicht.

»Lassen Sie sie in Ruhe!«, befahl ihm Ruth.

Langsam gab Hesse Dörthes Mund wieder frei. »Es reicht jetzt mit dem Unsinn! Was sollte das!?«, fragte er ungehalten, aber im Flüsterton.

»Ihr kennt Jan nicht. Ich glaube, so eine klare Ansage kann unsere Rettung sein«, erklärte Dörthe vage.

»Ach ja? Und Sie kennen ihn besser?«, fragte Gernot nach.

»Ja, sicher kennen wir ihn besser«, kam Ruth ihrer Freundin zu Hilfe. »Wir haben bereits an einigen Krimispielen von Jan teilgenommen. Und ich glaube auch nicht, dass er zu solchen Morden fähig ist.«

»Pah, was weißt du denn schon … du in deinem Elfenbeinturm«, höhnte Dörthe.

»Kennst du ihn denn besser?«, wollte Ruth beleidigt wissen.

»Und ob! Ich kenne ihn schon seit Schulzeiten. Und nur damit ihr es wisst: Wir hatten damals ein Verhältnis. Ich war seine Lehrerin … und das nicht nur im Unterricht.«

Der Anwalt und Ruth starrten Dörthe mit offenen Mündern ungläubig an, bis Hesse sich wieder fing und räusperte. »Äh … und … das macht ihn zum Mörder? Verübeln könnte ich es ihm nicht«, rutschte es Gernot heraus, der sich am liebsten für diese Bemerkung auf die Zunge gebissen hätte.

Aber Dörthe überging Gernots Seitenhieb – beinahe genüsslich, wie es schien … »Das nicht, aber die Art Sex, die er mochte. Schon als Jugendlicher stand er auf härtere Sachen, als sie üblicherweise in deutschen Schlafzimmern vorkommen.«

»Dörthe!«, meinte Ruth entsetzt.

»Jetzt guck mich nicht so vorwurfsvoll an! Ja, er war mein junger, aufregender Liebhaber. Und nicht nur das: Als er nach Olpe zurückkehrte, habe ich seine Dienste ebenfalls ein paar Mal in Anspruch genommen … und ihn … nun ja … weiterempfohlen. Deine prüden Ansichten kannte ich ja, deshalb hast du von mir nie diesen Tipp bekommen«, erzählte Dörthe freimütig.

»Aber Sex mit einem deiner Schüler!? Dazu noch als verheiratete Frau? Bei diesem Altersunterschied? Das hätte einen Riesenskandal gegeben, wenn das rausgekommen wäre«, sorgte sich Ruth über die längst vergangenen Ereignisse.

»Ist es aber nicht! Und es ist auch nicht rausgekommen, dass ich Jan damals die Abiturfragen gegeben habe. Sonst hätte es diese Null doch nie geschafft. Seine Qualitäten im Bett hingegen … die waren einzigartig!«, schilderte Dörthe.

»Hör auf, ich mag das gar nicht mehr hören!«, rief Ruth entrüstet aus.

»Pssst … verdammt! Seien Sie endlich leise!«, ermahnte Gernot die beiden Damen erneut. Dann fuhr er im Flüsterton fort: »Mal abgesehen davon, dass es auch der Ranger sein kann … oder vielleicht sogar das Ehepaar mit dem Ingenieur, die gar nicht schnell genug verschwinden konnten und die bisher offenbar keine Hilfe für uns veranlasst haben … Es würde mich sehr interessieren, was Jan Teuschs sexuelle Praktiken mit Ihrem Mordverdacht zu tun haben sollen!«

»Jan mochte es mit Gewalt und Schmerzen. Ich gehe mal davon aus, dass seine Vorlieben mittlerweile einen krankhaften Charakter angenommen haben und er bereit ist, Grenzen zu überschreiten, um seinen Lustgewinn zu steigern.«

»Und du? Hast du dich auch lustvoll verprügeln lassen? Und hat dein Mann nichts gemerkt?«, fragte Ruth bitter, die ihre Freundin ganz offensichtlich nicht mehr wiedererkannte.

»Es war nicht immer leicht, die vielen blauen Flecken zu verstecken. Aber um deine Fragen vollständig zu beantworten: Er hat nicht nur ausgeteilt, sondern er mochte es auch, wenn man ihm Schmerzen zufügte und ihn demütigte. Er war mir hörig!«

»Ach … und da dachten Sie jetzt ganz spontan, mal sehen, ob die alten Methoden immer noch funktionieren, oder? Meine Güte, wenn er bereits gemordet hat, wird er es wieder tun! Ihre Befehle werden ihn kaum davon abhalten. Oder ist er Ihnen aktuell noch immer hörig?«, raunte Gernot sarkastisch.

»Nein. Das hat aufgehört. Vor Jahren …«, gab Dörthe kleinlaut zu. »Ich weiß aber, dass ihn noch einige Frauen buchen und bezahlen. Mir kommt da so einiges zu Ohren. Ich selbst … nun, schauen Sie mich an: Ich bin zu alt. Sie wissen ja: Grau und unscheinbar … fast gar nicht mehr auf dieser Welt.«

»Jetzt hör aber mal mit deinem Psychokram auf!«, ermahnte Ruth ihre Freundin. »Der Herr Hesse hat recht: Einfach so in den Wald zu brüllen … Das war unbedacht von dir und kann uns in Gefahr bringen.«

»Ich kann ja einfach abhauen, wenn es euch nicht passt! Tut mir leid, dass ich dir beistehen wollte, Ruth. Tut mir wirklich leid.«

Sowohl Gernot als auch Ruth setzten zu einer Erwiderung an, als plötzlich ein lautes Poltern durch den Nebel drang und sich sehr schnell näherte. Es war ein Grollen und Rumpeln, das die Erde leicht erzittern ließ.

»Was ist das …«

Ruth konnte ihre Frage nicht beenden, da packte Hesse sie und Dörthe am Kragen ihrer Jacken und zerrte beide Frauen, so schnell er konnte, seitlich von ihrem Lager zu einem kleinen Felsvorsprung.

»Ganz dicht am Felsen bleiben und Kopf herunter halten!«, befahl er.

Keine Sekunde später brach das Inferno los. Etwa auf einen Meter abgelängte Holzstämme, die normalerweise am Waldwegrand gestapelt werden, rumpelten mit Getöse über die Felsen und rissen Erde, Gestein und Strauchwerk mit sich. Gernot presste sich und die beiden Frauen so eng wie möglich an den Felsvorsprung. Über ihnen sprangen die kurzen Stämme in die Höhe und schlugen dann weiter unten wieder auf. Eine regelrechte Lawine krachte über sie hinweg. Jeder einzelne Stamm war ein todbringendes Geschoss. Gernot Hesse schloss die Augen und betete innerlich, dass sie weiterhin verschont blieben. Doch dann spürte er einen heftigen Schmerz in der Schulter. Es fühlte sich an, als ob ihn die Faust eines Riesen traf.

Einer der Stämme hatte ihn getroffen und riss ihn mit seiner Wucht talwärts.

Hesse überschlug sich mehrfach, konnte nicht mehr zwischen oben und unten unterscheiden. Er rutschte noch einige Meter und blieb schließlich im toten Geäst einer verwitterten Fichte hängen.

Zunächst dachte Gernot, er sei noch glimpflich davongekommen, dann setzten allerdings die Qualen ein. Ein Crescendo der Pein: brennende und dumpfe Schmerzen aus allen Körperteilen.

»Herr Hesse!? Herr Hesse!? Ist alles gut?« Die Stimme von Ruth Ellingwart, die in sein Ohr drang, schien weit entfernt. Sie kam aus dem Nebel. Gernot richtete sich stöhnend auf, wollte antworten und hob seinen Arm, um zu winken und zu signalisieren, dass er in Ordnung war und dass es für die beiden alten Damen keinen Grund zur Besorgnis gab. Er würde seine Pflicht erfüllen und sie beschützen! Was ihm bei seiner Frau Annette nicht gelungen war, würde er wenigstens jetzt wiedergutmachen. Er würde Ruth und Dörthe aus diesem Grauen herausführen … Das war sein letzter Gedanke. Dann verschwamm alles um ihm herum und wurde schwarz.

## 20.000 DOLLAR

»Ausnahmsweise meint das Schicksal es mal gut mit uns«, sagte Hanna erleichtert, als sie einen Waldweg erreichten, der – soweit man das im Nebel überblicken konnte – ziemlich verschont geblieben war. Zuvor hatten sie in einer mühsamen Zickzack-Wanderung die Mulden von ausgerissenen Fichtenwurzeln durchquert. Das war etwas leichter, als über die Stämme zu klettern, doch es kostete ebenfalls Kräfte.

»Wurde ja auch langsam mal Zeit«, knurrte Paul, der vorausging. Ihm schien es, als hätten sie sich über ein Schlachtfeld mit unzähligen Granattrichtern gekämpft. Seine Hoffnung, jemals aus diesem Irrgarten herauszufinden, war bereits nahezu auf den Nullpunkt gesunken. Dann aber standen sie urplötzlich auf einem frei begehbaren Weg.

»Können wir mal eine Pause einlegen? Ich glaube, Pia geht es nicht so gut«, bat Lucy, die ihre Freundin stützte.

Paul willigte sofort ein. »Du hältst dich unglaublich tapfer«, lobte er Pia, die stöhnend auf den Boden sank.

»Hier. Ich habe noch etwas Wasser«, bot Hanna den beiden Mädchen an.

»Ist es noch weit?«, nuschelte Pia, der das Sprechen wegen ihrer Verletzungen augenscheinlich schwerfiel.

Paul blickte in den Nebel. Er hatte sich wieder zugezogen. Es war wie verhext: Kaum gab es einen Hoffnungsschimmer, wurde er im nächsten Augenblick auch schon wieder zerstört.

Paul ließ sich ebenfalls auf dem geschotterten Weg nieder. Mühsam versuchte Hanna, der verletzten Pia etwas Wasser aus ihrer Flasche einzuflößen. Lucy trank gierig ihren letzten Rest aus. »Das war's dann wohl mit unseren Wasservorräten«, bemerkte sie resigniert und hielt die Flaschenöffnung nach unten.

»Keine Sorge, wir sind bald raus hier«, versuchte Paul sie zu trösten.

»Woher wollen Sie das denn wissen? Das erzählen Sie uns jetzt schon seit Stunden«, beschwerte sich Lucy.

»Ich meine auch, dass ich die Gegend hier kenne«, mischte sich Hanna ein. »Der Wanderparkplatz kann wirklich nicht mehr weit sein. Und dann sind wir direkt an der Landstraße.«

»Das wollen Sie in dieser Nebelsuppe erkennen?«, fragte Lucy ungläubig.

»Halt die Klappe, Lucy. Wir kommen durch!«, meldete sich jetzt auch Pia mühsam zu Wort.

»Was mir immer noch im Kopf herumgeht: Warum habt ihr euer Wissen nicht der Kölner Polizei mitgeteilt? Ich meine, die hätten doch die Suche ausweiten können?«, wollte Paul von den Mädchen wissen.

»Haben wir doch versucht! Aber die haben uns nicht ernst genommen oder hatten angeblich keine Zeit.«, erwiderte Lucy.

»Kann eigentlich nicht sein«, widersprach Paul.

»Du warst doch nicht dabei«, warf Hanna ein.

»Das stimmt, aber von meiner Arbeit weiß ich, dass die Polizei in einem Vermisstenfall jede Meldung sehr ernst nimmt.«

Der Haken saß, wie Paul feststellte, als Hanna ihre Lippen verächtlich verzog und sich von ihm abwandte. »Haben denn die Verwandten nichts unternommen?«, fragte sie Lucy.

Das Mädchen zuckte mit den Schultern. »Wir haben mit Amelies und Leonies Eltern telefoniert und die wollten natürlich von uns wissen, ob wir Anhaltspunkte für das Verschwinden haben. Die klammerten sich daran, dass die beiden sich kurzfristig zu einem Urlaub entschlossen hatten.«

»Ist denn so etwas schon mal vorgekommen?«, erkundigte sich Hanna.

»Nun ja …«, druckste Lucy herum und sah ihre Freundin an. Pia nickte zustimmend, worauf Lucy tief durchatmete und fortfuhr: »Also Amelie und Leonie sind schon mehrmals einfach so von der Bildfläche verschwunden. Die kannten da so Typen, die haben sie auf Partys mitgenommen. Das waren Partys, die in Ibiza, auf den Kanaren oder sonst wo auf der Welt stattfanden. Anfangs haben wir da auch mitgemacht. War ja auch sehr aufregend, einfach so für eine Feier ins Flugzeug zu steigen, um dann irgendwo an einem Pool in einem sonnigen Land zu feiern. Und das ein paar Tage lang. Aber uns wurde es dann zu viel … es wurde immer abgefahrener. Immer mehr Drogen, immer seltsamere Typen. Pia und ich haben dann nicht mehr daran teilgenommen … Trotzdem: Dass Amelie und Leonie auch häufig spontan ihr Exkursionsgebiet gewechselt haben, das ist die Wahrheit. Das war wirklich so!«

»Die Sache mit den Partys; das haben die Kölner Kripoleute doch bestimmt auch herausgefunden?«

»Ja«, gab Lucy kleinlaut zu. »Sie haben uns auch danach gefragt. Ob wir Namen der Typen kennen, wie sie ausgesehen haben und so … Wo wir überall waren … Was wir genommen haben und so weiter … Von unseren Vermutungen mit den Exkursionen aber wollten die einfach nichts wissen.«

»Bei der Sachlage kann ich es denen nicht verübeln«, meinte Paul. »Und ihr? Habt ihr nichts unternommen, um eure Freundinnen von den Drogen abzuhalten?«

»Ja, sicher doch … Aber die wollten nicht auf uns hören. Wir hatten sogar Streit miteinander deswegen. Der Kontakt ist eigentlich komplett abgebrochen danach. Bis eines Tages ein Polizist bei uns aufkreuzte und uns fragte, ob wir eine Ahnung hätten, wo sich Leonie und Amelie aufhalten könnten.«

»Also hat die Polizei offensichtlich doch ihren Job gemacht!«

»Nein! Die waren nur auf diese Party- und Drogengeschichten fixiert. Sie haben uns die ganze Zeit nur danach ausgequetscht. Wir mussten sogar mit ins Polizeipräsidium, wo sie uns auf dem Computer Fotos gezeigt und gefragt haben, ob wir jemanden davon kennen würden … und so weiter.«

»Und? Habt ihr jemanden identifizieren können?«

»So drei oder vier Typen kannten wir vom Sehen. Die waren jedenfalls oft auf den Partys dabei.«

»Man hat euch doch sicher Bilder von Vorbestraften gezeigt?«

»Ich glaube schon. Wissen Sie, bei den Partys hat man die unterschiedlichsten Leute getroffen. Junge Burschen, alte Knacker, Künstler, Promis, Adelige, viele Mädchen … und dazwischen solche Typen, denen man schon ansah, dass sie Dreck am Stecken hatten. Und dann haben Amelie und Leonie …« Lucy brach mitten im Satz ab und schaute Pia fragend an.

Die nickte.

Lucy setzte ihre Schilderung fort: »Dann haben Amelie und Leonie auf einer der Partys in einem Badezimmer eine Kulturtasche mit einem dicken Geldbündel darin gefunden. Alles Hundert-Dollar-Noten. Amelie meinte, dass es rund 20.000 Dollar wären und jemand die bestimmt vergessen hätte, weil er zu breit war. Denn wer wäre schon so blöde und würde so viel Geld in einer Kulturtasche in einem Bad stehenlassen? Die müsse bestimmt einem von diesen stinkreichen Rentnern gehören, der sie einfach stehen gelassen habe. Lucy und ich sagten Amelie, sie solle das Geld sofort zurückbringen. Wer weiß, wem es gehörte. Das konnte nur Ärger geben! Doch Leonie meinte, es habe ja niemand gesehen, dass Amelie das Geld genommen hätte und wir sollten es unter uns aufteilen. Lucy und ich waren dagegen. Doch Amelie und Leonie haben das Geld behalten. Uns wurde diese Geschichte zu heiß. Wir haben uns danach von Amelie und Leonie ferngehalten. Auch zu den Partys sind wir nicht mehr gegangen.«

»Und da wundert ihr euch noch, dass die Kölner Kripo allein in diese Richtung ermittelt!?«, schüttelte Paul den Kopf.

»Das haben wir denen doch gar nicht erzählt«, gab Pia kleinlaut zu.

»Wie? Warum nicht? Euch muss doch wohl sonnenklar gewesen sein, dass es Drogengeld war, was die beiden gestohlen hatten! Und das habt ihr nicht der Polizei erzählt?«, fragte der Privatdetektiv ärgerlich.

»Wir dachten, dass man Amelie und Leonie dann wegen Diebstahls belangen würde. Wir haben damals bei den Befragungen ja auch selbst noch gezweifelt, ob Amelie und Leonie eventuell nicht doch auf einem dieser Party-Trips waren. Dann hätten wir den beiden unnötig Ärger eingebrockt«, versuchte Pia ihr Verhalten zu entschuldigen.

Paul schüttelte den Kopf und ging auf und ab. »Das darf doch wohl nicht wahr sein!«, regte er sich auf. »Habt ihr mal daran gedacht, dass diese zwielichtigen Typen Leonie und Amelie auf die Spur gekommen sind? Dass sie die Mädchen hier hin verschleppt und ermordet haben? Und dass genau die gleichen Typen jetzt hinter euch her sind?« Er sah die beiden Mädchen eindringlich an und schüttelte dann mit dem Kopf. »Und habt ihr tatsächlich gedacht, dass ihr mit euren Elektroschockern und Messern etwas gegen solche Profis ausrichten könntet? Und … wer sagt uns denn, dass ihr nicht für diese Leute arbeitet? Vielleicht war das eure Chance, den Diebstahl des Drogengeldes wiedergutzumachen? Ungewöhnlich wäre das nicht für dieses Milieu. Messer und Elektroschocker im Rucksack? Vielleicht seid ihr damals gestört worden und wolltet nun die Leichen richtig verschwinden lassen? Vielleicht sind auch Teusch und der Ranger bereits längst tot und ihr habt noch Komplizen da draußen?«

»Jetzt hör aber mal auf!«, fuhr Hanna dazwischen. »Bist du immer so? Merkst du nicht, dass es mit dir durchgeht? Du glaubst ja wohl selbst nicht, was du da an Spekulationen von dir gibst! Zur Tarnung schmeißt sich Pia dann freiwillig ins Feuer oder was?«

Paul schwieg und sah zu Boden. Er spürte, dass er mit dem Rücken zur Wand stand, dass die Gefahr allgegenwärtig war und er viel zu wenig wusste. Er hatte sich hinreißen lassen. »Ja … Entschuldigung! … Meine Nerven liegen auch blank. Das war Unsinn von mir«, sagte er leise.

»Wahrscheinlich haben sich die Kölner Ermittler ganz auf das kriminelle Umfeld der Partys konzentriert und dadurch eingleisig ermittelt. Was dabei herauskommt, sehen wir ja!«, stellte Hanna fest.

»Leider …«, sagte Paul.

»Wenn man Pia und Lucy geglaubt hätte, dann könnten die Mädchen vielleicht noch leben. Wer weiß, wie lange der Mörder sie gequält hat … welches Martyrium sie erleiden mussten." Hannas Blick verlor sich kurz. „Und das nur, weil man der Einfachheit halber angenommen hat, es seien zwei Partymäuse, die mit der Jetset-Schickeria irgendwo unterwegs seien und von selber wieder auftauchen würden.«

Paul wusste nichts darauf zu erwidern und schwieg.

»Ich glaube, da ist jemand«, flüsterte Lucy plötzlich.

Paul horchte in den Wald hinein und ließ seinen Blick rundum schweifen. Doch es war nur das gelegentliche Zwitschern von Vögeln zu vernehmen und in dem verwaschenen Nebel konnte er nichts erkennen.

»Was hast du gehört?«, fragte er leise.

»Nichts gehört … aber so ein Gefühl, als ob uns jemand beobachtet.«

»Mir geht es genauso«, pflichtete Hanna dem Mädchen bei.

Paul musste zugeben, dass auch seine Nackenhaare sich aufgestellt hatten. Ein untrügliches Warnzeichen dafür, dass etwas nicht stimmte. Doch ein möglicher Verfolger konnte in dem Nebel ebenso wenig erkennen wie er selbst. Einzig ihr Gespräch konnte sie verraten haben. Ein gefährlicher Nachteil! Sie waren leichtsinnig geworden, viel zu leichtsinnig …

Paul erhob sich sofort und half der verletzten Pia auf die Beine, die dieses Mal seine Hilfe annahm. »Wir müssen sofort hier weg! Traust du dir zu, noch etwas zu laufen? Vielleicht auch etwas schneller als bisher?«

Das Mädchen nickte. Auch Hanna und Lucy waren sofort auf den Beinen. Sie blieben möglichst eng beieinander und liefen mit schnellen Schritten den gut ausgebauten Wanderweg entlang. Paul reichte Hanna einen der beiden

Elektroschocker. Sie hielten die Taser mit ausgestrecktem Arm vor sich. Immer bereit, einen Angreifer, der plötzlich aus dem Nebel auftauchen konnte, unschädlich zu machen. Die kleine Gruppe legte noch ungefähr einen Kilometer zurück und musste dabei nur zwei über den Weg liegende Stämme überklettern, dann aber standen sie vor einem Labyrinth aus umgestürzten Bäumen, durch das Paul sie jedoch umsichtig und unbeschadet hindurch manövrieren konnte.

Schließlich wurde der Wald lichter und ging letztlich in freieres Gelände über.

»Das Wassertretbecken!«, jubelte Hanna leise.

Tatsächlich! Paul hätte es in dem Nebel fast übersehen, zumal Baumstämme über das Becken gefallen waren.

Nach wenigen Metern schälten sich die Schemen von Autos aus der Nebelsuppe! Der Parkplatz!

Beim Näherkommen sah Paul, dass der Sturm hier besonders intensiv gewütet hatte. Unzählige Bäume waren vom Waldrand auf die Freifläche und die dort geparkten Fahrzeuge gekracht. Er konnte sich ausmalen, dass es auf der Landstraße ebenso aussehen würde. Doch immerhin! Sie hatten eine Verbindung zurück in die Zivilisation gefunden – nur wie ein dünner Faden, aber immerhin!

»Paul!«, rief Hanna erschrocken hinter ihm.

Der Privatdetektiv wirbelte herum und war mit wenigen Schritten bei der zierlichen Blumenverkäuferin.

Trotz ihrer Verletzungen biss Hanna sich vor Entsetzen auf die Knöchel ihrer Faust, um nicht laut zu schreien. Mit der anderen Hand, in der sie den Taser hielt, deutete sie auf einen Haufen umgefallener Bäume, die kreuz und quer wie riesige Mikadostäbe am Rande des Parkplatzes lagen.

Paul konnte nichts erkennen. »Was ist da?«, fragte er.

»Haben Sie jemanden bemerkt?«, erkundigte sich auch Lucy und Panik schwang in ihrer Stimme mit.

Hanna schüttelte den Kopf: »Nein, da …«

»Oh Scheiße!«, entfuhr es Paul, als er den leblosen Körper unter einem der umgestürzten Bäume sah. Er schnallte sofort seinen Rucksack ab, warf den Elektroschocker auf den Boden und kämpfte sich durch die störrischen Äste eines Baumwipfels durch, der vom Sturm zu Boden gerissen worden war. Paul war es in diesem Augenblick egal, ob der Stamm noch weiter nachgeben konnte. Schnell war er bei der Person, die auf dem Bauch lag. Er konnte halblange, dünne braune Haare sehen, die von verkrustetem Blut verklebt waren, das ganz offensichtlich aus einer großen hässlichen Wunde am Hinterkopf gesickert sein musste. Zierliche Statur. In einer Wanderkleidung, die Paul sofort wiedererkannte. Er drehte den leblosen Körper um … und schaute in die leeren und gebrochenen Augen von Isabelle Lohmann. Die Frau des Ingenieurs, der sich so auffällig benommen hatte.

»Es ist Isabelle …«, sagte Paul tonlos zu Hanna, Pia und Lucy.

Es war so gut wie sicher, dass sie tot war, doch wie aus einem Reflex fühlte er mit zwei Finger am Hals nach dem Puls. Nichts. Ihr Körper fühlte sich kalt und erstarrt an. Paul schüttelte den Kopf: »Sie ist tot. Erschlagen von einem Baum. Wir können nichts mehr für sie tun.«

»Und ihr Mann?«, fragte Hanna. »Wo ist der?«

»Das frage ich mich auch«, antwortete Paul. »Und was mich noch viel mehr interessiert: Warum hat dieses Arschloch noch keine Hilfe geschickt?«

## BÖSES ERWACHEN

Gernot Hesse schlug die Augen auf und sah schwarze Fäden und Punkte vor seinen Pupillen tanzen. Dann setzten schlagartig Kopfschmerzen ein. Ein gleißender, heller Schmerz. Der Anwalt stöhnte und wollte sich erheben, doch eine Hand drückte ihn sanft auf den Boden zurück. Erst jetzt bemerkte Gernot, dass jemand seinen Kopf auf etwas Weiches gebettet hatte. Es fühlte sich nach Stoff an, wie von einem Rucksack oder einer Jacke.

»Schön liegen bleiben und nicht bewegen«, riet ihm Dörthe Kleiber und streichelte dabei mütterlich seine Wange.

»Was ist denn passiert? Sind Sie und Frau Ellingwart in Ordnung?«, wollte Gernot wissen.

»Wir sind nicht verletzt worden, aber Ihr Sturz … zusammen mit diesen Baumstämmen … Sie müssen wirklich einen Schutzengel haben. Wir dachten, Sie sind tot.«

»Noch nicht ganz …«, frotzelte Gernot trotz seiner heftigen Kopfschmerzen. Er hob nacheinander seine Arme und Beine an und stellte erleichtert fest, dass sie sich bewegen ließen. Seine Wirbelsäule war demnach in Ordnung. Es schien auch nichts gebrochen zu sein. Nur diese wahnsinnigen Kopfschmerzen! »Habe ich eine Wunde am Kopf oder eine Prellung? Können Sie etwas erkennen?«, fragte er die alte Dame.

»So, wie es aussieht, haben Sie keinerlei Verletzungen davongetragen. Ich sagte ja: Es ist wie ein Wunder!«

»Man könnte meinen, Annette hat mich beschützt, damit ich ihren Tod rächen kann«, meinte Hesse bitter, als er an seine ermordete Frau dachte.

»Ist der junge Mann jetzt wach, Dörthe? Wie geht es ihm?«, rief Ruth Ellingwart durch den Nebel.

Gernot versuchte erneut seinen Kopf zu heben, doch Dörthe hielt ihn abermals zurück. »Sie soll nicht so schreien … der Mörder … er ist bestimmt ganz in der Nähe«, stöhnte der Anwalt.

»Schrei nicht so!«, brüllte Dörthe zurück.

Gernot fuhr zusammen und die Schmerzen in seinem Kopf verstärkten sich nochmals. »Leiser! Bitte leiser«, bettelte er.

»Ja, ja … ist ja gut. Wir sind jetzt ruhig und Sie ruhen sich weiter aus«, beschwichtigte sie ihn mit einem leichten Lächeln, das ihm beinahe befremdlich vorkam. Seufzend versuchte er zurückzulächeln.

»Dörthe, es ist mir äußerst unangenehm«, rief Ruth mit verhaltener Stimme. »Aber ich muss mal. Das ist gar nicht so einfach mit dem verstauchten Knöchel. Kannst du mir vielleicht bitte mal helfen?«

»Das darf ja wohl nicht wahr sein«, ächzte Gernot Hesse.

»Ich geh die Kleine dann mal abhalten. Kann ich Sie allein lassen?«, fragte Dörthe.

»Ja … sicher«, nickte Gernot, dem diese bizarre Szene vorkam, als stamme sie aus einem Regionalkrimi. In echten Thrillern gab es so etwas nicht. Da würde nie eine der Protagonistinnen im Wald pinkeln müssen! Niemals! Außerdem würden niemals zwei Damen, die auf die achtzig zugingen, von einem Serienmörder verfolgt werden. Hesse wunderte sich über seine seltsamen Gedanken. Er musste sich ernsthaft den Kopf angeschlagen haben, sonst würde er sicherlich nicht solch abstrusen Gedankengängen nachhängen … Schmerzverzerrt musste er bitter glucksen, dann überkam ihn wieder eine dumpfe Stimmung. Vielleicht hingen seine seltsamen Überlegungen auch mit dem Fehlen von Annette zusammen? Er hatte mit ihr alles geteilt. Nach außen hin spielte Annette die reiche Brauereierbin, die das Unternehmen repräsentieren musste. Immer elegant, nie das gleiche Kleid zu einem öffentlichen Anlass ein zweites Mal tragen. Immer in den besten Häuser absteigen. In den teuersten Restaurants essen. Und dann höfliche Konversation mit all diesen wichtigen und prominenten Leuten. Ständig lächeln, weil das gut für die PR ist, hatte Annette immer gesagt. Doch er kannte die Frau hinter diesem oberflächlichen Lächeln. Annette besaß einen unglaublichen Wissensschatz und scharfen Verstand. War herzlich, verletzlich und anhänglich. Sie liebte Hausmannskost und konnte albern wie ein kleines Mädchen sein. Und nun? Nun lag sie tot im Pferdestall des SGV-Heims. Und er hatte noch gar keine Zeit gefunden, das zu realisieren, zu begreifen – falls das überhaupt möglich war –, so sehr hatten sich die Ereignisse überschlagen. Alles kam ihm surreal vor. Vielleicht musste er aus diesem Albtraum einfach nur aufwachen und alles wäre so, wie es immer gewesen war? Genau: Es ist alles nur ein schlechter Traum, redete sich Gernot Hesse ein. Doch die Realität holte ihn schnell wieder ein.

»Ruth? Ruth, ich kann dich nicht finden in diesem Nebel!« Dörthe Kleibers Stimme hallte laut durch den nebeligen Wald.

Gernot hätte sie am liebsten nochmals zur Ruhe gemahnt, doch Ruth kam ihm bereits lautstark zuvor: »Hier! Ich bin hier! Bitte beeil dich, ansonsten …«

»Ansonsten was?«, witzelte Dörthe. »Kommt davon, wenn man in deinem Alter nicht an Inkontinenz denkt und keine Einlagen dabei hat!«

»Hör mit dem Blödsinn auf und hilf mir bitte!«

»Ja, ja … ich bin ja schon fast bei dir. Meine Güte, ist das eine Nebelsuppe. Gib noch mal einen Laut von dir Ruth. Ich weiß nicht, ob ich nicht schon zu hoch geklettert bin.«

Statt einer Antwort hörte Hesse nur das laute Knacken eines Astes. Sein erster Gedanke galt Dörthe, die womöglich an dem steilen Hang ausgerutscht war. »Dörthe!«, rief er.

»Alles in Ordnung?«

»Ja, ja … alles bestens«, antwortete die rüstige Dame.

»Und Frau Ellingwart? Bei Ihnen auch alles okay?«

»Ja! Noch geht es, beeil dich bitte, Dörthe!«

Erneut hallte ein lautes Krachen von brechendem Holz durch den Wald.

Kurz darauf vernahm Hesse einen gellenden Schrei.

Er versuchte, von seinem provisorischen Krankenbett aufzuspringen, um den Hang hinauf zu Dörthe und Ruth zu eilen, doch sein Kopf machte ihm augenblicklich einen Strich durch die Rechnung. Er kam zwar halbwegs auf die Beine, sah aber nichts als blitzende Sterne vor den Augen und spürte den Waldboden wie ein Schiff auf hoher See schwanken. Hilflos ruderte er mit den Armen umher, um irgendwo einen Halt zu finden. Dann packten seine Hände kräftige Äste und der schwankende Boden beruhigte sich nach und nach. Gernot japste nach Luft und ihm war speiübel. Er blieb eine ganze Weile stehen, um Atem und Kraft zu schöpfen. Das konnte nur eine Gehirnerschütterung sein, schloss er, bei den starken Kopfschmerzen und diesen Gleichgewichtsstörungen … Doch es half nichts: Er musste sich um die beiden Frauen kümmern.

»Frau Kleiber? Frau Ellingwart?«, rief er.

# DURCHGEDREHT

»Willst du sie einfach so liegen lassen?«, fragte Hanna und deutete auf die Leiche von Isabelle Lohmann.

»Wir können uns jetzt nicht um sie kümmern, tut mir leid«, antwortete Paul, der neben Isabelles leblosem Körper kniete. Er streifte ihr vorsichtig den Rucksack vom Rücken ab und zog dann ihre Jacke aus, die er über den zerschmetterten Kopf deckte. »Wir müssen jetzt unbedingt weiter. Pia braucht dringend medizinische Hilfe.« Paul öffnete den Rucksack und fand eine große Flasche Mineralwasser. »Hier … für Pia«, sagt er und hielt die Flasche in die Höhe. Er durchwühlte den Rucksack weiter und stieß auf frische Unterwäsche, die er ebenfalls an sich nahm. Dann schob Paul das Geäst der noch nicht gänzlich umgestürzten Fichte beiseite, um vorsichtig darunter hindurch zu kriechen. Als er auf der anderen Seite ankam, reichte er Hanna das Wasser und die sauberen Kleidungsstücke. »Vielleicht können wir damit Pias Brandwunden vorsichtig verbinden?«

»Ist schon ein komisches Gefühl, die Sachen und das Wasser einer Toten zu nehmen«, sagte Hanna.

»Wenn es den Lebenden hilft …«, meinte Paul pragmatisch und goss etwas Wasser auf ein Trägerhemd der Toten.

»Ich weiß nicht, ob das eine gute Idee ist«, gab Lucy zu bedenken, die neben ihrer Freundin Pia auf einem Holzstamm hockte und vorsichtig deren Hand hielt.

Paul hatte Mitleid mit Pia, die schlimm zugerichtet aussah. An einigen Stellen hatte sich die mit Brandblasen übersäte und schwarz verrußte Haut am Hals geöffnet. Rohes, rotes Fleisch trat an diesen Stellen zum Vorschein. Das Mädchen musste Höllenqualen erleiden.

»Vielleicht kühlt das etwas die Brandverletzungen«, sagte Hanna beruhigend.

»Okay«, willigte Pia ein und reckte stöhnend ihr Kinn nach oben.

Hanna presste vorsichtig das nasse Unterhemd an Pias Hals, die noch lauter stöhnte.

»Soll ich aufhören?«, fragte Hanna und hielt sofort inne.

»Weitermachen …«, nuschelte Pia. »Tut gut.«

Paul schaute sich die Autos genauer an. Einer der Wagen war völlig schrottreif, weil ein Baumstamm das Dach bis auf die Höhe der Motorhaube zusammengefaltet hatte.

Sein Volvo schien glücklicherweise unbeschädigt. Paul wagte sich im Nebel weiter auf den Parkplatz vor, obwohl er so den Blickkontakt mit Hanna und den beiden Mädchen verlor. Wenn er einige umgestürzte Bäume auf dem Parkplatz mit dem Abschleppseil beiseite schleppte, wäre der Weg zur Landstraße frei, überlegte Paul. Doch wie mochte es auf der Landstraße selbst aussehen? Paul ging einige Schritte, bis sich eine Leitplanke aus dem Nebel schälte, die er überquerte. Der feste Asphalt unter den Füßen gab ihm ein sicheres Gefühl – endlich wieder mit der Außenwelt verbunden! Im leichten Laufschritt trabte er die Landstraße bergab. Enttäuscht musste Paul feststellen, dass eine weitere Flucht mit dem Auto nicht infrage kam: Nach einigen Metern stieß er auf große Fichten, die von beiden Seiten auf die Landstraße gestürzt waren. Soweit er es im Nebel feststellen konnte, sah es auf der gesamten Straße so aus. Ein schnelles Durchkommen mit dem Auto war unmöglich! Sie würden sich also weiter zu Fuß durchkämpfen müssen. Enttäuscht ging Paul zum Parkplatz zurück.

Er traf Hanna und die beiden Mädchen bereits am Volvo.

»Wo warst du?«, fragte die Floristin.

»Nur kurz die Gegend erkunden, ob wir die weitere Strecke vielleicht mit dem Auto fortsetzen können …«

»Können wir nicht«, erklärte Hanna. »Sämtliche Reifen an allen Autos sind zerstochen!«

»Verdammt!«, ärgerte sich Paul und machte sich zugleich Vorwürfe, dass er Hanna und die Mädchen allein gelassen hatte. Der Mörder schien in der Nähe zu sein. Vermutlich war es sogar sein Ziel, dass sich die kleine Gruppe auflöste oder im Nebel verlor, damit er sie einzeln erwischen konnte.

»Kannst du den Kofferraum öffnen, Paul? Hast du einen Verbandskasten? Den könnten wir jetzt gut gebrauchen.«

Paul kramte in seinen Jacken- und Hosentaschen und stieß auf die Autoschlüssel. Rasch öffnete er die Kofferraumklappe.

»Oh mein Gott«, stöhnte Hanna bei der Unordnung aus Werkzeug, verdrecktem Schlafsack und zwei alten Ersatzreifen.

»Der Kasten muss hier irgendwo an der Seite sein«, sagte Paul und beugte sich in den Kofferraum. Tatsächlich fand er schnell das Gesuchte.

»Seit acht Jahren abgelaufen …«, bemerkte Hanna verärgert.

»Ich habe aber noch eine neue Packung Schmerztabletten im Handschuhfach«, entschuldigte sich der Detektiv und machte sich sofort auf die Suche. »Hier«, erklärte er stolz und überreichte Hanna eine zerknitterte Packung Aspirin.

»Mal sehen, was wir haben«, meinte die Floristin und durchsuchte den Inhalt des Verbandskastens. »Sterile Verbände … eingeschweißt in Plastik. Die sehen noch ganz gut aus.«

Mit Lucys Hilfe legte Hanna der erschöpften Pia einen sauberen Verband an und flößte ihr mit dem Wasser aus dem Rucksack der verstorbenen Isabelle Lohmann drei Schmerztabletten ein. »Können wir noch ein wenig warten, bis die Tabletten wirken?«, fragte Hanna, die ganz offensichtlich die Unruhe des Detektivs spüren konnte.

»Je schneller wir uns auf den Weg machen, desto besser. Es wird bald dunkel und dann haben wir kaum eine Chance, noch weiterzukommen. Ich möchte aber vorher noch ein Haus mit Telefon erreichen«, sagte Paul.

»Von mir aus … können wir jetzt gehen.« Pia sprach die Worte mit großen Schwierigkeiten aus. Obwohl nur der Hals und die Kinnpartie von den Verbrennungen betroffen waren, hatten Hanna und Lucy ihr einen Verband um den gesamten Kopf anlegen müssen, damit er nicht verrutschte. Ihre verbrannten Hände steckten ebenfalls in dicken Verbänden, die noch nicht einmal die Daumen frei ließen.

»Aber du hast doch noch Schmerzen«, wandte Lucy ein. »Sollen wir nicht warten, bis die Schmerztabletten wirken?«

»Geht schon«, nuschelte Pia, die ihren verletzten Kiefer möglichst wenig bewegen wollte.

»Dann los!«, forderte Paul die kleine Gruppe auf. Hanna und Lucy nahmen Pia in ihre Mitte und wollten sie stützen, doch das verletzte Mädchen lehnte ab.

»Wir werden wieder über einige umgestürzte Bäume klettern müssen«, erklärte Paul auf dem Weg zur Straße. »Hör zu, Pia. Es tut mir leid, dass ich euch durch das Feuer treiben musste und du dich dabei so schwer verletzt hast. Aber du solltest jetzt zulassen, dass ich dir über die Hindernisse hinweghelfe. Hanna und Lucy sind mittlerweile sehr erschöpft. Wir könnten wirklich viel Zeit gewinnen, wenn du meine Hilfe annimmst. Geht das?«

Pia funkelte Paul böse an. »Niemals!«, presste sie hervor.

Paul hob entschuldigend die Hände in die Höhe, bevor Hanna und Lucy protestieren konnten. »Schon gut, schon gut …«, sagte er. »Dann müsst ihr beide wieder die gesamte Arbeit übernehmen. Doch wir müssen uns wirklich beeilen, es dämmert bereits.«

Paul ging voran und blickte unbehaglich in die Nebelwand, deren Farbe zu einem dunklen Grau gewechselt hatte. Vielleicht stieg die feuchte Luft in der Nacht auf und die Sicht besserte sich, hoffte er. Falls es nicht der Fall war, durften sie nicht rasten. Paul war sich sicher, dass der Mörder immer in ihrer Nähe war. Sie waren einfach viel zu laut und die Strecke, die sie nun wählten, war viel zu vorhersehbar. Was hatte der Killer wohl als Nächstes vor?

Ein kurzer Schrei ließ ihn herumfahren. Augenblicklich hatte er eines der Messer in der Hand, die er den Studentinnen abgenommen hatte. Doch nach der Schrecksekunde erkannte Paul den Grund des Schreis. Pia hatte sich beim Überklettern einer umgestürzten Fichte mit ihrem Kopfverband in den Nadeln eines Astes verfangen und da ihre Hände komplett bandagiert waren, konnte sie sich selbst nicht befreien. Vermutlich stachen die Nadeln in ihre verletzte Haut. Paul eilte dem Mädchen sofort zur Hilfe, doch die lehnte sein Angebot vehement ab. »Nnnnein, nnnein …«, stammelte sie.

Der Detektiv musste mitansehen, wie stattdessen Hanna

und Lucy vorsichtig den nadeligen Ast aus dem Verbandsstoff von Pias Gesicht befreiten. Paul kam es wie in Zeitlupe vor. Wenn das so weiterging, würden sie für einhundert Meter eine Stunde brauchen. Und Paul wusste, dass sie bis zur nächsten menschlichen Behausung bestimmt noch fünf oder sechs Kilometer über die Landstraße zurücklegen mussten. Vor Einbruch der Dunkelheit würden sie es so nie schaffen!

Seine Sorgen wurden auf den folgenden Metern immer größer. Pia war so entkräftet, dass Hanna und Lucy sie über jeden weiteren Baum hieven mussten. Hanna musste über eine erstaunliche Kondition verfügen, wie Paul bewundernd feststellte. Bei Lucy hingegen beobachtete er deutliche Erschöpfungserscheinungen. Immer, wenn sie Pias Körper etwas anheben oder nachhelfen musste, ächzte sie unter der Anstrengung. Paul befürchtete bereits, dass die Studentin umfallen würde, doch Lucy biss tapfer die Zähne zusammen und überwand mit ihrer Freundin und Hanna alle Hindernisse.

Sie stießen auf der Landstraße auf verlassene Autos, deren Türen offen standen, als hätten die Insassen fluchtartig ihre Fahrzeuge verlassen. Paul fühlte sich beim Anblick der Autos an eine Zombie-Serie erinnert und dachte, dass die augenblickliche Situation, in der er mit den Frauen steckte, nicht ganz unähnlich war. Es würde ihn auch nicht weiter verwundern, wenn einer dieser Untoten röchelnd und mit steifen Schritten aus dem Wald käme. Der Horror schien überall zu lauern – und das ganz real. Glücklicherweise aber sah es so aus, als sollten sie unbehelligt bleiben: Aus dem Wald drang kein Laut zu ihnen …

Dann – wie von Geisterhand – lichtete sich der Nebel etwas. Und nicht nur das: Paul stellte erstaunt fest, dass die Landstraße frei war, abgesehen von einzelnen morschen Ästen, die der Sturm auf den Asphalt gewirbelt hatte. Er konnte schätzungsweise ein- bis zweihundert Meter weit sehen, dann verlor sich die Landstraße hinter einer schiefergrauen Nebelwand. Immerhin! So gut war die Sicht noch nie! Paul schöpfte neue Hoffnung und trieb die Gruppe zur Eile an.

»Ich kann nicht mehr … ich kann einfach nicht mehr«, jammerte Lucy und ließ sich auf den Asphalt nieder.

Hanna, die mühsam Pia stützte, verharrte neben Lucy. Paul sah, dass nun auch Hanna augenscheinlich an ihre Grenzen gekommen war. Sie wollte ganz offensichtlich der Studentin Mut zusprechen, doch ihr fehlte einfach die Luft. Also versuchte er es: »Komm weiter! Du hast das alles bis hierher so gut geschafft! Komm … nur noch die letzten Meter … es ist nicht mehr weit.«

Lucy weinte. »Ich … ich kann nicht. Meine Beine … es geht einfach nicht mehr«, schluchzte sie, während ihr Körper von heftigen Weinkrämpfen geschüttelt wurde.

Es ist nicht nur Erschöpfung, dachte Paul. Sie verliert die Nerven. Er ging auf das Mädchen zu und zog sie am Arm hoch. »Los! Du schaffst die letzten Meter!«, spornte er Lucy an. Doch sie ließ sich schlaff in seinem Arm hängen. »Geh jetzt weiter, Lucy!«, befahl Paul energisch, worauf Lucy erneut einen Weinkrampf bekam, sich aus Pauls stützender Umklammerung befreite, um dann trotzig wie ein Kind die Landstraße entlang zu trotten. »Na endlich«, stöhnte Paul erleichtert und wollte Hanna mit Pia helfen.

»Besser nicht«, lehnte Hanna ab. »Sie hat Angst vor dir. Ich schaffe es schon allein …«

Paul blickte wieder in die andere Richtung, wo Lucy bereits fast außer Sichtweite war. Paul beeilte sich, um ihr zu folgen. Er durfte nicht zulassen, dass die kleine Gruppe getrennt wurde. Vor allem jetzt nicht, wo sie so gut sichtbar über die offene Landstraße gingen und leicht anzugreifen waren. Als er sich Lucy näherte, hörte er, wie das Mädchen unablässig zwei Sätze wie ein Mantra wiederholte: »Ich komme durch! Ich schaffe das! Ich komme durch …«

»Lucy! Halt, halt! Nicht so schnell!« Paul stellte sich dem Mädchen in den Weg.

»Ich schaffe das! Ich komme durch! Ich schaffe das!« Lucy hatte glasige Augen und schien Paul überhaupt nicht wahrzunehmen. Sie marschierte einfach an ihm vorbei und verringerte nicht ihr Tempo. Verzweifelt sah Paul nach Hanna, die weit mit Pia weit zurückgefallen war. Er musste Lucy stoppen!

Ein Geräusch! Paul drehte sich um … und konnte im allerletzten Augenblick zurückspringen! Eine riesige Fichte krachte vor ihm auf die Landstraße. Paul dachte immer, Bäume würden wie in Zeitlupe umfallen. Doch weit gefehlt! Der schwere Stamm schnellte förmlich nach unten auf den Boden und hätte um ein Haar den Detektiv unter sich begraben.

Paul hörte einen gellenden Schrei. Es war Lucy! Hatte der Baum sie getroffen? So schnell er konnte, versuchte Paul die nadeligen Äste auf der Suche nach dem Mädchen beiseite zu biegen.

Erneut hörte er Lucy schreien und dann laut rufen: »Ich schaffe das! Ich schaffe das! Ich …« Ihre Rufe gingen in hysterisches Lachen und schließlich in Weinen über. Sie kamen von jenseits der umgestürzten Fichte, in deren dichtem Geäst Paul feststeckte. Aber was ihm die größte Sorge bereitete, war die Erkenntnis, dass sich Lucys lautes Schluchzen stetig entfernte und leiser wurde. Er arbeitete sich beinahe panisch durch das Geäst, bis er wieder auf der freien Landstraße stand. Ihm war überhaupt nicht wohl bei dem Gedanken, dass Hanna und Pia jetzt durch das riesige Hindernis auf der Straße von ihm getrennt waren. Er schaute sich suchend in alle Richtungen um.

Lucy war nicht mehr zu sehen! Entweder war sie weiter vorausgelaufen und im Nebel verschwunden. Oder aber … sie war im Wald! Paul formte seine Hände zu einem Trichter und rief laut in alle Richtungen ihren Namen: »Luuuucyyy! Luuucyyy!«

Nichts.

Keine Antwort.

Paul schlimmste Befürchtungen schienen sich zu bewahrheiten.

Er raste zu der umgestürzten Fichte zurück, um sie so schnell wie möglich zu überwinden und Hanna und Pia beistehen zu können. Er hätte besser aufpassen sollen! Die Gruppe besser zusammenhalten müssen!

# KNACK, KNACK ...

Als Gernot sich den steilen Hang zu den beiden alten Damen hinaufquälte, machte ihm zu allem Überfluss nun auch noch die schmerzende Schulter zu schaffen. Wahrscheinlich hatte der Stamm, der ihn dort getroffen hatte, doch zu einer schwereren Verletzung geführt. Es war ein dumpfer Schmerz, der unter der Belastung so stark wurde, dass er seinen linken Arm nicht heben konnte. Er war sich bewusst, wie gefährlich es in seinem Zustand war, den glitschigen Schieferfelsen zu erklimmen. Doch er hatte keine andere Wahl.

Gernot gab sich allergrößte Mühe, die Schmerzen, den Schwindel und die Übelkeit zu ignorieren. Bei jedem Schritt prüfte er, ob der Fuß festen Halt fand. Erst dann bewegte er sich weiter aufwärts.

»Frau Ellingwart, Frau Kleiber ... können Sie mir bitte mal ein Zeichen geben? Ich möchte Sie nicht im Nebel verfehlen.« Gernots Stimme klang rau.

»Hier! Wir sind hier! Bewegen Sie endlich Ihren Anwaltsarsch hierher!«, kam eine überraschend wütende Antwort von Dörthe. Sie musste sich unmittelbar über ihm befinden. Gernot Hesse biss die Zähne zusammen und erklomm die weiteren Meter, bis er Dörthe und Ruth deutlich sah. Ruth saß mit dem Rücken an die Felswand gelehnt, während Dörthe neben ihr stand und einen armdicken Ast in der Hand hielt.

»Was war hier los? Ich habe einen Schrei und laute Geräusche gehört?«, japste Hesse nach Luft ringend.

»Sie ist ...«, Dörthe machte eine Pause und atmete tief ein. »Sie ist tot. Ich bin zu spät gekommen.«

Gernot betrachtete Ruth, deren Kopf nach vorne geneigt war, sodass das Kinn auf ihrem Brustbein auflag. Als er genauer hinsah, bemerkte er, dass Ruths blaue Fleece-Jacke vor Nässe glänzte. Gernot ahnte bereits, um welche Flüssigkeit es sich handeln musste. Er wischte mit dem Zeigefinger über den Stoff und seine Befürchtung bestätigte sich: Es war Blut. Frisches Blut.

Mit zwei Fingern berührte er Ruths Stirn und hob den Kopf an. Ihre Kehle war eine klaffende Wunde. Verursacht durch einen einzigen tiefen Schnitt, der fast zu einer Enthauptung geführt hatte. Es war die gleiche tödliche Verletzung wie bei seiner Frau und vermutlich wurde auch Yusuf Monti auf diese bestialische Weise hingerichtet, bevor der Mörder ihn ins Feuer warf. Für Ruth gab es keine Rettung mehr. Sie musste innerhalb kurzer Zeit verblutet sein.

»Er muss noch ganz in der Nähe sein«, flüsterte er zu Dörthe. »Haben Sie ihn gesehen? Vielleicht, in welche Richtung er weggelaufen ist?« Gernot ging davon aus, dass der Täter sich nur in den Schutz des Nebels zurückgezogen hatte, um einen weiteren tödlichen Angriff zu starten.

»Als ich kam, hatte er sich über sie gebeugt. Ich nahm diesen Ast und schlug zu. Wäre ich nur eine Minute früher bei ihr gewesen, hätte ich sie vielleicht retten können ...«, sagte Dörthe mit belegter Stimme.

»Haben Sie ihn erkannt? Wer ist es?«, wollte Hesse wissen.

Dörthe schüttelte den Kopf. »Es ging alles so schnell. Er beugte sich über Ruth. Ich suchte eine Waffe und bekam diesen Ast zu greifen ... Ich habe ihn mit aller Kraft auf seinen Rücken und Kopf geschlagen. Der Ast ist abgebrochen und er ist herumgewirbelt, stieß mich dabei um und ...«

»Aber dabei müssen Sie doch sein Gesicht gesehen haben! Wie war er gekleidet? War es der Ranger oder der Spielleiter ... dieser Jan Teusch?«

»Ich konnte nicht ... Es ging alles so schnell.« Dörthe stützte sich auf den Ast wie auf einen Krückstock.

»Kommen Sie, setzen Sie sich«, bot Hesse seine Hilfe an und griff nach Dörthes Arm, um sie zu stützen. Die alte, energische Frau stieß einen kurzen Schmerzensschrei aus und beschimpfte Hesse zugleich: »Passen Sie doch auf! Wollen Sie mir den Arm brechen?«

»Tschuldigung! Ich wollte Ihnen doch nur helfen ... Wir müssen leiser sein. Ich vermute, dass der Mörder noch immer in der Nähe ist und auf eine gute Gelegenheit lauert.«

Gernot berührte Dörthe an ihrer dunkelbraunen Wanderjacke und spürte erneut die klebrige Feuchtigkeit, die an seinen Fingern haften blieb. »Sind Sie verletzt?«, fragte er besorgt.

»Verletzt?«, die alte Dame lachte. »Ich fürchte, dieser Nebel ist Ruths und mein Leichentuch.« Ihr entfuhr ein ächzender Laut. »Es geht zu Ende.«

»Darf ich mal?« Ohne die Antwort abzuwarten, zog Gernot Hesse den Reißverschluss ihrer Wanderjacke auf. Dörthe Kleiber trug darunter eine weiße Bluse, die jedoch in der Bauchgegend von rotem Blut getränkt war. Gernot seufzte leise, als er erkannte, dass sich der Blutfleck beständig vergrößerte. Die Löcher im Stoff der Bluse verrieten, dass es mehrere Stiche waren. Er wagte kaum, Dörthe in die Augen zu blicken: »Haben Sie Verbandszeug im Rucksack?«

»Vielleicht. Ich weiß es nicht mehr genau. Eigentlich müsste da eine kleine Erste-Hilfe-Tasche drin sein.«

Hesse ahnte, dass er der alten Dame kaum helfen konnte, dennoch kramte er in Dörthes Rucksack herum und stieß in einem Seitenfach auf eine weiße Tasche mit einem roten Kreuz, die in einer Kunststoffhülle eingeschweißt war. Er riss die Verpackung auf und breitete den Inhalt, der aus Verbandszeug und Schere bestand, vorsichtig auf dem kleinen Felsvorsprung vor sich aus. Dann zog er Dörthes Bluse und Unterhemd aus dem Bund ihrer Wanderhose heraus und schob die Kleidungsstücke nach oben. Vor lauter Blut konnte er die Wunden kaum erkennen.

»Junger Mann, was haben Sie mit mir vor?«, versuchte die alte Dame zu scherzen, ächzte zugleich aber vor Schmerzen.

Mit einer sterilen Mullbinde reinigte Hesse provisorisch den Bauch und erkannte drei Einstiche, die nah beieinander lagen und aus denen stetig frisches Blut nachsickerte. Schnell öffnete er weitere Mullbinden, presste sie auf die Einstiche und bat Dörthe, ihm zu helfen. »Halten Sie das mal fest.« Er legte ihre Hände auf die Mullpressen. »So, ich lege Ihnen jetzt einen Druckverband mit Kompressen an. Keine Angst, ich muss das Verbandszeug mehrfach über Ihren Rücken und Bauch wickeln, damit die Pressen halten und die Blutung hoffentlich gestoppt wird.«

Gernot versuchte Dörthe anzulächeln, um ihr Mut zu machen, doch bei ihrem bleichen Anblick erschrak er. Ihr Gesicht war blass und wächsern wie bei einer Toten geworden, so viel Blut hatte sie bereits verloren! Dennoch konnte Dörthe ihren vorlauten Mund nicht halten: »Ich warne Sie! Wehe Sie nutzen diese Situation jetzt aus!«

Der Anwalt ging nicht auf ihren Witz ein. Als er den straff sitzenden Verband mit mehreren Verbandsklammern fixierte, sah Dörthe ihn mit gütigen Augen an.

»Ich weiß, dass ich nicht mehr lange leben werde. Ich bin bereits viel zu schwach, um noch aufzustehen. Warten Sie daher nicht, sondern fliehen Sie, solange noch Zeit ist.«

Gernot nahm ihre Hand, die sich kühl anfühlte. »Ach Quatsch, was reden Sie denn für einen Unsinn? Ich bleibe natürlich bei Ihnen, bis Hilfe eintrifft. Wir haben den anderen doch unsere Geodaten mitgegeben und ein Hilfstrupp wird sich direkt zu uns begeben. Dann wird man Ihnen noch weit besser erste Hilfe leisten und wir beide werden gerettet. Sie werden schon sehen!«

»Junger Mann ... hören Sie doch auf, mir etwas vorzumachen. Bis hier Hilfe eintrifft, bin ich längst verblutet ...« Sie versuchte tapfer zu lächeln, dann aber schaute sie Gernot ernster an: »Es tut mir leid, dass ich den Mörder nicht erkannt habe.« Ihre Stimme klang so dünn, dass er näher an sie heranrückte. »Und es tut mir noch mehr leid, dass ich Ruth mit meinem eigenwilligen Verhalten so verletzt habe. Hätte sie doch nur ein Wort gesagt, wie sehr ich ihr und ihrer Familie damit auf die Nerven gegangen bin und wie sehr ich alle verletzt habe ... Ach, es wäre doch ganz einfach gewesen, das alles zu ändern ... Und nun? Nun ist meine beste Freundin vor meinen Augen ermordet worden. Und ist es nicht eine makabre Ironie des Schicksals, dass wir ausgerechnet bei einem Krimispiel ums Leben kommen? Krimis waren immer unsere Lieblingsbeschäftigung. Erst die beiden toten Mädchen und jetzt zwei tote Omas ...« Tränen rollten über Ruths bleiche Wangen, die gleichzeitig schluchzte und dabei bitter lachen musste.

Gernot musste schlucken, lauschte in die gespenstische Stille hinein, ob der Mörder sich nicht aus dem Hinterhalt näherte. Er spürte die gleiche Bitterkeit in sich aufsteigen, die auch Dörthe Kleiber erfüllte. »Meine Frau hat er auch ermordet …«, sagte er leise mit gebrochener Stimme und fühlte, wie sich etwas anderes in seine Trauer mischte: Wut. »Mir hat der Täter die Zukunft genommen. Und darum bleibe ich bei Ihnen. Ich will Annettes Tod rächen!« Er griff energisch nach dem dicken Ast, der neben Dörthe lag, und hielt ihn am ausgestreckten Arm hoch in die Luft.

»Ich bin bereit!«, rief Gernot in den Nebel hinein. »Ich will mit dir kämpfen! Zeig dich! Bringen wir es hinter uns!«

Er horchte kurz, ob eine Antwort kam, ein Geräusch nur, dann musste er seine archaische Waffe fallen lassen und hielt sich am Felsen fest. Der emotionale Ausbruch hatte ihn Kraft gekostet. Ein heftiges Schwindelgefühl und gleißende Kopfschmerzen waren die Reaktionen seines geschundenen Körpers. Der Anwalt schloss die Augen, was zumindest den Kopfschmerz etwas linderte.

»Hauen Sie ab … Gehen Sie … Sie merken doch selbst, dass Sie keine Hilfe für mich sind. Im Nebel können Sie sich vielleicht bis zu den anderen oder zu einer Ortschaft durchschlagen«, forderte Dörthe ihn mit schwacher Stimme auf.

»Ich … ich kann nicht mehr … selbst, wenn ich wollte«, erklärte Gernot matt.

Dann knackte ein Ast. Ganz in der Nähe! Oberhalb des Felsens.

Gernot richtete seinen Oberkörper auf, ergriff den Ast wieder und hob ihn als Waffe in Richtung des vermuteten Angriffs.

Erneut hörte er Holz brechen, doch dieses Mal kam das Geräusch aus der entgegengesetzten Richtung – von unterhalb ihres Lagers. Er spielt mit uns, überlegte Hesse.

»Komm schon! Zeig dich!«, rief er mutig.

Knack.

Das war ganz nah. Auf der linken Seite! Gernot Hesse starrte in den Nebel und erwartete, dass sich das weiße Tuch jeden Moment teilen und ein wahnsinniger Mörder mit einem Messer auf ihn zu stürzen würde.

Knack. Knack.

Erneut auf der linken Seite! »Ich weiß, wo du bist!«, raunte Gernot der Nebelwand entgegen. Er presste sich nah an die Felsen und machte einen Schritt auf das Geräusch zu. Dann noch einen … und noch einen … und …

… dann schrie Dörthe: »Hinter Ihnen!«

## BEDROHLICHE SCHATTEN

Gott sei Dank, Hanna und Pia ist nichts passiert, stellte Paul erleichtert fest, als er die beiden endlich erreicht hatte. Atemlos schilderte er in knappen Worten Lucys hysterische Reaktion auf den umgestürzten Baum und ihr Verschwinden im Wald.

»Glaubst du, sie ist allein gegangen? Oder wurde sie verschleppt?«, fragte Hanna.

Paul blickte schwer atmend Richtung Wald, dann zu den beiden Frauen: »Ich glaube, sie ist durchgedreht und dann einfach losgelaufen. Aber wir müssen jetzt eine schwierige Entscheidung treffen: Sollen wir ihr nachgehen oder weiter auf der Landstraße bleiben, um irgendwann eine menschliche Behausung zu erreichen?«

Hanna nahm ihre Brille ab und putzte mit einem Zipfel ihres T-Shirts die Gläser, die so verschmiert waren, dass sie wie aus Milchglas aussahen. Sie kaute nachdenklich auf ihrer Unterlippe. »Es ist bestimmt sinnvoller, wenn wir auf der Landstraße bleiben«, meinte sie nach einiger Zeit. »Im Wald würden wir erneut die Orientierung verlieren und damit wäre dann niemandem geholfen.«

»So sehe ich das auch«, stimmte Paul ihr zu und beide sahen Pia an.

»Suchen … Kann nicht weit sein … Ist in Gefahr!«, antwortete Pia mühsam, der das Sprechen offensichtlich immer schwerer fiel. »Ist in Lebensgefahr …«, fügte sie hinzu und sah Paul hilfesuchend an.

»Was meinst du? Sollen wir wenigstens den Waldrand absuchen?«, wandte er sich an Hanna.

Doch die Floristin schüttelte energisch den Kopf. »Das geht nicht, Pia! Nicht in diesem Nebel. Außerdem bist du völlig entkräftet. Wir müssen unbedingt einen Arzt für dich finden.«

»Nein … Lucy suchen!«

»Tut mir leid, Pia. Aber wir bleiben jetzt auf der Straße und werden so schnell wie möglich versuchen, Hilfe zu organisieren«, beharrte Hanna.

Paul wunderte sich über die harsche Entscheidung der Blumenhändlerin. Diese Härte hätte er ihr nicht zugetraut. Er hätte in diesem Fall Pias Wunsch entsprochen und wenigstens am Rand der Landstraße nach Lucy gesucht. Vielleicht hatte sich ihre Hysterie gelegt und sie wäre zurückgekehrt. Andererseits hatte Hanna völlig recht: Wenn sie die Landstraße verließen und sich erneut verirren würden, wäre niemandem geholfen. Wahrscheinlich würden sie dem oder den Tätern direkt in die Arme laufen. Wenn doch nur dieser verdammte Nebel nicht wäre! Er schien alles verschlucken zu können: die Sicht und die Geräusche!

»Weiter jetzt!«, befahl Hanna. »Wir haben schon viel zu viel Zeit verloren. Gleich wird es dunkel und ich möchte dann aus diesem verdammten Albtraum raus sein.«

Hanna wollte Pia erneut stützen, doch das Mädchen weigerte sich. »Bitte, Pia, ich habe es dir doch erklärt«, versuchte Hanna sie zu überreden.

»Lucy retten …«, nuschelte Pia und bewegte sich keinen Zentimeter.

Paul konnte und wollte es nicht weiter mitansehen. Ein Streit war jetzt das Allerletzte, was sie gebrauchen konnten. »So geht das nicht. Wir können jetzt keine Rücksicht mehr nehmen!«, schimpfte er und packte Pia an ihrer Hüfte, um sie sich dann auf seine Schulter zu hieven.

Pia protestierte und schlug Paul mit ihren bandagierten Händen auf den Rücken, doch der Detektiv ließ sich nicht davon beeindrucken.

»So kommen wir niemals voran, Paul! Wie willst du mit

Pia auf der Schulter über die Bäume klettern?«, fragte Hanna.

»Dann müssen wir um sie herumgehen. Das dauert zwar etwas länger, aber es ist immer noch besser, als das störrische Mädchen hier allein zurückzulassen.«

»Ich gehe ja … ich gehe ja«, jammerte Pia leise auf Pauls Rücken.

Er ließ sie von der Schulter gleiten und stellte sie auf ihre Füße. Mitleidig betrachtete er das Häuflein Elend. Die frischen Bandagen an Kopf und Händen leuchteten noch weiß, doch ihre Kleidung war völlig verdreckt und klebte ihr am Körper.

Paul blickte zu Hanna, die auch nicht viel besser aussah. Auf ihren rußig schwarzen Händen hatte sich Schorf gebildet, ihr Gesicht war von Dreck verschmiert, die Augen lagen hinter den dicken Brillengläsern weit in ihren Höhlen und in ihren verbrannten Haaren hatten sich kleine Äste und Tannennadeln verfangen. Vermutlich sah er ebenso fertig aus. Lange würden sie diese Tortur nicht mehr durchhalten.

»Und du gehst jetzt wirklich weiter?«, versicherte sich Paul bei Pia.

»Ja … Muss sein. Durchkommen … und dann Lucy retten«, sagte sie mit zusammengekniffenen Lippen.

»Genauso werden wir es machen«, stimmte Paul ihr zu und ging wieder voraus.

Bei den nächsten querliegenden Baumstämmen ließ sich Pia, die zuvor vehement Pauls Hilfe abgelehnt hatte, von ihm hinüberhelfen. Immer, wenn er das Mädchen am Arm auf einen Stamm hinaufzog und sie auf der anderen Seite wieder vorsichtig hinabließ, brannten seine Muskeln von Mal zu Mal schlimmer. Paul hatte das Gefühl, als würde sein Bizeps jeden Moment zerreißen. Doch er biss die Zähne zusammen und sorgte dafür, dass das kleine Grüppchen in einem einigermaßen zügigen Tempo vorankam. Die Landstraße führte stetig bergab. Bald hatten sie einen Abschnitt erreicht, auf dem nur wenige umgestürzte Fichten den Weg versperrten. Und je tiefer sie ins Tal kamen, desto lichter wurde auch der Nebel. Paul konnte bereits über die Leitplanken hinweg den Waldrand erkennen.

Er bemerkte, dass auch Pia immer wieder in den dichten Wald hineinschaute, dessen Boden hier von fast mannshohen Farnen bedeckt war, die vieles zu verbergen schienen. Offensichtlich hielt sie Ausschau nach ihrer Freundin Lucy, die aber weiterhin verschwunden blieb und von der auch nichts mehr zu hören war. Sie war wie vom Erdboden verschluckt.

Paul wischte den Gedanken an das Mädchen beiseite und konzentrierte sich auf die Landstraße, die nun in einigen scharfen und nicht einsehbaren Serpentinen hinab führte. Zwar ließ der Nebel jetzt nach, doch gleichzeitig wurde das Tageslicht in der einsetzenden Dämmerung immer fahler, diffuser und schwächer.

Nach einem scharfen Knick erschrak Paul. Er breitete seine Arme aus und hinderte damit Hanna und Pia am Weitergehen. Angestrengt kniff er die Augen zusammen. Er hatte in etwa fünfzig Meter Entfernung eine Bewegung wahrgenommen. Vielleicht ein Wildtier? Vielleicht aber auch …

Dann konnte er in dem Dämmerlicht die Silhouette eines Mannes erkennen und hielt den Atem an. Ein breitschultriger Typ. Und im nächsten Moment nahm er auch einen zweiten Mann wahr, der betont lässig die Straße hinaufkam, direkt auf sie zu!

Zwischen ihnen und den Unbekannten lag ein umgestürzter Baum. Auch Hanna und Pia hatten die Fremden nun offensichtlich gesehen und duckten sich zusammen mit Paul hinter dem Geäst des Baumes. Gut möglich, dass die Unbekannten sie noch nicht bemerkt hatten. Paul hob den Kopf und wagte einen Blick zwischen den Ästen hindurch. Einer der Männer ging voran und kam unbeirrt näher. Er trug etwas. Etwas Schweres. Auch der andere Unbekannte hatte einen länglichen Gegenstand in der Hand. Gewehre?

Über den Baumwipfeln war nur noch ein schmaler Streifen von Tageslicht zu erkennen, sodass Paul lediglich die Umrisse der beiden wahrnahm, die mit stetigen Schritten auf sie zukamen. Dann blieb der hintere stehen, während der vordere Fremde langsam auf das Versteck von Paul, Hanna und Pia zu schlenderte.

Sollten sie fliehen? Oder sollte er versuchen, die Fremden mit dem Elektroschocker zu überrumpeln? Paul dachte nur einen kurzen Moment nach. Dann kam er zu dem Schluss, dass eine Flucht keine Option war. Also blieb nur die andere Möglichkeit.

»Ich übernehme die Typen. Ihr verhaltet euch ruhig!«, raunte er den beiden Frauen kaum hörbar zu. »Und … nur für den Fall, dass ich es nicht schaffe … nimm das Messer … und versuch die Halsschlagader zu treffen!« Paul nahm eines der Messer, die er zuvor Pia und Lucy abgenommen hatte, aus seinem Rucksack und drückte es Hanna in die Hand. Er sah, dass die kleine, tapfere Blumenhändlerin nur mit großen Schmerzen die Hand um den Messergriff schließen konnte. Ihre Verbrennungen mussten schlimmer sein, als sie zugab. Paul zog Hanna an sich und drückte ihr spontan einen Kuss auf die versengten und verschwitzen Haare. »Wird schon alles gutgehen«, flüsterte er und lächelte bemüht. »Bin schon mit ganz anderen Typen fertig geworden.«

Paul zog einen der Taser aus seinem Rucksack und umklammerte ihn fest. Hoffentlich ist das Überraschungsmoment auf meiner Seite, dachte er und machte sich bereit, um auf den bedrohlichen Typen loszustürmen, der ganz offensichtlich die Vorhut bildete.

Paul holte nochmals tief Luft, spannte seine Muskeln an, war schon zum Sprung bereit … und hielt inne, weil ein ohrenbetäubendes Geräusch die Stille zerriss.

Jetzt wurde auch Pauls müdem Verstand klar, was die schweren Gegenstände zu bedeuten hatten, die die Fremden trugen.

Es waren Motorsägen!

Beide Männer hatten sie angeworfen und ließen die Motoren aufheulen.

# ANGRIFF

Dr. Gernot Hesse wirbelte herum und schlug mit dem dicken Ast ins Leere. Wo war der Angreifer, vor dem Ruth ihn gewarnt hatte? Suchend schaute sich Hesse um, konnte aber im Dämmerlicht niemanden ausmachen. Das Gelände war steil, doch zahlreiche Felsvorsprünge mit Büschen aus Weißdorn und Stechpalmen boten dem Angreifer gute Verstecke. »Wo!? Wo ist er?«, wollte er von Dörthe wissen.

Die alte Dame versuchte ihren Arm zu heben, doch sie war augenscheinlich zu schwach. »Da … Er war gerade noch da … Direkt hinter Ihnen!«

Gernot kletterte vorsichtig einige Meter über den feuchten und glatten Schieferfelsen hinab. Da war niemand! Was hatte die alte Dame bloß gesehen? Vielleicht führte ihr Blutverlust dazu, dass sie sich Gestalten einbildete, mutmaßte er fiebrig.

Ein Rascheln direkt neben ihm ließ ihn herumfahren. Da war er! Gernot schlug mit dem Ast zu, doch der Angreifer war darauf vorbereitet und duckte sich elegant unter dem Schlag hinweg.

Da der Schlag das Ziel verfehlte, wurde Gernot von seinem eigenen Schwung mitgerissen und der Ast prallte krachend an die Felswand und zerbarst. Die Anstrengung ließ ihn erneut den Schwindel spüren und er versuchte sich zu schütteln, was aber den Kopfschmerz aufflammen ließ. Er ächzte, blickte auf seine »Waffe« und ihm wurde sofort klar, dass er mit dem gut 30 Zentimeter langen Stummel, der in seiner Hand verblieben war, wohl kaum etwas ausrichten konnte. Er stürzte sich daher mit seinem ganzen Gewicht dem Mann entgegen, den er wegen der Lichtverhältnisse und seines Zustands allenfalls schemenhaft erkennen konnte. Als er auf seinen Feind zuflog, meinte Gernot eine sandfarbene Uniform zu erkennen. Also doch der Ranger, fuhr es ihm durch den Kopf. Sein Kontrahent warf sich zur Seite und schmiegte sich an die Felswand, sodass Gernot an ihm vorbei stürzte.

Scheiße, Scheiße, fluchte der schmächtige Anwalt innerlich und landete hart auf den nackten Felsen. Sein Kopf schien zu explodieren und er hatte das Gefühl, als ob ihm jemand den Arm aus der Schulter riss.

Benommen versuchte er sich aufzurappeln, da sah er bereits die dunkle Gestalt breitbeinig über sich stehen und mit einem Gegenstand ausholen.

Gernot hob schützend den unverletzten Arm vor sein Gesicht, da krachte bereits ein Knüppel auf seine Elle. Erneut schoss eine Schmerzwelle durch seinen Körper. Gernots Blickfeld verkleinerte sich und die Welt schien am Rande in ein schwarzes Nichts zu versinken. Bloß nicht ohnmächtig werden, hämmerte ein einziger Gedanke stakkatoartig durch all die Schmerzen hindurch in seinem Kopf. Er sah, wie der Mann erneut ausholte. Noch so einen Schlag würde sein geschundener Arm nicht verkraften, der vermutlich angebrochen war. Hesse zog die Beine an seinen Körper und stieß mit aller Wucht seine Füße vorwärts. Genau in den Unterleib seines Angreifers.

Der hatte mit diesem Ausfall nicht gerechnet und Gernot hatte glücklicherweise wohl mit einem Fuß die Weichteile erwischt.

Der kräftige Typ klappte zusammen und rutschte ohne Halt an dem steilen Felsen ab.

Gernot rollte sich auf die Seite und zog sich an einer scharfkantigen Felsspalte hoch. Kaum war er auf den Beinen, versuchte er hektisch, nach seinem Gegner Ausschau zu halten.

Auch der rappelte sich einige Meter unterhalb von Gernot auf. Noch immer konnte der Olper Anwalt nicht das Gesicht erkennen, da der Nebel wie im Bunde mit dem Angreifer schien und immer dichter waberte. Der kräftigen Statur nach konnten es sowohl Ranger Hartwich als auch Spielleiter Teusch sein. Die uniformartige Funktionskleidung deutete allerdings mehr auf den Ranger hin. Doch Hesse war sich nicht sicher. Ganz gleich, wer von beiden es nun war, er hatte es auf Gernots Leben abgesehen, denn in der fahlen Dämmerung schien etwas Metallisches in der Hand seines Gegners aufzublitzen. Es konnte nur eines sein: die lange Klinge eines Messers.

Gernot suchte fieberhaft nach einem Ast oder einer anderen Waffe, mit der er sich zur Wehr setzen konnte. Auf dem kargen Felsen aber gab es außer Moos und einigen Büschen nichts Brauchbares. Mit seinen Händen fuhr Gernot über den harten Boden. Er bekam einen faustgroßen Schieferbrocken zu fassen und schleuderte ihn auf den Mörder, der sich daran machte, den Hang zu erklimmen.

Der Mann schrie kurz auf und fluchte. Hesse jubelte innerlich. Treffer! Doch sogleich musste er enttäuscht feststellen, dass er zwar getroffen hatte, doch der Mörder sich davon nicht aufhalten ließ. Er kam unentwegt näher.

Verbissen suchte Gernot auf dem dunklen Untergrund nach weiteren Wurfgeschossen. Nichts! Nur harter Fels! Was nun? Ihm blieb vielleicht noch eine Minute, dann hätte er es mit einem tödlich bewaffneten Gegner zu tun. Noch konnte er den winzigen Vorsprung für eine Flucht nach oben nutzen. Vielleicht würde er weitere lose Felsbrocken finden, die er auf seinen Verfolger schleudern könnte. Andererseits würde er damit Dörthes Schicksal endgültig besiegeln. Gernot machte sich keine Hoffnungen, dass die schwer verletzte Frau überleben würde, dennoch konnte er sie nicht einfach so im Stich lassen, um seine eigene Haut zu retten. Verdammtes Pflichtbewusstsein! Was also jetzt tun? Sich nochmals auf den Mann stürzen und dabei die Gefahr in Kauf nehmen, dass er genau in dessen Messer fiel?

»Hier … Kleiner … Fang auf!«, rief Dörthe beinahe kraftlos. Gernot blickte verwundert in Dörthes Richtung, sah aber die kleine schwarze Dose, die sie ihm zuwarf, viel zu spät durch die Luft fliegen. Blechern schlug sie auf den Fels auf, sprang wieder schräg nach oben, um dann in einem Weißdornbusch zu landen.

»Hol … sie dir …«, rief Dörthe mit brechender Stimme.

Gernots Blick schnellte zwischen dem Mörder und der kleinen Blechdose hin und her. Was tun? Die Dose holen? Was sollte darin sein, dass es ihm helfen könnte!? Abhauen? Den Mörder angreifen? Die Gedanken rasten durch seinen schmerzenden Kopf und ihm blieben nur noch wenige Sekunden.

Er hoffte, dass Dörthe nicht den Verstand verloren hatte und warf sich auf den Weißdornbusch. Er bog einige der nachgebenden Äste beiseite, riss sich die Haut an den Dornen auf, doch dann hatte er endlich Dörthes blechernes Wurfgeschoss in der zitternden Hand.

Pfefferspray!

Gehetzt blickte er sich um. Der Mörder hatte den Felsvorsprung erreicht. Hesse fixierte nur das Messer, als der Killer mit hoch erhobener Hand zum tödlichen Stich ausholte.
Der schmächtige Anwalt drückte den Sprühknopf.

Nichts! Es geschah nichts! Gernot war entsetzt. Er versuchte es mehrmals, doch der Knopf ließ sich nicht hinunterdrücken. Kein Pfefferspray kam aus der Düse.

Sein Verfolger hatte sich in aller Ruhe auf die Knie fallen lassen und zog den liegenden Hesse am Hosenbein unnachgiebig zu sich heran.

»Scheiße! Es geht nicht«, brüllte Gernot in höchster Not.

»Drehen! Kindersicherung! Drehen!«, hörte er Dörthes Antwort durch das Rauschen des Blutes in seinem Kopf.

Ein Griff um den Sprühkopf, nach links gedreht, den Auslöser drücken und … Scheiße!

Der Sprühstoß erwischte ihn selbst. Gernot schrie auf, als seine Augen plötzlich wie Feuer brannten. Er konnte nichts mehr sehen. Panisch drehte er die Pfefferspraydose in seiner Hand und drückte erneut den Auslöser. Erleichtert vernahm Gernot das Zischen des Gases.

Er hielt die Dose in die Richtung, in der er den Mörder vermutete.

Endlich! Endlich! Endlich!

Gernot spürte, wie der Killer sein Hosenbein freigab. Er sprühte weiter. Schemenhaft konnte er durch den Tränenschleier seiner brennenden Augen erkennen, wie der Angreifer schützend seine Arme hochriss.

Dennoch hörte Gernot nicht auf. Er drückte den Sprühknopf so fest herunter, wie es nur ging. Seine ganze Wut und sein ganzer Hass schienen sich gleichzeitig mit dem Pfefferspray zu entladen.

Der Mörder schrie vor Schmerzen laut auf und wandte sich ab.

Gernot hielt unbeirrbar den Sprühknopf gedrückt, bis aus der Spraydose nur noch spuckende Geräusche kamen und der Strahl schließlich ganz versiegte.

Der Angreifer krabbelte benommen und ächzend auf allen vieren weg.

Jetzt sah Gernot seine Chance gekommen. Zwar brannten ihm die Augen und er nahm alles verschwommen und nur schemenhaft wahr, doch der Mörder war bestimmt völlig blind, kampfunfähig und orientierungslos! Nun würde er ihn überwältigen und seine Identität feststellen. Wer war Annettes Mörder? Wer hatte die vielen weiteren Menschen so grausam umgebracht?

Gernot Hesse zog sich am Fels hoch, doch als er aufrecht stand, fing der Boden erneut an zu wanken. Hinzu kamen brüllende Kopfschmerzen und eine plötzlich einsetzende Übelkeit. Der junge Anwalt beugte sich vor und kotzte. Dann verschwamm alles vor seinen Augen.

## AUSNAHMEZUSTAND

Paul war schon fast aus der Deckung gesprungen, um den ersten Unbekannten mit dem Taser unschädlich zu machen, als er von zwei Händen auf seinen Schultern zurückgehalten und wieder heruntergedrückt wurde.

Verwirrt drehte er sich um. Es war Hanna! Und was machte die verrückte Floristin, die wie eine zerzauste Eule aussah? Sie sprang selbst auf, noch ehe Paul sie zu packen bekam. Das war reiner Selbstmord! Zwei Killer mit Motorsägen! In Sekundenbruchteilen malte ihm sein übermüdetes Bewusstsein wahre Schreckensszenarien aus und der damit verbundene Adrenalinschub stachelte seinen Beschützerinstinkt noch mehr an. Er wollte Hanna zurückziehen, doch die wedelte bereits mit hoch erhobenen Armen und rief: »Halt! Halt! Aufhören!«

Tatsächlich stellte der vordere Mann die kreischende Motorsäge ab und kam zögernd auf den umgestürzten Baum zu, der Hanna, Pia und Paul bisher Deckung geboten hatte. Der zweite stellte nun ebenfalls sein schweres Gerät ab und schloss schnell zu seinem Kameraden auf.

»Es sind Feuerwehrleute!«, erklärte Hanna dem verdutzten Paul. »Feuerwehrleute … verstehst du? Wir sind gerettet!«

Immer noch verwirrt, aber erleichtert erhob sich Paul und half auch Pia auf.

Er konnte es sich nicht erklären, aber er war in diesem Augenblick auf eine gewisse Art stolz auf Hanna. Es gab keinen speziellen Grund, er spürte aber, dass ihm ohne sie sicherlich vieles weit schwerer gefallen wäre und er fand die graue Maus plötzlich unglaublich anziehend. Paul war sich klar darüber, dass dies der unpassendste Zeitpunkt war, um eine Romanze zu beginnen … dennoch, wenn er an ihr Kennenlernen zurückdachte, dann hatte er sich grundlegend in Hanna getäuscht. Sie hatte ihn auch vor einem fatalen Fehler bewahrt. Fast wäre er auf einen unschuldigen Feuerwehrmann mit einer laufenden Motorsäge losgestürmt. Mit einem Taser in der Hand! Das wäre zwar ungefähr so, als wolle man mit einem Zahnstocher einen Panzer aufhalten. Doch wer weiß, wie dieser Überraschungsangriff geendet wäre, hätte nicht Hanna mit ihrem scharfen Blick den Feuerwehrmann erkannt, überlegte Paul.

Nun konnte auch er erkennen, dass der junge Mann mit den struppigen blonden Haaren eine dunkle Feuerwehrhose mit gelben Signalstreifen trug. Seine Jacke hatte er um die Hüfte gebunden, den Helm an seinem Gürtel befestigt und er trug ein verdrecktes und verschwitztes T-Shirt.

Der zweite Feuerwehrmann sah ähnlich aus: Kurze braune Haare, kräftige Statur, dunkles T-Shirt und er machte ebenfalls einen reichlich erschöpften Eindruck.

»Wo kommen Sie denn her?«, fragte er verwundert. »Wir dachten, die Straße sei komplett evakuiert.«

»Das ist eine längere Geschichte«, sagte Hanna, bevor Paul das Wort ergreifen konnte. »Im Wald sind noch mehrere verletzte Personen, die dringend Hilfe brauchen. Sie sind in höchster Lebensgefahr, weil ein oder zwei Mörder es auf sie und uns abgesehen haben.«

»Das haben wir befürchtet«, gab der Feuerwehrmann zur Antwort.

»Wie bitte?«, fragte Paul nach, der glaubte, sich verhört zu haben.

»Ein Gefangenentransport mit zwei Schwerverbrechern ist seit dem Sturm spurlos verschwunden. Die Gefangenen sollten von der JVA Attendorn zur JVA Werl verlegt werden. Doch der Transporter ist dort nicht angekommen. Der letzte Kontakt war kurz vor Winterberg, dann ist sowieso alles wegen des Sturms zusammengebrochen. Wir vermuten, dass der Transporter aufgrund des Sturms die Route geändert hat und nun irgendwo auf einer Landstraße in der Nähe festsitzt … hoffentlich …«, erklärte der blonde junge Mann.

»Und da laufen Sie hier so herum? Wollten Sie sich mit Ihren Kettensägen verteidigen?«, schnaubte Paul, der seit dem Fund von Pias und Lucys Waffen mehr und mehr am gesunden Menschenverstand zweifelte.

»Natürlich nicht … wir sind nur ein Stück vorausgegangen. Es gab ein Problem mit dem Stromgenerator … Der Rest von uns legt eine kurze Verschnaufpause ein. Sind ja nicht alle so hart wie wir.« Der Mann grinste breit, ehe er fortfuhr: »Wir werden von bewaffneter Polizei begleitet. Weiter unten sind ein Bagger mit Greifer und ein Harvester im Einsatz, um die Straße freizuräumen. Wir zerlegen die Stämme fachgerecht für die Maschinen. Die müssten eigentlich auch gleich wieder den Motor anwerfen und hochkommen.«

Kaum hatte der junge Mann geendet, da tauchten auch zwei behelmte Polizisten in dunklen Einsatzanzügen und mit kugelsicheren Westen auf. Trotz des Dämmerlichts konnte Paul erkennen, dass beide mit Heckler & Koch Maschinenpistolen ausgerüstet waren, die sie schussbereit, aber mit dem Lauf nach unten gerichtet trugen.

Eine grelle Taschenlampe leuchtete auf. »Wir haben euch doch gesagt, dass ihr zusammenbleiben sollt«, ermahnte eine offenkundig befehlsgewohnte Stimme die Feuerwehrleute. Der Lichtstrahl glitt über die Gesichter von Hanna, Paul und Pia. »Und woher kommen Sie?«

»Wir waren beim Sturm im Wald eingeschlossen. In der SGV-Hütte. Es hat dort vier Mordopfer gegeben. Eine weitere Frau wurde vermutlich von einem Baumstamm erschlagen. Es kommen zwei Personen ... vielleicht sogar drei Personen ... als Täter in Frage, die sich vermutlich noch im Wald aufhalten. Außerdem haben wir eine verletzte alte Dame und zwei Begleitpersonen im Wald zurückgelassen. Wir haben die GPS-Koordinaten notiert und sollten sie sofort retten, bevor es komplett dunkel wird«, versuchte Paul das für den Moment Wichtigste zusammenzufassen.

»Und Sie sind?«, fragte der Beamte nach.

»Paul Masters aus Lüdenscheid«, stellte Paul sich zunächst selbst vor und nannte dann die Namen von Hanna und Pia.

»Masters, Masters ...«, grübelte der Polizist laut nach. »Kommt mir bekannt vor. Sind Sie nicht Detektiv oder sowas?«

»Äh ... ja«, gab Paul kleinlaut zu, weil er wusste, wie abschätzig viele Polizisten über seinen Beruf dachten.

»Ach, jetzt fällt es mir ein. Sie haben doch die Fälscher der Falke-Strümpfe zu Strecke gebracht«, bemerkte der Polizist.

»Ja ... unter anderem«, antwortete Paul ungeduldig.

»Gute Arbeit, gute Arbeit«, lobte ihn der Polizist und schlug Paul anerkennend auf die Schulter.

Also doch kein feindlich gesonnener Beamter, sondern jemand, der in seiner Detektivarbeit eine kollegiale Ergänzung der staatlichen Anstrengungen sah, dachte Paul.

Der Uniformierte schilderte ihm dann im vertraulichen Tonfall nochmals den Vorfall mit dem vermissten Gefangenentransporter. »Wir haben es möglicherweise mit zwei entflohenen Sträflingen zu tun. Könnten die eventuell etwas mit den Morden zu tun haben?«, fragte er zum Schluss seiner Schilderung.

Paul schüttelte den Kopf. »Glaube ich nicht.« Er schilderte den beiden Polizisten in knappen Worten, was am Wochenende in der SGV-Hütte und im Wald geschehen war. Paul wollte keine Zeit mit Gerede verlieren. Er musste Hanna und Pia bei einem Arzt abliefern und dann den Rest der Gruppe retten. Für die anderen war die Gefahr noch lange nicht gebannt!

»Und Ihnen ist kein verlassener oder verunglückter Gefangenentransporter aufgefallen?«, fragte der Polizist nochmals nach.

»Nein. Das hätten wir bemerkt. Nur einige verlassene Privat-PKWs. Sagen Sie, können Sie Verstärkung anfordern? Ich mache mir wirklich Sorgen um die Leute im Wald«, bat Paul den Polizisten.

»Keine Chance. Wir haben Katastrophenalarm. Das heißt, dass alle verfügbaren Kräfte im Einsatz sind. Unsere Aufgabe besteht vorrangig darin, die Feuerwehr bei ihren Aufräumarbeiten zu schützen und wenn möglich die entflohenen Straftäter dingfest zu machen.«

»Wir haben aber keine Zeit mehr! Pia braucht unbedingt ärztliche Hilfe und im Wald befinden sich noch zwei hilflose alte Damen und ein Mann. Da muss es doch wohl möglich sein, dass man da sofort reagiert! Wer weiß, wo Ihre Sträflinge und der Bus überhaupt stecken!? Können Sie nicht einfach Ihr Funkgerät benutzen?«, regte Hanna sich auf.

»Jetzt hören Sie mir mal zu: Wir haben soeben im Wald Geräusche gehört und sind dem nachgegangen, haben aber niemanden entdecken können. Dann machen sich diese zwei Feuerwehrleute, die wir eigentlich schützen sollen, allein auf den Weg … und sind glücklicherweise Ihnen begegnet. Es hätte auch jemand anderes sein können. Wir sind seit Ausbruch des Sturmes ununterbrochen im Einsatz. Die Feuerwehren und das THW auch. Sämtliche Kommunikationsnetze sind ausgefallen. Wir haben zwar unseren Digitalfunk, aber der funktioniert nicht mehr. Niemand weiß bisher, woran das liegt. Man vermutet, dass beschädigte Mobilfunkmasten unser Netz stören. Die Techniker arbeiten mit Hochdruck daran. Es herrscht ein unglaubliches Chaos, das wir nur langsam in den Griff bekommen.« Der Polizist atmete hörbar durch und man sah ihm die Strapazen des Einsatzes nur zu deutlich an. »Sie können sich nicht vorstellen, was in den Ortschaften los ist. Viele sind komplett von der Außenwelt abgeschnitten. Der Schutz der Öffentlichkeit hat für uns jetzt höchste Priorität. Unten an der Landstraße haben wir Einsatzfahrzeuge der Polizei und Feuerwehr, darunter ist auch ein Notarztwagen mit Besatzung. Dort wird man der jungen Frau sicherlich helfen.« Er begegnete ernst Pauls angespanntem Blick: »Mir macht das auch alles keinen Spaß. Wir werden Sie jetzt begleiten, damit Sie sicher hinunter kommen. Dort werden wir bei der Einsatzleitung Verstärkung anfordern. Die haben behelfsmäßig eine CB-Funkstation eingerichtet. Wie in der Steinzeit, aber es scheint zu funktionieren. Also bringen wir Sie jetzt hinunter und dann machen wir uns wieder auf den Weg hier herauf … und wenn wir genug Leute bekommen … und nur dann! …, dann suchen wir auch selbstverständlich Ihre Freunde. War das klar genug ausgedrückt für Sie?«

Paul konnte seine Ungeduld vor dem übermüdeten Polizisten kaum noch verbergen. »Alles in Ordnung. Wir helfen uns selbst weiter. Das geht schon. Wir müssen jetzt unbedingt weiter.« Doch Hanna hielt ihn auf.

»Wie wäre es, wenn Sie mit einer GPS-Ortung unsere Freunde im Wald suchen?«, schlug sie den bewaffneten Polizisten vor.

»Tut mir leid. Wir haben kein GPS! Unsere Digitalfunkgeräte sollten das eigentlich können … aber es ist wie verhext mit den Dingern. Und Handys sind derzeit ebenfalls unbrauchbar, da keinerlei Netz verfügbar ist. Folglich funktioniert auch keine Karten-App. Und die braucht man nun einmal, um mit den GPS-Daten einen geografischen Punkt auszumachen!«, erklärte der Uniformierte mit nun deutlich genervtem Unterton.

»Okay, das reicht jetzt aber wirklich … Wir müssen, Hanna. Bitte!«, beschwor Paul sie.

Hanna sah ihn verständnislos an und zuckte schließlich mit den Schultern. »Trotzdem Danke«, sagte sie hastig und umarmte den Polizisten. »Herzlichen Dank! Ich hoffe, dass wir uns nach dem Chaos nochmals treffen.«

Verdutzt ließ der Mann sich die spontane Umarmung gefallen. »Ich würde mich ebenfalls sehr freuen, wenn wir uns alle ausgeruht und gesund wiedertreffen würden«, sagte er mit einem erschöpften Lächeln.

»Dann alles Gute«, verabschiedete sich Hanna und machte sich auf den Weg, um der Landstraße weiter bergab zu folgen. Paul stützte Pia und folgte der Blumenverkäuferin mit einem Kopfschütteln.

»Was war das denn gerade?«, fragte er ungläubig, als sie eine kleine Wegstrecke zurückgelegt hatten und die Polizisten und Feuerwehrleute außer Sichtweite waren und man nur noch gedämpft die Geräusche der Motorsägen hörte.

»Was meinst du?«, fragte Hanna zurück.

»Na, dein Gefühlsausbruch. Stehst du auf Polizisten in Sturmmontur!?«

»Nein, aber ich dachte mir, dass wir das hier ganz gut gebrauchen können.«

Hanna schob ihre Jacke nach oben und zog aus dem Bund ihrer Wanderhose eine Pistole.

»Du hast doch nicht etwa … dem Polizisten soeben …?«

»Doch. Ich dachte mir, wir könnten sie gut gebrauchen. Kannst du damit umgehen?«

»Ja … sicher«, bestätigte Paul verdattert und nahm die Waffe an sich. »Eine Walther Dienstwaffe … ich werd' verrückt«, sagte er und schüttelte den Kopf.

»Lieber nicht. Da draußen gibt es schon genug Verrückte. Du sollst uns damit beschützen!«, meinte Hanna trocken.

Paul nickte und starrte sie an. Wenn er in diesem Augenblick nicht Pia hätte stützen müssen, hätte er Hanna geküsst. Doch das musste warten.

## DURSTSTRECKE

Gernot Hesse versuchte die Augen aufzuschlagen, doch seine Lider waren verklebt. Sofort fiel ihm sein Missgeschick mit dem Pfefferspray ein. Er rieb mit den Händen in den

Augen und dann gelang es ihm, sie zu öffnen. Glücklicherweise hatte der brennende Schmerz aufgehört und er konnte nach einigem Blinzeln wieder klar sehen. Zunächst erblickte er nur dunkles Grün und Braun um sich herum. Als er sich aufrichten wollte, setzten sofort wieder marternde Kopfschmerzen ein. So stark, als ob in seinem Schädel jemand mit einem Vorschlaghammer um sich schlug. Auch sämtliche Knochen schienen wie aus Blei und schmerzten. In seinem Kopf hallten hämmernde Schmerzen wie durch eine große Leere, die sich nur langsam wieder füllte. Mit der Erinnerung an das Geschehene kam die Angst und ließ ihn panisch nach Orientierung suchen.

Die beiden alten Damen … Ruth tot … und Dörthe … schwer verletzt, fiel es ihm wieder tropfenweise ein. »Ich muss … helfen …«, quälte er sich mühsam in die bedrohliche Realität zurück und lauschte angestrengt, ob sich menschliche Geräusche ausmachen ließen. Doch allenfalls ein leiser Vogelruf drang hier und da durch die Stille, was ihn aber alles andere als beruhigen konnte.

Gernot Hesse wusste nicht, wie viel Zeit vergangen war, seit er mit dem Unbekannten gekämpft hatte. Und danach: kompletter Filmriss! Er fand sich in einem Meer von hochgewachsenen Farnen und dichtem Laub wieder. Gedanken sickerten in sein malträtiertes Bewusstsein. Warum war er am Leben? Warum hatte der Killer sein Werk nicht zu Ende gebracht? Kraftlos versuchte er die dichten Pflanzen beiseite zu schieben und es dämmerte ihm, dass genau das ihn gerettet haben musste. Das Meer aus Farnen und der dichte Nebel hatten ihn verschluckt! Das Pfefferspray hatte sicherlich sein Übriges getan, dass der Mörder ihn aus den Augen verloren und möglicherweise geglaubt hatte, er sei geflohen … Oder war er noch da draußen, ganz nah, bereit für einen neuen, den letzten Angriff!?

Über ihm konnte er durch das Dach aus Farnwedeln Teile der steilen Wand aus Schieferfels aufragen sehen. Ob es früh am Morgen war oder die Abenddämmerung eingesetzt hatte, konnte er nicht sagen. Die Lichtverhältnisse waren schlecht, obwohl der Sturm die Kronen der Buchen, die er sehen konnte, mächtig ausgedünnt hatte. Immerhin standen die Bäume noch, stellte Gernot fest. Der Sturm hatte hauptsächlich die flachwurzelnden Fichten umgelegt. Jetzt fiel ihm noch etwas auf: Er konnte die einzelnen Äste der Baumkronen, die sich scharf vor dem grauen Himmel abhoben, gut erkennen. Das hieß, dass sich der Nebel verzogen hatte! Gernot versuchte einzuschätzen, ob das nun gut oder schlecht für ihn war. Der Mörder würde ihn nun besser sehen können. Andererseits konnte Gernot sich nun auch besser orientieren. Vielleicht hatte er den Angreifer mit dem Pfefferspray tatsächlich in die Flucht gejagt? Vielleicht war der Killer sogar kampfunfähig? In seiner Berufspraxis als Anwalt war ihm ein solcher Fall schon untergekommen. Das Zeug konnte einen wirklich umhauen … Gernot hoffte für sich und die schwer verletzte Dörthe, dass genau das passiert war. Er betete, dass die alte Dame ein ähnlich gutes Versteck hatte finden können, wie es ihm sein Sturz beschert hatte. Wie lange aber war er bewusstlos gewesen? Waren nur Minuten seit dem Kampf vergangen oder Stunden? Konnte es sein, dass er gar Tage in diesem Meer aus Farnen verborgen gelegen hatte? Er verspürte einen wahnsinnigen Durst, bemerkte aber schnell, dass er seinen Rucksack nicht mehr hatte. Der musste noch weiter oben bei der ermordeten Ruth liegen. Und wo war nur Dörthe? Er lauschte von neuem mit angehaltenem Atem in die Stille des Waldes … Nichts! Ein Schauer durchfuhr ihn, aber der Gedanke an die beiden alten Damen und an seine getötete Frau Annette verlieh dem schmächtigen Anwalt neue Kräfte. Er konnte nicht länger liegen bleiben! So leise, wie es ihm in seinem Zustand möglich war, erhob er sich und machte sich trotz seiner Kopfschmerzen und der verletzten Schulter an den Aufstieg. Ob ihn oben der Mörder erwartete? Gernot tastete seine Taschen ab. Das Pfefferspray hatte er verloren. Es wäre ohnehin keine Hilfe gewesen, denn Gernot glaubte sich zu erinnern, dass er den gesamten Inhalt auf den Mörder gesprüht hatte. Ein Gedanke schoss ihm durch den schmerzenden Kopf: Wer war eigentlich der Mörder? Er hatte in der Hektik des Kampfes und wegen des dichten Nebels, vor allem aber durch seine Blödheit mit dem Verschluss des Pfeffersprays nie richtig das Gesicht sehen können. Vermutlich war es der Ranger. Was er von der Kleidung hatte erkennen können, deutete zumindest in diese Richtung. Vielleicht aber war es doch Teusch, in Verkleidung … Im Grunde war es jetzt egal. Er musste den Felsen erklimmen und unbedingt etwas trinken. Seine Mundhöhle war völlig ausgetrocknet und die Zunge fühlte sich an wie ein Stück alte, rissige Kohle.

Nach einem mühevollen Aufstieg erreichte Gernot die beiden Frauen. Ruths Kopf war nach vorne gefallen und verdeckte die große Schnittwunde am Hals. Dörthes Anblick hingegen war trotz des Dämmerlichtes schockierend für Hesse. Ihre geöffneten Augen starrten ins Leere und ihr Mund stand wie bei einem zu breiten Lächeln auf. Fast so, als ob sie ihn noch im Tod verhöhnen wollte. Er hatte auf die Frauen aufpassen sollen – und nun waren beide tot. Er spürte ein Würgen in der Kehle und brachte es trotz seines Durstes nicht über sich, in den Rucksäcken der beiden Frauen nach einer Wasserflasche zu suchen. Lieber würde er sich aufmachen und einen Wasserlauf suchen, um seinen Durst zu stillen. Nach dem starken Regen hatten sich überall im Wald zahlreiche Rinnsale gebildet, die talwärts vermutlich die Bäche über die Ufer treten ließen. Gernot dachte kurz darüber nach, die Augenlider der toten Dörthe zu schließen, doch seine Hemmungen, die alte Frau zu berühren, waren letztlich zu stark. Durch sein Scheitern musste sie sterben und es würde ihr sicher nicht gefallen, wenn er sie jetzt berührte. Er hatte das untrügliche Gefühl, dass die Seelen der Verstorbenen noch an diesem Ort verharrten und ihn beobachteten. Verrückter Gedanke, schoss es ihm durch den Kopf. Dennoch … die Gänsehaut, die über seinen Rücken jagte, ließ ihn zweifeln, ob nicht doch etwas Wahrheit in dem Gedanken steckte. Vielleicht schauten sie wirklich zu. Vielleicht nur, um zu sehen, wie er sie rächte. Oder … wie er ebenfalls starb. Dann hätten ihre Seelen Ruhe, oder? Gernot spürte, dass seine Gedankengänge immer absurder wurden. Er war doch ein Mensch des klaren Verstandes! Und der sagte ihm: Du musst jetzt hier verschwinden! Etwas trinken … Und du musst verdammt leise durch den Wald schleichen! Aber er war alles andere als leise, als er die Felswand weiter hinaufstieg. Immer wieder lösten sich unter seinen Füßen kleine, lockere Felsstücke und krachten mit Getöse talwärts. Wären der oder die Mörder noch in der Nähe, wäre es ein Leichtes, ihn zu finden und ihn an der Schieferwand auszuschalten, da sie keinerlei Schutz bot. Doch Gernot hatte Glück. Keine Felsbrocken oder Baumstämme wurden auf ihn geschleudert, um seinem Überlebenskampf ein Ende zu bereiten. Nach gut zwanzig Minuten war die Tortur geschafft. Er erreichte einen flachen Waldabschnitt, auf dessen weichen Moosboden er sich rücklings fallen ließ und nach Luft schnappte. Die Feuchtigkeit des Mooses drang durch seine zerschlissene Wanderjacke und kühlte seine von der Anstrengung erhitzte Haut. Hesse war so durstig, dass er am liebsten an dem Moos gesaugt hätte. Nach kurzer Verschnaufpause rappelte er sich wieder auf und schaute sich zur Orientierung um. Nur wenige Meter von ihm entfernt entdeckte er einen Stapel abgesägter Baumstämme. Hier also hatte sich der Täter bedient und die Stämme hinab geworfen. Mit pochendem Herz näherte sich Hesse den restlichen Stämmen. Er lugte um die Ecke. Da war niemand! Gott sei Dank! Erleichtert stapfte er weiter durch den dichten Wald. Überall tropfte es und der Boden war aufgeweicht, doch nirgendwo stieß er auf eine Wasserstelle, um seinen quälenden Durst stillen zu können.

Als er die Hoffnung schon aufgegeben hatte, rutschte er plötzlich inmitten von Farnen aus und landete in einem winzigen Bachlauf. Gernot legte sich auf den Bauch und schöpfte mit beiden Händen das kühle, klare Nass in seinen Mund. Das Wasser schmeckte nach Erde und Holz, dennoch kam es ihm wie eine Köstlichkeit vor. Nur kurz hielt er inne und dachte daran, dass das Wasser alles andere als sauber war und er sich möglicherweise gefährliche Keime oder Bakterien einfangen konnte, doch der Durst war einfach größer als die Vernunft.

Als er endlich das unbändige Verlangen nach Wasser gestillt hatte, wollte er aufstehen und seine Wanderung fortsetzen. Es ging nicht. Gernot betrachtete seine Hände, die plötzlich zu zittern anfingen. Dann erfasste es seinen ganzen Körper. Er fiel einfach zur Seite um, lag wie von Schüttelfrost befallen inmitten der Farne und bibberte am ganzen Körper. Er fing an, grundlos zu heulen und musste sich schließlich schwallartig übergeben. Schluchzend rieb er sich die brennenden Augen und langsam kam ihm die Erkenntnis, dass er am Rande eines Nervenzusammenbruchs war. Er hatte ähnliche Reaktionen schon bei Mandanten in den Pausen von Gerichtsverhandlungen miterlebt. Ab einem gewissen Punkt, wenn der Druck zu groß wird, rebelliert die Seele. Angeklagte waren mit den gleichen Symptomen, die er jetzt bei sich feststellen musste, zusammengebrochen. Vielleicht ein Schutzmechanismus des Körpers, der damit zu verstehen gab: Jetzt reicht es! Eine Grenze wurde überschritten!

Hesse schlang die Arme um seinen Körper und zog die Beine an. In dieser Embryonal-Stellung lag er auf dem Boden, schluchzte und kotze in unregelmäßigen Abständen das Wasser aus. Obwohl er innerlich dagegen anzukämpfen versuchte: Er konnte sich nicht aus diesem Zustand befreien. Er bemühte sich, gleichmäßig tief ein- und auszuatmen. Doch es funktionierte nicht. Immer wieder durchschüttelten ihn Weinkrämpfe. Erst nach einer gefühlten Ewigkeit ließen die Schübe nach. Gernot kam sich innerlich völlig ausgebrannt und leer vor. Wenn er jetzt sterben müsste, es würde ihm nichts ausmachen. Im Gegenteil: Er hätte es wie eine Erlösung empfunden …

Der sonst so erfolgsverwöhnte Anwalt richtete sich auf seinen Knien auf, wischte die letzten Tränen von seinen Wangen und blickte sich um. Wohin er auch sah, überall schienen die wuchtigen Stämme der Fichten, Eichen und Buchen sich zu lebendigen Gestalten zu formen. Schattenwesen, die er nur zu gut aus seiner Kindheit kannte, wenn die Eltern in der Diele das Licht löschten, das durch den Türspalt wie eine letzte Verbindung zur Realität in sein

Zimmer fiel. Dann gab es nur noch den fahlen Mondschein, in dem die achtlos hingeworfenen Anziehsachen auf seinem Schreibtischstuhl plötzlich die Form eines unheilvollen Wesens annahmen. Genauso fühlte er sich jetzt: wie ein kleiner, ängstlicher Junge. Im Hier und Jetzt aber konnte er sich nicht die Bettdecke über seinen Kopf ziehen und sich auch nicht in die Ecke zwischen Bett und Wand verkriechen. Er musste sich aufrappeln, aufstehen, weiterziehen. Vorbei an den tanzenden Schatten im letzten Abendlicht, die mit langen Klauen hinter seinem Rücken nach ihm zu greifen schienen. Gernot richtete sich auf, blickte sich vorsichtig um und ging schließlich zögerlich und mit steifen Schritten los. Er musste hinaus aus diesem Waldstück. Er musste zu einer Stelle gelangen, wo er in den freien Himmel blicken konnte. Erneut schossen ihm die Tränen in die Augen und eine Welle der Entmutigung durchfuhr seinen Körper. Was war nur los? Warum konnte er diesen elenden Jammerlappen in sich nicht abschütteln? Würde sein Freund Paul Masters sich in einer solchen Situation jemals wie ein heulendes Häufchen Elend verkriechen wollen? Oder noch schlimmer: Was würde Paul zu ihm sagen, wenn er ihn in seinem jetzigen Zustand sehen könnte?

Der Anwalt stolperte weiter vorwärts. Nur noch von dem einen Gedanken getrieben, dass er diesem Grauen entkommen musste, bevor er völlig seinen Verstand verlor.

Wie aus dem Nichts traf ihn ein jäher Schlag auf den Kopf. Gernot fühlte zunächst keinen Schmerz, sondern sah nur grelle Lichtblitze vor den Augen. Wie in Zeitlupe nahm er wahr, dass seine Beine ihm ihren Dienst versagten. Er sank auf die Knie. Dann drang das Rascheln von Laub und das Knacken kleiner Zweige in sein benebeltes Bewusstsein. Jemand ging um ihn herum. Hesse wollte den Kopf drehen. Doch es ging nicht. Eine undurchdringliche Schwärze rollte auf ihn zu. Die Welt um ihn herum drehte sich verzerrend in diesen dunklen Strudel hinein. Durch das Tosen in seinem Kopf hindurch erwartete Gernot einen weiteren Schlag von hinten. Den alles entscheidenden Schlag. Dann aber verschlang ihn der Strudel und riss ihn unaufhaltsam mit sich …

# HOFFNUNGSSCHIMMER

Paul, Hanna und Pia zuckten zusammen, als im diffusen Licht irgendwo vor ihnen auf einmal ein Motor ansprang und kurz danach Scheinwerfer aufflammten. Der Generator der Rettungskräfte war wieder funktionstüchtig und die Arbeiten konnten weitergehen. Die Szenerie wirkte gespenstisch und unwirklich. Auf ihrem weiteren Weg über die gewundene Landstraße talwärts trafen sie auf einen großen Bagger mit Greifer, der im grellen Licht seiner Strahler die zerteilten Baumstämme packte und sie an den Straßenrand beförderte. Ein nachfolgender Harvester nahm die langen Stämme erneut auf, trennte mit seinen scharfen Werkzeugen die Äste ab und zerteilte sie in einem Arbeitsgang auf transportable Längen. Paul war zunächst angesichts der für eine Notsituation so unangemessen akkurat erscheinenden Arbeit irritiert, dann aber dämmerte ihm, dass dem Chaos aus entwurzelten und abgebrochenen Bäumen nur so einigermaßen Herr zu werden war. Verschwitzte Waldarbeiter mit Hörschutz und THW-Helfer kamen kurz auf die kleine Gruppe zu, erkundigten sich, ob sie Hilfe benötigten und schickten sie mit dem Hinweis weiter, dass im Tal Rettungsfahrzeuge und Ärzte bereitstanden. Hanna bat um eine Trage für die verletzte Pia, da das Mädchen sich kaum noch auf den Beinen halten konnte und es für sie und Paul nunmehr fast unmöglich war, Pia zu stützen, so entkräftet waren sie. Doch die Leute schüttelten nur bedauernd den Kopf und versorgten die kleine Gruppe mit Wasser und Schokoladenriegeln. Dann mussten sie sich wieder ihren Aufräumarbeiten zuwenden. Paul sah, dass es den Helfern nicht besser erging als ihm, Hanna und Pia. Auch den Männern war die Übermüdung mitunter mehr als deutlich anzusehen. Sie mussten ununterbrochen im Einsatz gewesen sein, dennoch dachte niemand an eine Unterbrechung oder einen Aufschub der Arbeiten.

Paul war froh, dass er die Handfeuerwaffe hinten in den Hosenbund gesteckt hatte, wo sie unter seinem T-Shirt verborgen war. Vermutlich wären die Helfer nicht so freundlich auf sie zugekommen, wenn er die Waffe offen getragen hätte.

Paul und Hanna nahmen Pia wieder in ihre Mitte und setzen den beschwerlichen Weg fort. Pia hatte Mühe, überhaupt noch Schritte zu machen, sodass Paul und Hanna das Mädchen mehr oder weniger mit sich schleifen mussten. Bald schon war von den schweren Arbeitsmaschinen nur ein entferntes und tiefes Brummen zu hören. Die Landstraße war gespenstisch leer. Einige verlassene Autos hatte man an den Straßenrand an die Leitplanken geschoben. Paul merkte, dass er und Hanna weiterhin immer wieder in Richtung Wald spähten: Das Bedrohungsgefühl blieb allgegenwärtig! Mehr und mehr aber machte sich ihre körperliche Erschöpfung bemerkbar. Die entkräftete Pia zu schleppen, raubte ihnen bei jedem Schritt weitere Energie. Mit einem Male sank das Mädchen schlaff in sich zusammen und hing zwischen Paul und Hanna wie ein nasser Sack.

»Hey, Pia, es kann nicht mehr weit sein«, versuchte Hanna das Mädchen zu wecken und aufzumuntern. Dabei tätschelte sie mit einer Hand vorsichtig ihre Wangen, ohne dabei die schwer verbrannten Partien um Mund und Kinn zu berühren.

»Kann nicht mehr …«, lallte Pia.

Hanna sprach ihr Mut zu: »Komm! Nur noch ein paar Schritte, dann kannst du dich ausruhen, dann helfen dir Ärzte. Das schaffst du!«

»Sollen wir eine Pause machen?«, bot Paul an.

»Nein, wir müssen weiter, bevor sie ohnmächtig wird. Es kann nicht mehr weit sein«, antwortete die Floristin.

»Also! Komm, Pia! Hast du es gehört? Wir sind gleich da. Komm … einfach einen Fuß vor den anderen setzen … Ja genau so … immer einen Schritt nach dem anderen. Du machst das toll, Pia«, lobte Paul das Mädchen.

Die Aufmunterungen schienen zu wirken, stellte Paul erleichtert fest. Pia mobilisierte offenbar ihre letzten Kräfte und ihr Körper lastete nicht mehr so schwer auf ihren Schultern.

Paul konnte es kaum glauben, als er in der Ferne Lichter sah. Das mussten die Einsatzfahrzeuge sein! Instinktiv beschleunigte er seine Schritte, merkte jedoch zugleich, dass Pia mit dem Tempo nicht mithalten konnte.

So vergingen weitere endlose Minuten, in der sie zu dritt über die mittlerweile vom fahlen Mondschein erhellte Landstraße schlichen.

»Wo kommen Sie denn her!?«

Paul, der mit gesenktem Kopf nur noch auf den Asphalt geschaut hatte und innerlich betete, dass Pia es schaffte, schreckte auf und sah einen kräftigen Feuerwehrmann, der sich vor ihnen aufbaute.

»Wir … wir brauchen dringend Hilfe«, antwortete Paul müde. »Das Mädchen muss zu einem Arzt. Sie hat schwere Verbrennungen.«

»Wir haben zwei Ärzte und zwei Notarztwagen vor Ort. Geben Sie mir das Mädchen, ich übernehme das … Und folgen Sie mir!«, sagte der Feuerwehrmann und hob Pia auf seine Arme.

Paul spürte sofort die Erleichterung, als ihm die Last von den Schultern genommen wurde. Wie musste es erst Hanna ergehen?

»Alles in Ordnung mit dir?«, sprach er die Floristin mit den dicken Brillengläsern an. Hanna war wirklich ein sehr seltsamer Vogel, doch Paul musste sich eingestehen, dass er sie in der kurzen und mehr als intensiven gemeinsamen Zeit lieb gewonnen hatte. Vielleicht sogar mehr als das … Er legte einen Arm um ihre Hüfte, während sie dem Feuerwehrmann zu einer Ansammlung von Einsatzfahrzeugen folgten, die von hellen mobilen Strahlern beleuchtet wurden. »Du musst deine Verbrennungen ebenfalls sofort untersuchen lassen!«, forderte Paul Hanna auf.

»Es geht schon«, antwortete die Blumenverkäuferin und lehnte ihren Kopf an Pauls Seite, gerade so, als ob sie sich schon Jahre kennen würden. »Sag mal, was ich dich die ganze Zeit fragen wollte: Erlebst du als Detektiv immer solche Abenteuer oder war das jetzt für dich ebenfalls einzigartig? Oder liegt es vielleicht an mir? Weißt du, ich ziehe das Glück nicht gerade an.«

»Hanna, Hanna … so schwierige Fragen. Aber damit du beruhigt bist: Mein Leben war schon immer chaotisch. Ich glaube nicht, dass es dein Karma ist. Vielleicht haben wir die Pechsträhne zusammen nur verstärkt.« Er lächelte sie an und drückte ihr sanft einen Kuss auf die angesengten und verschmutzten Haare.

Paul musterte die behelfsmäßige Notzentrale aus Fahrzeugen der Polizei, des THW, der Feuerwehr und des Rettungsdienstes, die man am Fuß des Kahlen Astens errichtet hatte.

»Da wären wir …«, erklärte der hilfsbereite Feuerwehrmann, als sie vor einem beige-orangefarbenen Kastenwagen mit der Aufschrift »Notarzt« standen. »Die Ärzte und Sanitäter sind hier, um erste Hilfe zu leisten, weil das Zersägen der Bäume auf der Landstraße für die Kollegen ziemlich gefährlich ist.« Der Feuerwehrmann hielt Pia mit seinem kräftigen Arm wie eine Feder und schlug mit der flachen Hand des anderen Arms an die Tür des Notarztwagens, die sofort von einer jungen Frau in weißer Kleidung geöffnet wurde.

»Was ist mit ihr passiert?«, fragte sie direkt und hielt sich gar nicht erst mit einer Vorstellung auf. Im Licht der aufgestellten Scheinwerfer sah Paul nun, wie schlimm Pias Verbrennungen waren. Der provisorische Verband hatte sich gelöst. Ihr Hals und Unterkiefer waren schwarz, Hautfetzen hingen herunter und dazwischen schimmerte tiefrot das nackte Fleisch.

Auch die in Weiß gekleidete Frau, offensichtlich eine Ärztin oder jemand, der zum medizinischen Personal gehörte, erkannte augenblicklich den Ernst der Lage. »Bringen Sie sie rein!«, befahl sie dem Feuerwehrmann. Sie warf einen kurzen, prüfenden Blick auf Paul und Hanna. »Und Sie gehen am besten dort zu unserem zweiten Bus und lassen Ihre Hände behandeln«, empfahl sie Hanna. »Wir kümmern uns jetzt um das Mädchen. Sehr wahrscheinlich werden wir sie direkt in eines der umliegenden Krankenhäuser bringen.« Dann verschwand sie im Notarztwagen und schloss die Tür.

Paul begleitete Hanna zu dem zweiten Notarztfahrzeug, wo sie von einem jungen Mann begrüßt wurden. »Hallo, ich bin Dietmar Köster, Rettungssanitäter. Kann ich Ihnen helfen?«

»Ja, ich habe mich verbrannt«, antwortete Hanna und hielt ihre Hände in die Höhe.

»Kommen Sie herein, das schauen wir uns drinnen genauer an«, forderte der Sanitäter Hanna auf und öffnete die Tür zu dem mit Medizintechnik ausgestatteten Bus.

»Soll ich bei dir bleiben? Vielleicht aber sollte ich besser einen Verantwortlichen suchen, damit sie die Rettung von Gernot und den beiden Damen einleiten und eine Suchaktion nach Lucy starten?«, fragte Paul besorgt.

»Mach mal, ich bin schon ein großes Mädchen und komme allein zurecht. Sobald ich verarztet bin, komme ich zu dir.«

Paul streichelte sanft Hannas Wange. Sie nahm erschöpft ihre Brille von der Nase, um sie zu putzen und schaute dabei Paul an. In dem Flutlicht sah er, wie zerlumpt und verschmutzt sie aussah, doch ihre braunen Augen funkelten in dem verdreckten Gesicht wie zwei dunkle Edelsteine. Eine unfassbare Welle der Zuneigung durchströmte Paul in diesem kurzen Augenblick, sodass für einen Moment die Zeit stillzustehen schien und alle Sorgen in unendlich weiter Ferne rückten.

Ebenso plötzlich wie ihn das Gefühl überwältigt hatte, schwand es nun wieder, als ihn die Wirklichkeit einholte. »Ja, dann … alles Gute«, verabschiedete er sich ungelenk von Hanna und machte sich schnell zwischen den Fahrzeugen auf die Suche nach der Einsatzleitung. Paul verspürte plötzlich eine unbändige Lust auf eine Zigarette, sah aber bei den uniformierten Leuten, die geschäftig zwischen den Einsatzfahrzeugen hin und her liefen, keinen Raucher. Die Leitstelle der Polizei hatte er schnell gefunden. Es war ein VW-Bus, vor dem ein provisorisches Zelt errichtet war, um den Raum zu vergrößern. Die Eingangsplanen waren zurückgebunden und Paul wunderte sich, dass zwei uniformierte Polizisten und ein Mann in Zivilkleidung sich um ein altes CB-Funkgerät versammelt hatten und offensichtlich angestrengt lauschten. Er stutzte, als er einen der Beamten wiedererkannte, aus der Zeit, als er noch als Anwalt tätig war. Er kramte in seinem Gedächtnis, in welchem Zusammenhang er den Polizisten getroffen hatte und versuchte sich an dessen Namen zu erinnern. Noch während Paul überlegte, drehte sich der Polizist um und musterte ihn zunächst mit einem misstrauischen Blick, dann hellte sich seine Miene auf, als er ihn offensichtlich ebenfalls erkannte.

»Paul Masters!«, rief er erstaunt aus. »Was machen Sie denn hier? Sie sind doch nicht etwa in den Sturm geraten, so wie Sie aussehen!?«

Paul fiel es wieder ein. Bei dem damaligen Fall vertrat er als Nebenkläger eine Mandantin, die von einem hartnäckigen Stalker verfolgt wurde. Der Richter verhängte lediglich verschärfte Auflagen, womit weder seine Mandantin noch der Polizist oder Paul zufrieden waren. Doch nur kurze Zeit nach der Urteilsverkündung verließ der Stalker die Stadt. Paul vermutete, dass der Beamte nachgeholfen hatte. »Wohlers, Martin Wohlers, richtig?«, fragte er, als der dem Polizisten kräftig die Hand schüttelte, der damals noch wesentlich schlanker gewesen war.

»Richtig!«, bestätigte der beleibte Mann. »Aber jetzt erzählen Sie mal, was ist Ihnen denn passiert?«

Paul versuchte, in möglichst wenigen Worten die ganze Geschichte zusammenzufassen: vom Auffinden der beiden Leichen der Studentinnen über die beiden Morde an Annette von Dahl und Yusuf Monti bis hin zu der toten Architektin und ihrem verschwundenen Ehemann sowie den ebenfalls verschwundenen Hauptverdächtigen Jan Teusch und Ranger John Hartwich. Paul beendete seine Schilderung mit dem notwendigen Zurücklassen der alten Damen Ruth Ellingwart und Dörthe Kleiber, die durch seinen Freund Gernot Hesse beschützt wurden. Er erzählte dem Polizisten auch von der verschwundenen Lucy Berger, die wahrscheinlich noch immer allein durch den Wald irrte.

Mittlerweile hatten sich der andere Uniformierte und der Mann in Zivilkleidung vom Funkgerät abgewandt und hörten mit offenen Mündern Pauls Schilderungen zu. Als er geendet hatte, schwiegen die drei Männer. Nur das aus dem Lautsprecher des Funkgerätes dringende atmosphärische Rauschen, unterbrochen von einigen unverständlichen Durchsagen, störte das Schweigen.

Schließlich räusperte sich Wohlers. »Sie verdächtigen den Hartwich?«, fragte er ungläubig nach. »Ich glaube, da irren Sie sich! Ich kenne John seit der Schule. Der kann keiner Fliege etwas zuleide tun. Deshalb ist er ja Ranger und Naturschützer geworden.«

»Ich habe jetzt leider keine Zeit, mit Ihnen den Fall und die Verdächtigen ausführlich zu erörtern. Wir müssen handeln … und zwar schnell! Da draußen sind zwei alte Damen, ein junges Mädchen und mein bester Freund in Gefahr. Und dann noch drei Männer, von denen jeder als möglicher Mörder infrage kommt«, drängte Paul.

»Vielleicht sind es sogar fünf möglich Mörder. Es wird da nämlich …«, wollte Wohlers erklären.

»… ein Gefangenentransport vermisst«, unterbrach ihn Paul. »Ich weiß davon. Sie müssen einen Hubschrauber mit Infrarotausrüstung losschicken. Und einen Trupp Einsatzkräfte mit einem GPS-Anzeigegerät!«

Der dicke Martin Wohlers schüttelte den Kopf: »Tut mir leid, die Idee hatten wir auch schon, aber es geht nicht. Der Rotor des Hubschraubers könnte mit seinen Luftverwirbelungen weitere Bäume umreißen, die bereits beschädigt sind. Die Gefahr ist groß, dass dadurch Menschen gefährdet werden.«

»Und ein Suchtrupp mit GPS-Anzeiger?«

»Geht auch nicht. Alle unsere verfügbaren Leute sind rund um die Uhr im Einsatz, um Hilfe zu leisten. Sie können sich nicht vorstellen, wie es in den Ortschaften aussieht. Überschwemmungen, Erdrutsche, Schlammlawinen – daraufhin musste vielerorts der Strom abgeschaltet werden oder aber es sind Überlandkabel zerstört. Wir müssen für die Sicherheit sorgen und fahren verstärkt Streife. Wir haben an vielen neuralgischen Punkten Posten für die Bürger eingerichtet. Hinzu kommt noch, dass wir den verschwundenen Gefangenentransport aufspüren müssen und sämtliche Kommunikationsnetze ausgefallen sind. Selbst unser Digitalfunk ist komplett weg. Wir sind auf private Hilfe von CB-Funkern angewiesen. Das klappt ganz gut, wir haben seit kurzer Zeit ein Netz von Leitstellen eingerichtet, die über CB-Funk kommunizieren können …«, erläuterte Wohlers.

Paul nickte mit ernstem Gesicht. »Trotzdem benötigen auch die Zurückgelassenen im Wald Hilfe! Geben Sie mir doch einfach einen GPS-Empfänger, ich habe die Koordinaten der Leute im Wald. Dann brauche ich noch eine Trage … ein leichtes Modell aus Aluminium, dass ich mir auf den Rücken schnallen kann. Und … äh …«, Paul überlegte kurz, »… ach ja, und ein Auto!«

Wohlers kratzte sich unbehaglich an der Schläfe. Paul sah ihm an, dass seine Bitte ihm Kopfzerbrechen bereitete.

»Also gut …«, er atmete tief durch, als müsse sich selbst Mut machen. »Sie sollen alles bekommen …«, willigte Wohlers ein und sah Paul eindringlich an, dann wandte er sich an seinen Kollegen. »Günther! Geh mal los und beschaff die Sachen, die der junge Mann hier braucht. Frag mal beim THW und bei der Feuerwehr nach, die müssten eine leichte Trage und vielleicht auch so ein GPS-Teil haben«, befahl Wohlers, worauf der zweite Uniformierte sofort das Einsatzzelt verließ und zwischen den Einsatzfahrzeugen verschwand.

»Von Ihnen raucht nicht zufällig jemand und hat Zigaretten dabei?«, erkundigte sich Paul bei Wohlers und dem CB-Funker.

»Hab vor 5 Jahren aufgehört. Das Laster bin ich los, aber dann sind die Kilos gekommen. Die sind geblieben!«, lachte Wohlers.

Paul war nicht zum Lachen zumute. Er dachte vielmehr daran, wie kostbar jede einzelne Minute war. Bestimmt ängstigten sich die alten Damen im dunklen Wald zu Tode, obwohl … bei Dörthe Kleiber konnte er sich das nicht so richtig vorstellen. Paul musste auch an die hysterische Lucy denken. Wahrscheinlich war sie wieder zu Sinnen gekommen und benötigte dringend Hilfe. Doch der schlimmste Gedanke für Paul war, dass alle in Lebensgefahr schwebten, solange er sie nicht da rausholen würde. Es war eine Verantwortung, die ihm die Kehle zuschnürte und wie Blei auf seinen müden Schultern lastete. Er musste sich zusammenreißen, durfte sich nicht von solchen Gedanken ablenken lassen. Es galt, nochmals alle seine Kräfte zu mobilisieren.

Nur ein letztes Mal! Die Umstände waren eigentlich ganz gut: Die Straße sollte mittlerweile bis zum Wanderparkplatz geräumt sein. Der Nebel hatte sich komplett verzogen und es herrschte fast Vollmond, sodass die Sicht gut war. Nichts sollte einer Rettung im Wege stehen … Nur der Mörder! Paul griff mit seiner Hand nach der Waffe, die verdeckt in seinem Hosenbund steckte. Der kühle Stahl gab ihm ein Gefühl der Sicherheit. Ja, sogar Zuversicht, dass er seine Mission erfolgreich bewältigen würde.

»Trage bekommen, GPS-Anzeiger leider nicht«, sagte der Uniformierte namens Günther außer Atem und riss Paul damit aus seinen Gedanken.

»Ohne so ein Teil mit GPS-Koordinaten kann ich die Zurückgebliebenen doch nicht finden! Es muss doch jemand so etwas haben! Ist doch nicht zu glauben, dass ich wegen so einer Scheiße so viel Zeit verliere! Die Leute sind in Lebensgefahr!«, schrie Paul wütend.

Günther bekam einen hochroten Kopf und wollte sich entschuldigen, doch Martin Wohlers redete beruhigend auf Paul ein: »Das ist doch kein Grund, meinen Mitarbeiter so anzubrüllen. Wir sind alle seit zig Stunden auf den Beinen und die Nerven liegen blank. Das verstehe ich. Aber dann sollte man sich besonders beherrschen, um einen klaren Kopf zu bewahren. Wir könnten jetzt einige Haushalte nach so einem GPS-Dingsbums abklappern, oder Sie sehen zu, dass Sie zur Rangerstation auf den Kahlen Asten kommen. Vielleicht hat die Feuerwehr den Weg bis zum Sahnehang freigeschnitten. Von dort können Sie die Hochebene erreichen. Neben dem Hotel und der Wetterstation ist die neue Rangerstation, da müsste der Bruder von John seit dem Sturm feststecken, die Feuerwehr hatte noch während des Sturms Kontakt mit ihm, der dann abgebrochen ist … Jedenfalls, was ich sagen will, ist, dass die Ranger so ein Teil haben, was Sie brauchen. Habe ich bei denen schon gesehen.«

Paul rotierte innerlich bei dem umständlichen und zeitraubenden Redefluss von Wohlers. Doch immerhin hatte er nun endlich einen Tipp, der ihn weiterführte.

»Und der Bruder von Hartwich, der ist ebenfalls Ranger?«

»Ja, beide sind Ranger für den Kahlen Asten und den Rothaarsteig. Johns Bruder ist wahrscheinlich der Einzige, der noch da oben auf dem Gipfel ist, vielleicht noch Leute von der Wetterstation oder dem Hotel, aber das ist eher unwahrscheinlich, weil die Evakuierung noch frühzeitig …«

»Ja, ja …«, unterbrach Paul den Redeschwall von Wohlers. »Welches Auto kann ich haben?

»Wollen Sie das wirklich allein machen? Ich kann hier nicht weg und ich kann Ihnen auch nicht Günther mitgeben. Bei Tagesanbruch können wir sicher einen Suchtrupp zusammenstellen. Ich werde mich gleich über Funk mit den Kollegen darauf verständigen.«

»Bei Tagesanbruch kann es schon zu spät sein. Also, welches Auto!?«

Wohlers zog einen Schlüssel mit einem metallenen Anhänger aus der Tasche und klimperte damit rum. »Der weiße Audi Kombi dort vorne. Aber bitte vorsichtig fahren, das ist mein Privatwagen!« Er warf Paul die Schlüssel zu.

Der Lüdenscheider Detektiv fing sie auf, schnappte sich die leichte Trage und rannte ohne ein Wort des Dankes zu den parkenden Fahrzeugen, die in einer langen Reihe am Rande der Landstraße abgestellt waren. Paul betätigte den Funktüröffner und fand auf Anhieb den gesuchten Audi. Er öffnete die Heckklappe, warf die Alutrage hinein und ließ die Klappe so heftig ins Schloss donnern, dass es Wohlers wahrscheinlich durch Mark und Bein ging.

Kaum hatte Paul sich hinter das Lenkrad geklemmt und den Schlüssel ins Zündschloss gesteckt, als die Beifahrertür aufgerissen wurde.

»Ja, ja, ich werde behutsam mit dem Wagen umgehen!«, sagte Paul entnervt. »Oder gibt es sonst noch etwas Wichtiges?«

»Eigentlich nicht, aber ich werde mitkommen!«

Pauls Kopf flog herum. Da stand nicht wie erwartet der dicke Martin Wohlers an der geöffneten Beifahrertür, sondern Hanna! Sie ließ sich in die Autopolster fallen und Paul sah staunend zu, wie sie mit weiß bandagierter Händen nach dem

Sicherheitsgurt griff. Als der Gurt klickend einrastete, blickte sie Paul fragend an: »Was ist? Worauf wartest du noch? Willst du nicht endlich mal losfahren?«

## RICHTUNGSWECHSEL

»Hey … Hey … Hey …«

Dr. Gernot Hesse vernahm ein Echo wie beim Sound-Check eines Rockkonzertes. Er war sich sicher, dass er sich in einer finsteren Konzerthalle befand. Und erneut rief die Sängerin etwas ins Mikro: »Es tut mir leid … leid … leid …« Noch während die Worte verhallten, startete die Lightshow. Grelle Laserblitze und bunte Scheinwerfer blendeten den Anwalt. Er spürte sogar, wie das pulsierende Licht auf seine Wangen klatschte.

»Hey! Aufwachen … Aufwachen … Aufwachen!«

Wieso aufwachen? Der Traum könnte doch einmalig schön werden! Nur dieses klatschende Licht wurde nervig. Gernot wollte seine Hände heben, doch es funktionierte nicht.

»Nun kommen Sie schon … schon!«

Die Echos wurden schwächer, das Licht blasser … und Gernot hob seine Augenlider.

Kein Konzert. Keine Sängerin. Keine Lightshow.

Stattdessen ein verschmiertes Mädchengesicht, das sich im fahlen Licht dicht über ihn beugte.

»Sind Sie endlich wach?«, fragte das Mädchen.

Hesse kannte die Stimme. Woher nur? Er meinte auch, dieses dreckige Mädchen zu kennen.

»Es tut mir leid, Mann. Echt, es tut mir richtig leid. Soll ich Ihnen helfen?«, fragte sie und wollte vorsichtig seinen Oberkörper anheben.

Solange Gernot ruhig lag, war es alles erträglich. Doch als das Mädchen ihm aufhelfen wollte, fühlte sich sein Kopf erneut wie eine Konzerthalle an, nun aber wie während eines Heavy-Metal-Festivals. Dennoch blitzten vereinzelte Erinnerungsfetzen in dem stroboskopartigen Tumult auf, der durch seine Gehirnwindungen tobte.

Lucy! Genau, das Mädchen, das sich so sorgenvoll über ihn beugte, war Lucy, die er in der SGV-Hütte kennengelernt hatte. Und: Er war im Wald! Immer noch im Wald, wo der Mörder ihn jagte! Eine Welle des Entsetzens durchfuhr Gernot bei diesem Gedanken.

»Der Mörder! Der Mörder ist hier«, wisperte er. »Er … er hat mich niedergeschlagen …«

Gernot sah, wie sich das völlig verdreckt Mädchen panisch nach allen Seiten umsah. »Wirklich? … Wirklich? Wo? … Wo ist er?«, fragte sie flüsternd und ihre Angst war nicht zu überhören.

»Ich … ich weiß nicht … Er muss in der Nähe sein. Er hat mich niedergeschlagen«, nuschelte Gernot, dem das Sprechen immer noch schwerfiel.

»Der war das nicht!«

»Was war er nicht? Ich verstehe nicht …«, Gernot stützte sich mühsam auf seinen Ellenbogen ab.

»Das da …«, sie zeigt auf Gernots Kopf, »Also das mit dem Niederschlagen. Das war ich …« Sie schaute sich wieder unsicher nach allen Seiten um.

»Sie … Sie waren das? Aber … wieso?«

»Es tut mir unendlich leid. Hören Sie: Es tut mir leid, echt. Aber ich dachte, Sie wären der Mörder. Also, ich habe Sie ja nicht gesehen. Nur gehört, wie Sie nähergekommen sind …« Die gehetzte Stimme des Mädchens überschlug sich fast. »Da habe ich mich hinter einem Baum versteckt. Einen dicken Ast gegriffen … Ja … genau … und dann, dann … als Sie direkt neben mir waren – da habe ich zugeschlagen.«

Gernot merkte, unter welch großer nervlicher Anspannung die junge Frau stand. Nach den Ereignissen in und an der Hütte kein Wunder, was aber mochte sie in der Zwischenzeit nur alles erlebt haben? Ihr Zustand ließ Gernot erschauern und es fiel ihm schwer, einen klaren Gedanken zu fassen. Was nicht erleichtert wurde durch den Redeschwall, mit dem das Mädchen ihn überfiel.

»Ich konnte ja nicht ahnen, dass Sie es sind!«, entschuldigte sie sich weiter. »Aber jetzt … jetzt ist es ja gut. Alles gut. Ich muss mich nur beruhigen. Bin etwas nervös. Schön, dass Sie jetzt bei mir sind. Wissen Sie, ich bin … also ich bin nämlich vorhin offenbar durchgedreht und in den Wald abgehauen. Und da kamen plötzlich so zwei Gestalten. Dann bin ich einfach tiefer in den Wald gelaufen. Weil … ja, weil ich so eine Angst hatte. Ich war ja wie von Sinnen, müssen Sie wissen.«

»Oh … langsam … Bitte langsam!«, konnte Gernot sie endlich unterbrechen, dem von Lucys Schilderungen schwindelig wurde. »Noch mal, bitte … Warum sind Sie nicht bei Paul Masters Gruppe geblieben? Was ist mit den anderen geschehen?«

»Ich weiß auch nicht, was mit mir los war. Wir waren auf der Straße … Ein Baum ist umgestürzt … und dann … dann sind mir irgendwie die Nerven durchgegangen. Als ich mich wieder etwas gefangen hatte, war ich mitten im Wald. Ich wollte dann zurück zur Landstraße und war auch schon fast da, als ich zwei Leute gesehen habe … also nicht direkt gesehen. Es waren vielmehr so Schemen oder Schatten im Nebel. Ich bin dann zurück … und direkt tiefer in den Wald gelaufen und … nun ja … dann habe ich wieder Äste knacken gehört … und das waren dann Sie. Es tut mir so leid! Wenn ich gewusst hätte, dass Sie …«

»Schon gut, schon gut … Beruhigen Sie sich!«, redete Gernot auf das aufgeregte Mädchen ein. »Sie sind also bis zur Straße gekommen? Und dann haben sie gemerkt, dass sich da verdächtige Leute herumtreiben? Was ist mit Paul? Was ist mit den anderen? Haben die das auch bemerkt?«

Gernot spürte, wie sehr er Lucy mit Fragen bestürmte, aber er musste so viel Klarheit wie möglich gewinnen. Mit eindringlichem Blick sah er sie abwartend an.

Lucy wirkte mit einem Male müde und hilflos an: »Ich weiß es nicht …«, flüsterte sie, »Ich bin einfach gelaufen … nur gelaufen …«

Gernot holte tief Luft. Er musste einsehen, dass er nichts über das Schicksal von Paul und den anderen erfahren würde

… Jedenfalls nicht von Lucy. Er versuchte nachzudenken »Vielleicht wollten die uns dort abfangen«, murmelte er, mehr zu sich selbst. Alles Mutmaßen aber half nicht weiter, weder Paul, Hanna und dem anderen Mädchen noch ihm und Lucy. Er musste eigene Entscheidungen treffen und sah Lucy fest entschlossen an, auch, um ihr ein Stück Sicherheit zu geben: »Wir werden unser Ziel ändern und bergauf gehen. Oben auf dem Kahlen Asten gibt es ein Ausflugslokal mit Hotel, eine Wetterstation und ich glaube, die neue Rangerstation ist dort ebenfalls in der Nähe. Jedenfalls haben wir eine große Chance, dass wir dort auf Menschen treffen und Hilfe bekommen können.«

»Und die beiden alten Damen? Warum haben Sie sie zurückgelassen?« Lucy blickte ihn vorsichtig an.

Gernot Hesse schluckte. Es fiel ihm schwer, sein Scheitern zuzugeben. »Die wurden beide ermordet. Ich habe Glück gehabt und konnte den Täter mit Dörthes Pfefferspray für eine Zeit schachmatt setzen … Aber ich wurde ohnmächtig, stürzte … und bin ihm, ich weiß nicht wie und warum, entkommen …«

Er schaute Lucy an, sah ihre Zweifel und schüttelte langsam, aber bestimmt den Kopf.

»Sie meinen doch nicht etwa, dass ich hinter den Morden stecke?«, wisperte er entrüstet.

»Ich weiß überhaupt nicht mehr, was ich glauben soll. Ich will nur endlich aus diesem verdammten Wald raus!«

»Gut, dann helfen Sie mir auf die Beine!«

Lucy packte einen Arm von Hesse und zog ihn hoch. Der schmächtige Anwalt stöhnte, als er aufrecht stand. Sein Kopf fühlte sich nicht mehr wie ein Konzertsaal an, sondern wie die Open-Air-Bühne des Wacken-Festivals. Er sah Lichtblitze und in seinen Ohren pfiffen hochfrequente Töne. »Okay«, stöhnte Gernot, um sich zu sammeln. »Wir müssen einander vertrauen, wenn wir hier herauskommen wollen! Verstehen Sie?« Er sah Lucy an, die nur zögerlich nickte, dann schaute er in den wie unheilvoll wartend erscheinenden Wald. »Wir gehen schnurstracks bergauf!«

Die ersten Schritte bereiteten ihm Mühe. Nicht nur der Kopf schmerzte höllisch, ebenso die Schulter, und er spürte sämtliche Knochen im Körper, die ihm alt und brüchig vorkamen. Gernot musste sich anfangs von Lucy stützen lassen, doch als seine Muskeln durch die Bewegung langsam warm wurden, fühlte er sich etwas besser.

Der Versuch, sich möglichst leise durch den Wald und durch die Gebiete mit umgestürzten Bäumen zu bewegen, misslang gänzlich. Gernot stellte immer wieder verärgert fest, dass das Laub zu laut raschelte und dass es unmöglich war, den zahlreichen kleinen Ästen auszuweichen, die laut unter den Schuhsohlen knackten. Glücklicherweise war der Mond aufgegangen, der Nebel hatte sich verzogen und die Sicht war gut. Falls ein Angreifer sich näherte, würde er ihn ausmachen können. Aber die Sache hatte zwei Seiten, wie Gernot überlegte: Der Angreifer könnte sich auf die Lauer legen und abwarten, bis Lucy und er nahe genug heran waren – so laut stapften sie den Berg hinauf. Also war die klare Sicht letztlich kein oder nur ein halber Vorteil!

Bereits nach rund einer halben Stunde Fußmarsch, Klettereien über umgestürzte Bäume und mühsamem Umgehen der Mulden ausgerissener Wurzeln war Gernot am Rande der totalen Erschöpfung. Er schwitzte aus allen Poren und bekam kaum Luft durch die Nase, sodass er durch den ohnehin ausgetrockneten Mund atmen musste, wobei er immer wieder kleinere Insekten verschluckte, die entweder einen akuten Brechreiz oder Hustenanfall auslösten! »Na super!«, japste Gernot nach einer besonders starken Hustenattacke. »Jetzt weiß bestimmt jeder, wo wir uns aufhalten … Sorry …«, entschuldigte er sich heiser bei Lucy.

»Ist schon in Ordnung. Ich kann ja auch nicht mehr. Sollen wir vielleicht eine kleine Pause einlegen?«, fragte die junge Frau.

»Bloß keine Pause! Dann komme ich nicht mehr hoch … Nein, lass uns weitergehen!«

Nach einer weiteren Viertelstunde, die sie sich durch die verwüstete Wildnis im Mondlicht kämpften, stießen sie auf einen Wanderweg. Gernot war sich sicher, dass dies der Weg war, der vom Parkplatz zur SGV-Hütte führte! Er meinte, die Stelle trotz des fahlen Lichts und des Sturmholzes wiedererkennen zu können. Doch wunderte er sich auch, wie weit sie offenbar vom ursprünglichen Weg abgekommen waren. Vielleicht war es doch ratsamer, sich zur Landstraße durchzuschlagen, statt weiter zum Kahlen Asten hinaufzusteigen. Vielleicht konnten sie auf der Straße schneller die rettende Hilfe erreichen? Möglicherweise hatte es Paul geschafft und Rettung war auf dem Weg! Gernot haderte mit sich selbst.

»Was ist los?«, frage Lucy. »Keine Kraft mehr? Sollen wir doch eine Pause machen?«

»Nein, nein …«, schlug Gernot den Vorschlag aus. »Ich glaube, es ist einfacher, wenn wir in Richtung des Parkplatzes gehen. Der kann nicht mehr weit entfernt sein.«

»Muss das sein? Da liegt die Tote«, widersprach Lucy missmutig.

»Welche Tote?«, fragte Hesse erschrocken nach und dachte zunächst an Hanna Bertrams, die er zwar nur oberflächlich kennengelernt hatte, die er aber dennoch sehr schätzte.

»Die Frau von diesem komischen Typen, der unbedingt abhauen wollte. Das hat er jetzt davon. Seine Frau liegt neben dem Parkplatz, ist von einem herabstürzenden Baum oder Ast erschlagen worden. Da fragt man sich, was besser ist: Vom Baum erschlagen werden oder vom Killer die Kehle aufgeschlitzt bekommen?«

»Sie meinen Frau Lohmann?«, wollte Gernot wissen, wobei er versuchte, sich nicht die Erleichterung anmerken zu lassen, dass es nicht Hanna Bertrams getroffen hatte.

»Genau die! Die war es«, bestätigte Lucy.

»Wir gehen trotzdem diesen Weg entlang«, entschied Gernot entschlossen.

Der Waldweg war erstaunlich gut passierbar und die beiden kamen zügig voran. Doch dann erreichten sie einen Abschnitt, in dem der Sturm ganze Arbeit geleistet hatte. Gernot schaute resigniert auf die dicken Stämme, die kreuz und quer übereinander lagen und jedes Fortkommen unmöglich machten.

»Da müssen wir durch«, ermutigte ihn Lucy. »Ich kenne die Stelle. Ist nicht mehr weit, dann sind wir am Parkplatz.« Sie ging voran, kletterte auf einen Baumstamm und ließ sich auf der anderen Seite hinuntergleiten.

Gernot packte soeben einen Ast, um sich ebenfalls über den Stamm zu hieven, als Lucy plötzlich gellend schrie. Blitzschnell zog sich Hesse hoch und sprang dann vom Stamm auf gut Glück in den dunklen Schatten darunter. Er kam mit dem Fuß auf einen Ast auf, verlor das Gleichgewicht und stürzte der Länge nach hin. Sofort trommelten rasende Kopfschmerzen gegen seine Schädeldecke, doch er rappelte sich schnell wieder auf. »Lucy! Was ist passiert?«

»Hier! Hier!«, rief das Mädchen verzweifelt. Ihre Stimme war nur wenige Meter entfernt, doch im Schatten der umgestürzten Fichten und der dichten nadeligen Äste, die wie Vorhänge herunterhingen, konnte Gernot nichts erkennen.

»Wo bist du? Was ist dir passiert?«

»Scheiße nochmal! Ich bin hier … es ist … ekelig!« Ihre Stimme klang zittrig und gepresst.

Gernot schob einen ausladenden Fichtenast beiseite. Dann sah er Lucy: Sie war nicht allein, sondern sie lag auf einer Person und versuchte verzweifelt, sich gegen den Widerstand der Äste über sich von ihr zu lösen. Lucy stützte sich ab, sodass ihr Oberkörper in eine aufrechte Position kam. Dabei hielt sie angewidert eine Hand in die Höhe.

»Der … der ist tot«, stammelte sie. »Ich bin über seine Beine gestolpert und dann direkt auf ihn gefallen. Und meine Hand … meine Hand ist … Ich hab‘ in die … Wunde gefasst. Der ganze Hals … aufgeschlitzt.«

Hesse kroch zu dem Mädchen, bog mühsam Zweige beiseite und half ihr vorsichtig auf. Lucy bebte am ganzen Körper. Er nahm ihre Hand und zog sie ein Stück von der Leiche weg. Dann besah er sich den leblosen Körper. Er erkannte sofort, um wen es sich handelte. Es gab keinen Zweifel: Frederik Lohmann war ebenfalls von dem mysteriösen

Killer umgebracht worden. Und das so dicht beim Parkplatz! War vielleicht der Tod seiner Frau gar kein Unfall, so wie es Lucy geschildert hatte? War der Mörder bei Isabelle Lohmann nur von seinem Modus Operandi abgewichen?

Wahrscheinlich lauerte er auf dem Parkplatz. Gernot schaute alarmiert in die Richtung, in der er diesen vermutete. Aber wie waren Paul Masters und die kleine Gruppe dann unbeschadet durchgekommen? Oder hatte der Mörder ihnen auf der Landstraße aufgelauert? Waren es doch zwei Killer, so wie Lucy es vermutete? Steckten Spielleiter Teusch und Ranger Hartwich unter einer Decke?

Zu viele Fragen, zu wenige Antworten, fand Gernot und er entschloss sich erneut zu einer Planänderung.

Doch zunächst musste er Lucy beruhigen und sie wieder aufbauen. Das Mädchen kauerte zusammengesunken auf dem Boden und schluchzte. Als Hesse sie berührte und sie trösten wollte, sprang Lucy auf.

»Nicht schon wieder!«, schrie sie und ihre Stimme überschlug sich in der Stille der Nacht. »Nicht schon wieder! Ihr seid alle verrückt! Alle! Das hält kein Mensch aus! Ihr seid alle … krank!«

Ehe Gernot irgendetwas sagen oder tun konnte, drehte sie sich um und schwang sich auf den Baumstamm, um wie ein Spuk aus seinem Blickfeld zu verschwinden.

So hatte er sich seine Planänderung eigentlich nicht vorgestellt …

## DOPPELGÄNGER

Paul fuhr mit hoher Geschwindigkeit die freigeräumte Landstraße hinauf. Er schnitt die Kurven, rumpelte über liegen gebliebenes kleineres Astwerk und wirbelte unzählige Tannenzapfen auf, die mit dumpfem Geräusch unter den Wagenboden prallten, bis plötzlich der Polizist, den sie auf ihrer beschwerlichen Wanderung talwärts getroffen hatten, mit der Taschenlampe mitten auf der Landstraße stand und winkte.

Paul trat mit aller Kraft auf die Bremse. Der Audi löste den automatischen Bremskraftverstärker aus, sodass er und Hanna für Sekundenbruchteile wie zwei Marionetten in den Sicherheitsgurten baumelten. Dann stand der Wagen abrupt und sie fielen zurück in die Sitze.

Scheinbar unbeeindruckt davon, dass er fast überfahren worden war, rannte der junge Uniformierte auf den Wagen zu.

»Chef, Chef! Sie hat der Himmel geschickt!«, rief er aufgeregt und so laut, dass Paul es durch die geschlossene Fahrertür hören konnte.

Paul ließ surrend die Seitenscheibe herabfahren. »Ihr Chef ist unten in der Einsatzzentrale. Er hat uns den Wagen geliehen. Was ist los?«

»Äh … nicht der Chef? Na, auch egal! Der Bagger hatte sich mit einem Baumstamm unter der Leitplanke verhakt und als er dann ruckartig freikam, ist er umgestürzt. Der Baggerführer hat sich dabei eine Kopfverletzung zugezogen, die heftig blutet. Wir müssen ihn sofort mit dem Wagen runter zur Krankenstation bringen!«

»Steigen Sie ein!«, befahl Paul. Kaum saß der Polizist auf der Rückbank, raste Paul mit Fernlicht die Straße in Richtung Kahler Asten hinauf. Im grellen Licht der Scheinwerfer konnte er bereits von Weitem das ganze Ausmaß des Schlamassels erkennen. Der gelbe Bagger war zur Seite gekippt und lag mitten auf der Fahrbahn. Die Männer, die um den Unglücksort herumstanden, hielten die Hände vor ihre Gesichter, um sich vor den blendenden Scheinwerfern zu schützen.

Paul schaltete das Licht aus und parkte den Wagen direkt vor der kleinen Gruppe. Er, Hanna und der Polizist sprangen heraus und eilten zum Unfallort. Die beiden Waldarbeiter knieten im Schein einer Taschenlampe neben dem Baggerführer. Sein Kopf war notdürftig verbunden und auf Jacken gebettet. »Der muss schnell zum Rettungsdienst! Es hört nicht auf zu bluten!«, sorgte sich einer der Waldarbeiter. Paul nickte und rannte zurück zum Audi, um die Aluminiumtrage zu holen. »Los, rauf hier mit ihm! Dann legen wir ihn in den Audi!«

Hanna wollte ebenfalls beim Transport helfen, doch Paul schüttelte den Kopf: »Schnell! Mach die Heckklappe auf und leg die Rücksitze um!«

Paul, die beiden Polizisten und der Harvesterführer schafften den verletzten Baggerfahrer auf der Trage zum Kombi. Als die Arbeiter und Polizisten den Verletzten samt Trage in das Heck des Audis schieben wollten, protestierte Paul: »Tut mir leid, Leute. Aber wir brauchen die Trage für eine Rettung im Wald. Wir müssen ihn so in den Laderaum heben.«

Mit gemeinsamen Kräften legten sie den Mann vorsichtig ab.

»Hanna und ich müssen jetzt weiter. Fahren Sie den Verletzten ins Tal!«, befahl Paul dem uniformierten Polizisten. »Und der Rest der Leute?«, fragte der junge Beamte verunsichert.

»Die bleiben am besten hier, bis Unterstützung von unten kommt. Die Waldarbeiter und ihr Kollege sollten auf keinen Fall allein weiter vorgehen. Das wäre zu gefährlich«, schlug Paul vor und blickte in die Runde der Männer, deren Gesichter auch im gelblichen Mondlicht vor Schweiß glänzten. Sie nickten ernst. »Wir sind ja auch fast schon bis zum Parkplatz vom Sahnehang durchgedrungen … das meiste haben wir damit geschafft!«, merkte einer von ihnen an.

»Umso besser für unsere weitere Rettungsaktion«, lobte Paul die Arbeiter und wandte sich dann an Hanna. »Mir wäre es lieber, wenn du ebenfalls mit ins Tal fährst.«

Die Floristin lächelte nur milde. »Auf keinen Fall!«

Paul schüttelte den Kopf und zuckte mit den Schultern. »Wie du meinst.«

Er klopfte auf das Dach des Audis und wünschte dem Polizisten eine gute Fahrt, dann schnallte er sich die zusammengefaltete Aluminiumtrage auf den Rücken. Als er und Hanna die Landstraße weiter hinaufgehen wollten, kam der zweite Uniformierte auf sie zu. »Wollen Sie etwa wieder in das Katastrophengebiet zurück?«

»Wir müssen!«, antwortete Hanna. »Wir brauchen einen GPS-Empfänger, um unsere Freunde zu retten. Und das einzige derzeit verfügbare Gerät gibt es oben beim Ranger in der Station.«

»Ich kann ja mitkommen und Ihnen Schutz geben«, bot der Polizist an und klopfte auf seine Maschinenpistole.

»Ist schon in Ordnung. Sie bleiben besser hier bei den Arbeitern und warten auf Verstärkung«, riet ihm Paul.

»Aber Sie sind unbewaffnet!«

»Ich … äh … wir haben ein Leihgerät bekommen«, erklärte Paul und zog kurz die Pistole hinten aus seinem Hosenbund, um sie dann direkt wieder einzustecken.

»Wie jetzt?«, staunte der Beamte, »Geliehen? Von wem?«

»Dafür haben wir jetzt wirklich keine Zeit«, kürzte Paul die Diskussion ab und machte sich mit Hanna auf den Weg. Die Waldarbeiter hatten tatsächlich gute Arbeit geleistet. Viele umgefallene Bäume waren zwar noch nicht von der Straße geräumt, doch bereits zersägt, sodass sie gut vorankamen. Doch dann erreichten sie erneut einen Abschnitt, in dem die Stämme noch kreuz und quer lagen.

Paul staunte, wie gut und schnell Hanna trotz ihrer bandagierten Hände die Hindernisse überwand. Es zeigte sich, dass sie viel besser trainiert war als er. Sie war es, die ihn immer wieder antrieb, wenn er auf der baumübersäten Landstraße eine Pause einlegen wollte, um in der klaren Nacht nach Luft zu schnappen. »Soll ich vielleicht mal die Trage übernehmen?«, bot sich Hanna an.

Doch Paul winkte ab. »Geht schon«, brachte er keuchend hervor.

Obwohl es ziemlich steil bergauf ging, hatten sie bald den Wanderparkplatz passiert, auf dem ihr Auto stand und in dessen unmittelbarer Nähe die Leiche von Isabelle Lohmann lag. Paul dachte daran, dass sie die Tote nur notdürftig abgedeckt hatten. Möglicherweise konnten Wildtiere den Leichnam anfressen, was die Spurensuche beeinträchtigen würde. Doch er kam zu dem Schluss, dass nun die Lebenden Vorrang hatten! Die tote Isabelle Lohmann musste warten, bis alle gerettet waren.

Dann lichtete sich das Chaos. Ganz offensichtlich hatten sie die Skipiste des Sahnehangs erreicht. Von den Hütten standen nur noch wenige Wände. Einzig die metallenen Pfeiler der Lifte ragten noch aufrecht in die Höhe, während an ihren Stahlseilen sich das Sturmgehölz wie an einer überdimensionierten Wäscheleine aufgehängt hatte. Der Orkan musste mit mächtiger Kraft Äste durch die Luft gewirbelt haben, die nun an den Liftseilen schaukelten und jeden Moment herunterfallen konnten.

Während Paul sich umschaute und versuchte, sich zu orientieren, packte er sich in die Seite und stöhnte. »Augenblick, Hanna! Ich … ich habe solche Seitenstiche. Nur ganz kurz ausruhen, bitte.«

»Paul, wir sind nah am Ziel. Jede Minute zählt! Richte deinen Oberkörper auf und schüttle die Arme aus. Das kannst du auch machen, während wir weitergehen.«

»Wir können hier nicht hinaufgehen«, ächzte Paul. »Es ist viel zu gefährlich! Lass uns weiter nach links gehen und dann einen Aufstieg zum Kahlen Asten finden.«

»So ein Umweg!«, protestierte Hanna.

»Wenn uns einer der Äste von den Liften auf den Kopf fällt, können wir niemanden retten«, gab er zu bedenken.

»Hm, hast recht …«, willigte Hanna ein und marschierte los.

Paul folgte ihr wie ein Hündchen und stöhnte vor Erschöpfung.

»Sag mal, was bist du eigentlich für ein Weichei? Reiß dich mal zusammen! Gib mir die Trage!«

Kaum hatte Hanna das gesagt, kam er sich wie eine Memme vor. »Schon gut, schon gut … Es geht wieder«, meinte er schnell und versuchte dynamisch zu klingen. Verdammt, hätte er in letzter Zeit doch nur etwas mehr Sport getrieben! Die Strapazen aber brachten in langsam aber sicher an den Rand der totalen Erschöpfung. Er fragte sich, woher die unscheinbare Hanna nur all die Energie nahm! Stoisch stapfte er mit schweren Schritten hinter ihr weiter.

Eigentlich hatte er erwartet, dass sie auf der Hochebene des Kahlen Astens schneller vorankamen. Eigentlich. Doch auch hier hatte der Sturm für schreckliche Verwüstungen gesorgt. Das Gelände war mit kleineren ausgerissenen Bäumen übersät. Sie kämpften sich westwärts durch und versuchten dabei stetig an Höhe zu gewinnen. Paul und Hanna mussten wie bei einem nicht enden wollenden Hindernislauf jedes einzelne hölzerne Hindernis mühsam überwinden oder darunter her kriechen.

Dann traute Paul seinen Augen nicht. Plötzlich stand ihnen ein Kleinbus im Weg! Er blickte sich um. Sie waren in einem kleinen Waldstück mit asphaltierter Straße rausgekommen. Das musste der Parkplatz des Kahlen Astens sein, mutmaßte Paul. Sie waren also viel zu weit nach Westen gegangen. Doch der Umweg war jetzt nebensächlich. Im hellen Licht des Mondes erkannte Paul sofort, um welches Fahrzeug sich handelte: Vor ihnen stand der vermisste Gefangenentransporter! Die silbergraue Farbe und der blaue Streifen mit der Aufschrift »Justiz« ließen keinen Zweifel zu. Doch der Wagen war nicht einfach abgestellt oder geparkt – eine mächtige Fichte hatte die komplette Seite eingedrückt. Paul fasste Hanna am Arm und legte den Zeigefinger auf seine Lippen, um ihr zu signalisieren, dass sie nun absolut geräuschlos vorgehen mussten. Paul legte die Trage ab, um sich besser bewegen zu können. Und was tat Hanna? Sie nahm das sperrige Gerät vom Boden auf und schnallte es sich auf den Rücken. Paul wollte protestieren, doch angesichts der Situation blieb er stumm.

Er lauschte. Es drangen keine Geräusche aus dem Bus. Auch das zerstörte Waldstück schien nach dem Sturm wie in ein tiefes Schweigen verfallen zu sein. Paul deutete Hanna mit Zeichen an, dass er die Lage auskundschaften wollte, während sie sich nicht von der Stelle rühren sollte. Hanna nickte.

Der Detektiv zog die Walther aus seinem Hosenbund und schlich sich langsam näher an den Kleintransporter heran. Er achtete auf jeden seiner Schritte, um sich nicht durch einen knackenden Zweig oder raschelnde Blätter zu verraten.

Immer wieder hielt er kurz inne, um zu lauschen, ob Geräusche aus dem Bus drangen. Alles blieb ruhig.

Als er das Fahrzeug erreicht hatte, spähte er vorsichtig durch das kleine vergitterte Sichtfenster am Heck. Paul konnte nichts erkennen. Das Innere des Gefangenentransporters lag in völliger Dunkelheit. Er umfasste ganz behutsam den Öffnungsgriff der Hecktür und zog. Nichts bewegte sich. Er zog fester. Noch immer rührte sich der Griff keinen Millimeter, also war die Hintertür fest verschlossen. Ein gutes Zeichen, dachte Paul.

Jetzt wollte er sich weiter vorarbeiten. Zunächst wollte er feststellen, ob die Straftäter durch die verbogene Seitentür entkommen sein konnten, anschließend wollte er die Fahrerkabine kontrollieren, ob sich dort womöglich noch die Beamten aufhielten, die vielleicht durch die Kollision mit dem Baum verletzt waren.

So viel zu seinem Plan. Er ging indes nicht auf …

Als er sich vorsichtig und jeden Laut vermeidend der Seitentür näherte, stieß er mit der Schulter an einen Ast der umgestürzten Fichte. Es war nur eine winzige Berührung, doch sie reichte aus, um eine kleine Kettenreaktion auszulösen. Die Erschütterung des Astes pflanzte sich in Stamm der Fichte fort und der bewegte sich nur um Bruchteile eines Millimeters. Allerdings knarzte bei dieser kaum sichtbaren Bewegung das verbogene Blech der Seitentür.

Paul sprang sofort zur Seite und zielte mit seiner Pistole auf die Seitentür.

»Hallo! Hallo! Ist da wer?«, rief nun plötzlich jemand aus dem Innenraum des Gefangenentransporters.

Paul ging einige Schritte nach vorn, um einen schnellen Blick in die Fahrerkabine zu werfen. Dabei hielt er unentwegt die Waffe im Anschlag und auf die Seitentür gerichtet. Der Fahrerraum war leer. Paul zog an der Tür der Beifahrerseite, die sich mühelos öffnen ließ. Blitzschnell schaute er in das Fahrerabteil: Nichts! Keine Justizbeamten!

»Hallo! Helfen Sie uns!«, drangen erneut die Rufe aus dem Wagen.

»Wer sind Sie?«, rief Paul.

»Wir sind Justizbeamte! Verständigen Sie die Polizei, damit man uns hier herausholt!«

»Guter Scherz«, antworte Paul. »Ich bin Privatdetektiv. Und Sie sind meines Wissens Inhaftierte auf dem Weg zur JVA Werl.«

»Nein, nein! Wir sind der Fahrdienst aus Werl. Hier … hier … Sehen Sie!«

Eine Hand schob sich durch den Spalt der verbogenen Seitentür.

»Finger weg!«, warnte Paul den Unbekannten.

Sofort verschwand die Hand.

Paul schritt auf die Tür zu und zog daran. Da war nichts zu machen. Offensichtlich hatte die Fichte die Tür nicht nur völlig deformiert, sondern sie auch noch fest verkeilt. Nur ein kleiner Spalt stand offen.

»Ich wollte Ihnen doch nur unsere Ausweise zeigen!«, tönte es aus dem Innenraum.

Wieder kamen die Finger zum Vorschein und jonglierten zwei Dienstausweise durch den Spalt, die auf den Asphalt hinunterfielen. Paul hob sie auf und studierte im Mondlicht die Plastikkarten mit den Fotos darauf.

»Was ist mit den Gefangenen?«, wollte er wissen.

»Nun ja … äh … das ist eine längere Geschichte.«

»Dann kürzen Sie sie ab.«

»Also gut: Die sind weg!«

»Wie *weg*? Was heißt *weg*?«

»Die sind entflohen.«

»Scheiße!«

»Jawohl, das können Sie laut sagen: Scheiße! Holen Sie uns jetzt bitte hier raus?«

»Wie kann ich sicher sein, dass ihr wirklich die JVA-Beamten seid?«

»Schauen Sie durch die Seitenluke, wir stellen uns davor.«

Geräusche drangen aus dem Wageninneren und Paul musste sich auf seine Zehenspitzen stellen, um durch das schmale Fenster zu schauen.

Er verglich die schemenhaften Gesichter, die er im Mondlicht nur schwerlich erkennen konnte, mit den Abbildungen auf den Mitarbeiterpässen.

Es gab keinen Zweifel: Das waren die beiden Justizbeamten. Und nicht die Sträflinge.

»Okay«, sagte Paul. »Ich werde Hilfe schicken, aber zuvor

muss ich noch einige andere Dinge erledigen.«

»Wie bitte!? Sie wollen uns hier drin lassen?«

»Geht nicht anders. Ich muss jetzt weiter.«

»Aber …«, protestierten jetzt zwei Stimmen gleichzeitig.

»Kein Aber!«, erwiderte Paul und winkte Hanna zu, dass sie ihm folgen sollte.

Gemeinsam setzte das ungleiche Paar aus Detektiv und Floristin den Weg zur Rangerstation fort. Aus dem Wagen kamen noch wütende Rufe und die beiden Beamten schlugen gegen das Blech, doch schon bald verstummte der Lärm.

»Was war das denn jetzt?«, wollte Hanna unterwegs wissen.

»Der übliche Wahnsinn, was sonst? Im Gefangenentransporter sind die beiden Schließer eingeschlossen, statt der Sträflinge. Die sind entflohen. Frag mich jetzt bitte nicht, wie die ihre Plätze getauscht haben. Ich will es auch gar nicht wissen. Wir haben dadurch nur noch mehr Mist am Bein«, schnaubte Paul aufgebracht.

»Schon gut, erklär es mir später«, versuchte Hanna den erbosten Detektiv zu beschwichtigen und stapfte ihm hinterher.

Als sie sich dem Ausflugslokal und der Wetterstation auf dem Gipfel näherten, hatte Paul erwartet, dass zumindest die Hochheide von dem Unwetter verschont geblieben war. Doch hier schien es besonders stark gewütet zu haben. Was er im Mondlicht erkennen konnte, machte auf ihn den Eindruck, als müsse ein Tornado über den Gipfel hinweggefegt sein. Anders konnte er sich das Ausmaß der Verwüstungen nicht erklären. Auf der Hochheide gab es eigentlich nur spärlichen Baumbewuchs, nun war allerdings das gesamte Gelände ein Meer aus abgerissenen Ästen und kleinen entwurzelten Stämmen. Es sah gespenstisch aus. Noch schlimmer hatte es das Hotel-Restaurant getroffen. Sämtliche Fenster waren zu Bruch gegangen und aus den oberen Stockwerken wehten einige Gardinen wie Leichentücher heraus. Die Schieferfassade war nahezu komplett abgerissen. Eine massive Holzbank des Außenmobiliars hing halb in einem der bodentiefen Fenster des ersten Stockwerkes. Und auf der Hälfte des Daches ragten die kläglichen Reste des

Dachstuhls in den nächtlichen Himmel. Der Sturm musste wahnsinnige Kräfte entfaltet haben, überlegte Paul. Hoffentlich hatten sich die Menschen rechtzeitig in Sicherheit bringen können!

Erschrocken musste er feststellen, dass es den Astenturm ebenfalls heftig getroffen hatte. Er hatte das Bauwerk immer für eine unumstößliche Bastion gegen alle Witterungsbedingungen gehalten, doch nun sah der Turm wie eine alte geöffnete Blechbüchse aus. Die metallene Verkleidung war großflächig aufgerissen und ragte scharfkantig in die Luft. Außerdem schien es, als sei der obere Teil eingestürzt.

Paul und Hanna arbeiteten sich weiter durch das verwüstete Gelände. Die Nebengebäude waren zum Teil ebenfalls stark zerstört. Die beiden mussten großen Dachteilen ausweichen, die zwischen dem abgerissenen Gehölz und Sträuchern verstreut auf dem Boden lagen.

»Mein Gott, was für ein Inferno muss hier geherrscht haben …«, flüsterte Hanna entsetzt.

»Hier hat der Orkan ganze Arbeit geleistet, es sieht aus, als ob ein Wirbelsturm hier durchgegangen ist«, bestätigte Paul.

Fassungslos überquerten die beiden vorsichtig die einstmals freie Fläche, die nun mit allem übersät war, was dem Sturm nicht hatte standhalten können. Schließlich erreichten sie die neue Rangerstation, aus deren kleinen Fenstern an einer Seitenwand ein trüber Lichtschein fiel. Paul staunte nicht schlecht: Das massive Blockhaus schien nahezu unbeschädigt geblieben zu sein. Vielleicht lag es an einer windgeschützten Stelle? Oder war die Bauweise einfach besser für dieses extreme Wetter geeignet? Ganz gleich, was die Station gerettet hatte, Paul hoffte, dass der Ranger sich darin aufhielt, unversehrt geblieben war und ihnen mit einem GPS-Gerät weiterhelfen konnte.

Der Lüdenscheider Detektiv klopfte kräftig an die Tür und sah seine zierliche Begleitung an. Obwohl er Hanna nur wenige Tage kannte, fühlte sich ihre Nähe so vertraut an, als ob er sie bereits Jahre kennen würde. Er hatte noch nie zuvor eine Frau kennengelernt, die Kumpel und Geliebte zugleich sein könnte. Paul kannte niemanden sonst, der so tapfer wie diese kleine Floristin mit ihren dicken Brillengläsern war. Er fand sie hübsch – besonders jetzt, in ihrem verdreckten und zerlumpten Zustand, erschien ihm Hanna wie eine Schönheit. Sie war etwas Besonderes! Vor allem ihr zuliebe hoffte er, dass sie nun Hilfe bekamen und sich alles zum Guten wenden würde. Er hatte Hanna mit seiner Einladung zum Krimispiel in alles hineingezogen. Sie hatte es ihm nicht ein Mal während all der schrecklichen Ereignisse und ihrer Flucht vorgeworfen und hätte nun nach all den Strapazen und Gefahren ein Happy End verdient, dachte Paul.

Die Tür öffnete sich und im so unverhofft warmen und fast fehl am Platze wirkenden Licht, das aus der Blockhütte fiel, erblickte Paul einen Ranger, der aussah wie die jüngere Ausgabe von John Hartwich. Das gleiche kantige Gesicht, kurz geschorene blonde Haare und eine Knollennase.

»Wo kommen Sie denn her?«, fragte der Mann fassungslos, der die gleiche Rangeruniform wie John Hartwich trug.

## BÄRENSCHLUCHT

Als Paul sich und Hanna vorgestellt hatte, bat der Ranger sie in die Station. Der Raum war von mehreren Kerzen und einer Campinggaslampe erleuchtet. Auf den ersten Blick fand Paul die Inneneinrichtung rustikal und zweckmäßig. Zwei aufgeräumte Schreibtische mit Computern, ein kleiner Tisch mit einer Funkausrüstung, ein Regal voller Naturbücher, ein schwerer Konferenztisch in der Mitte des Raumes sowie mehrere Vitrinen an den Wänden. Alle Möbel bestanden aus unbehandeltem Fichtenholz und strahlten eine gastliche Wärme aus. An den Wänden hingen große Fotografien des Kahlen Astens und des Rothaarsteigs sowie der heimischen Flora und Fauna. Der Raum hatte nur zwei kleine Fenster, deren Glasscheiben wahrscheinlich dank der äußeren Gitter den Sturm unbeschadet überstanden hatten.

»Sagen Sie einfach Sven zu mir. Aber jetzt zu Ihnen, was machen Sie hier auf dem Kahlen Asten? Sind Sie verletzt? Haben Sie sich in dem Orkan verirrt? Kann ich Ihnen helfen?«

»Ja, können Sie! Wir brauchen dringend ein GPS-Anzeigegerät, also so ein Ding, wo man die Koordinaten eingibt und das uns dann eben dort hin, zu dem betreffenden Punkt bringt. Haben Sie so etwas?«, kam Paul direkt zum Kern seines Anliegens. Er bemerkte, wie Sven Hartwich ihn misstrauisch beäugte, bevor er antwortete.

»Ja, habe ich. Aber darf ich fragen, wozu Sie das Gerät brauchen?«

»Eine ältere Dame hat sich im Wald den Fuß verletzt und unsere Freunde sind bei ihr geblieben. Wir haben die Koordinaten notiert und wollen sie jetzt mit der Trage herausholen«, erklärte Hanna, die das Alugestänge vom Rücken schnallte und am Tisch abstellte.

»An Ihrer Stelle würde ich nicht da rausgehen. Es ist lebensgefährlich! Es wäre sicherer, bis zum Tagesanbruch zu warten, dann werden hier bestimmt Hilfskräfte eingetroffen sein. Bevor der Strom und das Funknetz ausfielen, hatte ich noch Kontakt zur Feuerwehr. Die wissen, dass ich hier oben eingeschlossen bin. Es wäre wirklich ratsamer, mit einem erfahrenen Rettungstrupp da raus zu gehen«, gab der Ranger zu bedenken.

»Dann begleiten Sie uns doch!«, schlug Hanna vor.

»Ich bin doch nicht lebensmüde! Wenn ihre Freunde ausreichend Wasser haben, werden sie die Nacht überstehen. Es ist noch nicht besonders kalt. Bitte, warten Sie, bis professionelle Hilfe mit den entsprechenden Geräten kommt!«, appellierte ihr Gegenüber.

»Nein, wir haben keine andere Wahl! Wir müssen jetzt los. Wir haben keine Zeit zu verlieren. Die Gründe kann ich Ihnen jetzt nicht darlegen«, antwortete Paul entschieden.

»Tut mir leid. Aber unter diesen Umständen kann ich Ihnen das GPS-Gerät nicht aushändigen.«

»Hören Sie, ich bin von der Polizei ermächtigt. Wir waren im Hauptquartier. Der Polizeichef weiß von unserem Einsatz. Er hat uns auch gesagt, dass Sie so ein Gerät besitzen. Die

Leute da draußen im Wald schweben in großer Gefahr. Wir haben jetzt keine Zeit für Diskussionen. Ihre Bedenken in allen Ehren, aber ich muss Sie nachdrücklich auffordern, mir das Gerät auszuhändigen!«

»Können Sie sich ausweisen? Oder haben Sie ein Schreiben von dem Polizisten? Können Sie mir seinen Namen sagen?«

»Ja, kann ich! Ich kenne ihn sogar persönlich, es ist Martin Wohlers! Und nein, er hat mir kein Schreiben mitgegeben. Er hat in dem Chaos andere Dinge zu erledigen. Und jetzt … jetzt geben Sie mir verdammt nochmal dieses GPS-Teil und zeigen uns, wie man damit umgeht!«, schimpfte Paul.

»Entschuldigung … ich habe schon seit Ewigkeiten nicht mehr geschlafen. Mein Bruder ist kurz vor der Sturmwarnung nochmals mit dem Jeep rausgefahren, um mögliche Wanderer einzusammeln. Dann brach hier die Hölle los. Und ich … ich …« Sven Hartwich stockte. »Ich habe seit dem Sturm nichts mehr von meinem Bruder gehört. Er geht nicht ans Funkgerät. Wir haben so ein Walkie-Talkie. Aber er meldet sich einfach nicht. Dann ist noch das Notstromaggregat ausgefallen, das wir extra für Notfälle haben. Ich bin einfach mit den Nerven fertig«, erklärte der junge Ranger mit zittriger Stimme.

»Wir kennen …«, hob Hanna an.

»Wir kennen die Situation«, fiel Paul ihr ins Wort und gab ihr mit Blicken zu verstehen, dass sie nichts über John Hartwich sagen sollte.

»Ja, wir kennen die Situation«, bestätigte Hanna schnell. »Deshalb wollen wir unsere Freunde da nicht allein lassen.«

»Ich mache mir solche Sorgen um John!«, jammerte Sven.

Paul sah den armen Kerl mitleidig an, der wie ein Häufchen Elend mit vor Übernächtigung flatternden und rot umrandeten Augen vor ihm stand. Doch er konnte ihm im Augenblick noch nicht den ungeheuerlichen Verdacht mitteilen, dass sein vermisster Bruder womöglich ein gefährlicher Serienmörder war, der noch immer draußen im Wald herumschlich. Es mochte die Möglichkeit bestehen, dass die beiden entflohenen Sträflinge vielleicht doch viel tiefer in der Sache verwickelt waren und die Morde möglicherweise auf ihr Konto gingen. Aber im Moment war alles viel zu vage, um mehr als unbedingt nötig davon preiszugeben … Es gab einfach zu viele Verdächtige. Umso wichtiger war es jetzt, dass er seinen Freund Gernot Hesse und die beiden alten Damen da rausholte.

Sven ging zu einem der Vitrinenschränke und holte ein kleines schwarzes Gerät mit einem grauen Display heraus. »Hier ist der GPS-Empfänger. Es ist ein älteres Gerät ohne Karte. Aber der Pfeil auf dem Display wird sie zu den Koordinaten führen. Wir können anhand der Landkarte auch den Standort feststellen. Die gebe ich Ihnen auch mit. Dann zeigen Sie mir mal die Koordinaten.«

Paul reichte dem jungen Hartwich den Zettel. Der programmierte das Gerät und breitete dann die Karte auf dem Tisch aus. »Dann wollen wir mal sehen … Aha … hier haben wir den Punkt. Die Bärenschlucht … die ist nicht weit von hier. Die Ecke kenne ich. Sehr steil, da liegt der Schieferfels offen. Sie müssen äußerst vorsichtig sein. Haben Sie eine starke Taschenlam…«

Hartwich brachte seinen Satz nicht zu Ende, denn mit einem lauten Krachen flog die Tür auf.

Die Köpfe von Paul, Hanna und Sven Hartwich fuhren herum.

Im Türrahmen stand niemand anderes als John Hartwich!

Sein Gesicht war von Blut verkrustet, die Kleidung zerrissen. Er stützte sich im Türrahmen ab und blickte gehetzt in den Raum. Sein Blick jagte Paul Angst ein. Er hatte in seinem Job als Detektiv bereits häufiger diesen irren, nicht zu deutenden Ausdruck in den Augen von gefährlichen Tätern gesehen. Menschen, die dieses seltsame Glitzern in den Augen hatten, waren unberechenbar. Genau das galt allzu offensichtlich auch für John Hartwich.

Während Paul, Hanna und Sven den Ranger schockiert anstarrten, kam dieser langsam auf sie zu. Sven Hartwich trat seinem Bruder einen Schritt entgegen und verdeckte Paul kurz die Sicht – genau für den Augenblick, in dem plötzlich alles ganz schnell ging: Mit einem Schritt zur Seite war John

Hartwich an einer der Vitrinen. Er riss die Tür auf und hatte im nächsten Moment ein doppelläufiges Schrotgewehr in der Hand, legte den Daumen über die beiden Abzugshähne und richtete den Lauf auf die wie vom Schreck gelähmt scheinende Gruppe …

Jetzt endlich löste sich die Starre der Überraschung und Paul reagierte blitzschnell. Er zog in einer fließenden Bewegung die Walther hervor, die hinten im Hosenbund unter seinem T-Shirt steckte, entsicherte sie und visierte Hartwich an.

»Waffe runter!«, brüllte Paul. »Los, Waffe runter!«

Doch John Hartwich reagierte nicht. Er legte die Schaftkappe an seiner Schulter an …

Paul feuerte einen Schuss ab.

Hartwich schleuderte wie von einer unsichtbaren Faust getroffen zurück und verlor dabei die Flinte, die auf den Holzboden polterte.

Sofort steckte Paul seine Waffe zurück und stürzte auf Hartwich zu. Mit einem Fuß trat er das Gewehr beiseite, sodass es aus Griffweite des Rangers war.

Paul beugte sich über den angeschossenen Mann. Er hatte ihn in der rechten Schulter erwischt. Das Blut breitete sich schnell auf Hartwichs kakifarbenem Hemd aus.

»Ich brauche sofort Verbandszeug!«, rief Paul in Richtung von Sven Hartwich, der noch immer mit offenem Mund dastand und bewegungslos auf seinen Bruder glotzte.

»Wo ist Verbandsmaterial?«, fragte nun auch Hanna und stieß den erstarrten Sven Hartwich an.

Der erwachte aus seinem tranceähnlichen Zustand und schüttelte den Kopf. »Wir brauchen kein Verbandszeug«, sagte er und hob das Gewehr auf, das vor seinen Füßen lag.

»Was ist mit Ihnen los? Sind Sie verrückt? Nehmen Sie die Waffe runter. Das war doch Notwehr! Wenn Paul nicht geschossen hätte, hätte er uns, hätte er vielleicht sogar Sie getötet!«, schrie Hanna ihn an.

»Vielleicht«, antwortete Sven Hartwich leise. »Aber jetzt …«, ein furchtbares Grinsen machte sich auf seinem Gesicht breit, »… jetzt töte ich euch …«

Paul sah über seine Schulter und konnte nicht glauben, was der jüngere Hartwich soeben von sich gegeben hatte. Der junge Mann zielte mit dem Gewehrlauf auf Hanna, deren Augen sich vor Schreck weiteten. »Zurück!«, bellte er der zierlichen Frau entgegen.

Paul wusste nicht, wie er eingreifen sollte. John Hartwich verlor immer mehr Blut, sodass Paul seinen Finger in den Schusskanal presste, um die Blutung zu stoppen. Der Ranger stöhnte vor Schmerzen und zuckte zusammen. Dabei rutschte ein Anhänger an einer dünnen Halskette aus seinem Kragen. Irritiert starrte Paul darauf und riss ihn samt des dünnen Nylonfadens ab. Aus seiner Jackentasche brachte er einen zweiten Anhänger zum Vorschein.

»Ist das der Grund, warum Sie uns alle umbringen wollen?«, fragte Paul und hob seine Hand, an der zwei fast identische hölzerne Anhänger an Nylonschnüren baumelten. Es waren kunstvoll geschnitzte, runde Miniaturen, die jeweils zwei verschnörkelte Buchstaben enthielten.

»JH steht für Johannes Hartwich und SH für Sven Hartwich. Habe ich recht?«, wollte Paul wissen.

Sven schwenkte den Lauf des Gewehres von Hanna auf Paul und wich zwei Schritte zurück.

»Sie haben es erfasst. J für Johannes und S für Sven. Diese beiden Anhänger waren ein Geschenk unserer seligen Mutter. Und eine dieser kleinen Fotzen muss ihn mir im Eifer des Gefechts abgerissen haben.«

»Dann … dann haben Sie die beiden Mädchen in der SGV-Hütte vergewaltigt und getötet?«, fragte Hanna erstaunt.

»Vergewaltigt … pah! Diese Früchtchen! Heiß haben sie mich gemacht. Ich hatte sie auf einem Wanderweg aufgegabelt und sie waren – angeblich – auf einer Exkursion, um die Ausbreitung von indischem Springkraut in heimischen Wäldern zu untersuchen. Ich bin mit ihnen herumgefahren und habe denen gezeigt, wo diese Scheißneophyten wachsen und wo wir mit diesem Unkraut aufgeräumt haben. Und dann wollten sie von mir wissen, wo man sich denn hier mal so richtig amüsieren könne. Sie hätten ein wenig weißes Pulver dabei, das uns in Stimmung bringen könne.« Er lachte kehlig, ehe sich sein Blick kurz in der Erinnerung zu verlieren schien. »Die eine, die neben mir saß, hat sich dabei immer ihre Titten zurecht geschoben. Ich wusste schon, was die mit *amüsieren* meinten! Als ich sie dann zur SGV-Hütte gebracht hatte, da meinten die doch tatsächlich, dass ich sie wohl missverstanden hätte. Sie wollten keinen Abend mit einem kleinen Pfadfinder am Lagerfeuer verbringen, sondern feiern. Ich habe denen dann gezeigt, wie man feiert. Richtig gegeben habe ich's denen!« Er grinste Hanna anzüglich und herausfordernd an, schielte dann zu Paul und hielt die Waffe so, dass er sie beim kleinsten Versuch eines Angriffs auf ihn abfeuern konnte.

»Jetzt wird mir alles klar. Als Ihr Bruder nach dem Fund der Leichen den hölzernen Anhänger mit Ihren Initialen gesehen hat, wusste er, dass Sie die Mädchen umgebracht hatten. Und da hat er Sie über Funk gewarnt, richtig?«, fragte Paul. Er wollte Zeit schinden, um einen Ausweg aus der gefährlichen Situation zu finden. Wenn Hanna sich etwas weiter auf ihn zubewegen würde, dann könnten sie sich vielleicht hinaus in die Dunkelheit retten, denn noch immer stand die Tür zur Blockhütte weit auf. Eine kleine Chance zwar, aber immerhin überhaupt eine. Paul hätte sich sogar mit einem Sprung in Sicherheit bringen können. Vielleicht würde er Sven Hartwich damit ablenken, sodass der junge Ranger zuerst auf ihn feuern würde. Dann könnte er seine Waffe ziehen und Sven ausschalten, bevor er sich Hanna zuwenden würde. Doch dieser Plan erschien Paul zu riskant. Er würde Hanna nicht allein mit dem Killer in dem Raum lassen. Er musste ihn weiter beschäftigen! Zeit gewinnen – nur, für was!?

»Richtig, er hatte mich über Funk gewarnt und sagte mir, dass ich verschwinden solle. Er könne mir nicht noch einmal helfen.«

Paul stutze ob der Formulierung. »Wieso konnte er Ihnen *nicht noch einmal* helfen? Gab es in der Vergangenheit schon einen ähnlichen … äh … Vorfall?«, wollte er wissen.

»Das geht dich doch einen Scheißdreck an!«, spuckte

Sven Hartwich verächtlich aus.

»Und das Feuer im Wald? Das haben Sie gelegt?«, fragte Paul einfach weiter, als er merkte, dass Hanna sich langsam in Richtung Ausgang schob. Er musste Sven Hartwich nur noch ein wenig länger in ein Gespräch verwickeln und sich zugleich etwas überlegen, wie er ihn ablenken konnte, falls Hanna die Flucht wagen würde.

»Ich wollte euch ein bisschen grillen«, lachte Sven. »Aber leider war das Unterholz dann doch zu feucht. Ich habe extra den ganzen Diesel aus dem Notstromaggregat in einen der Kanister abgezapft. Mit einem Schlauch angesaugt … ekelige Sache.«

»Warum haben Sie uns nicht einfach erschossen?«, erkundigte sich Paul in einem geschäftlichen Tonfall, als sei es das Normalste der Welt.

»Mit diesem prähistorischen Prügel hier? Ich hätte nur zwei Schüsse abgeben können. Ihr seid einfach zu viele gewesen. Ich musste euch lautlos töten …«

»Und Jan Teusch? Der blonde Spielleiter, der nachts mit seinem Assistenten vor dem Stall Wache geschoben hat … Was ist mit dem passiert?«

Paul beobachtete, wie Hanna dem Ausgang Zentimeter um Zentimeter näher kam. Hoffentlich bemerkte es Sven Hartwich nicht aus den Augenwinkeln heraus.

»Ich habe euch die ganze Zeit beobachtet. Als dieser blonde Schönling kurz hinter dem Stall zum Pinkeln verschwand, habe ich diesen dürren, langen Jungen erledigt und ins Feuer geworfen. Doch da kam schon der Schnellpisser um die Ecke. Der hat mir echt Schwierigkeiten bereitet. Hat mir das Messer abgenommen, ist mir in den Wald hinterhergerannt. Aber das ist mein Terrain! Ich kann mich lautlos wie ein Luchs bewegen. Habe ich von meinem Bruderherz gelernt!« Sven Hartwichs Stimme nahm nun einen regelrecht stolzen Ton an. »Jedenfalls habe ich mich auf die Lauer gelegt und wie es der Zufall will, fand sich noch ein netter, schön handlicher Steinbrocken. Als der Schönling kam und sich dämlich wie beim Ostereiersuchen anstellte, bin ich aus meinem Versteck gesprungen und habe ihm eins über den Schädel gezogen. Ich glaube, der war sofort platt. Aber ich hatte ja mein Messer zurückgewonnen und zur Sicherheit habe ich ihn damit nochmals bearbeitet. Schönes Stück übrigens – Geschenk von meinem Bruder!« Sven Hartwich sah auf den am Boden liegenden John und kicherte irre. Dann wirkte er plötzlich, als habe er sich gesammelt und wolle zum Tagesgeschäft übergehen: »So, Leute, genug gequatscht! Jetzt müsst ihr leider diese Welt verlassen.« Hasserfüllt starrte er Hanna an: »Auch du, kleine Schlampe! Glaubst wohl, ich habe nicht bemerkt, dass du dich langsam aus dem Staub machen wolltest. Ts, ts, ts … warum müssen mich alle immer für dämlich halten, he?«

Sven Hartwich spannte beide Abzugshähne.

Paul fiel nichts Rettendes ein. Hanna sah ihn ängstlich an. Scheiße, es musste doch einen Ausweg geben, dachte Paul. Es gab doch immer einen! Immer gab es eine glückliche Fügung für eine Rettung in letzter Sekunde. Warum jetzt nicht?

»Nur … nur eine Frage noch«, brachte Hanna hervor. »Warum haben Sie die Mädchen nicht vergraben, sondern auf dem Dachboden versteckt?« Ihre Stimme zitterte. »Es … Das wäre doch früher oder später aufgefallen …«

»Gut gefragt! Kluges Mädchen! Warum?«, wieder lachte Sven Hartwich selbstgefällig in sich hinein. »Ganz einfach: Als ich es diesen Ludern gegeben hatte, wollte ich sie erst tatsächlich neben der Hütte vergraben. Ich hatte schon angefangen, die Gräber vorzubereiten, nachdem ich die erste abgestochen hatte. Ich brauchte das … ein bisschen Abwechslung zwischendurch …« Er grinste und Hanna wandte abgestoßen den Blick von ihm. Hartwich schüttelte nur abschätzig den Kopf und fuhr genüsslich fort: »Dann war die zweite dran. Hat richtig Spaß gemacht. Und als ich mit ihr fertig war, habe ich die Gören luftdicht … hm, eingetütet, damit das Wild sie nicht findet und sich womöglich über die Überreste hermacht.« Er lachte über seinen eigenen makabren Scherz. »Jedenfalls tauchten dann in der Ferne am Waldrand plötzlich Wanderer auf. Ich habe noch schnell die Rucksäcke verscharren können und die beiden Leichen auf den Dachboden geschafft. Dann war diese Rentnertruppe auch schon vor der Hütte angekommen. Ich nahm sie in Empfang und tat so, als sei nichts geschehen. Es waren alles so Nordic-Walker-Spinner, die länger bleiben wollten. Na gut, dachte ich mir: Auf dem Dachboden ist schon seit Jahrzehnten niemand mehr gewesen. Vergrabe ich die Leichen halt später. Dann ist hier andauernd etwas dazwischengekommen und nun ja … schließlich habt ihr sie entdeckt und ich war gezwungen zu handeln.«

Dieser Irrsinnige wird immer gefährlicher, dachte Paul. Verzweifelt suchte er im Drunter und Drüber seiner Gedanken nach einer Lösung, denn wenn Hartwichs selbstgefälliger Redefluss endete, dann …

»Glaubt mir, das Töten macht mir eigentlich keinen Spaß.« Sven verlor immer mehr die Kontrolle über seine Stimme, die sich nun überschlug. »Aber es ist so … einfach … so erschreckend und faszinierend einfach … und man hat wieder ein Problem aus der Welt geschafft. Und ich muss es tun. Ich habe keine andere Wahl! Ich habe einfach … keine Wahl …«

Sven hob den Gewehrlauf in Hannas Richtung. Sein Finger krümmte sich um den Abzug.

Paul wollte aufspringen, um sich in die Schusslinie vor Hanna zu werfen. Vielleicht könnte sie so entfliehen ….

Doch dazu kam er nicht.

Eine Mädchenstimme rief durch die offene Tür: »Du bringst niemanden mehr um, du Versager.«

## WIEDERKEHRER

Paul schaute durch die geöffnete Tür. Dort stand eine weiße Gestalt etwas außerhalb des Lichtkegels. Im diffusen Licht wirkte sie beinahe schemenhaft, sodass sich selbst bei Paul die Nackenhaare aufstellten.

»Na komm schon raus, du Wichser! Dachtest du, von deinen kleinen Mückenstichen würden wir sterben? Du Großmaul! Alles an dir ist klein! Meine Güte, ich habe deinen Minipimmel überhaupt nicht gespürt!«

Sven Gesichtsausdruck, in dem sich vor wenigen Sekunden noch der blanke Hohn für seine Opfer widerspiegelt hatte, wandelte sich in verwirrtes Entsetzen. »Das ... das gibt's doch gar nicht ... das kann nicht sein ... ich habe ... ich habe diese Schlampen kaltgemacht. Immer wieder ... immer wieder auf sie eingestochen. Sie können unmöglich noch ... leben!«

Paul wollte die Fassungslosigkeit nutzen und griff nach seiner Waffe.

Doch Hartwich war nicht ganz so konsterniert, wie Paul es sich erhofft hatte. »Finger weg von der Kanone, du Arsch!«, brüllte Sven und richtete die Schrotflinte auf ihn. »Zieh sie ganz langsam raus und schieb sie zu mir hinüber.« Sein gefährlich wirrer Blick wanderte hektisch zwischen dem Detektiv und der Erscheinung vor der Hütte hin und her.

Paul befolgte den Befehl.

»Was ist nun, du Versager? Willst du noch Spaß haben? Komm doch! Ich bin schon ganz feucht!«

Das war offensichtlich zu viel für Sven Hartwich. Mit einem unartikulierten Laut kickte er die Pistole unter einen der Vitrinenschränke, ging wie magisch angezogen auf die Tür zu und schlug Paul im Vorbeigehen mit dem Gewehrkolben gegen die Schläfe.

Der Detektiv fiel zur Seite und sah durch einen roten Nebel, wie Hartwich in den Türrahmen trat. Paul wollte sich aufrichten und den Mörder von hinten angreifen, doch sein Körper gehorchte ihm nicht mehr.

»Du kannst nicht mehr leben! Das ist unmöglich! Und wenn es so ist, werde ich dich halt abknallen wie einen tollwütigen Fuchs! Ich knalle euch alle ab!«, brüllte Sven Hartwich geifernd, außer sich vor Wut.

Dann kam etwas Großes von der Seite angeflogen und riss den jungen Ranger mit sich fort. Er war aus Pauls Blickfeld verschwunden. Der Detektiv versuchte erneut, sich zu erheben, doch er fiel lediglich unkontrolliert auf die Seite. Seine Muskeln gehorchten einfach nicht, sein Bewusstsein noch viel weniger. Durch den immer mehr verschwimmenden roten Schleier musste er mit ansehen, wie Hanna durch die Tür stürmte.

Wie aus einer anderen Welt hörte Paul einen Schuss.

Schreie.

Dann noch einen Schuss.

Zwei Schüsse, echote es durch Pauls schwindendes Bewusstsein, zwei Schüsse, aber wer hatte …

Der rote Nebel vor Pauls Augen wurde dunkler.

Und dann schwarz.

## BOOTSFAHRT

Als Paul die Augen aufschlug, sah er den Mond. Groß und rund leuchtete er. Paul fühlte sich wie auf einem kleinen Ruderboot. Alles schwankte und drohte zu kippen. Dann kamen Baumwipfel in sein Blickfeld. Vielleicht das Ufer, dachte Paul erleichtert. Vielleicht treibe ich auf das Ufer zu.

Eine große Woge schien das Boot erfasst zu haben. Paul spürte, wie sich seine Beine nach oben hoben. Wie das Blut in seinem Kopf rauschte. Es rauschte wie ein Wasserfall … ein angenehmes Geräusch, das ihn mehr und mehr einlullte. Dann hatte er den Wellenkamm wohl überschritten und es ging abwärts. Das Rauschen in seinem Kopf verstummte und eine seltsame Leere machte sich breit. Paul öffnete die Augen und suchte den Mond. Doch er konnte nur die Silhouette einer dunklen Gestalt erkennen. Vielleicht der Ruderer? War es wirklich so, dass es einen Bootsmann gab, der einen ins Jenseits beförderte? Der einen auf die andere Seite brachte?

Paul war es in diesem Augenblick völlig egal. Er wollte nur schlafen. Einfach schlafen und sich ausruhen. Was war eigentlich passiert? Er konnte sich an nichts erinnern und sank in den ersehnten Schlaf, während das Boot weiter sanft schaukelte.

Paul hatte jegliches Gefühl für Zeit und Raum verloren und er nahm es angenehm gleichgültig hin, als plötzlich das helle Licht auftauchte. Es war also tatsächlich so, wie es in all den Berichten über Nahtod-Erfahrungen beschrieben wurde. Das helle Licht! Er musste nur noch hineingehen. Dann war er im Himmel …

Doch dies war nicht der Himmel! Das schmale Gesicht von Dr. Gernot Hesse schob sich in sein Blickfeld. Sein Freund trug einen schneeweißen Turban und lächelte milde. Er war definitiv nicht im Himmel … Das war die Hölle!

»Paul!? Paul, kannst du mich verstehen?«

Oh mein Gott, nein! Würde das jetzt bis in alle Ewigkeiten so weitergehen? Warum nur? Was hatte er im Leben falsch gemacht, dass man ihn jetzt so strafte? Warum musste er ausgerechnet mit seinem nervigen Anwaltsfreund im Jenseits landen? Wahrscheinlich lagen jetzt Äonen vor ihm, in der Gernot ihn mit seiner hyperaktiven Art nervte. Warum gibt es selbst im Tod keine Ruhe? WARUM?

Es kam ihm vor, als zöge etwas wie ein unerbittlicher Mahlstrom an seinen Gedanken … dann aber kam sein Bewusstsein zurück und er begann, Worte zu verstehen …

»Herr Masters, können Sie mich hören? Sie sind jetzt in Sicherheit. Wir sind in einem Notarztwagen, der uns gleich zum Krankenhaus bringt.«

Uff, Paul atmete innerlich erleichtert auf. Er war also noch im Diesseits.

Dann träufelten nach und nach die Erinnerungen in sein Gedächtnis zurück: Sven Hartwich mit der Schrotflinte, das tote Mädchen, das plötzlich wieder lebendig vor der Rangerstation auftauchte, Hanna, die aus der Hütte stürmte … HANNA! Wo war sie? Was war zuletzt geschehen? Paul richtete sich ruckartig auf und wollte Gernot mit seinen Fragen bestürmen, brachte aber nur ein heiseres Krächzen heraus: »Hanna … Was ist mit Hanna?«

»Keine Sorge, der geht es gut. Sie hat mir das Leben gerettet«, erklärte sein Freund zufrieden.

»Was ist passiert?«, erkundigte sich Paul Masters.

Gernot wollte soeben ansetzen, um Paul die ganze Geschichte zu erzählen, als ein Mediziner dazwischenfuhr: »Entschuldigung, es reicht jetzt! Der Patient braucht absolute Ruhe. Und Sie müssen sich mit Ihrer Kopfverletzung ebenfalls schonen. Sie haben beide eine heftige Gehirnerschütterung erlitten. Und ich will nicht hoffen, dass Sie eine Schädelfraktur haben. Aber das werden wir gleich im Krankenhaus feststellen können.«

»Können Sie mal bitte für fünf Minuten ruhig sein … und meinen Freund berichten lassen? Würde das wohl gehen?«, fragte Paul, dessen Stimme angestrengt, aber schon ein Stück fester klang.

»Ich muss doch entschieden protestieren …«, hob der Mediziner an.

Doch Gernot Hesse ließ sich davon nicht abhalten: »Ich glaube, dass es Herrn Masters Heilung enorm beschleunigt, wenn er erfährt, was geschehen ist. Also, wo fange ich an?« Paul sah aus den Augenwinkeln, wie Gernot nachdachte. Dann erzählte der Anwalt ihm von den Morden an den beiden alten Damen und seinem Kampf mit dem Mörder.

»Dann waren seine geröteten Augen nicht verheult, sondern das Resultat des Pfeffersprays«, bemerkte Paul. Hesse nickte und schilderte ihm die schmerzhafte Begegnung mit Lucy und wie sie nach seinem Erwachen den Weg zum Kahlen Asten hinauf eingeschlagen hatten, da sie befürchteten, dem Mörder oder den Mördern in die Arme zu laufen, die Lucy zuvor im Wald gesehen hatte. »Das waren nicht die Mörder.«, klärte Paul auf. »Das waren Polizisten, die im Wald Geräusche gehört hatten. Aber das nur am Rande. Erzähl weiter!«

»Ja, dann ging eigentlich alles sehr schnell. Als wir auf dem Gipfelplateau ankamen, lag alles in Trümmern. Doch dann entdeckten wir die Blockhütte der Ranger und sahen, dass dort Licht brannte. Lucy und ich sind natürlich darauf zugelaufen, weil wir uns Rettung erhofften. Plötzlich hörten wir einen Schuss und versteckten uns. Da einige Zeit lang nichts geschah, habe ich mich mit Lucy näher an die Hütte geschlichen, deren Tür weit offen stand. Ich hörte Fetzen von dem Gespräch zwischen dir und einem jungen Mann, dem jüngeren Bruder des Rangers, wie sich herausstellen sollte. Ich nahm Lucy an die Hand und zog sie mit zu einem der vergitterten Fenster, durch das wir hineinschauten. Mir war die bedrohliche Lage sofort klar. Tja, und dann kam Lucy diese verrückte Idee … dass wir diesen Typen irgendwie aus der Fassung bringen müssten. Sie meinte, mit offenen Haaren würde sie der ermordeten Amelie verblüffend ähnlich sehen und dass das seine Wirkung doch sicher nicht verfehlen würde. Dieser Typ schien so irre, dass der Versuch nicht verrückt genug sein konnte, um ihn von euch ablenken und vielleicht aus der Hütte locken zu können. Lucy bekam es dann zwar doch mit der Angst zu tun, aber ich bin immer noch baff, wie schnell sie sich wieder fing. Auch mir war klar, dass es keine andere Möglichkeit gab. Sie zog sich bis auf die Unterwäsche aus, stellte sich an den Rand des Lichtkegels aus der Hütte, wo Hartwich sie nur undeutlich würde sehen können, und versuchte sich als Amelies Geistererscheinung. Ich hatte mich neben dem Eingang postiert. Und tatsächlich: Wir konnten Hartwichs Bruder hinauslocken. Ich stürzte mich auf ihn, um ihn zu entwaffnen und festzusetzen. Das hat … na ja … das hat nicht so geklappt, wie ich es mir vorgestellt hatte …«

»Was soll das denn heißen?«, fragte Paul beunruhigt, weil er an Hanna dachte.

»Nun ja«, fuhr Gernot Hesse fort, »Ich konnte ihn zwar zu Boden reißen, aber er hatte weiterhin die Flinte in der Hand. Noch auf dem Boden liegend feuerte er auf mich, aber da war gleichzeitig auch schon Frau Bertrams zur Stelle. Sie hat den Lauf des Gewehrs hochgerissen. Gerade noch rechtzeitig, sonst hätte es mich erwischt.«

»Sie hat sich doch nicht etwa dabei verletzt … oder ist wegen deiner Unfähigkeit angeschossen worden!?« Paul bereute sofort seine Wortwahl und den vorwurfsvollen Ton, spürte aber auch die drängende Sorge um Hanna.

Gernot legte seinem Freund beschwichtigend die Hand auf die Schulter. »Nein, nein … ihr ist nichts passiert. Sie konnte dem jungen Ranger im Handgemenge sogar die

Waffe abnehmen und hat ihn damit in Schach halten wollen. Doch der Mistkerl konnte sich nicht damit abfinden, dass er überwältigt wurde, und wollte Frau Bertrams angreifen. Ja … und da hat sie dann abgedrückt. Sie hat ihn am Oberschenkel erwischt. Seine Hose sah richtig perforiert aus. Jedenfalls war er kampfunfähig und wir konnten ihn fesseln. Seinen Bruder Johannes Hartwich haben wir mit einer Druckkompresse versorgt. Dann konnten wir über das Funkgerät Hilfe anfordern.«

»Moment! Sven Hartwich sagte doch, dass das Funknetz ausgefallen sei. Und sein Gerät war doch nur ein einfaches Walkie-Talkie.«

»Er hat euch natürlich angelogen. Ich habe ein wenig am Frequenzknopf gedreht und sofort die Leitstelle am Fuße des Kahlen Astens erreicht. Tja, und dann haben wir dich auf die Aluminiumtrage gepackt und Lucy Berger und ich haben dich bis zur Landstraße transportiert. Du hast übrigens auf dem Weg fantasiert … Ich habe aber nichts verstanden.«

»Und Hanna? Wo ist Hanna?«, wollte Paul wissen.

»Die ist bei den beiden verletzten Hartwich-Brüdern geblieben. Die Leitstelle hat entschieden, dass wir dich mit der Trage rausbringen sollen und dass für den schwer verletzten Johannes Hartwich ein Hubschrauber geschickt wird, der einen Rettungssanitäter abseilt und dann den Verletzten samt Sanitäter in einem Rettungskorb aufnimmt. Ich glaube, das ist bereits geschehen.«

»Dann ist Hanna allein mit dem Mörder!?« Paul war außer sich und wollte von der Trage springen. Doch die Transportgurte hinderten ihn.

»Beruhige dich, Paul! Sven Hartwich ist sicher gefesselt. Außerdem sind Polizisten, Feuerwehrleute und Waldarbeiter bereits dorthin unterwegs.«

Paul kam um vor Sorge. Hanna allein mit dem Mörder! Der Gedanke daran machte ihn verrückt. »Scheiße, Gernot! Das ist richtige Scheiße!«, fluchte er und zerrte an den Gurten.

## ÜBERRASCHUNGSBESUCH

»Na, Mutti? Bist du jetzt stolz auf dich?«, fragte der gefesselte Sven Hartwich verächtlich, als Hanna mit der Schrotflinte in der Hand in die Blockhütte zurückkehrte.

Zuvor hatte sie dem Rettungssanitäter, der von einem Hubschrauber mit Seilwinde und Verletztentrage hinuntergelassen wurde, geholfen. Der Hubschrauber blieb während der Rettungsaktion in der Luft und leuchtete mit einem grellen Scheinwerfer den Ort der Verwüstung aus. Gemeinsam mit dem Sanitäter hatte sie den verletzten John Hartwich auf die Trage gehievt, der dann samt dem Helfer an einem Stahlseil zum Hubschrauber hochgezogen und ins Innere befördert wurde. Knatternd schwebte der Helikopter davon und ließ das Chaos um die Gipfelstation wieder im Dunkel zurück. Hanna stellte das Gewehr ab und vergewisserte sich, ob die Fesseln von Sven Hartwich noch festsaßen. Seine Hände waren mit einem stabilen Seil gefesselt, das sie gemeinsam mit Gernot Hesse in der Hütte gefunden hatte. Zusätzlich hatten sie dann seinen Oberkörper mit einem weiteren Seil an den schweren Holztisch in der Mitte des Raumes gebunden.

Hartwich hatte zwar noch etwas Bewegungsfreiheit, aber die Fesseln würde er unmöglich lösen können. Um seine Schusswunde zu versorgen, hatten Hanna und Gernot das Hosenbein aufgeschnitten und einen sauberen Verband angelegt. Den Verbandskasten hatte Lucy in einem der Schränke gefunden.

Nun saß sie hier. Allein mit einem Mörder und musste auf die angekündigte Unterstützung warten. Hoffentlich ging es Paul besser, dachte Hanna. Er hatte ohnmächtig in einer großen Blutlache gelegen.

»Na, denkst wohl an deinen Alten, was?«, fragte Sven Hartwich, als könnte er ihre Gedanken lesen. »Komm, ich sehe es dir an. Ihr habt doch was miteinander, oder? Und jetzt machst du dir Sorgen, ob er überhaupt noch lebt! Habe ich recht? Hör zu: Ich habe seinen Schädel knacken gehört, als ich zugeschlagen habe. Der wird nicht mehr. Oder er ist plemplem, hahaha. Da hast du dann einen Pflegefall am Hals.«

»Halt die Schnauze!«, fuhr Hanna ihn an und richtete die Mündungen der doppelläufigen Schrotflinte auf ihn.

»Oh, jetzt ist sie aber böse, die Mutti. Du musst die Flinte aber erst laden. Verstehst du? Laden! Ohne Patrone, kein Peng. Und nun? Was willst du jetzt tun? Mich knebeln? Oder willst du mich schlagen? Tu es doch! Lass deine ganze Wut nur raus! Nur zu! Ich kenne das Gefühl. Befrei dich von deiner Wut!«

Hanna kochte und hätte diesem Tier gerne gezeigt, wie sie sich von ihrer Wut befreite. Doch sie besann sich und funkelte ihn abschätzig an: »War es das, Ihre Wut? Haben Sie die Mädchen umgebracht, weil Sie wütend waren? War das der Grund? Und waren Sie ebenfalls wütend, als Sie die anderen Menschen umgebracht haben? Wütend? Ich denke eher, dass Sie gestört sind und Hilfe brauchen. Und jetzt halten Sie die Klappe, bevor ich tatsächlich Ihre Ratschläge befolge!« Hanna spie ihre letzten Worte förmlich aus, so viel Verachtung lag darin.

»Ach, du hältst dich wohl für etwas Besseres? Genauso wie mein Bruder. Eine moralische Instanz in allen Lebensfragen! Ich will dir mal verraten, wie es angefangen hat …«

Hanna wollte eigentlich nichts aus Hartwichs widerwärtigem Leben erfahren, doch hörte sie erst mit halbem Ohr, dann aufmerksamer zu. Wie konnte aus einem Menschen so etwas werden? Sie blickte wieder zu ihm, Sven Hartwich aber starrte ins Leere, als könne er dort in die Vergangenheit blicken.

»Ich hatte früher einen richtig gut bezahlten Montagejob als Elektriker. Da kam ich in der Welt herum, hatte immer Geld in der Tasche. Und in einer Münchener Diskothek habe ich zwei junge Frauen aufgegabelt. Angeblich waren die schon achtzehn …« Er kicherte in sich hinein. »Wir sind dann auf meinem Hotelzimmer gelandet, haben die Minibar geleert und noch Sekt aus der Bar kommen lassen. Als es dann darum ging, dass die beiden sich für meine Ausgaben revanchieren sollten, wollten sie plötzlich gehen. Aber nicht mit mir! Nicht mit einem Hartwich! Ich habe mir die Hübschere der beiden geschnappt und mir genommen, was sie mir schuldeten. Doch ich habe nicht gut aufgepasst, bin wohl zu blau gewesen. Jedenfalls ist die andere aus dem Zimmer entwischt und hat das ganze Hotel zusammengeschrien. Wir bekamen schnell Besuch von der Polizei. Und wie sich dann rausstellte, waren die beiden erst fünfzehn und dazu noch Jungfrauen. Wie konnte ich das wissen, he? Hätte ich mir vorher die Pässe zeigen lassen sollen?« Er sah Hanna beinahe vorwurfsvoll an, als habe sie ihn um Rechtfertigung gebeten. »Ich kam dafür in den Bau. Einer der Wärter muss dann den anderen Insassen gesteckt haben, warum ich im Knast gelandet war. Weißt du, was die mit einem Kinderficker da machen? … Vergiss es, das willst du gar nicht wissen … Und als ich rauskam, fand ich natürlich keinen Job mehr. Wer stellt schon so einen ein? Bis auf meinen edlen Bruder, der mir mit großer Geste die helfende Hand reichte. Ja, ja … durch John bin ich Hilfsranger geworden. Glücklicherweise konnte er meine Vergangenheit vertuschen. Aber dann sind ja diese Nutten aufgekreuzt. Es war wie ein Déjà-vu für mich. Genau die gleiche Story wie damals in München auf Montage. Mich erst heißmachen, dann kneifen.«

»Das soll Ihre Entschuldigung sein? Außerdem interessiert mich Ihre Lebensgeschichte nicht. Die können Sie dem Richter erzählen. Und ich bin sicher, da kommt noch ganz anderes ans Tageslicht, dass so einer wie Sie bereits vorher Mädchen etwas angetan hat …«, gab Hanna ihrer Geringschätzung Ausdruck.

»Vielleicht war ja deine Tochter dabei, hahaha«, lachte Sven Hartwich boshaft. Dann nahm seine Stimme einen beinahe versöhnlichen Ton an: »Ach ja, der böse Sven und die kleinen unschuldigen Mädchen. Ja, hast recht, deine Vermutung stimmt: Ich habe schon vorher junge Dinger flachgelegt. Aber das gab nie Ärger. Und wenn es mal brenzlig wurde, dann hat John das geregelt. Er hat immer dafür gesorgt, dass nie ein Skandal daraus wurde. Er hatte richtiges Talent dazu.«

»Hören Sie auf, ich will das alles nicht hören!«

Jemand klopfte kräftig an die Tür. »Na endlich«, sagte Hanna erleichtert. »Jetzt wird man Sie rechtskräftig verhaften und dann können Sie alles Ihrem Seelenklempner erzählen. Es tut mir nur leid, dass ich Sie bloß am Bein getroffen habe.«

Hartwich gluckste höhnisch in sich hinein, während Hanna zur Tür ging. Sie öffnete … und staunte.

Nicht uniformierte Beamte oder Feuerwehrleute, wie sie erwartet hatte, standen davor, sondern zwei junge kräftige Kerle in Jeans und verwaschenen Sweatshirts. Der Linke hatte helle Haare, die Seiten komplett ausrasiert und auf dem Kopf einen dichten Schopf. Der Rechte war dunkelhaarig, trug einen Bart und einen Undercut, der seine sauber frisierte Form verloren hatte.

»Ich hoffe, wir stören nicht«, sage der Bärtige. »Wir sind in den Sturm gekommen und haben uns verlaufen. Und da wir hier Licht gesehen haben, dachten wir uns, wir klopfen mal an.«

»Können Sie das Ding da vielleicht herunternehmen? Wir sind friedlich …«, sagte der Blonde mit dem Irokesenschnitt.

Erst jetzt fiel Hanna auf, dass sie noch immer die Schrotflinte in der Hand hielt. Sie konnte die Männer unmöglich hereinbitten. Nicht zu dem verrückten Sven Hartwich.

»Es tut mir leid, aber Sie können nicht hereinkommen. Sie müssen bitte vor der Tür warten. Hilfe ist angefordert und müsste jeden Augenblick hier eintreffen«, entschuldigte sie ihr Verhalten.

»Wir können echt nicht reinkommen? Wir sind seit unzähligen Stunden unterwegs und haben Hunger und Durst«, bettelte der Bärtige.

»Ich werde sehen, ob ich etwas für Sie finde und es Ihnen nach draußen reichen. Warten Sie bitte hier.« Hanna schloss die Tür und ging zurück in die Hütte, um etwas Essbares und Getränke zu suchen.

»Wer ist da? Wer ist das? Das ist doch nicht die Polizei! Was wollen die hier?«, fragte Sven Hartwich, misstrauisch und gespannt zugleich.

»Halten Sie Ihre Klappe!«, zischte Hanna und erspähte

unter einem Schreibtisch einen Kasten mit Mineralwasser. Sie zog eine volle Flasche heraus und hielt in der Bewegung inne, da die Tür zur Hütte geöffnet wurde.

Die beiden Männer kamen unaufgefordert herein. Im Licht der Kerzen und der Campinggaslaterne sah Hanna, dass der Blonde eine Totenkopf-Tätowierung am Hals trug. Ihr fiel es wie Schuppen von den Augen. Die beiden entflohenen Sträflinge – das mussten sie sein! Dass Sie daran nicht gedacht hatte!

»Na, was ist denn hier los?«, fragte der Tätowierte süffisant.

»Helfen Sie mir! Helfen Sie mir! Diese Frau ist geisteskrank. Sie hat mich angeschossen und dann gefesselt. Sie will mich töten. Bitte helfen Sie mir. Die Schrotflinte ist …«
Es klirrte laut, als Hanna Sven Hartwich die Wasserflaschen über den Schädel zog. In der einen Hand hielt sie den abgebrochenen Flaschenhals und in der anderen die Flinte.

»Respekt, Respekt«, schmunzelte der Bärtige. »Eine richtig toughe Lady haben wir hier … Hören Sie, Ihre Vorlieben für Fesselspiele gehen uns nichts an. Wir wollen bloß etwas zu Trinken und zu Essen und dann sind wir auch schon wieder verschwunden.«

Hanna hob die Schrotflinte und zielte auf den Bärtigen.

»Sie nehmen jetzt schön die Hände hoch und stellen sich mit Ihrem Kumpanen da vorne in die Ecke!«, befahl sie.

»Gehen Sie immer so mit hilfsbedürftigen Menschen um?«, fragte der Blonde.

»Ich weiß, wer Sie sind. Sie sind die Gefangenen, die aus dem Transporter abgehauen sind.«

»Na, wenn Sie das alles schon wissen, dann brauchen wir jetzt ja kein Verstecken mehr zu spielen. Am besten geben Sie uns jetzt die Waffe und wir lassen Sie in Ruhe«, sagte der Bärtige. »Und ich wiederhole mein Angebot kein zweites Mal. Also, was ist jetzt? Ich glaube ja eher nicht, dass Sie tatsächlich auf mich schießen …«

Der Dunkelhaarige kam langsam auf Hanna zu. Plötzlich blitzte ein Messer mit einer seltsamen Klinge in seiner Hand auf.

»Letzte Chance …«, warnte er Hanna und kam stetig näher.

»Halt!«, rief Hanna und spannte beide Hähne.

»Das wollen Sie doch nicht wirklich …«, sagte der entflohene Sträfling langsam und setzte seinen Fuß nur noch einen kleinen Schritt weiter.

»Ich schieße!«

Doch anstatt zu schießen, stürmte Hanna zu der Vitrine, um Patronen zu holen. Ihr war klar, dass das Nachladen viel zu lange dauern würde, aber in der Verzweiflung sah sie keinen anderen Ausweg. Sie kramte fieberhaft in den Fächern nach den Schrotpatronen. In einer geöffneten Pappkiste fand sie welche. Hanna griff hinein, erwischte zwei Patronen und suchte an dem Gewehr nach einen Hebel, um den Kippmechanismus zu öffnen. Sie hörte die beiden Männer angesichts ihres hilflosen Treibens amüsiert lachen und starrte auf ihre zitternden Hände …

Der Bärtige mit dem Messer war in aller Seelenruhe bei ihr angekommen. Als er die Patronen in Hannas Hand sah, lächelte er und griff nach dem Gewehr. Seine demonstrative Gelassenheit weckte ihren Widerstandswillen. Hanna hielt die Schrotflinte mit beiden Händen fest und zog sie kräftig in ihre Richtung. So leicht würde sie nicht aufgeben. Sie trat nach dem Mann. Doch der lachte nur und riss ihr grob das Gewehr aus den Händen und schlug ihr ins Gesicht.

»Lass Sie am Leben. Wir sollten nur die Sachen greifen, die wir brauchen, und dann abhauen«, schlug der Blonde mit der Totenschädeltätowierung vor.

»Halt doch einfach deine Klappe. Glaubst du, ich lass mich von einem Weib einfach ungestraft bedrohen? Glaubst du, das lasse ich mir gefallen?« Er wedelte mit seinem seltsamen Messer vor Hannas Gesicht herum, die zusammengekauert am Boden saß und schützend ihre Arme hob.

»Also, ich muss mir die Scheiße nicht angucken. Komm raus, wenn du fertig bist«, zischte der Blonde wütend, ging zur Tür und schlug sie heftig hinter sich zu. Hanna schlug die Hände vors Gesicht und sah mit Entsetzen, wie sich der Bärtige mit dem Messer zu ihr herabbeugte. »Du kleines, dummes Mäuschen wirst nicht mich nie wieder bedrohen. Mich bedroht niemand ungestraft!«

Die Klinge war nur noch wenige Zentimeter von ihr entfernt.

Wie aus dem Nichts tauchte hinter ihm eine Gestalt auf. Sie packte den kräftigen Mann an seinem dichten Haarschopf, zog den Kopf zurück und mit einer blitzschnellen Bewegung fuhr eine große Glasscherbe über dessen Hals.

Hannas Augen weiteten sich.

Der Bärtige brach mit einem ungläubigen Gesichtsausdruck zusammen, während sein Blut mit jedem Herzschlag wie eine kleine Fontäne aus der offenen Halsschlagader spritzte.

»Die kleine, hässliche Mutti mit der dicken Brille gehört mir!«, erklärte Sven Hartwich ruhig. Blut lief über seine Stirn, das von Hannas Schlag mit der Flasche stammen musste. Wie hatte er sich so schnell davon erholen können? Vor allem aber: Wie hatte er sich von den Fesseln befreien können? Sven Hartwich hob das Gewehr vom Boden auf und stellte es seelenruhig zurück in die Vitrine. Hanna konnte sich nicht aus ihrer Schockstarre lösen. Sie musste mit ansehen, wie er das seltsame Messer des Bärtigen an sich nahm und die Klinge bewunderte. »Damaszener Stahl«, lobte er die handwerkliche Arbeit. »Da habe ich ja ein richtig schönes neues Arbeitsgerät.«

Hartwich warf achtlos die Scherbe weg. Sie musste von der Flasche stammen, mit der Hanna ihn niedergeschlagen hatte. Wie konnte sie nur so achtlos gewesen sein!? Sven Hartwich hatte bestimmt die Scherbe in seine Finger bekommen und konnte sich damit befreien. Hanna hätte sich für ihre Nachlässigkeit ohrfeigen können!

Mit einem Male aber flog die Tür auf. Der blonde Verbrecher stand im Rahmen und starrte fassungslos auf die Blutlache, die sich wie ein gänzlich deplatzierter Heiligenschein um den Kopf seines toten Kumpanen gebildet hatte. »Verdammt … was … was ist hier los? Was habt ihr …« Er konnte sein Gestammel nicht mehr beenden, denn trotz seiner Verletzung reagierte Sven Hartwich verblüffend schnell.

Doch der weißblonde Mann sah den Angriff kommen und ohne das Überraschungsmoment hatte Hartwich dieses Mal Schwierigkeiten, seinen Gegner zu töten.

Hanna musste mitansehen, wie die beiden vor dem Eingang miteinander rangen. Ihr Fluchtweg war abgeschnitten. Vielleicht konnte sie durch eines der Fenster entkommen? Doch die lagen an der gegenüberliegenden Raumseite und waren von außen vergittert! Hanna suchte fieberhaft nach einem Ausweg!

Die Kampfgeräusche hörten abrupt auf. Hanna schaute zu den Männern. Sie lagen beide regungslos am Boden. Der junge Ranger auf dem entflohenen Sträfling.

Hanna konnte nicht unterscheiden, ob es die alte Blutlache von John Hartwich war oder ob sich eine neue ausbreitete. Der gesamte Boden war wie in einer Schlachterei mit Blut beschmiert. Hatten sich die beiden Kämpfer etwa gegenseitig umgebracht?

Vorsichtig ging Hanna auf die leblosen Gestalten zu. Vielleicht hatte sie Glück und konnte entkommen?

Nur noch wenige Schritte trennte sie von der rettenden Tür … Eine Bewegung aber ließ sie erstarren.

»Nicht so eilig, mein Täubchen! Ich hatte doch gesagt, du gehörst mir.«

Sven Hartwich drehte sich um und erhob sich vom leblosen Körper des blonden Sträflings, in dessen Brust bis zum Schaft das Messer steckte. Hartwich zog es heraus und wischte die Klinge an der Kleidung des Toten ab. Er fuhr sich kurz über das offenbar schmerzende Bein, sah sie dann aber mit einem widerwärtigen Grinsen an, sodass sie erschrocken zurückwich.

»Hui … war ein ganzes Stück Arbeit mit dem Kerl. Aber jetzt sind wir ja wieder unter uns.«

Hanna stolperte rückwärts in den Raum zurück, bis sie an einen der Schreibtische stieß.

»Du hast mir so viel Ärger gemacht, so viel Leid zugefügt … da ist es doch nur gerecht, dass du nun dafür büßen musst, oder?«

Die Floristin blieb stumm.

»Hat es dir die Sprache verschlagen? Brauchst auch nur zuhören ... Also ... Ich werde dich langsam ausbluten lassen. Kein schneller Schnitt durch die Kehle und dann ist es vorbei. Nein, ich werde dir Schmerzen zufügen, von denen du nicht geahnt hast, dass so etwas überhaupt möglich ist. Ich werde dich richtig leiden lassen, du Miststück!«

Hartwich humpelte mit seinem angeschossenen Bein auf Hanna zu. »Los, komm, jetzt sag schon, dass es dir leidtut. Vielleicht überlege ich es mir dann anders ...« Genüsslich suchte er nach einem Hoffnungsschimmer auf Hannas Gesicht. Seine Stimme war nur mehr ein bedrohliches Raunen: »Dann bekommst du einen schnellen Tod. Komm, ich möchte dich winseln hören. Bitte mich um Verzeihung!« Er war nur noch zwei Schritte von ihr entfernt.

Hanna reagierte nicht, teils aus Schock, teils aus Wut über die Ausweglosigkeit ihrer Situation, was Sven Hartwich in Rage versetzte: »Dir werde ich noch deinen verdammten Stolz austreiben. Deine lächerliche Verachtung mir gegenüber werde ich in solchen Schmerzen ertränken, dass du mich am Ende noch anflehen wirst!«

Nur noch einen Schritt.

»Wie du willst, du Drecksstück!«

Ein Faustschlag traf sie so hart, dass es ihr den Boden unter den Füßen wegzog und sie gegen einen der Vitrinenschränke geschleudert wurde. Ächzend tasteten ihre Hände durch den Schmerz hindurch nach Halt, um sich wieder hochzuziehen. Sie hörte Hartwichs widerlich glucksendes Lachen und wusste, dass er sich am Anblick ihrer Hilflosigkeit weidete. Sie musste auf die Beine kommen! So würde er sie nicht bekommen, nicht wehrlos am Boden kauernd. Da ... Da war etwas! Und es fühlte sich nach etwas an, was ihr mehr als Halt verschaffte ... Nur etwas Kraft noch! Sie drehte sich und ... ein Schuss fiel. Hanna hielt in ihren zitternden Händen die Pistole von Paul, die sie wie ein Geschenk des Himmels oder welch höheren Macht auch immer unter der Vitrine in die Finger bekommen hatte. Das

Adrenalin ließ sie nach Luft schnappen und der Schmerz des Faustschlags hämmerte durch ihren Kopf, aber sie war bereit, noch einmal zu schießen oder so oft es nötig sein würde, um diese Sache endgültig zu beenden. Das Bild vor ihren Augen war immer weniger verschwommen und sie starrte Sven Hartwich mit weit aufgerissenen Augen an. Der ächzte unartikuliert, schüttelte langsam den Kopf, ließ endlich wie in Zeitlupe das Messer fallen und packte sich an den Bauch. »Wie … wie ist das möglich? Wo … woher … hast du diese Waffe?« Sein erstaunter Gesichtsausdruck verwandelte sich. Hanna sah, wie die nackte Wut in ihm aufstieg. *Nicht noch einmal, du fasst mich nicht noch einmal an,* hallte es durch ihren Kopf. Sie zielte auf sein Herz und schoss erneut.

Hartwich schrie gepresst auf, versuchte noch, die Hand auf die Wunde zu legen, sackte dann aber in sich zusammen. Hanna erhob sich, kam mühsam auf die Beine und stand dann einfach nur regungslos da und sah zu, wie Hartwich verblutete. Sie hatte sich noch nie so müde gefühlt.

Es mochten nur wenige Minuten vergangen sein, da flog die Tür auf und bewaffnete Polizisten stürmten herein.

»Waffe runter und Hände über den Kopf!«, schrien sie.

Hanna gehorchte sofort und ließ die Pistole aus ihren Fingern gleiten. »Das wurde ja auch langsam mal Zeit, dass ihr hier aufkreuzt«, sagte sie, als einer der Beamten sie unwirsch zu Boden drückte und ihr Handschellen anlegte.

## FINGERFOOD

»Sollen wir uns einen Krimi anschauen?«, fragte Hanna und setzte sich neben Paul auf die durchgesessene Couch, die in der kleinen, zu Wohnung und Büro umfunktionierten Fabrikhalle stand. Nach den Ereignissen am Kahlen Asten war sie gewissermaßen über Nacht bei ihm eingezogen. Paul war sich nicht sicher, ob es aus Mitleid oder Zuneigung war. Das Gute war, dass Hanna nicht nur für ihn sorgte, sondern dass sie auch Sex miteinander hatten. Paul hätte es nie für möglich gehalten, wie sehr er bei diesem hässlichen Entlein seinen Charme spielen lassen musste, bis Hanna schließlich nachgab. Es hat sich gelohnt, überlegte er schmunzelnd und dachte an die Nächte. Wobei er sich aufgrund seiner Kopfverletzung nicht völlig hemmungslos fallen lassen konnte. Aber das würde sicherlich noch kommen. Er lächelte still in sich hinein.

»Hallo!?«, Hanna winkte grinsend mit der Hand vor seinen Augen herum. »Was nun? Einen Krimi … oder nicht?«, bohrte sie erneut nach.

Der Lüdenscheider Detektiv wollte den Kopf schütteln, doch er besann sich seiner Verletzung. Glücklicherweise hatte er keinen Schädelbruch erlitten, sondern »nur« eine leichte Gehirnerschütterung, sodass er nach kurzem Krankenhausaufenthalt entlassen werden konnte und nun von Hanna weitergepflegt wurde.

»Meinetwegen«, brummte Paul, obwohl er eigentlich anderer Meinung war. Er hatte die Nase gestrichen voll von Krimispielen oder Krimis gleich welcher Form auch immer.

»Wie geht es eigentlich deinem Freund Gernot? Hast du endlich mal mit ihm telefoniert?«, wollte Hanna wissen.

»Der muss einen Holzkopf haben. Er hat eine Prellung an der Schulter, aber keine stärkeren Verletzungen am Kopf, obwohl er reichlich Schläge erhalten hat. Der ist schon wieder in der Kanzlei.«

»Und die Beerdigung seiner Frau?«

»Wird wohl in den nächsten Tagen stattfinden, die Leiche muss von der Gerichtsmedizin noch freigegeben werden.«

»Armer Gernot«, meinte Hanna traurig.

»Ja. Er hat sie sehr geliebt. Deshalb stürzt er sich auch in seine Arbeit. Um sich abzulenken … Ich kann es verstehen«, sagte Paul.

Er sah teilnahmslos auf den Fernseher, wo ein Polizisten-Duo sich mit dem stets griffbereiten Besteck an Werkzeug unerlaubten Zutritt zur Wohnung eines Verdächtigen verschaffte. Doch der Krimi interessierte ihn überhaupt nicht.

»Die Spurensicherung der Polizei hat übrigens ihre Arbeit

abgeschlossen. Ich habe mit Martin Wohlers telefoniert. Du erinnerst dich – der Polizist aus der Einsatzzentrale«, erklärte Paul. »Er hat mir erzählt, dass die Architektin Isabelle Lohmann mit allergrößter Wahrscheinlichkeit von ihrem Mann erschlagen wurde. Man hat einen dicken Ast mit Blutspuren und seiner DNA in der Nähe gefunden. Sven Hartwich wiederum hat Frederik Lohmann getötet. Eine ziemliche Ironie des Schicksals, wenn ein Mörder einen Mörder tötet … Tja, und die Leiche des Spielleiters Jan Teusch wurde in der Nähe des SGV-Heims gefunden. Mit eingeschlagenem Schädel und aufgeschlitzter Kehle, so wie es Hartwich beschrieben hatte. Er muss Teusch dann den Schlüssel für den Stall abgenommen haben, um seinen Bruder zu befreien und hat ihn dann irgendwo im Wald gefesselt, um freie Bahn für seinen Amoklauf zu haben.« Paul schüttelte bei diesem Gedanken mit dem Kopf, ließ es aber schnell wieder sein. »Und du wirst auch nicht mehr länger verdächtigt. Das Verfahren wurde offiziell eingestellt. Die Spurenlage und die Indizien belegen eindeutig, dass du in Notwehr gehandelt hast. Hat Wolters erzählt. Ich muss ihm noch einen ausgeben, hat er gesagt.«

Paul wandte sich plötzlich von Hanna ab. Sie berührte sein Kinn, drehte seinen Kopf sanft zu sich und sah bestürzt, dass er mit den Tränen, aber auch mit einer Wut in sich kämpfte.

Er schloss die Augen und spürte, wie Hanna ihn in den Arm nahm und an sich drückte. Sie fuhr ihm zärtlich über die Wange. »Du konntest doch nicht ahnen, dass der ältere Bruder unschuldig war. Er ist einfach hereingestürmt und hat das Schrotgewehr genommen. Wir wussten zu diesem Zeitpunkt doch noch gar nicht, dass sein Bruder Sven der Mörder war. Du wolltest einfach unser Leben und das eines Mannes schützen, den wir bis dahin für unschuldig gehalten haben … halten mussten!« Sie hatte das seltsame Gefühl, dass es da etwas noch Unausgesprochenes gab, blickte ihn schweigend an und fragte dann leise: »Weißt du, wie es ihm geht?«

»Das ist es ja!«, Paul schluckte schwer, fuhr dann mit sichtlichem Unbehagen fort: »Er ist wirklich in allerletzter Sekunde mit dem Hubschrauber im Krankenhaus angekommen … Ich habe ihn gestern, als du im Blumenladen warst, im Krankenhaus besucht. Er ist nicht mehr auf der Intensivstation … «

»Du sollst dich doch noch schonen … Keine Ausflüge!«, ermahnte ihn Hanna. »Aber wenn er auf einem normalen Zimmer liegt, dann ist doch alles in Ordnung. Du brauchst dir keine Vorwürfe zu machen. Was hat er denn gesagt?«, tröstete Hanna Paul.

»Ich wollte mich bei ihm entschuldigen«, sagte Paul mit stockender Stimme.

»Und? Er hat deine Entschuldigung doch wohl angenommen!?«

»Nein … Er hat gelacht.«

»Gelacht?«, fragte Hanna ungläubig nach.

»Er sagte mir: Jetzt wo niemand zuhört, könne ich ruhig die Wahrheit erfahren. Er habe seinen Bruder tatsächlich über das Funkgerät gewarnt und wollte mit ihm untertauchen. Es war ja nicht das erste Mal, dass er ihn als großer Bruder aus Schwierigkeiten heraushelfen musste. Doch Sven Hartwich wollte nicht auf ihn hören, sondern seinen großen Bruder dazu überreden, dass er uns alle mit ihm gemeinsam tötet. John Hartwich war gegen den Plan. Er hat versucht, ihm ins Gewissen zu reden, darum hat sein Bruder die Taten letztlich auf eigene Faust begangen. Damit John Hartwich ihn nicht an den Morden hindern konnte, hat er ihn niedergeschlagen und im Wald gefesselt. Sven wollte ihn später befreien. Doch hat Johannes das dann letztlich selbst geschafft …« Paul stockte, fuhr dann eine Spur leiser fort: »Und … er hatte ganz andere Absichten, als in der Rangerstation seinen Bruder zu erschießen, wie wir vermutet haben. Er wollte ihn tatsächlich immer noch vor der Strafe schützen und … er hatte es auf uns abgesehen!« Paul blickte in Hannas ungläubige Augen. »Er sagte, wenn er uns erledigt hätte, dann hätte Sven noch eine Chance bekommen. Dann wären wirklich alle Zeugen aus dem Weg geräumt gewesen und sie hätten uns nur noch im Wald verscharren müssen. Wir wären einfach eine Gruppe gewesen, die in dem Chaos des Orkans verschwunden wäre, die möglicherweise verunglückt war. Irgendwann wäre es ein Fall für die Akten geworden. Das aber hätte dann ja dank mir leider nicht geklappt. Dann hat er mir frech ins Gesicht gegrinst und sich bedankt, weil wir freundlicherweise für ihn ausgesagt hätten. Und dann hat er gelacht … einfach laut gelacht und gemeint, dass ja nun doch alles gut ausgegangen sei … So … jetzt kennst du die komplette Wahrheit.«

»Aber … aber, das heißt ja, dass du uns doch das Leben gerettet hast.«

»Ja, es bedeutet aber auch, dass Johannes Hartwich ungeschoren davonkommt, obwohl er sich letztlich aus seiner idiotischen Bruderliebe, oder wie auch immer man das bezeichnen soll, an der Mordserie beteiligen wollte. Und wir Deppen haben bei allen Vernehmungen seine Unschuld beteuert. Haben sogar ausgesagt, dass er uns vor seinem Bruder schützen wollte …«

»Wieso hat er dir das alles überhaupt erzählt?«, wollte Hanna wissen.

»Ich kann es mir nur so erklären, dass etwas von dem Wahnsinn seines Bruders auch in ihm steckt. Es war wie ein Triumph für ihn, dass er so unbeschadet aus der Sache herausgekommen ist. Das konnte er nicht für sich behalten. Er musste es mir erzählen, um sein Hochgefühl auszukosten. Er hat mich in jenem Moment so sehr an seinen Bruder erinnert, als der uns so genüsslich von seinen Morden erzählt hat …« Es schauderte Paul, dann fasste er sich wieder: »Und außerdem: Ich kann dir noch nicht einmal sagen, ob er um seinen Bruder trauert oder ob er einfach nur erleichtert ist, dass er nun keinen Mörder und Vergewaltiger mehr schützen muss.«

»Vielleicht …«, sie stockte kurz, »Vielleicht steckt nicht nur etwas Wahnsinn in ihm … Wie unwahrscheinlich wäre es denn, dass er an der Ermordung der beiden Studentinnen beteiligt gewesen sein könnte?«, Hanna schaute Paul fragend an. »Wenn ihm das Geständnis dir gegenüber so viel Befriedigung verschafft hat, dann könnte das doch auch für die Gewaltexzesse selbst gelten, oder? Beide Brüder in der abgelegenen SGV-Hütte – wäre das so abwegig? Was meinst du?«

Paul schaute Richtung Fernseher, aber sein Blick verlor sich in rasenden Gedanken, was seinen Kopf schmerzhaft rebellieren ließ. »Auf den Gedanken bin ich noch gar nicht gekommen …« Er atmete hörbar aus und schwieg, um hören zu können, was die innere Stimme des Detektivs zu sagen hatte. »Hm … Unmöglich ist es nicht, vielleicht sogar nicht ganz unwahrscheinlich …« Er machte eine kleine Pause, zupfte an seiner Unterlippe, seufzte dann jedoch resigniert und sah Hanna an: »Aber so, wie der Fall nach Abschluss der Ermittlungen nun mal liegt, werden wir wahrscheinlich niemals die Wahrheit erfahren …«

»Der kann doch jetzt nicht einfach frei herumlaufen, wenn er dir gegenüber offen zugegeben hat, dass er uns töten wollte. Das ist doch so gut wie Mord!«, ereiferte sich Hanna aufgebracht.

»Keine Chance! Wäre er gestorben, hätte ich immer gedacht, dass ich einen unschuldigen Menschen erschossen habe. Nun hat er überlebt, hat uns genüsslich die bittere Wahrheit offenbart und weiß, dass uns trotzdem die Hände gebunden sind …«

»Es muss doch irgendeine Lösung geben!?«, beharrte Hanna.

»Ich fürchte nicht«, antwortete Paul resigniert.

Hanna kaute verdrossen auf ihrer Unterlippe. Dann hellte sich ihre Miene auf und ihr schien ein Einfall gekommen zu sein: »Aber wir könnten doch der Polizei oder dem Gericht sagen, dass uns nach dem ganzen Schock eingefallen ist, dass sein Bruder Sven Hartwich uns gestanden hat, dass beide die Tat begangen haben!?«

»Das wäre eine glatte Lüge … und eine wenig plausible dazu. Und überhaupt: Könntest du mit solch einer Lüge leben?«

Hanna blickte ihn unschuldig an. »Och … warum nicht? Paul! Es geht hier nicht um einen Mord, sondern um mehrere! Und wer weiß denn, wie ähnlich sich die Brüder Hartwich am Ende wirklich sind …«

Er schaute wieder auf den Fernseher und schwieg einige Zeit. Auf der Mattscheibe war ein getötetes Opfer in der

Rechtsmedizin zu sehen. Es war ein junges Mädchen.

»Bah, ist das ekelhaft«, sagte Paul angewidert.

Etwas Bohrendes war tief in ihm am Werk und schließlich wandte er sich Hanna zu und blickte sie ernst an: »Wir müssen uns aber genau überlegen und absprechen, was wir aussagen. Überhaupt müssten wir eine gute Erklärung finden, wieso wir unsere Aussage erst nachträglich zu Protokoll geben. Vielleicht sprechen wir mit Gernot darüber, wie wir am besten vorgehen …«

»Vielleicht wäre er auch dazu bereit, es zu bezeugen? Schließlich ist seine Frau eines der Opfer dieser schrecklichen Geschichte … Ich kann mir gut vorstellen, dass er sich rächen möchte, oder?«

»Wenn Gernot da mitmachen würde … Ich denke, die Chancen könnten ganz gut stehen, dass Johannes Hartwich verurteilt wird.« Paul wurde noch eine Spur ernster: »Er würde lebenslänglich für ein Verbrechen hinter Gitter wandern, dass er nicht getan hat.«

»Aber er hätte es getan! Er hat dir gesagt, dass er uns töten wollte … Reicht dir das nicht?«

Paul grübelte und versuchte, seine aufkommenden Kopfschmerzen zu ignorieren. Sein Gerechtigkeitssinn gewann mehr und mehr Oberhand und schließlich seufzte er: »Okay … Lass es uns machen!«

»Das ist aber ungesetzlich!«, sagte Hanna mit gespielter Empörung.

Paul grinste und gab ihr einen Kuss. Er war sich nicht sicher, ob sie diese Sache so durchziehen würden. Ihm gefiel jedoch sehr, wie ähnlich sie einander in Sachen Gerechtigkeit waren.

Die Türglocke durchschnitt grell die Stille im Raum und ließ beide zusammenzucken. Paul stand auf und öffnete. Niemand war vor der Tür. Seltsam, dachte Paul, Kinder würden doch nicht auf den Hinterhof kommen, um hier Klingelmännchen bei ihm zu machen. Er wollte die Tür bereits schließen, als ihm ein kleines Päckchen auf der Fußmatte auffiel. Staunend hob er es auf und trug es zur Couch, wo er es auf dem Tisch abstellte.

»So spät noch Post?«, wunderte sich Hanna.
»Das ist keine normale Post …«, erklärte Paul.
»Eine Bombe?«
Grinsend nahm Paul das Päckchen wieder in die Hand und schüttelte es. Hanna fuhr erschrocken zurück und verbarg sich hinter einem Kissen. »Bist du verrückt! Wenn das Ding jetzt hochgeht!«
Etwas rappelte im Inneren. »Keine Bombe«, lächelte Paul und riss das Packpapier ab. Zum Vorschein kam ein kleines elegantes Holzkästchen, das in Hochglanz schwarz lackiert war.
»Sieht toll aus, mach mal auf! Bin ganz gespannt, was da drin ist«, forderte Hanna den Detektiv auf.
Paul klappte den Deckel auf. Das Kästchen war mit roter Seide ausgeschlagen und darauf lag ein abgeschnittener, blutiger Finger.
Hanna schrie auf und wich erneut zurück. »Das ist ja widerlich! Wer schickt dir so was?«
Paul holte den Finger und eine Karte mit chinesischen Schriftzeichen heraus. Er betrachtete beides fasziniert im bläulich flimmernden Licht des Fernsehers.
»Pack das wieder weg … Pack es weg! Ich rufe die Polizei!«, rief Hanna entsetzt und wühlte zwischen den Kissen nach ihrem Handy.
»Lass mal …«, versuchte Paul sie zu beruhigen. »Das ist ein Geschenk von einem ganz speziellen chinesischen Bekannten. Einem Markenfälscher, dessen Pläne ich durchkreuzt habe.«
»Aber dann müssen wir erst recht die Polizei …«
»Nein, nicht nötig.« Paul bis die Fingerkuppe ab und kaute genüsslich darauf herum. »Ist aus Marzipan und Zucker«, nuschelte er mit vollem Mund.
»Dieser Chinese hat aber einen seltsamen Humor«, sagte Hanna, die sich langsam vom ersten Schock erholt hatte.
»Das ist kein Witz, sondern eine Warnung!«, meinte Paul ernst. »Und ich muss zusehen, dass ich Mister Huang – so heißt der Chinese – einen Schritt voraus bin, sonst erwartet mich sicherlich noch eine böse Überraschung.«
»Kannst du mir bitte mal von Anfang an erklären, was

los ist? Was hat es mit diesem Mister Huang auf sich? Warum der Finger als Warnung?«, fragte Hanna aufgebracht.

»Lange Geschichte, zu lang für einen gemütlichen Abend mit dir … Aber, hast du Lust, mit mir nach London zu fliegen?«

»London!? Spinnst du?«

»Es gibt nur eine Konditorin, die solch perfekte Halloween-Kunstwerke herstellen kann und die lebt nahe London. Ich muss dahin, um die Adresse ihres Auftraggebers herauszubekommen. Dann kann ich ihn jagen.«

»Paul! … Halloween-Finger … einen chinesischen Markenfälscher jagen – das ist alles ein wenig viel auf einmal für mich. Woher weißt du überhaupt, dass es in London so eine Konditorin gibt?«

»Och, habe ich mal in einem Fernsehbericht gesehen. Also, was ist jetzt? Kommst du mit?«

»Ich … äh … Paul, haben wir nicht genug Abenteuer hinter uns?«

»Es sind ja nur ganz harmlose Ermittlungen. Und in London sind wir sicherer als hier.«

Hanna runzelte die Stirn und Paul sah ihr an, wie sie innerlich mit sich um eine Entscheidung rang.

»Also …«, setzte sie an und holte tief Luft. »Na gut … Ich begleite dich!«, willigte sie schließlich ein.

»Prima! Und sag mal, könntest du mir vielleicht Geld für die Tickets leihen? Du bekommst alles zurück! Ich bin im Augenblick nur etwas knapp bei Kasse …«
Paul lächelte Hanna fragend an.

»Wann brechen wir auf? Jetzt gleich?«, wollte sie wissen.

# NACHWORT

Mein Roman hat den Orkan Kyrill zum Vorbild, der im Januar 2007 viele Menschen traumatisiert und Todesopfer gefordert hat – insbesondere unter den Waldarbeitern bei den anschließenden, gefährlichen Aufräumarbeiten. Aus Respekt vor den Opfern und vor den vielen, vielen unermüdlichen Helfern in dieser schrecklichen Nacht wollte ich den echten Kyrill nicht einfach als Kulisse für einen Krimi verwenden. Dazu waren die wirklichen Ereignisse viel zu schrecklich und sollten in authentischen Dokumentationen aufgearbeitet werden.

Aus diesen Gründen habe ich den Ereignissen des Romans einen fiktiven, aber an Kyrill erinnernden Orkan zugrunde gelegt. Doch ohne den so nachhaltigen Eindruck und meine persönlichen Erlebnisse von Kyrill wäre dieser Krimi nicht entstanden. Bei den Orten ist es ähnlich. Viele sind real, aber einige habe ich mir aus Sauerland-typischen Zutaten im Sinne der Dramaturgie selbst erschaffen. Suchen Sie also bitte nicht nach der Rangerstation auf dem Kahlen Asten oder der einsamen SGV-Hütte in der Nähe. Machen Sie sich aber durchaus auf in die Natur!

Ich persönlich finde, bei all seiner zerstörerischen Kraft lässt sich Kyrill nach all den Jahren auch etwas Gutes abgewinnen. Er hat an vielen Stellen den Wald großflächig gelichtet und damit atemberaubende Ausblicke auf die Schönheit des Sauerlandes und der Region Siegerland-Wittgenstein geschaffen. Die Natur wird sich ihren Platz zurückerobern, bis dahin aber sollten Sie die bestehenden Panoramen genießen.

Sie werden es erleben, wenn Sie den Rothaarsteig, den Sauerland Höhenflug oder eine der unzähligen, wunderschönen lokalen Routen erwandern. Dabei empfehle ich Ihnen unbedingt, in eines der (realen) SGV-Heime einzukehren und die zumeist selbst gebackenen Kuchen zu genießen. Ebenso gastlich und bodenständig werden Sie selbstverständlich auch in den vielen Restaurants dieser wunderschönen Region bewirtet.

Lohnenswert ist auch ein Ausflug nach Schanze zum „Kyrill-Pfad“. Auch viele Jahre nach Kyrill bekommen Sie hier immer noch einen Eindruck davon, mit welchen Kräften der Orkan gewütet hat. Und vielleicht treffen sie dort auch einen Ranger, die im Naturpark Rothaargebirge ihren wichtigen Aufgaben nachgehen und einen tollen Job machen. Lassen Sie sich also nicht von der Fiktion in diesem Krimi davon abhalten, auf die Ranger zuzugehen, die Ihnen viel Wissenswertes über die Natur und ihren Schutz vermitteln können!
Viel Vergnügen bei Ihren Wanderungen und Entdeckungen!

*Ihr Dirk Zandecki*

# MEIN DANK

Ich danke meinem Lektor Jens Feldmann für seine konzeptionelle Übersicht, sein sprachliches Einfühlungsvermögen in meinen Schreibstil und für seine unermüdliche Unterstützung mit zahlreichen Anregungen und Vorschlägen. Ich fand die enge Zusammenarbeit großartig. Mit jeder Fassung ist der Krimi spannender geworden und die einzelnen Charaktere haben an Schärfe gewonnen. Ebenso danke ich Hermann-J. Hoffe und dem sympathischen Team des WOLL-Verlags für das persönliche Engagement und die vielen guten Ideen.

*Dirk Zandecki*

## AUS DEM WOLLVerlag

Für alle, die nicht durch den gespenstischen Nebel und das Labyrinth aus geborstenen Bäumen rund um den Kahlen Asten vor einem Mörder flüchten müssen, sondern viel lieber in aller Ruhe und mit Genuss die Sauerländer Wanderwelt erleben möchten, hat Paul Masters, immerhin einer der besten Privatdetektive im Land der tausend Berge (!), selbstredend einen sachdienlichen Hinweis parat:

**Peter Kracht: Sauerland - Wandern - WOLL 1**
WOLL-Verlag | 196 Seiten | ISBN 9-783943681-45-1 | 9,90 €

Erhätlich im Sauerländer Buchhandel oder unter www.woll-onlineshop.de